KB162826

The devil who breaks my neck

내 목을 꺾는 악마여

틸리빌리 장편소설

I

동아

내 목을 꺾는 악마여 I

초판 1쇄 인쇄일 | 2021년 12월 30일
초판 1쇄 발행일 | 2022년 01월 10일

지은이 | 틸리빌리
펴낸이 | 박성면
펴낸곳 | (주)동아

출판등록 | 제406-3960100251002007000071호
주소 | 경기도 파주시 문발로 115, 세종대학교출판부 206호
전화 | (031)8071-5201
팩스 | (031)8071-5204
E-mail | bear6370@hanmail.net

정가 | 11,000원

ISBN 979-11-6302-553-5 (04810)
　　　979-11-6302-552-8 (set)

ⓒ 틸리빌리, 2022

※이 책은 (주)동아와 저작자의 계약에 의해 출판된 것이므로, 무단 전재 및 유포, 공유를 금합니다.

The devil who breaks my neck

내 목을 꺾는
악마여 I

틸리빌리 장편소설

목　차

프롤로그. 낯선 여인

날씨가 제법 찼다. 세르펜스 성 바로 앞 아우뉴 호수는 그 위를 건너는 바람마저 얼려 버렸다. 냉기를 이기지 못해 반쯤 부러진 나뭇가지가 뚝뚝 일정한 간격으로 소리를 내다 마지막에는 완전히 끊어졌다.

그나마 눈이 오지 않아 다행이었다. 헤레이스는 두툼한 담비 털로 안감을 댄 공단 망토를 꼭 쥐었다. 수도는 이쯤이면 따뜻해지기 시작하는데, 그와 달리 매서운 북부의 날씨는 3년이 넘어가도록 적응하기 힘들었다.

"부인, 귀가 빨개지셨어요. 안에 들어갔다 다시 나오는 게 어떨까요? 응접실 창가에 있으면 주인님께서 오시는 게 보일 거예요."

결 좋은 검은 머리카락 사이로 보이는 귀가 추위에 빨갛게 얼어붙었다. 헤레이스의 상태를 살피던 안나는 제 귀 또한 꽁꽁 언 것도 모른 채 발을 동동 굴렀다.

"괜찮아. 아직은 견딜 만한걸."

헤레이스가 작게 고개를 저으며 괜찮다 했지만, 안나의 얼굴에는 여전히 걱정이 한가득하였다. 그녀의 상전은 몸이 썩 건강하지 못했다. 그러나 헤레이스의 다물린 입술에는 만만찮은 고집이 있었다. 결국, 안나는 상전의 망토를 더 단단히 여미는 것으로 걱정을 대신했다.

"……그이가 다쳤다 들었어. 오늘 날씨도 추운데, 오는 데 힘들지 않을까?"

"다 나았다 전해 왔으니 괜찮으실 거예요. 그리고 북부에서 이 정도 날씨는 아무것도 아닌걸요. 오히려 좋은 편에 속한답니다."

"그래도…… 아!"

"아가씨!"

거친 삭풍이 헤레이스를 강타했다. 가느다란 몸이 휘청이자 놀란 안나가 상전을 옛 칭호로 부르며 부축했다. 빠른 그녀의 대처 덕에 다행히 헤레이스는 넘어지지 않았다.

"이래서 들어가시라 했던 건데……."

도무지 걱정을 접을 수 없었다. 헤레이스는 보는 것만으로도 애가 타는 여자였다. 지금도 보라지. 두꺼운 망토를 둘렀음에도 그녀는 안나보다 작아 보였다.

하지만 여린 외양과는 별개로 헤레이스는 눈부시게 아름답다는 뜻을 가진 이름에 걸맞게 대단한 미인이었다. 창백한 피부는 별밤같이 새까만 머리색과 그림처럼 어우러졌고, 큼지막한 푸른 눈은 깊은 아우뉴 호수를 보는 기분이었다. 이러한 외관 덕에 헤레이스는 수도에 있을 때만 해도 모든 사내의 선망이었다. 그녀가 장미꽃처럼 붉은 입술을 열 때면 수십의 사내가 그녀만을 바라봤다.

'……그것도 다 옛일이지.'

옛 영광을 그리던 안나가 한숨을 작게 쉬었다. 그랬다. 그런 시절은 지나가고 없었다. 그녀의 상전은 그때나 지금이나 여전히 눈부시게 아름다웠지만 사내들이 그녀를 보며 찬탄할 일은 이제 없었다.

이유야 뻔했다. 지금의 헤레이스는 한 사내의 아내로 남편에게 종속된 몸이요…….

'가여운 우리 아가씨.'

반역으로 처형당한 죄인의 여식일 뿐이었다.

* * *

3년하고도 몇 개월 전 제국 아나이스에는 거친 피바람이 불었다. 시작은 황제의 이복형, 페가토 후작의 반역을 누군가 밀고하면서부터였다.

황제는 이 사안을 가볍게 넘기지 않았다. 정부 출신 어미를 됐음에도 페가토 후작은 황제에게 몇 번이고 이빨을 드러냈다. 자신이 선황의 장자라는 이유였다. 그러니 황제가 주저할 이유가 없었다. 황제는 사이 나쁜 이복형제를 곧장 죄인으로 끌어내렸다.

반역의 수괴인 페가토 후작을 시작으로 나라 전체에서 죄인들이 끝없이 끌려 나왔다. 생각보다 많은 이들이 페가토 후작의 반역에 가담해 큰 충격을 주었다.

가장 놀라운 사실은 황제의 동복동생인 황녀 율리스마저 이 일에 관여했다는 것이었다. 황제는 여동생의 처벌을 주저했으나 너무도 명백한 증거에 피눈물을 흘리며 여동생을 벌했다. 그녀는 목숨을 건졌으나 황족의 신분을 박탈당하고 죄인으로서 탑에 수용됐다. 아마 그녀가 살아생전 탑을 나올 일은 없으리라.

살벌한 분위기 속 누구 하나 쉬이 입을 열지 못했다. 헤레이스의 아비이자 명망 높던 디본의 가주, 디본 후작도 그때 목이 잘렸다. 그는 반역에 제법 깊게 관여했다. 죄목이 죄목인 만큼 디본이라는 성은 모든 책에서 지워졌으며, 가문의 명패는 부서져 가루가 되었다.

디본의 가솔 또한 무사하지 못했다. 죽은 후작 부인이야 이미 사자이니 변을 피했지만, 헤레이스의 오라비는 죽기 직전까지 고문당한 뒤 나라 밖으로 추방당했다. 그 외 방계 또한 쫓겨나거나 작위를 박탈당했고, 고문을 받다 죽는 등 고초를 겪었다.

디본이라는 성을 가진 이 중 벌을 받지 않은 이는 헤레이스뿐이었다.

처음 디본이 망하고 헤레이스 또한 잡혀갔을 때 다들 어떤 생각을 했던가. 그 유명한 디본의 헤레이스가 목이 잘리는가, 아니면 황제께서 호의를 베푸셔 노예로 떨어지나. 전부터 그녀에게 관심을 보였던 사내들은 후자를 기대하며 목을 죽 뺐다. 하지만 헤레이스는 육신 멀쩡하게 풀려났다. 그리고 모두의 예상을 깨고 결혼했다.

세르펜스 공작과.

'왜 새로이 공작이 되신 세르펜스 공께서⋯⋯.'

'전부터 교류가 있었다고는 들었지만 참으로 망측한 일입니다. 남동생의 약혼녀를⋯⋯.'

이 반역에서 가장 많은 소문을 불러온 건 단연 세르펜스 공작가였다. 당연했다. 황녀 율리스가 세르펜스 공작 부인이었으니.

조사 결과 와병으로 오래전부터 침상에만 있었던 세르펜스 공작은 반역과 무관하다 밝혀졌다. 하나 율리스 황녀의 죄는 너무도 일목요연했으므로 그녀의 아들 샤를 세르펜스는 후계 자리를 박탈당했다. 간접적으로 어미를 도왔다는 죄목이었다.

황제는 세르펜스 공작의 뒤를 그의 사생아로 하여금 잇게 했다. 모두 사생아가 무슨 공작이냐 반발했지만 곧 밝혀진 그의 정체에 입을 다물었다.

'이즈카엘 경은 이번 일에 가장 큰 공신이지.'

이번 반역의 밀고자이자 도살자, 황궁 기사 이즈카엘이 공작의 사생아로 밝혀졌다. 그는 밀고자인 동시에 황제의 검으로, 이번 일에 앞장서 반역자들을 베어 넘겼다. 그가 목을 벤 사람들의 수가 어찌나 많았는지 사람들은 그를 뒤에서 도살자라 불렀다.

'세르펜스 공작의 아들 이즈카엘로 하여금 공작 위를 물려받게 하겠노라.'

세르펜스 공작은 반역이 제압되기 무섭게 숨을 거뒀다. 그의 숨겨진 사생아 이즈카엘은 아비가 죽자마자 황제를 등에 업고 세르펜스 공작이 됐다. 그는 뭘 원하냐는 황제의 말에 기다렸다는 듯 말했다.

'헤레이스. 멸문한 디본의 여식을 원합니다. 그 외에는 지금 주신 것만으로도 충분합니다, 폐하.'

이즈카엘의 입에서 나온 헤레이스란 이름에 사람들은 수군거렸다. 그녀가 사내라면 누구라도 혹할 만한 미인이라 그런 것만은 아니었다. 헤레이스는 이즈카엘의 이복동생이자 어미의 죄로 후계 자리를 박탈당한 샤를의 약혼녀였다.

반역으로 인해 헤레이스와 샤를의 약혼은 깨어지는 것으로 기정사실화됐다. 하지만 아무리 그렇다 해도 남동생의 약혼녀였던 여인을 요구하는 것은 입방아에 오르기 충분했다.

게다가 샤를과 헤레이스 두 사람의 약혼이 어디 보통 약혼이던가. 율리스 황녀는 죽은 후작 부인과 어릴 적부터 매우 친밀한 사이였다. 때문에 헤레이스와 샤를 두 사람의 약혼은 거의 태중 혼약이나 다름없었다.

이즈카엘의 요구에 황위를 제외하면 모든 걸 들어주겠노라 천명한 황제조차 조금 난감한 기색을 표했다.

'공작, 다른 것을 원하는 게 어떠한가. 그 여인은 한낱 죄인의

딸에 불과하다. 아름답다고는 하나 그대가 갖기에는 너무도 미천하지.'

사실 황제는 샤를과 헤레이스의 약혼을 유지시킬 생각이었다. 여동생을 벌하고 그 자식에게 불명예를 안겼으나 한때는 가까운 핏줄이요, 아끼는 외종질이다. 한순간에 모든 것을 잃게 된 샤를이 안타까웠던 황제는 일이 좀 잠잠해지면 외종질에게 적당한 작위와 헤레이스를 돌려줄 참이었다.

'제가 원하는 것은 그녀뿐입니다.'

하지만 이즈카엘은 완강했다. 그는 헤레이스를 제외한 어떤 것도 필요 없노라 말하며 고집을 피웠다. 결국 새로운 측근을 위해 황제가 먼저 뜻을 꺾고 고개를 끄덕였다.

황제의 수락이 떨어지자 이즈카엘은 헤레이스를 끌어내다시피 해 감옥에서 빼냈다. 그리고 설마하니 부인으로 삼겠냐는 말을 비웃듯 북부 세르펜스 성으로 가 그녀와 결혼식을 올렸다. 눈 깜빡할 사이 일어난 일에 모두 눈을 크게 떴다.

'무슨 이런 경우! 반역 죄인의 여식이 공작 부인이라니. 말도 안 되오!'

'그러고 보니 공작께서 일개 기사였던 시절 염문 났던 여인이 디본의 여식 아니었습니까. 헛소문이라 여겼는데……'

'샤를…… 그분만 불쌍하게 됐지요. 한순간에 모든 걸 다 잃으시고 약혼녀까지 이복형에게 가 버렸으니 지금쯤 얼마나 속이 탈까. 좋은 분이셨는데 가엾게 되었습니다.'

일이 그렇게 되자 사람들은 그녀를 손가락질했다. 황제의 측근이자 새로이 세르펜스 공작이 된 이즈카엘은 두려우니 만만한 그녀를 향해 비난을 퍼붓기 시작한 것이다.

비열한 일이었으나 그것이 세상의 이치였다. 헤레이스는 한순간에 더러운 여자이자, 형제를 유혹한 요부로 변모했다.

* * *

"저기! 주인님 일행이 보여요!"

"어디? 어디 있…… 아……."

안나의 말에 언덕 위를 본 헤레이스는 저도 모르게 활짝 웃었다.

"저어기 계신데……. 보이세요?"

"응……."

"참 멀리서 봐도 주인님은 늠름하세요. 바로 알아봤다니까요. 어머, 부인. 뺨이 어쩐지 더 붉어지셨어요."

사람들은 헤레이스를 향해 이러쿵저러쿵 떠들었지만 당사자인 그녀는 의외로 담담했다. 그녀는 귀가 닫힌 양 아무 반응도 보이지 않았다.

물론 그렇다고 정말 아무렇지 않다는 뜻은 아니었다. 집안이 풍비박산 나고 갑작스럽게 결혼하게 되었는데 괜찮을 수 있을 리 없었다. 하지만 그 일이 있고 3년이 지나자 헤레이스는 이것 하나만은 괜찮다 여겼다. 아니, 사실 그녀에게 그 한 가지만은 행복했다.

'이즈카엘이 드디어……'

혜레이스는 누가 뭐라 해도 이즈카엘을 사랑했다. 그는 좋은 사람이었다. 집안일로 황폐해진 그녀를 구해 주고 지켜봐 줬다. 그녀가 아무리 패악을 부리고 주제넘게 굴어도 다정하게 보듬어 준 사람이었다. 찢어졌던 혜레이스의 정신과 마음은 이즈카엘로 말미암아 회복될 수 있었다.

감사함을 깨닫는 데 오랜 시간이 필요했다는 사실이 미안할 정도였다. 혜레이스는 까치발을 들어 점차 다가오는 남편을 눈도 깜빡이지 않고 바라봤다. 검은 군마 위에 앉아 위용이 넘치는 그의 모습은 석 달 전과 똑같이 근사했다.

혜레이스의 기다림에 보답이라도 하듯 이즈카엘은 그새 언덕을 넘었다. 곧 도착할 성의 주인을 맞이하기 위해 혜레이스가 종종걸음으로 급히 계단을 내려갔다. 계단을 다 내려오자 히이이잉 말이 길게 울며 멈추는 소리가 났다.

검은 망토가 눈앞에서 펄럭였다. 흑마에서 내린 이즈카엘이 종자에게 고삐를 넘겼다. 혜레이스는 곧 그가 다녀왔다고 이마에 입맞춤해 줄 것을 기다리며 기대감 가득한 얼굴을 했다.

'……아?'

그러나 혜레이스의 예상은 비켜 갔다. 종자에게 말을 건넨 이즈카엘은 그녀에게 다가오지 않았다. 아니, 그는 그녀를 쳐다보지도 않았다. 무언가 이상하다는 것을 감지한 혜레이스가 입꼬리를 끌어 내린 채 막 도착한 남편 일행을 살폈다.

기사들의 분위기도 예전과 달랐다. 이즈카엘의 바로 뒤에서 따르던 에드가는 고개를 숙이고 있었으며, 다른 기사들도 그녀와 눈 마주치기를 거부한 채 바닥이나 앞만 봤다. 본래 그녀에게 친근한 이들은 아니었다. 하지만 이렇게까지 매정하지는 않았는데……. 헤레이스가 위태로운 눈으로 남편의 등을 응시했다.

이즈카엘은 기사 무리를 지나친다 싶더니 그들의 바로 뒤에 섰다. 무언가 있나 하고 쳐다보니 두 마리 말이 끄는 작은 마차가 하나 있었다. 짐마차라기에는 제법 고급스럽고 아늑해 보였다. 그가 마차 창을 두드리고 마차 문을 열었다.

남편의 우미한 옆얼굴에 미소가 맺힌다 싶더니 곧 낯선 여인이 나타났다. 긴 금발 탓에 자세히 보지는 못했으나 실루엣만 봐도 대단한 미인임이 분명했다. 옆에서 안나가 날카롭게 외쳤다.

"저 계집은 뭐야!"

헤레이스와 함께 이즈카엘을 기다리던 사용인들이 주인과 낯선 여인을 놀란 눈으로 봤다. 하지만 모두의 시선을 집중시킨 이즈카엘과 금발의 여인은 그에 아랑곳하지 않은 채 무어라 서로 속삭이더니 웃음을 터뜨렸다.

이즈카엘이 여인의 허리를 다정하게 잡고는 그녀를 들어 조심스레 바닥에 내렸다. 헤레이스의 눈이 잘게 흔들렸다. 누가 보더라도 두 사람은 연인이었다. 이즈카엘이 여인의 이마에 입 맞추고 사랑스럽다는 듯 한참 동안 여인의 눈을 바라봤다. 여인 또한 그를 마주 보며 환하게 웃었다.

"아……."

"부인! 괜찮으세요?"

헤레이스는 저도 모르게 신음을 흘리며 배 위에 손을 올렸다. 티가 많이 나지 않았으나 헤레이스는 지금 임신 중이었다. 안나가 그녀를 부축하며 파랗게 질린 얼굴을 했다. 하녀 몇도 급히 그녀에게 다가왔다.

작은 소란에 그제야 이즈카엘이 눈을 돌렸다. 호박석 같은 금안이 배를 움켜쥔 헤레이스에게 향했다. 그러나 그 눈에는 걱정 따위 없었다. 무생물을 보는 무감한 눈. 차가운 북부 서리 같은 눈이었다.

헤레이스 또한 더는 이즈카엘을 보지 않았다. 당혹감으로 굳어진 푸른 눈은 남편이 아닌 여인에게 고정돼 있었다. 시선을 느낀 듯 여인이 금발을 휘날리며 헤레이스를 돌아봤다.

여인은 예상했던 대로 미인이었다. 황금을 녹인 듯 구불구불한 금발과 녹음 같은 눈동자가 사랑스러웠다. 그러나 헤레이스를 사로잡은 건 여인의 어여쁜 얼굴 따위가 아니었다. 낯선 여인의 손은 헤레이스와 마찬가지로 배 위에 올려져 있었다. 그리고…….

확연히 부푼 여인의 배는 누가 보더라도 만삭에 다다라 있었다.

1장. 배신

임신한 아내 앞이었다. 그런데 그 앞에 정부를 당당히 데려다 놓는다니. 게다가 그걸로도 모자라 정부 또한 임신 중이었다니. 남성 중심 사회인 아나이스 안에서도 이러기는 쉽지 않았다.

숨소리조차 나지 않았다. 바닥만 보던 기사들이 이제 이해가 됐다. 사용인들도 시선을 발끝으로 내렸다.

그러나 이 일의 원흉은 아무렇지 않은 듯 걸음을 옮겼다. 헤레이스는 무언가 잃은 듯한 표정으로 여인을 바라보다 자신에게 성큼 다가오는 남편의 모습에 눈을 끔뻑였다. 점점 가까워지는 남편의 손에는 저 아닌 다른 여인의 손이 쥐여 있었다. 그저 잊혔으면 하는 장면이 헤레이스를 강타했다.

헤레이스 앞에 당도한 이즈카엘이 넋이 나간 그녀를 천천히 내려다봤다. 맹수처럼 번뜩이는 금안 안에는 무료함과 함께 미세한 불쾌감이 섞여 있었다. 견딜 수 없어진 헤레이스가 무거운 배를 감싸 안은 채 어색한 몸짓으로 고개를 숙였다.

"귀…… 귀환을…… 축하드립니다."

처음 보는 남편의 모습이었다. 이즈카엘은 단연코 한 번도 그녀를 이리 보지 않았다. 물기 어린 목소리는 벌벌 떨리는 데다 기어가듯 작아 잘 들리지 않았다. 이즈카엘이 이번에는 대놓고 미간을 구겼다.

두 사람 사이 침묵이 내려앉았다. 그러나 곧 들린 비웃음에 그마저 깨졌다.

"……푸훗."

이즈카엘 곁에 있던 금발의 여인의 낸 소리였다. 그녀는 이즈카엘이 잡지 않은 다른 손으로 입까지 막은 채 키득거리고 있었다. 사람들의 얼굴이 딱딱하게 굳었다.

"이게……!"

웃음의 주인을 알아본 안나가 험악하게 인상을 구긴 채 뛰쳐나가려 했다. 그러나 무섭게 내리 꽂히는 이즈카엘의 시선에 그대로 얼어붙고 말았다. 이즈카엘이 잡고 있던 여인의 손을 조금 세게 쥐더니 그녀의 손을 도닥였다. 꼭 괜찮다 허락하는 동작 같았다.

"픕…… 죄송해요. 하지만 너무 우스워서…… 크흡."

여인은 혼자 무에 그리 즐거운지 웃음을 멈추지 못했다. 그녀의 웃음이 길어질수록 헤레이스의 얼굴은 더 창백해져만 갔다.

후들거리는 다리를 간신히 지탱한 채 그녀가 용기 내 고개를 들었다. 그녀는 차가운 바람에도 촉촉한 눈을 하고 무언가 갈구하듯 이즈카엘을 올려다봤다.

이즈카엘은 그 시선이 마땅찮은 듯 눈썹을 한 번 씰룩이다 여인 쪽을 돌아봤다. 그가 다정히 여인의 허리 껴안은 채 제 품 안으로 넣으며 헤레이스에게 통보하듯 말했다.

"인사해. 앞으로 나와 함께할 여인이야."

보고 싶었어. 항상 어딘가를 다녀올 때면 말하던 그 말과 다르지 않은 어투였다. 너무도 평온한 어조에 순간 헤레이스는 자신이 무언가 잘못 들었나 귀를 의심했다. 하지만 그녀가 들은 말이 옳다는 것을 방증하듯 여기저기서 놀라 숨을 들이켜는 소리가 들렸다.

"안녕하세요, 부인."

여인이 살갑게 인사하며 예쁘게 눈웃음 지었다. 눈 덮인 북부와는 어울리지 않게 밝은 여인이었다. 그녀가 헤레이스를 위아래로 훑더니 만삭의 배를 앞으로 내밀었다. 두 손으로 배를 살살 쓰다듬는 모양새가 자신만만했다.

헤레이스 그녀보다 배 이상 부푼 배가 또다시 눈에 들어왔다. 헤레이스는 저도 모르게 제 배를 만지다 후두둑 눈물을 떨궜다. 어떻게든 참으려 했는데 참을 수가 없었다.

"어머. 이를 어째."

여인이 이즈카엘의 품을 더 파고들며 눈을 깜빡였다. 누가 보면 꼭 해코지당해 숨는 모양새였다. 안나의 눈에서 다시금 불이 튀었다.

"들어가지."

이즈카엘은 크게 휘청이는 헤레이스를 지나쳤다. 여인을 거의 안다시피 해 계단을 오르는 그의 입가에는 미약하지만 분명한 미소가 자리했다. 여인이 금발을 찰랑이며 애교 섞인 말투로 대꾸했다.

"알았으니 서두르지 마세요, 이즈카엘."

이즈카엘. 여인이 강조하듯 말한 남편의 이름이 그렇게 슬플 수 없었다. 헤레이스는 안나에게 기댄 채 저를 지나 계단을 오르는 남편의 등을 뚫어져라 응시했다. 눈물 때문인지 눈앞이 가물가물 흐려졌다. 당장에라도 그를 붙잡아 따지고 싶은데. 바닥에 엎어져 패악을 부리고 싶은데…….

"부인! 부인! 정신 차리세요! 아가씨!"

안나가 옆에서 무어라 말하는 소리가 들렸다. 윙윙거리는 귓가와 뿌연 시야. 그 속을 헤매던 헤레이스는 결국 픽 정신을 놓아 버렸다.

* * *

"이름이 샬럿이래요. 이름도 천박해서는!"

"……."

"그 여자가 뭐 하던 여자인지 아세요? 잠자리를 업으로 하는 여자래요. 그것도 전쟁 통에 병사들을 상대로요!"

"……."

"배 속에 아이도 분명 주인님의 자식이 아닐 거예요. 삼 개월 전만 해도 주인님이 얼마나 다정하셨는데!"

"……."

"그러니 걱정 마세요. 다 한때랍니다. 예전에 들은 적이 있어요. 사내들은 가끔 정신이 나가 미친 짓을 한다고요. 주인님도 그런 거예요. 왜 전쟁터에 오래 있다 보면 오락가락한다잖아요. 그러니깐 아가씨…… 아니, 부인 심려하지 마시고……."

"……그만하렴."

"……."

"난 괜찮으니 그만해, 안나."

안나는 전혀 괜찮아 보이지 않는다며 고함치고 싶은 걸 겨우 참았다. 말해 봤자 지금 상태의 헤레이스에게는 들리지 않을 터였다.

헤레이스는 제대로 넋이 나가 있었다. 푸른 눈은 얼핏 보면 난로 안에서 타닥타닥 타들어 가는 불씨를 바라보는 것처럼 보였지만 생기를 잃은 상태였다.

하긴 얼마나 충격이 클까. 안나는 입술을 말아 문 채 헤레이스를 이리 만든 이즈카엘과 그 여자를 속으로 욕하며 새로 분통을 터뜨렸다.

'아까 웃을 때 입이라도 찢어 놨어야 했는데!'

하녀 애나가 몰래 전해 준 말에 따르면, 성의 주인인 이즈카엘은 데리고 온 금발 계집에게 본채와 가장 가까운 별채를 내주며 별채를 정리하기 전까지는 공작의 서재 옆방을 쓰라 허락했다고 했다.

'서재 옆이라니! 이 방에서 얼마나 떨어져 있다고! 우리 아가씨한테 그리 죽고 못 살 것처럼 구시더니 다 거짓이었어.'

사내라는 족속들은 부인이 임신하면 딴 주머니를 찬다더니……. 하지만 화가 나는 와중에도 안나는 의구심에 고개를 갸웃했다.

이즈카엘은 헤레이스에게 지극한 남편이었다. 디본의 몰락 후 노예가 될 뻔한 그녀를 구했던 것도, 죽음을 택하려던 그녀를 구한 것도 그였다.

게다가 3개월 전, 성을 나서기 전까지만 해도 이즈카엘은 헤레이스만을 바라봤다. 그동안 얼마나 많은 여인이 그에게 안기길 고대하며 눈길을 보냈던가. 성을 떠나기 직전 욕실에서 그를 유혹한 하녀 에이미의 팔을 꺾어 부서뜨린 후 쫓아낸 그였다.

'심경의 변화가 있을 만한 일이라곤……..'

그러고 보니 두어 달 전 주인이 다쳤다는 소식이 들려왔더랬다. 그때 헤레이스가 그곳으로 직접 가겠다 고집을 부리는 탓에 그것을 말리느라 얼마나 고생했던가. 얼마 뒤 괜찮아졌다며 서신이 왔길래 별일 아니겠거니 생각했는데……. 그쯤부터 이즈카엘은 헤레이스에게 편지를 보내지 않았다.

"부인! 그때예요! 그때가 틀림없어요."

머릿속을 탁 스치고 지나가는 생각이 있었다. 자고로 사람은 아플 때 마음이 약해지는 법. 샬롯이라는 계집은 그때를 이용해 주인에게 접근한 것이 틀림없었다. 전쟁터에서 몇몇 여자들이 다친 병사들을 종종 돌보다가 그들을 꾀어낸다고 했으니 아귀가 딱 맞았다.

"무슨 말이니. 그때라니?"

"왜 그때 주인님께서 다쳤다 서신이 왔을 때 있잖아요. 그 이후로 이상하게 주인님의 개인 서신이 안 온다 싶더니……. 그때 저 요망한 계집이 주인님을 홀린 게 분명해요!"

안나는 제 말이 거의 사실인 양 흥분해 소리 높였다. 그러나 헤레이스는 별달리 반응을 보이지 않았다. 그녀는 여전히 멍한 눈으로 앞만 바라볼 뿐이었다.

하기야 이제 와 그걸 알아본다 한들, 다 무슨 소용인가. 이미 주인은 홀렸는데. 그 모습을 지켜보던 안나가 헤레이스의 곁에 가 무릎을 꿇었다. 두 손을 꼭 잡아 오는 온기에 헤레이스가 방에 들어오고서 처음으로 고개를 돌렸다. 안나가 따뜻한 눈으로 그녀를 위로했다.

"너무 심려치 마세요."

"……."

"물론 제가 무슨 말을 해도 위로가 되지 않을 것을 알아요. 하지만 이보다 더 힘든 일도 견뎌왔잖아요. 이번에도 그러셔야 해요. 이제 홑몸도 아니시고……."

"……."

"배 속에 아기님도 있잖아요."

아기라는 말에 헤레이스가 배 위로 손을 올렸다. 이즈카엘이 제게 준 것 중 가장 큰 선물. 그 무엇보다 그녀를 기쁘게 한 삶의 희망 중 하나. 가라앉아 있던 푸른 눈이 서서히 초점을 찾았다.

"그리고 누가 뭐라 해도 공작 부인은 이 안나의 아가씨예요. 그런 계집애 따위 저만도 못하니 겁먹으실 필요 없어요. 여차하면 그 번쩍거리는 머리카락을 다 뽑아 버릴게요. 믿어 주세요."

부러 과장되게 말하는 안나의 목소리에 헤레이스의 눈가가 조금 젖었다. 안나는 많은 일을 겪은 후에도 그녀에게 남은, 몇 안 되는 고마운 사람이었다. 헤레이스가 안나의 손을 마주 잡고 작게 고개를 끄덕였다.

그래. 일단 마음을 추스르고 이겨 나가야 했다. 이리 울며 멍하니 있을 게 아니라 차근차근 무언가 해야 했다.

이즈카엘이 갑자기 왜 돌변했는지는 모르나 만약 그녀에게 마음이 식은 거라 하여도 감내해야만 하는 일이었다. 그녀에게는 과거가 있질 않은가.

헤레이스는 처음 세르펜스 성에 왔을 때 몇 달간 이즈카엘과 말조차 섞지 않았다. 그뿐인가. 심지어 그녀는 결혼식 당일 내내 눈물만 보이며 식을 망치고 남편인 그에게 망신을 줬다. 그러니 이즈카엘이 이제 와 그녀를 싫어한다 해도 헤레이스로서는 무어라 말할 처지가 아니었다.

하나 생각과는 달리 그가 여인과 함께 있던 모습을 떠올리는 것만으로도 심장이 욱신거렸다. 헤레이스는 손을 꾹 쥔 채 가슴 앞으로 가져갔다.

물론 저건 최악의 상황을 가정한 일이었다. 단 몇 개월 전까지만 하더라도 그는 그녀를 아끼고 사랑했다. 과거라고는 하나 그 감정을 잊을 만큼 헤레이스는 둔하지 않았다. 그는 다른 건 몰라도 그녀를 사랑함에 있어서는 누구보다 솔직한 사람이었다.

'……우선 그의 아이가 맞는지 확인부터 해야 해.'

헤레이스는 마음을 굳게 먹었다. 차가운 눈을 한 남편이 너무도 두려웠지만 배 속의 아이를 위해서라도 용기를 내야 했다. 자신은 이제 혼자가 아니질 않은가.

"안나."

"네. 부인."

"이즈카엘······ 공작님께 내가 좀 뵙자고······."

마음을 먹었을 때 실천에 옮겨야 했다. 용기라는 것은 점차 사그라들기 마련이니. 헤레이스는 불안한 마음을 누른 채 안나에게 이즈카엘을 데려오라 명하려 했다. 그러나 그때 밖에서 똑똑 하고 노크하는 소리가 들렸다. 두 사람의 시선이 동시에 문을 향했다.

헤레이스의 눈짓에 안나가 일어나 문을 열자 하인 하나가 방 안으로 들어왔다. 그가 예의 바르게 허리를 숙이더니 이즈카엘의 명을 전했다.

"주인님께서 식사를 함께하자 청하십니다."

* * *

성안 요리사들이 분주했던 이유가 있었다. 주인의 무사 귀환을 축하하듯 긴 탁자 위 잔뜩 차려진 음식들은 보기만 해도 먹음직스러웠다.

헤레이스는 조용히 식기를 움직이며 맞은편에 앉은 이즈카엘을 힐끔거렸다. 그가 먼저 청한 식사 자리인 만큼 혹여나 샬럿이라는 여인이 있지 않을까 내심 긴장했건만 다행히 식탁에 앉은 건 그들 부부뿐이었다.

둘뿐이라 해도 내심 섭섭한 마음은 마찬가지였다. 보통 이즈카엘은 이런 만찬이 있을 때면 그녀를 직접 에스코트했다. 오늘처럼 하인이 대신 온 것은 처음 있는 일이었다. 일반적인 귀족 집안을 생각한다면 오히려 이쪽이 당연했지만, 남편과 가까이서 속삭이며 식당으로 내려가는 걸 좋아하던 그녀로서는 기쁨을 하나 빼앗긴 기분이었다.

게다가 그녀가 식당에 도착하고 지금까지 이즈카엘은 한마디 말조차 붙이지 않았다. 헤레이스는 어떻게든 이 정적을 깨고 싶었지만 두려움에 선뜻 나서지 못한 채 접시 위 음식을 깨작거렸다. 북부에서만 난다는 푸른 꿩으로 만든 요리는 요리사들이 심혈을 기울인 만큼 깊은 맛을 냈다. 그러나 지금의 헤레이스에게는 아무런 감동도 줄 수 없었다.

"왜 먹지 않지? 입에 맞지 않나?"

그녀가 힘없이 고기를 잘게 썰 때였다. 접시에서 잠깐 눈을 뗀 그녀에게 이즈카엘이 말을 걸었다. 별거 아닌 인사치레였지만 헤레이스는 제 심장이 뛰는 걸 느꼈다. 어쨌거나 챙겨 주는 말 아닌가. 어색한 분위기에 갑갑했던 그녀가 수줍게 답했다.

"……먹고 있어요."

이즈카엘은 그녀의 답에 별달리 더 반응하지 않았다. 대신 그는 고기를 입으로 가져가 씹고 삼킨 뒤 곁들여진 구운 버섯을 썰며 여상히 물었다.

"궁금한 건 없나?"

여전히 평온한 그와 달리 헤레이스는 몸을 움찔 떨었다. 궁금한 거라……. 묻고 싶은 건 산더미처럼 많았다. 하지만 헤레이스는 속에서 올라오는 질문들을 꾹 내리누른 채 남편이 불편해하지 않을 질문을 던졌다.

"가셨던 일은 잘 끝났나요?"

"이번 소탕으로 당분간 야만인들이 설칠 일은 없을 테니 잘 끝냈다 할 수 있지."

"다쳤다 들었어요. 물론 나았다는 서신을 받긴 했지만 그래도 혹시 모르니까……."

"물어볼 게 그것뿐인가?"

조금 가라앉은 목소리에 헤레이스가 퍼뜩 고개를 들었다. 노란 눈이 그녀를 가만히 응시하고 있었다.

매섭거나 차가운 눈은 아니었다. 하지만 헤레이스는 이즈카엘이 화난 것 같다고 느꼈다. 간신히 떨어졌던 입술이 붙어 버림과 동시에 헤레이스가 칼질하던 손을 멈췄다.

"샬럿에 대해 궁금하지 않아?"

그녀가 어물쩍거리자 이즈카엘이 좀 더 대담히 물었다. 양손에 포크와 나이프를 들고 있는 헤레이스와 달리 이즈카엘은 아예 식탁에서 손을 뗀 채 팔짱을 끼고 있었다. 그가 헤레이스의 얼굴을 훑더니 같잖다는 듯 비웃음을 흘렸다.

"표정을 보아하니 이름 정도는 벌써 아는 모양이군. 그럼 그녀의 출신도 알고 있나?"

"……."

"괜찮은 여자야. 출신이 미천하기는 하나 사내에게 즐거움을 주기에 그만한 여자도 없지. 누구와 다르게."

갈 곳 잃은 눈이 정처 없이 흔들렸다. 누구와 다르게. 그는 그리 말하며 헤레이스의 상체를, 정확히 부푼 가슴 부근을 뚫어져라 봤다. 모욕감에 목부터 귀까지 확확한 열이 올랐다. 그녀의 눈에 물기가 차오르기 시작한 것을 모르는 듯 이즈카엘이 포도주를 들이켜고는 말을 이었다.

"……가만 생각하니 괘씸하군. 난 여기 이 자리에서 당신에게 처음 말하는 건데 말이야. 내가 말하기도 전에 내 부인이 내 여자에 대해 알고 있다라……. 당신에게 샬럿에 대한 말을 전한 쥐새끼가 있는 모양이야."

내 부인과 내 여자. 그 단어들이 각각 다른 이를 지칭한다 생각하니 입 안이 썼다. 헤레이스가 찔끔 나오는 눈물을 참기 위해 눈을 두어 번 세게 깜빡였다.

"당신이 아끼는 그 시녀가 알려 줬나?"

"내, 내가 물어봤어요. 안나한테 내가 먼저……."

그가 말하는 사람은 분명 안나였다. 헤레이스는 스산하게 깔리는 남편의 목소리에 정신을 차리고 안나를 변호했다. 남편은 사람을 아무렇게나 해치는 사람은 아니었다. 하지만 그에게 방해된다 싶거나 해가 될 만한 이에게는 가차 없었다.

"당신이 퍽이나 그랬겠군."

이즈카엘의 목소리에는 왠지 모를 언짢음이 배어 있었으나 당장 안나가 어찌 될지도 모른다는 생각으로 겁에 질린 헤레이스의 귀에 그런 게 들어올 리 없었다.

"정말이에요. 믿어 줘요. 안나는 내가 시키는 대로 그녀에 대해 알아 왔을 뿐이에요."

"고귀하신 세르펜스 공작 부인이 그럴 리 있나. 내가 당신을 모를까? 당신은 정부나 뭐 그런 것들에 대해서는 듣기도 싫어하잖아. 먼저 남편의 여자에 대해 알아보라 말할 위인이 아니지."

정부. 그 단어가 주는 말은 명확했다. 헤레이스는 이즈카엘이 자신을 비꼬는 목소리보다 그 단어에 가슴이 아파 고개를 숙였다. 남편의 입에서 정부라는 말이 나온 이상 그에게 다른 여인이 생겼다는 사실을 더는 외면할 수 없었다. 손에 힘을 준 탓에 손톱이 손바닥 깊이 박혔다.

"그건 이제 됐어. 그보다 알려 줄 게 있어 같이 식사하자 청했어."

헤레이스는 슬픈 낯으로 이즈카엘을 바라봤다. 저 통보하듯 딱딱하고 차가운 목소리를 들으니 확실했다. 이즈카엘. 그녀의 남편은 더 이상 그녀를……

'……사랑하지 않아.'

헤레이스가 끝내 사실을 받아들이지 못한 채 입술을 세게 물 때였다. 이즈카엘이 그녀에게 엄히 경고하듯 목소리를 깔았다.

"미리 말해 두지. 샬럿에게 손대지 마."

헤레이스의 얼굴에 핏기가 싹 가셨다. 그녀가 쥐고 있던 포크와 나이프가 날카로운 소리를 내며 접시 위로 아무렇게나 추락했다. 이즈카엘은 헤레이스의 앞에 있는 식탁이 어지럽혀진 것에 잠깐 시선을 주고는 자리에서 일어난 그녀를 봤다.

"나, 나는!"

의자에서 일어난 헤레이스의 눈에는 그새 눈물이 왈칵 쏟아지고 있었다. 이즈카엘은 그녀가 샬럿을 해칠 거라 확신하는 어투로 말했다. 헤레이스는 그것이 참담했다. 그의 사랑이 떠났다는 사실을 이렇게 확인할 거라고, 그녀는 감히 상상도 해 본 적 없었다.

모멸감에 헤레이스는 말조차 하지 못한 채 몸을 바들바들 떨었다. 그러나 정말 모멸감뿐이었을까. 죽죽 내리치는 눈물을 느끼며 헤레이스는 자조하듯 스스로에게 물었다. 정말 그것뿐이냐고.

"소란 떨지 말고 앉아."

우는 헤레이스의 구슬픈 낯에 이즈카엘이 딱딱하게 명령했으나 헤레이스는 그대로 서 있었다. 이즈카엘이 한숨을 쉬더니 식탁 쪽으로 몸을 바짝 가져다 댔다. 그의 앞은 식기가 나뒹구는 헤레이스의 앞과 달리 여전히 깔끔했다. 이즈카엘이 식탁 위로 두 손을 모아 잡았다.

"물론 당신 같은 사람이 정부 때문에 움직일 거라 생각지는 않아. 당신은 그럴 성격이 못 되지. 내 말은 당신이 부리는 사람들을 단속하라 이 말이야."

"……내가 왜 이런 말을 들어야 해요."

헤레이스의 목소리에 처음으로 분이 찼다. 그녀가 이즈카엘을 똑바로 쏘아봤다. 푸른 눈이 정확히 자신을 응시하자 사내의 목울대가 위아래로 움직였다.

"무슨 뜻이지?"

"왜 당신이 화가 나 있어요? 화를 내야 하는 건 나잖아요. 난…… 나는 당신의 아이를 가졌어요. 그런데 당신은 내 앞에서 정, 정부를 데려다 놓은 주제에 뭐가 그리 당당해요!"

감정을 담은 목소리는 빠르고 격했지만 그만큼 진실했다. 당사자가 아니라도 알 수 있었다. 남편에게 화를 토하는 여인은 마음 아파 하고 있었다. 그녀는 사랑하는 이의 배신에 치를 떨며 울부짖고 있었다.

"나를 생각했다면…… 우리 아이를 한 번이라도 생각했다면 이러면 안 되는 거예요. 여자를 들이고 싶으면 적어도 아이가…… 흑…… 우리 아이가 태어난 후에……."

"내가 왜?"

그러나 헤레이스의 절절한 울음은 이즈카엘에게 닿지 못했다. 그가 무표정하게 반문했다.

"내가 왜 그래야 하는지 물었어."

"그, 그걸 지금 말이라고 해요? 아이가……."

"아이. 아이. 당신 머릿속에는 아직 태어나지도 않은 아이 생각밖에 없나?"

"……."

"내 아이를 가진 것이 그리 대단한 일인가. 그럼 샬럿도 마찬가지겠군."

또 다른 충격이 헤레이스를 덮쳤다. 크게 눈을 뜬 그녀는 차마 눈조차 깜빡이지 못한 채 남편을 바라봤다. 그는 그새 다시 잔을 채우고 그 속 붉은 액체를 천천히 음미하듯 잔을 돌렸다.

"샬럿의 배가 많이 부푼 일로 다들 뭔가 단단히 착각하고 있는 모양인데 그녀가 품은 아이는 내 아이야. 그것도 내 첫아이."

"그게 무, 무슨……"

"지난번 토벌 때 내 곁에서 밤 시중 들다 아이가 들어섰다 하더군."

"그런 말 없었잖아요! 당신 분명 얼마 전까지만 해도……"

"그때는 당신이 더 좋았거든. 굳이 다른 여인을 안았다 이야기하기 싫었지. 하지만 이제는 뭐…… 이번 토벌 때 같이 붙어 있다 보니 정이 들었어. 뻣뻣하고 재미없게 구는 당신보다야 나긋나긋한 계집한테 더 끌리는 건 당연한 이치 아니야?"

이 이상 무어라 말해야 할까. 헤레이스는 감미로운 남편의 목소리가 처음으로 역겹게 느껴졌다. 그녀가 입을 막고 두어 번 헛구역질을 했다. 그러나 그 모습을 봤음에도 이즈카엘은 평온한 얼굴로 잔을 입가에 가져가 포도주를 삼키더니 담담히 말을 이었다.

"아…… 말이 나온 김에 하나 더 말해 둬야 할 게 있군."

"……."

"샬럿에게 손대지 말라는 건 두 가지 의미야. 하나는 내가 귀애하는 여인을 편히 두라는 이야기고 또 하나는……"

"……."

"……내 후계자가 안전하게 태어날 수 있도록 배려하라는 뜻이야."

후계자. 이제 이건 그녀와 이즈카엘만의 문제가 아니었다. 헤레이스는 제 배를 움켜잡으며 소리쳤다.

"말도 안 돼요! 당신 후계자는 이 아이예요. 우리 아이란 말이에요."

잘못하다간 배 속의 아이가 위험해지게 생겼다. 배신당한 부인이 아닌 어미의 표정으로 헤레이스가 표독스럽게 외쳤다. 그녀는 악에 받쳐 말조심하던 것을 그만뒀다.

"어디서 그따위 여자의 더러운 사생……."

헤레이스가 샬럿이라는 여인을 하찮게 지칭하고 그 배 속의 아이를 더러운 사생아라 욕하려 할 때였다. 그녀는 되는대로 내뱉다 아차 하고 이성을 찾았다.

사생아……. 이즈카엘과 결혼 후 단 한 번도 쓰지 않는 말이었다. 아니, 적어도 이 세르펜스 성에서 그 단어를 함부로 뱉는 이는 없었다.

왜냐. 세르펜스 성의 주인이자 현 세르펜스 공작, 이즈카엘 세르펜스는 사생아였으니까.

"사생아라는 말을 하고 싶은 건가?"

"아……."

헤레이스가 당혹감에 입을 닫자 이즈카엘이 진한 웃음을 물었다. 어찌 보면 모욕이 될 수 있는 말임에도 그는 대수롭지 않은 표정을 했다.

"그래. 샬럿은 적법한 아내가 아니니 그녀의 태에 태어난 아이는 사생아지. 하지만 헤레이스, 당신이 잊은 모양인데……."

"……."

"나도 사생아야."

"미, 미안해요. 나는 그런 뜻이 아니라……."

헤레이스는 화내던 것도 잊고 남편의 눈치를 살폈다. 그녀는 이런 순간에도 그를 상처 입히는 게 미안했다. 그의 과거를 알고 있었기에 더더욱.

양손을 모은 채 안절부절못하는 헤레이스는 보는 것만으로도 애처로운 모습이었다. 그녀를 본 사내라면 누구든 그녀를 안고 달래 주고 싶었으리라. 하지만 온전히 그녀를 차지한 그녀의 남편은 지독한 구석이 있었다. 그가 잔인한 미소를 띠우고는 사냥감을 보듯 제 부인을 응시했다.

"미안해할 필요 없어. 사실이니까. 하지만 헤레이스 당신이 그런 말을 할 처지던가?"

"무슨……."

"당신 신분이 전처럼 고귀했다면야 내가 아무리 샬럿을 아낀들 그녀의 아이가 내 후계는 될 수 없었겠지. 하지만 당신도 알잖아? 당신은 전처럼 고귀한 여자가 아니야. 누구나 아름답고 고귀하다 떠받들어 줬던 헤레이스 디본이 아니라고."

헤레이스 디본. 그녀의 처녀 시절 성이자 이제 몰락해 지워진 역린.

헤레이스가 무너지는 얼굴을 했다. 이즈카엘은 분명 알았다. 디본이 그녀에게 어떤 의미인지. 저 과거를 끄집어내는 것이 그녀에게 얼마나 아픈 일인지.

헤레이스는 간신히 봉합해 놓았던 상처가 다시 터져 피가 흐름을 느꼈다. 우스운 것은 상처를 치유해 준 이와 다시 덧나게 한 이가 같다는 것이었다. 남편에게 조금의 아픔도 주고 싶지 않아 달달 떠는 그녀와 달리, 이즈카엘은 거리낌 없었다.

"죄인의 여식인 당신은 황제 폐하께서 내게 내린 하사품일 뿐이야. 뭐…… 어찌 보면 샬럿보다 더 미천한 게 당신일 수도 있겠군. 샬럿의 아비는 딸을 팔아넘겼지만 적어도 반역죄를 저지르지는 않았을 테니까."

"……."

"……지금 와서 그런 얼굴 마. 잊었나? 당신이 어떤 처지였는지."

이즈카엘의 그 말이 헤레이스를 나락으로 끄집어 내렸다. 처지……. 그랬다. 그녀는 이즈카엘이 아니었다면 진즉 어느 집안의 노예로 들어갔을 터였다.

헤레이스가 고개 숙였다. 상대를 절대 이길 수 없다는 열패감과 함께 꼭꼭 숨겨 뒀던 부채감이 죄책감과 함께 고개를 들었다.

"그동안은 내가 당신을 떠받들어 줬지. 하지만 이제 내가 왜 그래야 하는지 도통 알 수가 없군."

그래. 그의 말이 모두 옳았다. 헤레이스는 꾹 쥐고 있던 손에 힘을 풀었다. 그리고 가만히 의자에 앉아 죄인처럼 그가 말하는 것을 들었다. 아무렇게나 널브러진 포크와 나이프가 마음을 대변했다. 피처럼 죽 그인 소스를 보며 헤레이스가 몇 번이고 감정을 삼켜 냈다.

"샬럿이 아이를 낳을 때까지 얌전히 있어. 괜히 그녀의 심경을 거스르지 말라는 말이야."

"……."

"기왕이면 방에만 있었으면 좋겠군. 샬럿이나 내 눈에 띄지 않게. 어차피 몸 약한 당신은 누가 도와주지 않으면 제대로 걷지도 못하잖아."

"……."

"……내 말 듣고는 있나?"

"……."

"듣고 있냐 물었어."

"……."

"대답해."

"……듣고 있어요."

이즈카엘은 헤레이스가 순종하자 오히려 더 불쾌한 낯을 했다. 그가 미간을 구기며 윽박지르듯 그녀에게 말을 붙이다가 이내 의자를 박차고 일어섰다. 의자가 거칠게 바닥을 긁으며 듣기 싫은 소리를 냈다.

"……내 말 무슨 뜻인지 영리한 그대가 이해했으리라 믿어."

"……."

"그럼 먼저 일어나지. 식사마저 끝내고 들어가도록 해."

헤레이스는 이즈카엘이 나갈 때까지 미동조차 하지 않았다. 그러나 그가 긴 식탁을 지나 그녀의 곁을 스치고 둥근 아치문 너머로 사라졌을 때…….

"흐으……."

끅끅하고 눌러둔 울음이 봇물 터지듯 터져 나와 공간에 퍼졌다.

* * *

서서히 봄이 오는 듯 성안이 조금씩 따뜻해졌다. 하지만 헤레이스가 기거하는 방만은 점점 더 싸늘하게 얼어붙었다. 그건 비단 난방의 문제가 아니었다.

성안에는 이미 어느 정도 이야기가 흘러들었다. 사용인들은 부인께서 가엾게 되었다 혀를 차면서도 입을 다물었다. 성의 주인인 이즈카엘이 입을 함부로 놀리는 자는 혀를 자르고 북쪽 산 너머 야만인들의 땅으로 쫓아내겠다 엄포를 놓았기 때문이다.

헤레이스는 만찬 이후 방 안에 두문불출했다. 안나와 그녀를 전담하는 의원을 제외하고는 누구도 그녀의 그림자를 볼 수 없었다. 의원은 하루 한 번 헤레이스의 방을 방문할 때마다 긴 한숨을 내쉬었다. 그의 낯빛이 어찌나 어두운지 모르는 이가 본다면 의원이 아닌 환자인 줄 착각할 정도였다.

식사를 가지고 올라간 하녀들의 안색 또한 의원과 다르지 않았다. 들어갈 때나 나올 때나 거의 비슷한 음식량에 안나가 요리사를 수없이 닦달했지만 어떤 진미에도 짧아진 헤레이스의 입은 돌아오지 않았다.

"식사를 더 하셔야 해요."

"……더는 못 먹겠어."

"한 입만 더 뜨세요. 주방장이 특별히 만든 거래요. 아기님에게도 좋을 거예요."

끝났던 입덧이 다시 찾아와 속을 뒤집었다. 안나는 창백한 낯에 날이 갈수록 마르는 상전을 보며 발을 동동 굴렀다. 하지만 헤레이스는 입을 틀어막고 고개를 저었다.

"휴…… 아가씨, 내일은 더 드셔야 해요. 아셨죠?"

안나는 그날 이후 헤레이스와 단둘이 있을 때면 그녀를 아가씨라 지칭했다. 이즈카엘을 향한 그녀 나름의 소심한 복수요, 불만의 표출이었다. 처음에는 몇 번 안나를 지적하던 헤레이스도 어느 순간부터는 아무 말 하지 않았다. 부인이라는 호칭을 들을 때마다 구역질이 올라온 탓이었다.

"……창가로 데려가 줄래?"

침대에 기대앉아 있던 헤레이스가 창밖 호수를 보며 안나에게 부탁했다. 얼어 있던 호수는 조금 녹아 부분 부분 푸른 물이 드러나 있었다. 안나가 고개를 끄덕이고 헤레이스를 부축했다. 달이 차 그런 건지 아니면 살이 빠져 그런 건지, 헤레이스의 배는 그새 더 도드라져 보였다. 안나는 침의 위에 푹신한 요를 둘러 줬다.

창가 카우치까지 헤레이스를 부축한 안나가 그녀를 앉힌 뒤 뿌연 창을 소매로 문질렀다. 맑아진 창 너머 펼쳐진 광활한 호수 중 일부가 햇빛에 반사돼 반짝였다.

"아이가 태어나고 조금 자라면 저곳에 함께 가고 싶어."

헤레이스의 얼굴이 조금 편안하게 풀어졌다. 안나는 오랜만에 보는 상전의 미소에 맞장구를 치며 손뼉을 쳤다.

"좋은 생각이에요. 아우뉴 호수에는 맛있는 것들이 많이 있으니까 태어나실 아기님과 함께 낚시를 하러 가는 것도 좋겠어요."

"너도 참…… 끝까지 먹을 생각뿐이구나."

"아우뉴 호수 은어가 얼마나 별미인데요. 요즘이야 날씨 때문에 못 잡지만 조금만 더 기다려 보세요. 제가 주인님께 부탁……, 아."

"……."

"……죄송해요."

"아니야. 괜찮아."

헤레이스는 괜찮다고 말했지만 안나는 제 입을 당장에라도 때리고 싶었다. 세상 멍청한 요 입 같으니라고.

안나가 그런 말을 한 것에는 이유가 있었다. 익숙함……. 이즈카엘이 헤레이스를 위해 아우뉴 호수에 낚시를 가는 것은 거의 일상이나 마찬가지였다. 그는 입 짧은 그녀를 위해 시간이 날 때면 쉴 새 없이 움직였다. 헤레이스는 다 먹을 수 없다며 고개 저었지만 그는 개의치 않았다. 덕분에 늦봄부터 가을까지 성안에는 그가 잡아 온 은어가 항상 가득했다.

'……올해는 힘들겠지.'

헤레이스의 안색이 조금 씁쓸해졌다. 안나는 어떤 말로 주인의 기분을 풀어 줘야 하나 고심했다. 그러나 안나가 잠깐 생각에 잠겼을 때 창밖에서 무언가를 본 헤레이스의 낯빛이 한층 더 어두워졌다.

헤레이스가 창가에서 시선을 떼고 고개를 떨궜다가 다시 주춤거리며 창밖을 봤다. 느릿한 동작이었지만 그녀의 움직임에는 숨길 수 없는 슬픔이 가득했다. 상전의 변화에 안나가 빠르게 창밖을 살폈다.

'저, 저 인간들이!'

창 바로 아래 두 사람을 본 안나의 얼굴에 열이 올랐다. 햇빛이 잘 드는 정원 자리에는 금발의 여인이 부푼 배를 하고 편한 자세로 앉아 있었다. 그리고 그 뒤에는 사내 하나가 서서 허리를 숙이고 있었다.

안나가 저도 모르게 발을 굴렀으나 헤레이스의 시선은 여전히 창밖에 머물렀다. 밝은 태양 아래 이즈카엘은 여인의 뺨을 매만지며 무어라 속삭이고 있었다. 햇빛에 반사된 그의 은발이 눈부시게 빛났다. 살포시 접히는 금안에는 사랑하는 연인을 향한 애정이 가득했다.

'잘 어울려.'

아름다운 한 쌍이었다. 밝은 머리색을 가진 두 사람은 꼭 전설 속에 나오는 요정 같았다. 헤레이스가 까만 제 머리카락을 잡았다가 가만히 놓았다. 이즈카엘은 그녀의 머리카락을 보고 별밤 같다 칭찬했지만 헤레이스는 그 말이 믿기 어려웠다. 보통의 사내라면 당연히 이런 칙칙한 빛깔보다는 밝고 빛나는 금발을 선호할 터였다.

다시 고개를 든 헤레이스의 눈에 여인이 까르르 웃는 것이 보였다. 가지고 있는 금발만큼 눈부신 웃음이었다. 헤레이스는 저도 모르게 창가에 비친 제 모습과 여인을 비교했다.

창밖의 여인과 정반대의 우울한 표정이 들어왔다. 헤레이스가 침울한 제 얼굴을 보고 입꼬리를 억지로 들었다. 원했던 표정은 나오지 않았다. 헤레이스는 한 번 더 미소를 지어 보려다 관두고 다시 밖을 응시했다.

만삭이라 생각했던 여인의 배는 그새 조금 더 나와 보였다. 저 정도면 걷기조차 쉽지 않을 텐데……. 여인의 혈색은 헤레이스와 비교할 수 없을 만큼 건강해 보였다. 초록빛 눈은 기쁨에 빛났으며 뺨은 붉었다. 헤레이스가 창가로 손을 뻗었다가 스르르 힘없이 거뒀다.

"안나."

"네, 아가씨."

"침대로 가게 도와줄래?"

안나가 냉큼 헤레이스를 일으켰다. 시녀의 굳은 얼굴과 딱딱한 행동을 눈치챈 헤레이스가 작게 웃어 보였다.

"……조금 피곤하네. 잠을 좀 자고 싶어서."

안나는 그게 더 속상했다. 차라리 성격이 독하셨다면 좋았을 텐데. 여느 여인네들처럼 드잡이질 하고 패악을 부리며 소리치시면 이렇듯 갑갑하지는 않았을 텐데.

날 때부터 소심했던 헤레이스는 집안의 몰락 후 여러 죄책감에 거의 병적으로 남의 눈치를 살폈다. 그나마 결혼 후 이즈카엘과 지내면서 서서히 나아졌건만 이번 일로 인해 충격이 컸는지 그녀는 빠르게 이전 모습으로 돌아갔다.

안나는 그게 못내 괴로웠다. 헤레이스가 또다시 그 굴속으로 들어가 버릴까 봐 너무 두려웠다.

"고마워……."

침대에 누운 헤레이스는 파리한 안색으로 긴 숨을 내쉬더니 곧 작은 숨소리와 함께 잠들었다. 거의 도망치다시피 수마로 빠지는 모습에 안나는 헤레이스에게 두툼한 이불을 하나 더 덮어 주며 속으로 밖에 있는 이들을 향해 온갖 욕을 퍼부었다.

'망할 것들! 넘어져 코라도 깨져 버리라지!'

그렇게라도 하지 않으면 속이 타들어 가 죽을 것 같은 심경이었다.

* * *

"그런데 거기는 어디예요? 본채 바로 뒤 별채 말고도 별채가 하나 더 있던데. 작아 보이긴 해도 꽤 예뻐서 저절로 눈이……."

"……."

"공작님?"

"……."

"이즈카엘, 내 말 듣고 있어요?"

샬럿은 한참 떠들다 이상함을 느끼고 이즈카엘을 향해 고개를 돌렸다. 아니나 다를까 조금 전까지만 해도 곁에 딱 붙어 있던 사내는 그녀를 보고 있지 않았다. 그의 금안이 응시하는 건 그들 바로 위 어느 창이었다.

'정말 잘난 사내야.'

끝없이 욕심나는 사내였다. 아래에서 올려다본 남자의 턱선은 칼처럼 날카롭고 곧았다. 샬럿이 혀로 입술을 훑고는 이즈카엘의 팔을 붙잡아 흔들었다. 애교 많은 목소리는 어떤 사내라도 견디기 힘들 정도로 달콤했다.

"아이, 참. 갑자기 입이 붙으셨나. 아무 말씀 없으시면 제가 민망……."

"그만."

거세지는 않았으나 단호한 힘이 샬럿을 털어 냈다. 허리를 숙인 사내 덕에 졌던 그늘이 순간 사라졌다. 환한 햇빛이 눈가로 쏟아지자 샬럿이 인상을 찌푸리며 빠르게 고개를 돌렸다.

"먼저 들어가지."

사내에게는 일말의 미련도 없었다. 언제 걸음을 옮긴 건지 그새 저 앞까지 걸어간 거대한 등이 매정했다. 샬럿은 별말 없이 입술을 깨물다 퉤 하고 침을 뱉었다. 계속 느끼고 있었지만 저는 이용당할 뿐이었다. 샬럿은 그것이 분하고 억울했다.

손으로 눈가에 그늘을 만든 그녀가 조금 전 이즈카엘이 보고 있던 창을 날카로운 눈으로 쏘아봤다. 성의 3층 왼편에 위치한 창은 빛이 가장 잘 드는 자리에 있었다.

'해 볼 만하다 싶었는데…….'

방의 주인을 떠올린 샬럿이 입술을 삐죽 내밀었다. 도착한 후 마주한 공작 부인을 생각하자 바짝 약이 올랐다. 어디 가서 외관으로 떨어져 본 적이 없다 자부하던 그녀였다. 하지만 헤레이스를 본 순간 패배감이 드는 건 어쩔 수 없었다. 공작 부인은 소문대로 맹인의 눈조차 번쩍 뜨게 할 미인이었다.

'괜찮아. 사내들이 혹하는 건 얼굴뿐이 아닌걸.'

그래도 샬럿은 자신 있었다. 자신이 어떤 풍파를 견디며 이 자리를 차지했나. 도박 중독인 아비의 손에 이끌려 헐값에 팔린 후 악착같이 살다 겨우 손에 쥔 행운이었다. 절대 놓칠 수 없었다. 이 행운은 힘들게 산 자신이 차지해야 할 몫이었다. 딱 봐도 곱게 자란 것 같은 그 여자는 이제 물러나야 옳았다.

'손에 물 한번 안 묻혀 본 계집이 뭘 하겠어.'

처음 이즈카엘을 봤을 때가 생각나자 몸이 뜨거워졌다. 자신의 막사에 여인이라고는 하녀조차 들이지 않던 공작이 자신을 불러들였을 때 얼마나 놀랐던가. 웬만한 기사들보다 큰 키와 덩치를 가진 그의 위압감에 질리긴 했지만 곧 자신을 거칠게 밀쳐 눕힌 그로 인해 두려움은 사라…….

'어?'

이즈카엘과의 밤을 한창 떠올릴 때였다. 이상하게 길이 끊긴 듯 그 이후의 일이 아무것도 그려지지 않았다. 희뿌연 머릿속에 멀찍이 그를 보던 기억과 그의 막사에서 내동댕이쳐졌던 일만이 뇌리를 스쳐 지나갔다.

'이게 무슨…….'

이상하리만치 소름 끼치는 위화감에 샬럿이 제 배를 봤다. 다음 달이면 태어날 아이를 위해 배는 한껏 불러 있었다. 임신했으니 당연한 일이었다. 하지만…….

샬럿은 제 배가 언제 이렇게 불렀는지 알 수 없었다. 분명 처음 임신을 알아차렸을 때가 있었을 텐데 그런 기억조차 없었다. 심지어 임신해 고생한 순간조차 기억나지 않았다. 그나마 간간이 나는 기억이라고는 죄다 2개월 전부터 시작됐다. 그러나 그조차 어딘가 엉성한 것이 꼭 파 먹힌 양 불안정했다.

몸을 덮은 호사스러운 모피 속으로 스산한 바람이 파고들었다. 뒤죽박죽 조각난 기억에 샬럿의 낯이 파리해졌다. 자신은 분명 두 달 전까지…… 불현듯 어떤 장면과 대화가 솟구쳤다.

'그때 그리 잔인하게 벌주시더니 왜 다시 부르셨나요?'

'네가 원할 만큼 황금을 주마. 대신 나와 한 가지 계약을 하지.'

반년 만에 본 사내는 그날도 여전히 서늘했다. 몰래 막사에 들어왔다 매를 치고 죽이라 명할 때와 전혀 달라지지 않은 눈이었다. 사내의 제안에 떨렸던 몸이 생각났다. 그리고 그 후에는?

사내는 금방이라도 침대로 들어갈 듯 가벼운 차림이었다. 헐렁한 흰 상의 너머 꿈틀거리는 근육이 섹스러웠다. 샬럿 또한 그 추운 날 벗는 것만 못한 얇은 슈미즈 하나를 걸치고 있었다. 하지만 그는 끝내 제 몸에 손가락 하나……

샬럿이 머릿속을 부유하던 실을 간신히 잡고 끌어당길 때였다. 무언가 훅 떠오르려는 순간, 배가 강하게 요동쳤다.

"아윽!"

찰나의 날카로운 고통과 함께 배 속의 아이가 꿈틀거렸다. 태동이 일자 샬럿의 머릿속이 제자리를 찾듯 다시 말끔해졌다. 머리를 헤집던 안개가 걷히자 보이는 건 아무것도 없었다. 다만 이유 모를 상실감과 무거운 배가 샬럿에게 두려움을 줬다.

"흐으……"

"아…… 아가씨!"

그녀가 신음하며 배를 부여잡았다. 옆에 있던 어린 하녀가 그제야 그녀의 상태를 보고는 놀라 다가왔다. 샬럿이 짜증스레 하녀의 손을 쳐 냈다.

"저리 비켜!"

"앗!"

샬럿의 긴 손톱에 그인 탓에 하녀의 손에 생채기가 났다. 붉게 이어지는 실선에 아이가 한 번 더 발길질했다. 샬럿이 인상을 찌푸리며 의자에 편히 몸을 기댔다. 붉은색을 보면 이상하리만치 심장이 뛰고 불편했다.

"쉬…… 얌전히 있어야지, 아가. 이 어미가 힘들단다. 그래…… 조용히…….."

샬럿이 한 손으로 배를 쓰다듬으며 손톱을 깨물었다. 불안할 때마다 나오는 그녀의 습관이었다.

'……어떻게 잡은 기회인데. 놓칠 수 없어.'

딱딱, 규칙적으로 나는 소리가 안정을 가져다줬다. 불쾌감이 눈 녹듯 사라지며 기이한 고양감이 그녀를 감쌌다. 머릿속에는 온통 앞으로 손에 쥐어질 것들이 그려졌다. 천민이라 해도 가지고픈 잘난 사내, 끝없는 부와 권력, 공작 부인이라는 고귀한 신분과 명예…….

샬럿의 녹안이 흐리멍덩해졌다. 그녀가 눈썹을 내리깔며 옴폭 솟은 제 배를 바라봤다. 이 속에 있었다. 모든 것이 다!

그녀가 홀린 듯 둥근 배를 위아래로 쓰다듬으며 속삭였다.

"내 아가, 네가 무사히 태어나면 난 모든 걸 가질 수 있단다."

* * *

'부인, 이대로는 안 됩니다.'

'……'

'식사를 제때 하셔야 합니다. 조금이라도 움직이셔야 하고요.'

헤레이스가 방 안에 틀어박힌 지 꽤 지났다. 그녀의 전담 의원은 그녀에게 제발 몸을 챙기라 애원하는 수준에 달했다.

'이러다 큰일 나십니다. 아기님을 생각하시고 제발 힘을 좀 내세요.'

헤레이스는 내키지 않았다. 하지만 배 속 아기를 생각하라는 의원의 말에 그녀는 억지로 몸을 일으켰다.

"잘 생각하셨어요!"

"어째 나보다 안나 네가 더 좋아하는 거 같구나."

안나는 헤레이스가 말끔히 그릇을 비우고 밖으로 산책을 가겠다고 하자 활짝 웃으며 고개를 끄덕였다. 헤레이스는 신이 나 이것저것 챙기는 안나의 모습에 자신이 지금껏 그녀를 너무 걱정시킨 건 아닐까 괜스레 미안했다.

"당연히 좋죠. 아가씨랑 함께 나온 건 오랜만이잖아요."

"너도 참……."

"천천히 걸으세요. 조심스럽게. 천천히……."

막상 밖으로 나오자 기분이 한결 나아졌다. 바람이 아직 좀 차긴 했으나 방 안과 비교할 수 없을 정도로 상쾌했고, 무엇보다 푸릇푸릇 올라오는 새싹들은 그녀에게 생명력 넘치는 봄을 느끼게 했다.

'미안해. 너도 답답했을 텐데.'

아이도 기뻐하는 것 같았다. 그녀만의 착각일지도 몰랐지만. 헤레이스는 배 위에 손을 가져다 대며 속으로 아기에게 미안하다 여러 번 사과했다.

"힘들지 않으세요?"

"막상 나오니 좋아."

두 사람이 걷고 있는 별채의 정원은 본성 정원보다 크기도, 볼거리도 적었지만 임부가 적당히 거닐기에는 충분했다. 헤레이스의 발걸음이 점차 경쾌해졌다.

작은 새들이 머리 위에서 지저귀며 지나갔다. 헤레이스는 정원에서 별채 건물로 향하는 길을 걸으며 둥지 위에서 새끼를 돌보는 자그마한 흰 새를 구경했다. 솜털 가득한 아기 새들은 아직 눈도 뜨지 못한 채 입만 벌리고 있었다. 평화롭고 따사로운 풍경에 헤레이스의 입가에 저절로 미소가 그려졌다.

하지만 안나는 상전처럼 마음 편히 정원을 즐길 수 없었다. 샬럿의 근황에 대해 떠올린 그녀가 헤레이스에게 들릴 듯 말 듯 중얼거렸다.

"이런 데에 그 계집애가 들어오다니……."

샬럿은 아이를 낳을 때까지 이즈카엘의 서재 옆방에 머물기로 했다. 덕분에 깔끔히 정돈된 별채는 아직 한산했다. 안나는 이 아름다운 정원이 정부의 차지가 되는 것이 영 못마땅한지 그 뒤로도 간간이 툴툴거렸지만, 헤레이스는 애써 모른 척하며 오랜만에 찾아온 안식을 마음껏 즐겼다.

"아이. 부끄러워요. 이러지 마세요, 이즈카엘."

그러나 그 평화도 잠시. 정원 너머 별채 앞에 거의 다다랐을 때 듣고 싶지 않은 목소리가 들렸다. 안나가 관목 뒤로 쪼르르 달려가 앞을 보더니 이를 악물었다.

"아니, 매번 코앞에서 웃고 떠들더니 이게 무슨……."

안나가 신경질적으로 말했다. 이즈카엘과 샬럿. 매번 헤레이스의 침실 밖 정원에서 떠들던 두 사람은 어쩐 일인지 별채에 와 있었다. 언제나처럼 곁에 딱 붙어 속살대는 모습이 다정했다. 두 사람의 모습을 잠깐 보던 헤레이스가 안나에게 속삭였다.

"……이만 돌아가자."

안나는 재빨리 헤레이스의 눈치를 살폈다. 또 충격을 받으시면 어쩌지? 하지만 예상과 달리 헤레이스는 덤덤했다. 그녀는 휘청거리지도, 눈물을 보이지도 않았다.

'이제는…….'

침실 창을 통해 두 사람을 볼 때면 꼭 몰래 지켜보는 것 같아 괴로웠는데 차라리 이렇게 대놓고 같은 공간에서 마주하자 이상하리만치 마음이 가라앉았다. 물론 그렇다 해서 가슴이 아프지 않은 것은 아니었지만……. 견딜 만은 했다. 그래. 딱 견딜 만했다.

헤레이스가 조용히 돌아섰다. 그러나 그녀가 걷기도 전 높은 목소리가 그녀를 불러 세웠다.

"어머, 부인. 어디 가세요?"

언제부터였는지 이즈카엘과 샬럿이 헤레이스를 보고 있었다.

안나가 인상을 찌푸렸다. 감히 정부 따위가 공작 부인에게 먼저 말을 걸다니. 아무리 총애받는 정부라고는 하나 가당찮은 일이다. 당장에라도 달려들어 머리카락을 쥐어뜯고 싶었다.

"혹시 제가 보기 싫어 도망가시는 건 아니시겠죠?"

안나가 겨우 화를 억누를 때였다. 안나의 눈초리를 느꼈음에도 샬럿은 넉살좋게 웃으며 말했다. 붉은 입술처럼 살짝 끝이 올라간 물음이 사람을 약 올리는 구석이 있었다. 안나는 부들부들 떨며 한 발 앞으로 나섰다.

"저, 저게……!"

"……난 괜찮으니 조용히 있으렴, 안나."

헤레이스는 손짓으로 안나를 말렸다. 상대해서 좋을 것 없지 않나.

'기왕이면 방에만 있었으면 좋겠군. 샬럿이나 내 눈에 띄지 않게.'

그 말을 떠올리며 헤레이스가 이즈카엘에게만 살짝 고개를 숙였다. 이즈카엘은 헤레이스의 인사를 받지 않았다. 대신 그는 헤레이스를 뚫어져라 바라봤다. 몸이 따가울 정도로 매서운 시선이었다.

'눈에 띄어 불편한 거구나.'

이즈카엘의 의중을 그렇게 이해한 헤레이스가 서글픔을 억누르며 몸을 돌렸다. 하지만 그녀가 다시 걸음 옮기려는 차, 이즈카엘이 그녀를 붙잡았다.

"잠깐 이리로 오지. 여기까지 걷느라 힘들었을 텐데."

"⋯⋯."

"어서."

헤레이스가 망설이자 이즈카엘이 재촉했다. 짧은 말이었지만 그의 목소리는 거의 강요에 가까웠다. 헤레이스는 이즈카엘과 눈을 마주치지 않은 채 그들에게 다가갔다.

"죄송해요, 부인. 원래라면 먼저 인사드려야 하는데⋯⋯. 보시다시피 제 몸이 원체 무거워서⋯⋯. 이해하시죠?"

말과 다르게 송구한 기색은 추호도 없었다. 헤레이스는 샬럿의 말에 대꾸하지 않았다. 남편의 정부와 얽혀 봤자 뭐 하겠는가.

샬럿의 무례한 말에도 헤레이스가 아무 말 없이 눈을 내리깔고 있자, 이즈카엘이 입매를 팽팽히 당겼다. 그가 주변에 있던 하녀와 기사를 불렀다.

"샬럿을 데리고 들어가."

"이즈카엘!"

내내 웃고 있던 샬럿이 날카롭게 외쳤다. 이즈카엘을 바라보며 눈물을 글썽이는 그녀는 꼭 상처 입은 연인 같았다. 안나가 그 잡스러운 꼴에 헤레이스에게만 들리게끔 허, 하고 숨을 뱉었다.

"네가 걱정이 돼서 그런다. 들어가 있어."

"하지만 계속 같이 있고 싶은데⋯⋯."

이즈카엘이 달래듯 샬럿의 머리를 쓰다듬자 샬럿이 입술을 삐죽 내밀며 그의 손을 잡았다. 이즈카엘은 아무 대꾸 없이 미소 지으며 그녀의 이마에 입맞춤했다. 그리고 하녀에게 다시 손짓했다.

그의 단호한 결정을 눈치챘는지 샬럿도 별말 없이 하녀와 기사를 따랐다. 그러나 마지막까지 헤레이스를 보는 눈초리는 너무나 날카로워 헤레이스는 그것이 당장이라도 비수가 돼 자신을 찌를 것 같다는 생각을 했다.

"당신도 잠시 시녀를 물리지. 할 말도 있는데."

헤레이스는 이즈카엘과 함께 있고 싶지 않았다. 또한 그와 단둘이 있기가 두려웠다. 이즈카엘은 차분히 말하고 있었으나 헤레이스의 눈에는 그가 화난 것 같아 보였다.

"……안나는 있어도 괜찮은 아이예요. 어차피 금방 갈 거고, 제 몸이 이래서 함께 있는 거니 이해해 주세요."

그제야 이즈카엘의 시선이 헤레이스의 배에 닿았다. 그가 헤레이스의 팔을 부축하듯 잡은 안나의 손을 보더니 미미하게나마 인상을 찌푸렸다.

"부축이라면 내가 하지."

"괜찮아요. 안나로도 충분……."

"하아…… 말귀가 어둡군."

이즈카엘은 불쾌감을 숨기지 않았다. 그의 시선을 받은 안나의 낯이 하얗게 변했다. 덜덜 떨리는 몸이 가여울 지경이었다.

"공작 부인인 당신 체면을 생각해 예의를 차려 한 말이야. 당장 물려."

저번 샬럿의 이름을 알려 준 이가 누구냐 물었을 때는 추측에 불과했는데, 이로써 그가 안나를 못마땅해하는 것이 분명해졌다. 헤레이스가 급히 안나에게 물러나라 손짓했다. 잠깐 상전을 걱정스레 본 안나가 관목 뒤로 사라졌다. 그녀가 사라지기 무섭게 이즈카엘이 헤레이스에게 성큼 다가왔다.

"조금 전도 그렇고, 당신은 내 말이 말 같지 않나?"

"……."

"분명 샬럿의 눈에 띄지 말라 말했을 텐데."

역시……. 그가 화가 난 이유를 알 것 같았다. 헤레이스는 눈이 시큰거리는 것을 느끼며 이즈카엘에게 나지막하게 속삭였다.

"……미안해요."

"한낱 정부인 샬럿조차 내 말에 바로 복종하는데 당신은 공작부인이 돼서 날 전혀 생각하지 않는군."

"여기 있는 줄 몰랐어요. 알았다면 오지 않았을 거예요."

헤레이스의 목소리에 조금 힘이 들어갔다. 억울했다. 매번 본채 정원에 있던 그들을 피해 이곳으로 온 건데……. 그녀의 말에 이즈카엘이 비웃듯 물었다.

"왜? 내가 이리 말하니 화가 나?"

"……."

"……또 답을 않는군."

이즈카엘이 헤레이스의 앞에 바짝 붙더니 고개 숙인 그녀의 턱을 잡아 올렸다. 강한 힘은 아니었으나 갑작스러운 일에 헤레이스가 당황했다. 그가 돌아온 후 처음 있는 접촉이었다.

"하기야 당신은 항상 그렇지."

"그만해요. 분명 알았다면 오지 않았을 거라 말했어요."

"……."

"경고하고 싶은 말이 그것뿐이라면 이만 가 볼게요. 그게 피차 편할 테니까."

비꼬는 것이 분명한 말이 이어지자 탁, 하고 작은 손이 이즈카엘의 손을 쳤다. 그 바람에 크게 움직인 드레스 소매 안에서 무언가 툭 하고 바닥으로 떨어졌다.

"아······."

당황한 헤레이스가 배에 손을 올린 채 허둥대며 물건을 주웠다. 그러나 이미 떨어진 것을 본 듯 이즈카엘이 눈을 좁혔다. 곱게 접힌 손수건이 헤레이스의 손에 아무렇게나 구겨졌다.

"천일홍 자수라······. 누구를 주려고?"

아나이스에서 천일홍 자수가 놓인 손수건은 연인이나 부부에게만 주는 것이었다. 이즈카엘의 물음에 헤레이스는 입을 일자로 다물었다.

비록 손안에서 구겨진 손수건이었지만 천일홍이 아름답게 수놓아진 것은 누가 보더라도 수준급이었다. 당연한 일이었다. 헤레이스가 떨어뜨린 손수건은 자수 솜씨가 좋은 그녀가 이즈카엘을 생각하며 장장 두 달간 고생한 물건이었으니.

'하필······.'

헤레이스는 그가 돌아오면 선물하려 손수건에 온갖 정성을 들였고, 완성한 후에는 몸에서 한시도 떼어 놓지 않았다. 이즈카엘과의 관계가 이렇게 된 후에도 마찬가지였다. 헤레이스는 습관처럼 손수건을 몸에 지니고 다녔다. 전하지는 못했으나 그에 대한 그녀의 마음은 아직 여전했으니까.

"딱히…… 줄 사람은 없어요. 그냥……."

도저히 당신을 위한 것이다 말하지 못한 헤레이스가 머뭇거리며 변명했다. 손수건을 등 뒤로 숨긴 채 고개 숙인 얼굴이 붉게 물들었다. 거짓말을 하지 못하는 그녀의 태도는 다섯 살짜리가 보더라도 알아챌 수 있을 만큼 티가 났다.

헤레이스는 부끄러움에 다른 핑계를 대면서도 내심 이즈카엘이 알아주길 바랐다. 그러나 돌아온 것은 차가운 질책이었다.

"행동거지 똑바로 못 하나?"

생각지도 못한 책망에 헤레이스가 눈을 크게 뜬 채 이즈카엘을 봤다.

"무슨……."

"공작 부인이 이런 손수건을 가지고 있는다라…… 그것도 소매 안에 이리 소중히 말이야. 누가 보면 오해하기 딱 좋겠군. 당신한테 사내가 있다고."

모략에 가까운 말이었다. 놀란 헤레이스가 억울한 마음에 소리를 높였다.

"말도 안 돼요! 이건 내가 만든 거예요. 무료할 때 내가 직접……."

"알아."

헤레이스가 흥분하자 이즈카엘이 그녀의 말을 중간에 잘랐다. 그의 답에 기가 막힌 헤레이스가 아연한 표정으로 그를 봤다.

"안다고. 당신 솜씨인 거."

"그런데 왜……!"

"다른 이들은 모르지 않나."

흥분한 것이 허탈할 지경이었다. 억지에 가까운 이즈카엘의 궤변에 헤레이스가 대꾸조차 못 한 채 멍하니 있었다. 그러나 그녀의 시련은 지금부터가 시작이었다. 이즈카엘은 싸늘한 낯으로 그녀를 내려다보다가 입매를 비틀었다. 소름 끼치도록 명확한 악의가 헤레이스를 향했다.

"난 내 부인이 딴 사내에게 마음이 있다 소문나는 걸 원하지 않아. 그러잖아도 크게 손해 보며 데려온 당신인데 그런 말까지 돌면 내가 뭐가 되겠어?"

"……."

"세상없을 머저리로 불리겠지. 황제 폐하께서 주신 기회를 그 따위 마음 가벼운 여인에게 버렸다고 말이야."

모진 비웃음이 몇 주 전과 같았다. 듣는 것만으로도 괴로운 이즈카엘의 말에 결국 헤레이스가 눈물을 쏟았다. 이 사람이 왜 이러나. 왜 나한테 이렇게까지…….

"……울지 마."

망설임 없이 짓이긴 주제에 이즈카엘은 우는 헤레이스를 부드러이 달랬다. 그가 그녀의 눈가를 엄지손가락으로 쓸며 눈물을 닦았다. 그 손길이 몇 개월 전 좋았던 때와 같아 더 오싹했다.

"매번 이렇게 눈물 보여 봤자 해결되는 건 없어."

행동과 다른 지독한 말은 여전했다. 이즈카엘이 헤레이스의 얼굴을 정돈해 주곤 그녀의 손에서 손수건을 앗아 갔다. 헤레이스가 뒤늦게 미미한 반항을 했지만 그녀보다 훨씬 높다란 그를 이

길 수는 없었다. 그가 헤레이스를 떼어 놓고 한 발 물러섰다. 지나가는 바람에 산들거리며 흔들리는 손수건이 그렇게 약해 보일 수 없었다.

"그, 그걸 왜 가져가는……."

덜덜 떨며 뻗는 손과 붉어진 눈가가 헤레이스의 서러운 마음을 대변했다. 이즈카엘은 흡족한 듯 두어 번 천일홍 자수 부근을 쓸더니 근처 불이 피워져 있는 곳으로 성큼성큼 걸어갔다. 불안하여 마구 흔들리는 눈이 이즈카엘의 손에 들린 손수건과 맹렬히 타오르는 불길을 번갈아 봤다.

"뻔한 것 아닌가. 이따위 오해 부를 물건은……."

손수건이 팔랑팔랑 내려오다 화마에 닿았다. 헤레이스가 아직 덜 마른 눈조차 깜빡이지 못한 채 그걸 지켜봤다.

"……당장 태워 버려야지."

천일홍 자수가 있던 곳부터 붉은 불씨가 일더니 곧 수초 만에 회색 재가 피었다. 바람에 날린 재 중 일부가 부스러지더니 헤레이스의 눈동자로 들어갔다.

흐려진 푸른 눈에 또다시 설움이 넘쳤다.

* * *

'알아볼 가치가 있어.'

안나는 양손을 불끈 쥔 채 조심히 걸음을 옮겼다. 연병장을 서성이는 그녀는 자신에게 진실을 알려 줄 이를 찾고 있었다.

'주인님께서 입조심하라 이르셨는데…….'

'쟌, 내가 뭐 대단한 걸 물어보는 게 아니잖아.'

'하지만…….'

헤레이스가 아이를 가진 지 벌써 7개월에 접어들었다. 무거워진 배에 그녀는 거동조차 제대로 하지 못했다. 하지만 성안의 시선은 힘들어하는 공작 부인보다 다른 이에게 쏠려 있었다.

'이 정도면 다들 안다고. 그 여자가 여기 왔을 때 분명 8개월 차라 했지?'

'네…….'

'지금은 1년이 넘었고…….'

'조심하세요. 아시잖아요. 주인님께서 단단히 경고하신 거.'

'알았어. 알았으니 그만 가 봐, 쟌.'

기이하게도 이즈카엘의 정부 샬렷은 아직도 아이를 낳지 못했다. 개월 수로만 따지자면 1년이 넘은 시점이었다. 이즈카엘이 무서워 모두 입을 다물었지만 늦어도 너무 늦은 출산에 여러 소문은 퍼져만 갔다.

'그래. 그동안 이상하다 했어. 그 여자가 임신했던 시기에는 주인님과 아가씨의 사이가 좋았는데.'

1년 전, 아니 공작이 마지막 토벌을 떠나기 전까지만 해도 공작 부부는 더없이 행복한 나날을 보내고 있었다. 두 사람 사이가 어찌나 좋은지 옆에서 보고 있기가 민망할 정도였다.

그런데 갑자기 만삭의 정부라니. 만약 이즈카엘이 한 번이라도 여자를 끌어들였다면 뒷말이 있었을 텐데, 그를 따라갔던 누구도 그런 말을 한 적이 없었다.

오히려 이즈카엘의 막사에 웬 여자가 누워 있어 난리가 났다는 말은 몇 번이고 들었다. 그 여자가 추운 날 밖에서 매타작을 당했고, 막사를 지켰던 기사들도 큰 벌을 받았다는 이야기에 얼마나 뿌듯했던가. 주인님에게는 제 아가씨뿐이라는 사실이 안나는 그토록 자랑스러울 수 없었다.

안나는 파리한 안색으로 누워 있는 헤레이스를 떠올리며 이 껄끄러운 일을 알아보마 다짐했다. 다른 이들은 공작이 제 부인에게 질렸다며 함부로 말하곤 했지만 헤레이스의 가장 가까이에 있는 안나는 이즈카엘의 이상한 낌새를 눈치챘다.

'두 분 사이 무슨 오해가 있는지는 몰라도⋯⋯.'

마침 멀지 않은 곳에 폴이 보였다. 얼마 전 정식 기사가 된 그는 전부터 안나에게 좋아한다 몇 번이고 고백했던 이였다. 안나가 눈을 반짝이며 손을 흔들었다.

"폴!"

폴은 안나를 보자마자 얼굴을 굳히며 시선을 돌렸다. 피하려는 기색이 역력했다. 분명 숨기는 게 있단 말이지. 그걸 본 안나는 더욱 눈을 빛내며 그의 곁으로 재빨리 다가갔다.

"오랜만이야."

"어⋯⋯ 응⋯⋯."

"뭐야. 너 이제는 내가 싫은 거야? 내 얼굴도 안 보네?"

"뭐? 절대 아니야! 안나, 내가 어떻게 널 싫어할 수 있겠어. 나는 그냥⋯⋯."

"그냥 뭐?"

폴의 입이 딱 다물렸다. 하지만 쉽게 포기할 안나가 아니었다. 그녀는 폴의 팔짱을 낀 채 구석으로 그를 끌었다. 안나의 손에 이끌려 연병장 근처의 헛간 뒤로 오게 된 폴이 사방을 이리저리 살폈다.

"뭐가 그렇게 무서워? 누가 잡으러 와?"

"……."

"정말 이제 내가 싫어진 모양이구나. 사내들 마음은 쉽게 변한다더니. 알았어. 갈게."

"아니야! 아니야, 안나……."

안나가 새초롬한 얼굴로 돌아서자 폴이 더듬거리며 그녀의 팔을 잡았다.

"……뭐야."

"그런 거 아니야, 안나. 그러니까 그런 얼굴 마. 너도 알잖아. 내…… 내가 널 얼마나 좋아하는지."

폴이 뒤통수를 긁적이며 얼굴을 붉혔지만 안나의 얼굴은 돌아올 기미가 없었다. 고개를 모로 확 돌린 채 쌀쌀맞은 표정을 한 그녀는 한겨울 서리 같았다. 결국 쩔쩔매던 폴이 손을 들고 말았다.

"안나…… 이러지 마. 내가 어떻게 하면 되겠어. 네가 말하는 거면 내가 뭐든……."

안나가 옳다구나 입꼬리를 올렸다. 그녀는 폴에게 한 발 더 다가서더니 고개를 들고 그에게 바짝 붙었다. 거의 닿을 듯 말 듯 한 거리에 폴이 헤벌쭉한 얼굴로 천천히 끄덕였다.

"뭐든? 그럼 내가 묻는 말에 답해 줘."

"내…… 내가 아는 거라면……."

"너 주인님이랑 마지막으로 토벌 갔을 때 이야기 좀 해 봐. 그 때 무슨 일 없었어?"

안나의 질문에 폴의 얼굴이 언제 그랬냐는 듯 딱딱하게 굳었다. 그가 안나의 눈을 피해 저 멀리 딴 곳을 쳐다봤다. 순조롭지 못한 말이 듬성듬성 나왔다.

"아…… 아무 일도 없었는데?"

"폴!"

"정말이야! 아무 일도…… 없었어."

지금까지의 방법이 통할 것 같지 않자 안나가 작전을 바꿨다. 그녀가 폴의 손을 꼭 붙잡은 채 간절한 목소리로 부탁했다.

"폴, 내가 이렇게 부탁할게. 너도 알잖아. 공작 부인께서 요새 얼마나 고생하시는지. 원래도 몸이 약하신 분인데 근처에 그 여자가 들어와서는…… 내가 다 속상할 지경이야."

"……."

"주인님과 부인 사이에 오해도 있는 거 같고……. 하아."

"……."

"……내가 생각하기에는 분명 마지막 토벌 때 무슨 일이 있었던 거 같은데……. 그때부터 너도 그렇고 기사들도 말없이 조용하고. 너 뭐 아는 거 있지? 제발 작은 거라도 좋으니 내게 알려 줘. 응?"

폴의 눈동자가 망설임에 이리저리 떨렸다. 그가 무언가 생각하는 듯싶더니 안나의 얼굴을 보고 고개를 숙였다.

'단, 단장님, 저 여자 배…… 배가 두 달 만에 저렇게……'

'쉿! 입 다물어, 폴.'

'하, 하지만……'

'널 위한 거다. 입을 조심하지 않으면…… 네 목숨을 장담할 수 없어.'

에드가는 무슨 일이 있더라도 입을 닫으라 말했지만 폴은 그 일이 너무도 신경 쓰였다. 밤마다 시달리는 악몽도, 기사들 사이 분위기도 견디기 힘들었다. 이 일을 누구에게라도 털어놓고 싶었다. 자신이 본 것이 무엇인지 확인받고 싶었다. 안나의 얼굴이 눈앞에 유혹처럼 다가왔다. 폴의 입술이 천천히 열렸다.

"그게 말이야……."

"폴, 거기서 뭐 하나."

"단, 단장님!"

그러나 그가 막 입을 열려던 차에 그들의 뒤에서 에드가의 목소리가 들렸다. 놀란 폴이 퍼뜩 정신을 차렸다.

"훈련 중에 자리를 비우다니. 벌을 받고 싶은 건가?"

"아닙니다!"

"그럼 빨리 돌아가도록."

폴이 후다닥 사라졌다. 안나는 입술을 문 채 분한 얼굴을 했다. 바로 코앞이었는데! 분에 찬 그녀가 에드가를 불러 세웠다.

"에드가 경!"

에드가는 안나가 자신을 부를 줄 알았다는 듯 무덤덤한 얼굴이었다. 그가 안나를 똑바로 마주 본 채 걸어왔다. 훤칠한 키를 가진 그는 앞에 선 것만으로도 압박감을 선사하는 이였다. 그러나 안나는 전혀 겁먹지 않은 채 그의 회색 눈을 똑바로 쳐다보았다.

"무슨 일입니까."

"말해 주세요. 경은 주인님 곁에 항상 계시니 뭐든……."

"레이디 셜벗."

에드가가 안나의 성의 부르며 말을 잘랐다. 셜벗이라는 말에 안나의 안색이 변했다. 셜벗은 디본의 몰락과 함께 사라진 귀족성 중 하나였다. 독기 서린 갈색 눈이 에드가를 날카롭게 쏘았다.

"공작님께서 입조심하라 하셨던 걸 잊으셨습니까?"

"경이 신경 쓰실 일이 아니에요."

"이러시면 부인께서 더 힘들어지십니다. 그대는 부인께서 가장 아끼는 시녀가 아닙니까."

헤레이스가 언급되자 꾹 쥐고 있던 안나의 손이 조금 풀어졌다. 에드가가 간략히 고개 숙여 예를 표한 후 돌아섰다. 그러나 에드가는 몇 발자국 걷다 말고 우뚝 멈췄다. 그가 고개를 살짝 돌려 안나에게 겨우 들리게끔 작은 목소리로 중얼거렸다.

"부디 몸조심하시길……."

* * *

"……징그러워."

"…….."

"이즈카엘, 내 말 듣고 있어요?"

샬럿의 신경질 가득한 말에 이즈카엘이 읽고 있던 책을 덮고 그녀를 쳐다보았다. 샬럿은 침대 위에서 이불을 구기며 이를 갈고 있었다. 그녀의 안색은 몇 달 전과 다르게 퀭한 것이 어딘가 불안정해 보였다. 그녀가 이불을 쥐어뜯다 입에 손가락을 가져다 댔다. 하지만 이에 닿는 건 닳아 버린 손톱이 아닌 손가락 끝 붉은 살점이었다.

"이, 이거 대체 뭐예요. 왜…… 안 나오는 거야?"

"……."

"왜 계속 자라기만 하는 거야! 언제까지 자랄 참이야! 이건 대체 뭐야!"

제 배를 바라보며 비명을 지르는 그녀는 흡사 광인 같았다. 그녀가 주먹을 움켜쥔 채 당장이라도 제 배를 내리칠 것 같아 보이자 이즈카엘이 성가시다는 듯 한숨을 쉬며 자리에서 일어났다.

"샬럿."

가까이서 본 샬럿의 배는 이불 밑에 있어 형태만을 짐작케 했다. 몇 달 전과 크기에 있어서 별 차이가 없었건만 샬럿의 눈에 제 배는 수십 배 거대해진 후였다. 그녀는 이즈카엘이 제 곁으로 다가오자 구원 줄이라도 되는 양 그를 붙잡고 늘어졌다.

"흐읍…… 무, 무서워요. 당신 아이가 무서워 견딜 수가 없어. 이건 뭔가 이상해. 이상하다고."

"……."

"말해 주세요, 이즈카엘. 아니, 공작님. 내, 내 몸을 어떻게 한 거야. 이 안에 도대체 뭐가 살고 있는 거야?"

이즈카엘은 그녀를 그대로 뒀다. 쳐 내지도, 그렇다고 안아 주지도 않은 채. 샬럿 또한 그의 태도 정도는 상관없다는 듯 제 할 말만을 했다.

"사실 계속 이상했어요. 생각나는 것도 없고 머릿속이 이상해. 하지만 이 일이 있을 수 없는 일이라는 것쯤은 알고 있어. 나 무시하지 마. 알고 있다고. 난…… 나는 당신하고……."

급박하게 말을 쏟아 내면서도 샬럿은 머뭇거렸다. 이걸 말하면 지금껏 바라 왔던 일이 허상임을 스스로 인정하는 꼴이었다. 하지만 알아야 했다. 이상하게 꼬여 가는 기억도, 자신을 먹어 치울 것 같은 배 속 아이도 싫었다. 두려웠다. 이대로면 왠지 죽을 것만 같았다. 황금이 아무리 좋다한들 누릴 목숨이 있어야 하지 않는가.

그녀가 눈동자를 사정없이 떨며 이즈카엘에게 말했다.

"……잔 적 없잖아."

이즈카엘을 올려다본 샬럿의 얼굴에는 공포가 가득했다. 녹음 같았던 녹안은 제게 일어난 기괴함에 질려 어둑해져 있었고 붉었던 뺨은 파리해졌다.

"이, 이거 사람 새끼는 맞아? 나랑 당신 아이가 맞냔 말이야!"

"그만."

샬럿이 발을 차며 주먹으로 이즈카엘을 때리자 그가 곧바로 샬럿의 팔목을 붙잡은 채 그녀를 밀어내듯 놓았다. 침대에 쓰러진 그녀가 벌떡 일어나 발악하듯 소리를 질렀다.

"뭘 그만해! 그래! 그만해! 이따위 일 그만두면……."

그만두겠다는 그녀의 말에 이즈카엘이 샬럿의 목을 가볍게 쥐었다. 그가 딱딱하게 명령했다.

"샬럿, 눈을 감아."

샬럿의 낯이 일그러졌다. 그러나 자신을 내려다보는 서늘한 금안에는 거부할 수 없는 무언가가 있었다. 그녀가 힘을 풀고는 눈을 두어 번 깜빡이더니 곧 감았다.

"내가 한 말 생각나나?"

"……."

"내가 뭐라 말했지? 너는……."

시야가 어두컴컴해 아무것도 보이지 않자 두려움이 배가 됐다. 그러나 이즈카엘의 목소리는 어딘가 부드러운 것이 정신을 혼미하게 만들었다. 샬럿이 저도 모르게 입을 열었다.

"나는 이, 이 아이의……."

"……."

"이 아이의 어미 노릇을 할 거라고."

"잘했다. 그럼 넌 뭘 가지게 되지?"

또다시 눈앞에 무언가 어른거렸다. 내가 가지게 될 것. 조금 전까지 정신을 좀먹던 두려움이 싹 가셨다. 샬럿이 비실비실 웃음을 지으며 가장 원하는 것부터 조르듯 말했다.

"이 아이가 공작의 핏줄이니 난 공, 공작 부인이……."

"아니. 그건 내가 한 약속이 아니야."

매정한 답이 돌아왔다. 안 돼. 개를 훈련하는 것처럼 단호한 말에 왈칵 눈물이 쏟아졌다. 샬럿이 속으로 반문했다.

'왜? 내 아이가 공작의 핏줄이면 난 공작 부인이 되어야 하잖

아. 나는 왜 될 수 없어?'

억울했다. 하지만 곧 누군가 그녀를 달래듯 조곤조곤 말해 왔다. 이즈카엘의 목소리 같기도, 아닌 것 같기도 했다. 샬럿의 의식이 저절로 목소리를 따랐다.

"울 필요 없어. 그래도 가질 게 있잖아. 자, 생각해 봐. 이 아이가 네게 뭘 준다 약속했지?"

"황, 황금. 황금이요. 이 세상 무엇도 살 수 있는 황금……."

"맞아. 넌 약속대로 황금을 가지게 될 거야. 네 몸무게의 배는 되는 양이겠지."

황금. 물론 황금도 좋았다. 금만 있으면 지금까지 살았던 것처럼 살지 않아도 될 터였다. 하지만 가장 가지고 싶은 건 역시…….

공작 부인. 그녀는 이즈카엘의 옆자리를 가지고 싶었다. 그의 옆에 있으면 황금뿐 아니라 모든 것을 손에 쥘 수 있었다. 내 아이가 후계자가 될 텐데 당연히 내가 공작 부인이어야 하잖아. 이 사내도, 이 성도, 황금도, 모조리 다 내 것이야. 내 것이라고!

"하, 하지만……."

"그만. 그 이상은 안 돼. 주제를 알아야지."

샬럿이 한 번 더 요구하려 했지만 엄한 목소리는 조금의 여지도 주지 않았다. 그 여자는 되는데 왜 나는 안 돼! 억울함에 샬럿은 하소연하고 싶었지만 입이 떨어지지 않았다. 계속 떼를 쓰면 황금마저 앗아 가 버릴 것 같았다.

결국 샬럿이 대꾸 없이 고개를 숙였다. 그러자 누군가가 그녀를 침대에 천천히 눕혔다.

"그만 자도록 해. 네게 황금을 줄 아이가 피곤해하잖나."

샬럿이 눈을 감았다. 그래. 이만 자야 했다. 아이가 무사히 자라기 위해서라도 충분히 자야지. 모든 것을 잊고……. 스르륵 의식이 흐려지며 아까와 같이 번거롭다는 듯 내쉬는 한숨 소리가 희미하게 들렸다.

나태의 악마 뮬이 그녀의 눈을 완전히 가렸다. 곧 샬럿이 모든 것을 뒤로한 채 잠에 빠졌다.

그녀가 잠들자마자 이즈카엘이 자리에서 일어났다. 그가 여인의 부푼 배를 보며 낯을 일그러뜨렸다. 짓씹듯 내뱉는 말에는 살기가 있었다.

"……도대체 언제 기어 나올 참이지?"

* * *

이제는 혼자 빗질하는 것조차 버거웠다. 헤레이스는 긴 머리를 빗으며 거울을 봤다. 웬 파리한 낯을 한 여자 하나가 단향목으로 만들어진 빗을 들고 멍청한 얼굴을 하고 있었다.

'식사를 물린 것도 아닌데……'

누가 보더라도 건강하지 못한 모습이었다. 안나의 걱정을 덜어 주기 위해서라도 좋은 모습을 보이고 싶었는데 뜻대로 되지 않았다. 가만히 있어도 숨이 가빴다.

그나마 다행인 것은 구역질이 어느 순간 멈췄다는 거였다. 아이는 뒤늦게라도 영양분을 보충하듯 끊임없이 무언가를 요구했다. 헤레이스는 아이에게 미안해서 끌리는 음식이 있을 때면 마다하지 않고 손을 뻗었다. 덕분에 안나는 주방장이 날아갈 듯 기뻐하고 있다고 몇 번이고 조잘거렸다.

'이즈카엘······.'

혼자 가만히 앉아 배를 쓰다듬자 자연히 아이의 아버지가 떠올랐다. 몇 달 전 별채에서의 일 이후 헤레이스는 이즈카엘의 얼굴을 거의 보지 못했다. 그녀가 출입을 자제한 이유도 있었지만, 그 또한 서재나 집무실에 있는 것이 아니면 항상 샬럿과 함께한 탓이 컸다.

'임신한 지 1년이 넘었다고······.'

샬럿에 대한 흉흉한 소문은 헤레이스도 알고 있었다. 배가 부른 지 1년이 넘었다는 그녀는 잔뜩 예민해진 모양인지 하루에도 몇 번씩 알아듣지 못할 비명을 지르곤 했다. 헤레이스는 제 방에서 그 소리를 들으며 움찔거리다 샬럿의 방으로 향하는 발걸음 소리에 어깨를 축 내렸다. 듣기만 해도 알 수 있었다. 그 발걸음의 주인이 누구인지.

문 닫히는 소리와 함께 공향이 사라지면 여인의 비명도 잦아들었다. 그리고 사라졌던 발자국 소리는 몇 시간이 지나서야 다시 들렸다.

짧지 않은 시간 동안 그는 어떻게 제 연인을 달래 주는 걸까? 대체 어떤 말을 하기에 그 높던 비명이 한순간 끊기는 걸까? 그 여인의 배에 귀를 가져다 대고 사랑을 속삭여 줄까? 아니면 그 여인의 아이에게 동화책이라도 읽어 주는 걸까?

헤레이스는 이즈카엘의 발걸음이 가까워질 때면 자수를 놓다가도 잠깐 멈추고는 문을 바라봤다. 그의 사랑과 관심이 제게서 떠났음을 분명히 알았음에도 희망은 잡초처럼 끈질기게 솟아났다.

하지만 문은 좀처럼 열리지 않았다. 굳게 닫힌 문을 보다 헤레이스는 손을 좀 더 재게 놀리곤 했다. 촘촘한 자수처럼 켜켜이 쌓이는 실망을 애써 잊으려는 듯⋯⋯.

"⋯⋯우리한테도 한 번쯤은 와 주면 좋을 텐데."

빗을 내려놓은 헤레이스가 눈을 감고 배를 끌어안으며 아이에게 제 마음을 속삭였다. 안나에게도 털어놓지 못한 마음이었다. 어미가 돼 태어나지도 않은 아이에게 어리광을 부리는 것 같아 민망했지만 아이에게만은 솔직해질 수 있었다.

"누가 왔으면 한다는 거지?"

갑자기 들린 목소리에 헤레이스가 놀라 고개를 들었다. 화장대 거울 속에는 이즈카엘이 있었다. 침대 옆에 우두커니 서 그녀를 보고 있는 그는 짙은 그림자에 녹아들어 안광만 형형히 빛내고 있었다.

"어쩐 일로⋯⋯."

젖은 은발에 검은색 침의, 그리고 은은히 풍기는 사내의 체취는 그가 막 씻고 나왔음을 알려 줬다. 헤레이스는 이즈카엘이 이렇게 가까이 다가올 동안 왜 알아채지 못했을까 스스로를 탓하다 그가 조금 전 제 말을 들었다는 생각에 입술을 깨물었다.

"그냥. 당신 방이 보여서."

다행히 이즈카엘은 헤레이스의 혼잣말을 물고 늘어지지는 않았다. 괜한 부끄러움에 헤레이스가 얼굴을 붉히며 화장대에서 일어나려 하자 사내가 고개를 저으며 그녀에게 다가왔다.

"늦었는데 왜 잠들지 않아?"

은근하다 생각했던 사내의 향기가 순식간에 짙어졌다. 그가 허리를 숙이고 드러난 헤레이스의 목덜미에 코를 묻었다. 갑작스러운 접촉에 헤레이스가 눈을 크게 떴으나 곧 익숙한 듯 몸이 먼저 긴장을 풀었다. 이제는 먼일이었지만 1년 전까지만 하더라도 그는 종종 앉아 있는 헤레이스의 목에 얼굴을 파묻곤 했다.

"그러는 당신은 왜 이 늦은 시간까지 깨어 있어요?"

"……샬럿을 달래 주느라."

사내의 입에서 정부의 이름이 거리낌 없이 나왔다. 이름을 부르는 것에 익숙한 듯, 그 목소리에서 생경한 기색은 눈곱만큼도 찾아볼 수 없었다. 헤레이스는 제 목에 입술을 비비면서도 정부를 부르는 이즈카엘을 슬픈 낯으로 바라보다 거울에 비친 제 얼굴을 보고 빠르게 표정을 바꿨다.

"몸이 불편해 그런지 요새 도통 잠을 못 자더군. 덕분에 나도 잠이 다 깼어."

아…… 그 여자 때문에 피곤한 거구나. 말을 하며 길게 한숨을 내뱉는 사내는 그녀와 달리 편안해 보였다. 질척한 숨이 목을 간지럽혔다. 헤레이스는 갑갑한 마음을 내리누른 채 간신히 답했다.

"……안타까운 일이에요."

헤레이스의 말에 이즈카엘이 입술을 떼고 눈을 떴다. 그의 미간은 주름진 채 조금 좁혀져 있었다. 그가 거울 속 헤레이스를 보며 입을 열었다. 어두운 실내 안이라 안 그래도 사내치고 붉은 입술이 두드러져 보였다.

"뭐가?"

"……."

"뭐가 안타깝다는 거지? 편히 쉬지 못하는 당신 남편이 안타까운 건가, 아니면 임신으로 힘든 남편의 정부가 안타까운 건가."

사내의 큰 손이 헤레이스의 허리를 감았다. 둥근 배 위에 처음으로 남편의 손이 닿자 헤레이스가 숨을 크게 들이쉬었다.

얼핏 보면 다정해 보이는 행동이었지만 헤레이스는 이상하게 겁이 났다. 그가 당장에라도 자신과 아이를 해칠 것만 같았다. 차마 그와 눈을 마주치지 못한 헤레이스가 눈을 내리깔며 기계적으로 말했다.

"비명을 자주 지르던데…… 곁에 자주 있어 줘요. 임신해서 불편할 때는 남편이……."

하지만 말은 끝까지 이어지지 못했다. 다른 건 몰라도 남편이라는 단어는 도저히 뱉을 수 없었다. 그는 자신의 남편이었다. 그 여자의 남편이 아니라.

헤레이스가 말을 하다 말자 이즈카엘이 그녀의 입술을 만지작거렸다. 긴 손가락이 축축한 입술 안쪽과 이를 살짝 건드렸다.

"왜 말을 하다 말아?"

"……."

"당신은 참 대단해."

"……."

"남편에게 정부의 곁에 자주 있으라 부탁하는 부인은 꼬장꼬장한 동부 촌구석에서도 드문데 말이야. 내가 부인 하나는 정말 잘 뒀지. 안 그런가?"

고저 없는 말투가 건조했으나 그 속에는 비아냥이 가득했다. 헤레이스가 여전히 시선을 맞추지 못한 채 거울을 통해 남편을 훔쳐봤다. 그는 여전히 헤레이스의 입술을 만지작거리며 손장난을 치고 있었다.

"한쪽은 말이 너무 많아 신경이 쓰이는데 다른 쪽은 말이 없어도 너무 없군."

"……."

"당신은 나한테 할 말이 그렇게 없나?"

야릇한 감각이 수치스러웠으나 헤레이스는 잠시 그가 하는 대로 내버려 두다 무언가 결심한 듯 사내의 손을 잡아 천천히 내렸다. 그리고 용기 내 거울 속 그를 마주 보며 입을 열었다.

"……있어요."

"……."

"당신한테 할 말 있어요."

이즈카엘이 헤레이스를 가만히 들여다봤다. 헤레이스가 침을 꿀꺽 삼키고 천천히 말을 이었다.

"아이…… 그러니까 우, 우리 아이 말이에요. 곧 태어나요. 그건 알고 있나요?"

아이. 몇 달간 감히 말조차 떼지 못한 주제였다. 그가 정부의 아이를 후계자로 삼겠다 공포한 날 이후로 헤레이스는 이 주제를 감히 입에 올리지 않았다. 다시 그에게 똑같은 답을 들을까 두려웠고, 제 아이에게 관심 없는 그가 막막했다.

"……내가 머저리로 보이나. 당신 배 속 애가 8개월이 넘었다는 사실은 잘 알고 있어."

일부러 우리라는 말을 썼건만 돌아온 건 그녀만을 지칭하는 단어였다. 삭막했던 현실이 절실히 체감되자 헤레이스의 표정이 무너질 듯 애처로워졌다. 그녀가 사내의 손을 두 손으로 붙잡고 애원하듯 이름을 불렀다.

"이즈카엘."

"……."

"정말 그 여자의 아이에게 후계 자리를 줄 거예요?"

정부의 아이도 그의 자식이니 헤레이스로서는 이즈카엘에게 무어라 할 계제가 못 됐다. 평범한 결혼이었으면 달랐을지 모르나, 그의 말대로 그녀의 처지는 황제가 내린 하사품 그 이상도 이하도 아니었다. 그의 한 시절 사랑으로 지금의 자리에 있지만 그의 말 한마디면 당장에라도 내쳐져 차디찬 겨울의 낙엽처럼 바스러질지도 몰랐다.

잔인한 현실이었으나 지난 몇 달간 헤레이스는 제 상황을 곱씹으며 최대한 이성적으로 생각하려 노력했다.

"다시 생각해 보면 안 돼요? 당신 말대로 내가…… 내가 부족한 사람이긴 하지만……. 그래도 난 당신의 적법한 부인이에요."

물론 내린 결론은 암담했다. 아이를 위해 이즈카엘에게 비는 것 외 그녀가 할 수 있는 일은 딱히 없었다. 그녀는 노예처럼 그의 발치에 엎드려 아이의 미래를 쟁취해야 했다. 그의 사랑을 받앗을 때면 모르겠지만, 지금의 그녀는 부인이긴 하나 정부만도 못하지 않나.

"당신이 이 아이를 후계자로 인정하지 않으면 우리 아이는 나 때문에 힘들 거예요. 알잖아요. 난……."

"그대가 뭐?"

"……당신 말대로예요. 죄인의 여식이자 애매한 신분을 가진 난 아이의 미래에 도움이 되지 않아요. 그러니까 아이의 아버지인 당신이 이 아이를 도와줘야 해요."

이즈카엘의 손에 헤레이스의 창백한 뺨이 닿았다. 그녀가 그의 손에 자신의 볼을 비비며 일말의 정을 호소했다. 제발…….

"이즈카엘, 우리 아이를 지켜 주세요. 부탁이에요."

"……."

"우리 아이에게 명예로운 미래만 준다면 더는 어떤 것도 바라지 않을게요. 당신이 시키는 건 뭐든 할게요. 조용히 있으라면 그럴 수 있어요. 방에서 나오지 말라 하면 그것도 좋아요. 당신이나 그녀의 눈에 띄지 않겠다 맹세할 수도 있어요. 하지만 아이는 죄가 없잖아요. 나 때문에 이 아이가 손가락질받는다면 난 견디기 힘들 거예요."

눈물 몇 방울이 이즈카엘의 손을 적셨다. 아이를 위하는 어미의 흐느낌이 간절했다. 하지만 매정한 사내는 헤레이스를 털어내듯 손을 빼냈다. 그리고 얼굴을 일그러뜨린 채 무거운 목소리로 말했다.

"당신은 참 이기적이야."

이즈카엘의 핀잔에 헤레이스가 영문 모를 낯을 했다. 그가 헤레이스를 내려다보며 지겹다는 듯 더욱 깊이 미간을 구겼다.

"그럼 샬럿의 아이는? 그 아이에게는 명예가 없어도 되나?"

이즈카엘의 말에 헤레이스가 멍한 표정을 지었다. 그 여자의 아이……. 생각해 보지 못했다. 아니, 일부러 하지 않았다.

이기적이라 해도 좋았다. 하지만 당연한 것 아닌가. 헤레이스에게는 남편의 정부가 낳은 아이보다 당연히 배 속에 있는 그녀의 아이가 중했다. 하지만 남편의 구겨진 얼굴을 보자 이유 모를 부끄러움이 들었다.

그녀의 남편 이즈카엘은 사생아였다. 때문에 그는 많은 어려움을 겪었다. 어린 시절 샤를과 함께 이 성에서 놀 때면 그는 먼발치서 그녀와 샤를을 지켜보기만 했다. 그녀에게게만은 천사나 다름없었던 공작 부인이 이즈카엘에게는 어찌나 무서운지 헤레이스는 아무것도 모를 나이에 자신보다 세 살이나 많은 그를 가엾다 생각했다.

'……괴로운 거야.'

그는 겪어 봤기에 저런 얼굴을 하는 것이리라. 사랑하는 여인의 태에서 난 자식이 자신처럼 사생아로 태어나 쓰라린 것이리라.

"당신의 아이는 후계가 아니어도 충분하다 보는데. 문제가 있긴 하나 어미인 당신이 공작 부인으로 있는 한 그 아이는 세르펜스의 적법한 혈통으로 별 탈 없이 자랄 거야. 하지만 샬럿은 당신이 그 자리를 차지한 덕에 정부로 지탄받고 있지. 그러니 후계자 자리는 당신과 당신 배 속 아이가 양보하는 게 옳지 않나?"

조금의 여지도 없었다. 헤레이스는 이즈카엘의 말에 반박하고 싶었으나 울컥 올라오는 자괴감에 몸서리만 칠 뿐 어떤 반항도 할 수 없었다.

　이즈카엘의 말 하나하나가 그녀를 상처 입혔다. 특히 그가 그녀더러 공작 부인 자리를 차지하고 있다고 말할 때 헤레이스는 마음속 어딘가 가라앉는 느낌을 받았다. 그의 말이 함의하고 있는 바는 분명했다.

　이미 과분한 것을 쥐여 줬으니 이 이상 어떤 것도 바라지 말라.

　헤레이스가 고개를 숙였다. 흐르는 눈물이 온 얼굴을 적셨다. 그의 옆자리를 포기하면 아이에게 자비를 베풀까? 그런 생각도 들었지만 쉽사리 공작 부인 자리를 포기하겠다 말할 수도 없었다. 자신이 이 자리를 내려놓는다고 해서 이즈카엘이 제 아이에게 후계 자리를 준다는 보장도 없었을뿐더러 그것만은 마음이 내키지 않았다.

　아이를 위해서라면 말을 꺼내는 시늉이라도 해야 하는데 입이 도통 떨어지지 않았다. 그녀는 여전히 이즈카엘을 사랑했다. 그렇기에 헤레이스는 이즈카엘에게 당신의 옆자리를 포기하겠다는 말을 죽어도 할 수 없었다.

　결국 이러지도 저러지도 못한 헤레이스는 계속해서 눈물만 떨궜다. 풍성한 검은 머리가 가는 목선을 따라 흐트러졌다. 방울방울 떨어지는 물줄기가 가슴과 부푼 배 부위의 침의를 적셨다.

　이즈카엘은 가만히 서 흐느끼는 아내를 바라보기만 했다. 언젠가부터 그의 아내는 그의 앞에서 항상 눈물만 흘렸다.

더없이 처연하고 애처롭게. 그리하여 건드리지 않고는 견딜 수 없게. 그렇게 울었다.

이즈카엘이 작은 얼굴을 쥐고 들어 올렸다. 그에게 힘없는 아내를 뜻대로 다루는 일은 어린아이에게 사탕을 빼앗는 것보다 쉬웠다. 울음에 뭉개져 붉어진 눈가가 그를 자극했다. 그가 아이를 어르듯 아내의 뺨을 살짝 쓸었다.

헤레이스는 별달리 반응하지 않았다. 잔뜩 들린 고개에 목이 아플 만한데도 그녀는 눈꺼풀을 내리깐 채 최대한 그의 시선을 피했다. 이즈카엘은 그게 언짢아 견디기 힘들었다. 그가 흉포한 성질을 간신히 누른 채 짓무른 아내의 눈언저리를 비비며 삐뚜름한 미소를 지었다.

"……포기하긴 일러."

"……."

"헤레이스, 당신 처지가 바닥인 건 사실이지만……."

"……."

"내 부인께서는 여전히 사내를 동하게 하는 재주가 있거든."

이 자리에 고귀한 세르펜스의 공작은 없었다. 욕망에 어둑히 젖은 그의 눈이 헤레이스를 당장에라도 발라먹을 듯 샅샅이 파헤쳤다.

"진정으로 아이를 위한다면 그대 스스로 움직여. 움직여서 내 마음을 돌려. 그럼 혹시 모르잖나. 내가 또다시 당신한테 넘어가 원하는 건 뭐든 갖다 바칠지."

그가 말하는 바가 무엇인지는 눈만 봐도 알았다. 헤레이스가 파르르 떨다 고개를 저었다. 싫다. 그런 관계는 싫었다. 몸으로 그를 유혹하라니 끔찍한 말이었다.

"왜? 그것조차 못 하겠나?"

헤레이스가 도리질 치자 사내의 손아귀 힘이 한층 강해졌다. 양 뺨이 눌리며 자연히 입이 벌어졌다.

흰 치아가 드러나자마자 이즈카엘이 달려들었다. 헤레이스가 고개를 좌우로 세게 저었지만 덫에 걸린 듯 그에게서 빠져나올 수 없었다.

"싫어요! 싫…… 읍!"

이즈카엘이 억지로 헤레이스를 끌어 제 쪽으로 당겼다. 깊게 허리를 숙인 그가 내리찍듯 그녀에게 입술을 맞추고 혀를 얽었다. 난폭하고 거친 입맞춤에 헤레이스가 작게 비명을 지르며 이를 세웠다.

그러자 사내의 입술에 피가 비쳤다. 물어뜯은 건 헤레이스였건만 붉은 피에 경기하듯 놀란 이 또한 그녀였다. 헤레이스가 거친 숨을 내쉬며 경계하듯 남편을 살폈다. 손등으로 대강 피를 닦은 그가 흉흉한 낯으로 헤레이스를 노려봤다.

사내가 다시 손을 뻗자 헤레이스가 도망치듯 몸을 젖혔다. 하지만 입술만 떨어졌을 뿐, 그녀의 얼굴은 여전히 남편의 손 안이었다. 이즈카엘이 탁한 눈으로 헤레이스의 입술을 쓸었다. 헤레이스가 파들파들 떨며 놓아 달라 애걸하듯 신음했다.

"싫, 싫어요. 제발……."

"……입 벌려, 헤레이스."

지난 몇 달 그와의 관계에 많은 변화가 생겼음을 누구보다 헤레이스 그녀가 잘 알았다. 냉랭해진 그였다. 눈에 띄지 말라 일갈하던 사내였다. 그런데 도대체 왜 이런단 말인가.

열기로 들끓는 눈이 두려웠다. 헤레이스는 어떻게든 벗어나려 애쓰며 발버둥 쳤다. 흰 발이 화장대에 부딪치고 작은 주먹이 이즈카엘의 어깨를 두드렸다. 하지만 그 미미한 반항마저 오래가지 못했다.

"아악!"

허리가 끊어질 듯 격렬한 고통이 몰려왔다. 누군가 내장을 검으로 베고 헤집는 듯한 통증이었다.

이즈카엘도 무언가 이상을 느낀 듯 손을 놓고 헤레이스를 살폈다. 헤레이스는 정신이 어지러워졌는데도 불구하고 시선을 아래로 내렸다. 무언가 축축한 것이 앉은 자리가 불길했다.

흰 의자가 붉은 피로 천천히 물들고 있었다. 어둑한 피를 눈으로 확인한 순간 비릿한 냄새가 훅 올라왔다. 푸른 눈이 끝없는 두려움으로 사정없이 떨렸다.

"헤레이스! 밖에 누구 없나? 헤레이스!"

사내의 고함이 귓가에 웅웅거렸다. 이즈카엘이 헤레이스를 들어 올림과 동시에 여러 사람들의 발걸음 소리가 들렸다.

'아가……'

하지만 헤레이스는 파랗게 질린 남편의 얼굴을 끝으로 가물가물한 시야를 놓치고 말았다.

2장. 아이

조산이었다. 헤레이스는 9개월이 채 못 된 사내아이를 낳았다.

개월 수를 못 채운 아이는 조막만 한 크기만큼 울음조차 희미했다. 켁켁 밭은 숨을 뱉으며 당장에라도 떠날 듯 몸을 늘어뜨린 아이는 의원이 숨을 불어 넣은 후에야 제대로 숨을 쉬었다.

'아…… 아기…… 내 아기…….'

거의 혼절한 상태로 아이를 낳은 헤레이스는 아이가 태어남을 인지함과 동시에 정신을 잃었다. 그녀가 다시 눈을 뜬 건 아이를 낳고도 사흘이 지난 후였다.

안나는 며칠 새 얼마나 마음고생을 심하게 했는지 척 보기에도 살이 빠져 홀쭉해 있었다. 엉엉 울음을 터뜨린 그녀는 흘러나온 눈물도, 콧물도 닦지 않은 채 헤레이스의 손을 꼭 잡고만 있었다.

"안나, 울지 말고…… 아이를 보여 줘. 아이…… 내 아이는 건강한 거지?"

헤레이스가 낳은 아이는 빈말로라도 건강하다고 말할 수 없었다. 그러나 안나는 고개를 힘차게 끄덕이며 웃어 보였다. 그녀가 산파에게 다가가 아이를 조심스레 받았다. 흰 강보에 싸인 아이가 다가오자 헤레이스가 고개를 쭉 빼곤 단 1초라도 빨리 아이를 보려 했다.

"아가……."

쌕쌕이며 자고 있던 아이가 미미하게나마 옹알거렸다. 어눌한 자세로 안아 들었건만 아이는 본능적으로 어미를 알아챈 모양인지 별다른 거부감을 보이지 않았다. 아이를 처음 본 헤레이스의 눈에 눈물이 가득 고였다.

달을 채우지는 못했으나 오랜 시간 그녀의 배 속에서 머물렀던 아이였다. 헤레이스는 아이의 작은 손조차 제 탓인 거 같아 미안하고 또 미안했다.

"작아. 너무 작아……. 흐윽."

혹여나 아이에게 나쁜 것이 닿을까 눈물조차 쏟을 수 없었다. 헤레이스가 안나에게 아이를 내밀었다. 하지만 안나는 아이를 받아 드는 대신 깨끗한 손수건으로 헤레이스의 눈물을 닦아 주며 그녀가 좀 더 편히 아이를 볼 수 있게 자세를 고쳐 줬다.

아이의 머리카락은 헤레이스를 닮은 검은색이었다. 아직 정확히 알 수는 없었지만 유독 흰 피부에 전체적인 얼굴선도 그녀를 닮은 것 같았다. 감고 있는 눈은 어떨까. 헤레이스는 아이의 이목구비를 살피며 꾹 다물려 있는 눈꺼풀 뒤 아이의 눈동자 색을 가늠했다.

"도련님이 부인을 꼭 닮으셨어요. 전 부인의 눈이 도련님께 간 줄 알았다니까요."

유순해 보이는 산파가 헤레이스가 궁금해하는 것을 알아챈 듯 푸근한 목소리로 말했다. 헤레이스는 궁금증을 해결한 것보다 다른 말에 더 놀라 되물었다.

"사내아이야?"

"어머, 내 정신 좀 봐. 아가씨…… 아니, 부인. 사내예요. 어여쁘긴 하지만 도련님이랍니다."

안나의 말에 헤레이스가 신기한 듯 아이를 살폈다. 너무 곱고 작아 여자아이인 줄 착각했다. 오밀조밀한 코도, 둥근 모양의 입술도 여아라 해도 믿을 정도였다.

아이를 보고 있자니 감정이 다시 울컥 치솟았다. 헤레이스의 눈에 다시 눈물이 차오르는 걸 본 의원이 다가왔다. 그도 며칠 새 고생한 모양인지 많이 지친 기색이었다. 그러나 주름진 눈가에는 자신이 모자를 살렸다는 뿌듯함이 있었다. 의원이 헤레이스를 향해 걱정스레 말하며 안나와 산파에게 눈짓했다.

"부인께서도 충분히 쉬셔야 합니다."

헤레이스에게 아이를 넘겨받은 안나가 산파에게 아이를 건네주었다. 산파가 익숙한 듯 아이를 안더니 침실 바로 옆에 딸린 방으로 아이를 데려갔다.

헤레이스는 아이가 사라질 때까지 움직임을 좇다가 문이 닫히고 난 후에도 한참 동안 응시했다. 안나가 그런 헤레이스를 보며 고개를 설레설레 흔들다 짐짓 단호한 손으로 그녀를 침대에 눕혔다.

헤레이스가 눕자 의원을 비롯한 하녀들이 허리를 숙여 인사한 뒤 방에서 나갔다. 안나가 커튼을 치고 난로를 한 번 더 살폈다.

안나가 타오르는 장작을 두어 번 뒤섞은 뒤 돌아섰다. 헤레이스는 여전히 애달픈 눈으로 아이가 사라진 문을 보고 있었다. 안나는 한숨을 쉬고 상전에게 다가가 이불을 덮어 주며 잔소리를 늘어놓았다.

"의원님 말씀 못 들으셨어요. 충분히 쉬셔야 한다잖아요. 일단 주무세요. 주무시고 일어나면 도련님을 다시 데려올게요."

안나의 말에 헤레이스가 작게 고개를 끄덕였다. 고개를 편히 눕힌 그녀가 눈을 천천히 깜빡이다 문득 무언가 생각난 듯 안나를 봤다.

"응, 그래. 그런데 안나……."

고민하듯 우물쭈물하는 목소리에는 고심이 가득했다. 안나가 의아한 낯으로 헤레이스를 봤다.

"……그이는?"

헤레이스의 물음에 안나의 얼굴이 조금 굳었다. 질문에는 선명한 기대가 있었다. 아니나 다를까 헤레이스가 재차 안나에게 답을 요구했다.

"언제 갔어? 분명히 옆에 있는 걸 봤는데……."

헤레이스는 자신의 곁에 있던 이즈카엘을 기억했다. 여러 번 혼절한 탓에 모든 기억이 선명하진 않았으나 기억나는 장면 속엔 그가 분명 있었다. 그는 헤레이스의 식은땀을 닦아 주며 무어라 중얼거렸다. 헤레이스는 생전 그의 낯이 그렇게 파리한 걸 본 적이 없었다.

"……공작님은 일이 생기셔서 중간에 나가셨어요."

"일?"

그렇기에 안나의 말에 헤레이스는 조금 실망할지언정 그가 원망스럽지는 않았다. 자신은 분명 봤다. 그의 눈 안에 담긴 걱정을……. 깨어났을 때 곁에 있어 줬으면 더 기뻤겠지만 그는 바쁜 사람 아닌가. 아직도 오지 않는 걸 보면 필시 자리를 비울 수 없는 일이 생긴 것이리라.

"급한 일이래? 혹시 또 토벌을 가는 거면 아이를 한번 안아 보고 가라 전해야겠다. 한번 떠나면 금세 못 돌아올 수도 있으니까……."

"아니에요."

헤레이스가 이해한다는 듯 웃으며 속살거리자 안나가 참지 못하고 상전의 말을 잘랐다. 누군가를 떠올린 듯 원망 가득한 눈동자가 바닥을 향하다 헤레이스를 안쓰럽게 쓸었다. 안나가 어렵게 입을 뗐다.

"……그 계집애가 아이를 낳았어요. 그것도 아가씨랑 같은 날에요."

쿵. 심장이 내려앉는 기분이었다. 헤레이스는 눈을 크게 뜨고 고개를 들었다. 안나는 눈을 질끈 감은 상태였다. 서서히 눈을 뜬 안나가 충격으로 멍한 헤레이스의 손을 꼭 잡았다.

"……잘됐구나. 그렇게 고생하더니."

오랜 정적 후에 헤레이스가 입을 열었다. 억지로 짓는 웃음에는 미처 가리지 못한 슬픔이 가득했다.

예상했던 일 아닌가. 언젠가는 닥칠 일이었다. 헤레이스보다 훨씬 먼저 배가 불렀던 여자였다. 시기가 좀 기이하긴 했으나 여자를 탓할 수 없었다. 그 여자라고 그녀와 같은 날 아이를 낳고 싶어 그러한 것은 아닐 테니.

"잘되긴 무슨! 아가씨가 혼절해 있는 와중에 아이를 낳는다며 주인님을 데려갔는데!"

"……"

"주인님도 너무하세요. 아가씨는 정신도 못 차리고 있는데……. 그렇게 바로 그 계집한테 가시고."

진실을 알게 되자 서글픔이 몰려왔다. 그랬구나. 그녀에게 간 거구나.

사라진 남편은 저 대신 그의 연인에게로 간 거였다. 하기야 몸이 두 개가 아니라면 자신에게 좀 더 중한 이에게 가는 게 맞겠지. 하지만 이해했음에도 가라앉은 기분은 좀처럼 돌아올 기미를 보이지 않았다. 그의 사랑이 떠났음을 또다시 확인받은 것 같아 가슴이 저렸다.

"정말 얄미운 여자예요. 대체 아가씨랑 무슨 원한을 맺었다고! 그 여자 때문에 도련님도……."

"내 아이가 왜? 무슨 일이야?"

가만히 고개를 끄덕이며 수긍하던 헤레이스가 아이라는 말에 빠르게 반문했다. 다른 건 몰라도 아이 일에는 신경이 곤두섰다. 헤레이스가 이불을 내리고 몸을 일으키려 하자 안나가 재빨리 그녀를 저지했다.

"진정하세요, 아가씨. 무슨 일이 생긴 건 아니에요. 다만……."

"다만?"

"그 여자의 아이가 몇 시간 먼저 태어났어요. 그리고 주인님께 서……."

"……."

"……그 여자의 아이가 자신의 첫 번째 아이다 사람들 앞에서 공표하셨고요."

저절로 힘이 빠졌다. 첫아이. 그 단어가 가지는 의미는 제법 컸다.

귀족가에서는 사생아를 쉬이 인정하지 않았다. 혹 사생아를 귀애해 인정한다 해도 후계가 끊어지지 않는 이상 사생아에게 가문의 성을 물려주는 일은 드물었다.

하지만 이즈카엘은 정부의 태에서 난 사생아를 정식으로 공표했다. 그건 그가 그 아이를 자식으로 인정하는 셈이었으며, 성 또한 물려주겠다는 의사를 공식적으로 표명한 거였다. 게다가 첫아이라니. 귀족 가문에서는 장자 승계가 일반적이었다. 그러므로 이즈카엘의 말은 후계 경쟁에서 특정 아이에게 힘을 실어 주는 것과 같았다.

이는 이즈카엘이 헤레이스를 단단히 무시하다 못해 없는 사람 취급하는 처사였다. 그의 적법한 아내인 헤레이스는 불임도 아니었고, 심지어 아이를, 그것도 사내아이를 낳았다. 보통의 가문이었다면 부인 쪽에서 억울하다 소송을 제기할 수도 있는 문제였다.

그러나 헤레이스는 감히 그를 상대로 소송을 일으킬 수 없었다. 그녀에게는 자신을 도와줄 친정 가문도, 지인도 남지 않았다. 게다가 세르펜스 공작 부인이라는, 순전히 이즈카엘의 손에 달린 위태로운 직위가 사라지면 그녀는 귀족조차 아니었다. 그리고 그렇게 되면 소송 자체는 무효였다. 죄인이 대귀족인 그를 상대로 소송을 제기할 수는 없었으니.

더 나아가 이즈카엘이 아이를 외면한다면 상황은 더 복잡해졌다. 상상조차 하기 싫었지만 그녀의 태에서 난 아이는 죄인의 핏줄로 전락할 수도 있었다. 율리스 황녀의 아들이자 헤레이스의 약혼자였던 샤를이 그러했듯이.

반역죄는 그래서 무서웠다. 들키면 본인뿐 아니라 주변 가장 소중한 이들도 연좌되어 지옥으로 처박혔다. 그리하여 누구든 쉽게 꿈꾸지 않았다.

"정말 너무하세요. 흐윽…… 도련님은 보시지도, 안아 주지도 않으시고……. 그따위 사생아가 뭐가 대수라고!"

"……안나, 그런 말은 해서 안 돼."

헤레이스는 제 무릎에 엎드려 우는 안나를 다독이며 제게 닥친 일을 조용히 감내했다. 이즈카엘이 그렇게 하겠다하면 그리될 터였다. 그녀에게는 그를 막을 힘도, 명분도 없었다.

돌연 아이가 다시 보고 싶어졌다. 배 속에 있던 아이가 세상으로 나왔기에 그런 건지 공허한 기분이었다.

그 작은 몸을 안고 있으면 이 비참함과 외로움이 좀 덜할까. 헤레이스는 아이가 있을 방문을 바라보다 가만히 눈을 감았다.

* * *

이즈카엘은 샬럿에게서 본 제 첫째 아들의 이름을 미겔이라 명했다. 예정된 영광이라는 노골적인 뜻을 가진 이름이었다.

물론 미겔이 후계자로 지목된 건 아니었다. 그러나 아이는 정부 출신의 어미를 둔 사생아임에도 불구하고 영광된 이름 아래 기사들에게 사열식까지 받았다. 과한 처사에 사람들은 아이를 두고 수군거렸으나 공작의 눈초리와 공작을 꼭 닮은 아이의 생김새에 모두 입을 닫았다.

"어미의 출신이 미천하기는 하나, 공작님을 빼닮은 도련님은 미겔 도련님 쪽이죠."

"그런 머리색은 드문데…… 이러다 후대에 세르펜스 공작은 적발이 아니라 은발로 굳어지는 거 아닐까 몰라."

"공작님께서도 역시 자신과 닮은 도련님한테 끌리는 거지. 하기야 나 같아도 하나도 안 닮은 자식보다야 친탁한 자식한테 더 눈이 가지."

헤레이스가 낳은 아들이 그녀를 빼닮은 것과 달리 미겔은 아비인 이즈카엘과 판박이였다. 이즈카엘의 은실 같은 은발에 황금처럼 빛나는 눈. 아이의 아비가 이즈카엘이 아니라는 소문은 대번에 사라졌다. 이즈카엘이 미겔을 안고 있을 때면 모두 부자가 똑 닮았다 입을 모았다.

"도련님의 이름을 에르젠으로 하시겠답니다."

이런 분위기 속에 헤레이스의 아이는 에르젠이라는 평범한 이름을 가지게 됐다. 그조차 태어난 지 일주일이 지난 시점 던지듯 받은 것이라 성안 사람들은 동정 어린 시선으로 헤레이스 모자를 봤다. 그러나 모든 이들이 그들 모자를 안타까워하지는 않았다.

"이제라도 잘됐지, 반역죄인의 딸이잖아."

"공작님께 귀여움받는다고 기고만장할 때가 엊그제 같은데 역시 정의는 살아 있음이야."

헤레이스의 몰락을 벼르고 있던 몇몇 이들은 공작의 애정이 식은 참에 그녀를 몰아내자며 눈을 번뜩였다. 그들은 반역으로 몰락한 집안의 핏줄인 그녀가 세르펜스 공작가의 안주인으로는 부적격하다며 공공연히 떠들고 다녔다. 전 같았으면 이즈카엘이 앞장서 그들의 혀를 베고 목을 효수할 터였으나 그는 변한 마음을 사람들에게 알리기라도 하듯 소문에 침묵했다.

나날이 헤레이스에게 공대하는 이가 줄었다. 샬럿은 아이를 낳았음에도 별채로 가지 않고 미겔과 함께 서재 바로 옆방에서 계속 머물렀다. 이즈카엘은 샬럿과 미겔을 위해 방을 증축했다.

샬럿은 거들먹거리며 성안 여기저기를 돌아다녔다. 많은 이들이 전과 달리 그녀에게 깍듯이 머리를 조아렸다. 그녀는 더 이상 미천한 출신의 정부가 아니었다. 그녀는 후계에 가장 가까운 아들을 낳은, 공작이 가장 귀애하는 여인이었다.

샬럿 모자에 대한 이즈카엘의 편애를 확인시켜 주듯 미겔의 양육을 도울 유모가 셋이나 붙었다. 그러나 에르젠에게는 한 명의 유모뿐이었다. 헤레이스는 아이를 직접 돌볼 시간이 많다고 기뻐했지만 주변의 시선은 달랐다. 사람들은 이즈카엘이 헤레이스 모자를 홀대한다 여기며 주인의 뜻을 따르려는 듯 서서히 매정해졌다.

그래도 헤레이스는 괜찮았다. 제 방에 닿지 않는 남편의 발길도, 사람들의 무시도 그녀에게서 웃음을 앗아 갈 수는 없었다. 악화된 상황을 모르는 듯 그녀는 전보다 훨씬 많이 미소 지었다. 모두 그녀의 아들 에르젠의 존재 덕분이었다.

"에르젠, 우리 아가……."

"아가씨도 참…… 도련님이 그렇게 좋으세요?"

"응, 너무 예뻐. 어쩜 나한테 이런 아이가 나왔지?"

"아가씨를 닮았으니 인물 하나는 걱정 없다고 봐야겠지요. 눈도 이렇게 큼지막하시고 피부도 하얗고 깨끗하셔서……. 옆구리 요 별 모양 점만 아니면 정말 결점 없는 피부를 타고나신 건데."

"이것도 예쁘기만 한데, 뭘. 우리 에르젠은 별도 타고났어요. 쪽."

"별거 아니겠지만 살펴봐야 해요. 정원사 루터 할아범이 그랬어요. 특이한 모양의 점 중에는 해가 되는 것도 있다고."

"정말? 그러고 보니 안나, 나 이런 모양의 점 말이야 어디서 봤는데……."

"이런 모양을요? 어디서요?"

"글쎄…… 생각이 안 나. 일단 괜찮은 건지 이따가 의원을 불러봐야겠어. 방에 들르라고 네가 좀 전해 줄래?"

"예. 제가 한번 들르라 전할게요."

헤레이스는 아들에게 온 정성을 쏟았다. 에르젠의 얼굴만 보고 있어도 그저 좋았다.

사람들의 발걸음이 뚝 끊긴 방 안, 헤레이스는 아들과 온종일을 함께 보내며 유모에게 여러 가지를 배웠다. 아이 기저귀를 가는 법부터 편히 안아 주는 자세까지. 배움 하나하나가 그렇게 즐거울 수 없었다.

"우리 아가, 에르젠. 난 너만 있으면 된단다."

헤레이스는 시간 가는 줄 몰랐다. 출산 후 더 약해진 몸도 견딜 만했다. 아침저녁이 모두 행복했으니……. 그러나 아이가 주는 기쁨에 너무 만취한 나머지 헤레이스는 자신의 향해 다가오는 위협조차 알아차리지 못했다.

"부, 부인……."

에르젠이 태어난 지 딱 두 달이 되던 날이었다. 평온한 오후 아들에게 젖을 물리던 그녀를 누군가 찾았다.

쾅.

부서질 듯 열린 문에 놀란 헤레이스가 내려간 상의를 올릴 생각도 못 한 채 에르젠을 품 안에 숨기며 경계 어린 눈을 했다. 갑작스러운 어미의 행동에 에르젠이 울음을 터뜨렸다.

찾아온 이는 애써 잊고 있던 그녀의 남편이었다. 사내는 무에 그리 화가 났는지 수틀린 낯을 하고 있었다. 그가 헤레이스를 노려보더니 낮게 깔린 목소리로 주변에 명했다.

"모두 나가."

사용인들을 내보낸 이즈카엘이 방 안을 훑었다.

오래간만에 들어온 아내의 방은 눈에 띄게 변해 있었다. 성에서 가장 볕이 잘 드는 이 방은 본래 주인인 헤레이스의 성격처럼 아늑했으나 어딘가 단조로운 구석이 있었다.

따뜻하고 깔끔한 느낌.

이즈카엘은 헤레이스의 방에 들어올 때면 항상 그런 기분을 느꼈다. 그러나 오늘은 달랐다. 아내의 방은 그가 익숙히 알던 모양새가 아니었다.

방은 깔끔히 정돈돼 있던 때와 달리 너저분했다. 여기저기 아기용품으로 추정되는 것으로 어지럽혀져 있었으며 바닥에는 자잘한 장난감이 굴러다녔다. 뿐만 아니라 부부가 사용하던 침대 옆에는 작은 요람이 있었고, 그가 누웠던 침대 왼편에는 작은 요가 펼쳐져 있었다. 뒤바뀐 분위기만 해도 신경을 긁는 와중에 감히 제 자리를 차지한 물건을 보자 이즈카엘의 심사가 뒤틀렸다.

요의 주인이 누구인지는 묻지 않아도 알 수 있었다. 성인에게는 턱없는 크기의 천은 아이를 위한 것이었다. 이즈카엘의 시선이 헤레이스의 품 안 아이에게 향했다. 아내의 가슴에 거의 파묻히다시피 안겨 있는 아이는 많이 놀란 모양인지 자지러지게 울고 있었다. 아내는 그에게 고개조차 돌리지 않은 채 우는 아이를 달래느라 여념이 없었다.

헤레이스가 에르젠의 등을 도닥이며 쉴 새 없이 아이의 머리를 쓰다듬었다. 가느다란 목소리로 부드럽게 아이를 타이르고 이마에 입을 맞추는 모습이 다정했다. 그러나 그 모습에 이즈카엘은 섬뜩한 얼굴을 했다.

"헤레이스."

이즈카엘이 음울히 아내를 불렀다. 헤레이스의 시선이 잠깐 닿았다 사라졌다. 그녀는 저를 부르는 남편보다 아이가 중한 듯 아이에게 집중했다. 에르젠이 어미의 구슬림에 히끅거리며 천천히 울음을 멈췄다.

그녀가 에르젠의 얼굴을 조심스레 닦아 줄 때였다. 그새를 참지 못한 이즈카엘이 그녀에게 다가왔다. 아이 위로 지는 그림자에 헤레이스가 눈을 치켜뜨며 차가운 목소리로 일갈했다.

"에르젠이 놀랐잖아요."

냉랭한 어투에도 이즈카엘의 눈길은 떨어지지 않았다. 그는 집요하게 헤레이스를 내려다봤다. 진득한 시선이 이어지자 헤레이스는 그제야 자신의 상의가 흐트러져 있음을 눈치챘다. 그녀가 에르젠을 한쪽 팔로 지탱한 채 힘겹게 옷가지를 정돈했다.

"……약한 아이예요. 울면 좋지 않단 말이에요."

민망함에 헤레이스가 한층 누그러진 목소리로 말했다. 그녀가 조심스레 남편을 살피다 아이를 싸고 있는 강보를 조금 들췄다.

처음으로 아비를 본 에르젠이 눈을 두어 번 끔뻑였다. 헤레이스와 꼭 닮은 푸른 눈에 이즈카엘이 또렷이 담겼다. 얌전해진 아들을 향해 헤레이스가 잘게 웃으며 아이의 입술에 손가락을 가져다 댔다. 꺄르르 웃는 모자의 모습은 누가 보더라도 미소를 지을 만큼 포근했다.

"잘 오셨어요. 에르젠도 아버지를 보고 싶었을 텐데……."

몇 번 에르젠과 손장난 친 헤레이스가 한껏 풀린 얼굴로 말했다. 그녀의 말에는 약간의 섭섭함이 있었다. 그러나 그건 헤레이스로서는 당연했다.

이즈카엘은 첫째인 미겔은 제법 자주 찾았지만 에르젠은 발길은커녕 쳐다보지도 않았다. 다른 이들에게서 미겔이 이즈카엘에게 안겨 있다는 말을 들을 때마다 헤레이스는 내심 많이 서운했다. 귀애의 크기가 다르다지만 에르젠도 그의 아이 아닌가. 헤레이스가 요구하듯 이즈카엘 쪽으로 에르젠을 들이밀었다.

"한번 안아 보세요. 에르젠은 착한 아이니까 당신 품에서도 얌전할 거예요."

"치워."

차가운 말이 헤레이스의 기대를 배반했다. 이즈카엘은 에르젠이 쓸모없는 물건이나 되는 양 아무렇게나 밀쳤다. 아비에게 거부당한 아이가 입을 씰룩이며 울먹이다 다시 울음을 터뜨렸다. 경악한 헤레이스가 아들을 품 안으로 추스르며 화가 난 얼굴을 했다.

"이게 무슨 짓이에요!"

올라간 눈썹과 구겨진 미간이 어색했다. 그만큼 헤레이스는 화를 내는 일이 드물었다. 그러나 아이의 아비는 무도한 짓을 하고도 무표정했다. 사내가 아내를 보다 에르젠을 향해 손을 뻗었다.

"그래서? 헤레이스 당신이 뭘 착각한 모양인데 난 아이를 보러 온 게 아니야."

이즈카엘이 헤레이스의 품 안에서 낚아채듯 에르젠을 빼앗아 갔다. 번거로운 것을 다루는 것처럼 아이를 대하는 태도에는 조금의 애정도 배려도 없었다.

"뭐, 뭐 하는 짓이에요!"

혼비백산한 헤레이스가 아들을 돌려받으려 팔을 뻗었으나 이즈카엘은 손쉽게 그녀를 피했다. 아비의 품에서 이리저리 흔들린 에르젠이 빽빽 온 힘을 다해 울었다. 아이의 울음에 헤레이스의 낯이 창백해졌다.

"이리 내! 내 아들을 달란 말이에요!"

높게 올라간 목소리가 흡사 비명과도 같았다. 헤레이스는 에르젠의 울음에 정신이 나갔다. 흔들리는 아이가 걱정돼 미칠 것 같았다. 그러잖아도 약한 아이였다. 의원은 잘 먹이고 잘 재우면 된다 했지만 어미의 마음이란 게 그리 쉽게 잠잠해질 리 없었다.

에르젠이 인상만 찡그려도 심장이 내려앉았다. 아이가 울면 가슴이 저미는 기분이었다. 그런데 그런 아이를……. 그녀의 가장 소중한 심장을 남편이란 이가 아무렇게나 뒤흔들고 있었다.

"이즈카엘! 이러지 말아요. 왜 이러는 거예요!"

남편의 힘을 이기지 못한 그녀가 사내의 팔에 매달렸다. 흰 손이 계속해서 아이에게 닿으려 애썼다. 하지만 손끝에 닿는 건 사내의 팔이나 빈 공간뿐이었다.

"이즈카엘, 말로 해요. 에르젠을 내려놓고 일단…… 악!"

헤레이스를 단호히 쳐 낸 이즈카엘이 아이를 든 채 문 쪽으로 걸음을 옮겼다. 헤레이스는 벽에 부딪힌 몸을 어떻게든 추스르며 일어나 이즈카엘에게 달려들려 했다. 하나 역부족이었다. 그가 한 손으로 헤레이스를 쉽사리 제지한 채 벌컥 문을 열었다.

　"데려가."

　안에서 들리는 소리에 놀란 눈을 하고 있던 사용인들이 섬뜩한 주인의 낯에 고개를 숙였다. 가까이 있던 하녀 하나가 에르젠을 조심스레 안아 들었다. 아이는 여전히 세상이 떠나가라 우는 중이었다. 성안 복도가 온통 아이 울음으로 가득 찼다.

　"에르젠! 에르젠!"

　억지로 아들과 떨어진 어미가 아이의 이름을 부르며 울부짖었다. 그러나 아이의 아비이자 여인의 남편인 사내는 매정했다. 그가 뒤돌아 헤레이스의 어깨를 붙잡았다. 그리고 그와 동시에 문이 쾅 하고 닫혔다.

　"에르젠…… 흐으."

　이즈카엘은 헤레이스가 지쳐 나가떨어질 때가 돼서야 손을 놓았다. 그에게 붙들린 채 벽으로 밀쳐져 있던 그녀는 거의 혼절할 때까지 울며 발버둥 치다 벽에 기댄 채 주르륵 미끄러졌다.

　"당신하고 대화 한번 하기 어렵군."

　헤레이스를 억지로 일으킨 이즈카엘이 그녀를 카우치에 내동댕이치듯 앉혔다. 몸을 추스르지 못한 채 축 늘어뜨린 헤레이스는 독기 어린 눈으로 그를 노려봤다.

　"그런 눈으로 볼 필요 없어. 아이를 내보낸 건 당신과 단둘이 이야기하기 위해서야. 일이 끝나면 아이를 데리러 가건 말건 마음대로 해."

"에르젠은 어린 아기일 뿐이에요. 대화가 필요했다면 그렇게 내보낼 필요 없었어요. 위험하잖아요! 아기는 그렇게 대해서는 안 돼요. 그런데 이즈카엘 당신은…… 당신은 정말……."

에르젠을 대하는 그의 태도에 서러워진 헤레이스가 울먹이며 말했다. 그러나 이즈카엘은 그녀의 말을 못 들은 척 대꾸하지 않았다. 대신 그는 주머니를 뒤적이더니 무언가를 헤레이스 쪽으로 던졌다. 반짝하고 반사된 작은 물건이 앉아 있는 헤레이스의 드레스 위로 떨어졌다.

"이게 뭔지 알아보겠어?"

이즈카엘이 던진 물건은 작은 금반지였다. 반지를 알아본 헤레이스가 서러움도 잊은 채 이즈카엘을 올려다봤다. 이게 왜 거기 있냐는 듯한 그녀의 얼굴에 이즈카엘이 비소를 흘렸다.

"다행히 알아보는 모양이야."

반지는 겉보기에도 보통 물건이 아니었다. 세공 하나하나가 어찌나 세밀한지 반지는 그 흔한 보석 하나 없이 금으로 만들어졌을 뿐이었건만 그것만으로도 사람을 감탄하게 만드는 구석이 있었다.

그러나 예술품 같은 세공 때문에 반지가 귀한 것만은 아니었다. 세상에 하나뿐인 이 아름다운 금반지는 세르펜스 공작가의 보물이었다. 대대로 세르펜스 공작이 된 이들은 제 부인에게 이 반지를 선물했다. 덕분에 세르펜스 공작가에서는 이 반지를 가져야만 진정한 공작 부인이라는 말도 있었다.

"그럼 이게 왜 성 밖으로 나갔는지 설명할 수 있나?"

사태의 심각성을 깨달은 헤레이스가 후다닥 일어나 화장대로 다가갔다. 반지는 본래라면 매일 끼던 것으로, 에르젠을 돌보느라 잠깐 뺐났지만 관리를 소홀히 하지는 않았다. 화장대 가장 깊숙한 곳 자물쇠로 단단히 채워진 보석함을 꺼낸 그녀가 화장대 거울 뒤 숨겨진 공간에 손을 넣었다. 곧 작은 열쇠가 헤레이스의 손에 잡혔다.

"대답이 없으니 다시 묻지. 당신 손에 있어야 할 반지가 왜 다른 놈 손에 있는 거지? 그것도 악명 높은 사채꾼한테 말이야."

사채꾼이라니……. 열쇠를 쥔 헤레이스가 떨리는 손으로 보석함을 열었다. 귀중한 것들만 모여 있는 함에는 갖가지 값을 매길수 없는 보석들이 빛나고 있었지만 가장 중요한 반지는 없었다.

"그게 왜…… 그건 분명히……."

"말 더듬지 말고 제대로 설명해. 이게 왜 성 밖에 있냔 말이야."

"모, 모르겠어요. 분명 저 안에 뒀는데……."

"모른다니 질문을 바꾸지. 당신, 이걸 손에서 뺐나?"

"……."

"빼긴 뺀 모양이야. 왜 뺐지? 이게 무슨 반지인지 잊었나?"

가문의 보물이 밖으로 빠져나가다니. 이즈카엘의 힐난에는 당위가 있었다. 입술을 꾹 내리 물은 헤레이스는 차마 이즈카엘의 얼굴을 보지 못한 채 반지를 부여잡았다. 그녀는 지금껏 이 반지가 사라진 사실조차 몰랐다. 가까스로 입을 연 그녀가 변명 아닌 변명을 했다.

"미안해요. 하지만 에르젠을 돌보는데 반지 같은 걸 끼면 아이가 다칠 수도 있다 했어요. 그리고 에르젠이 차가운 걸 싫어해서⋯⋯. 하지만 분명 잘 뒀어요. 나흘 전까지만 해도 분명 있었는데⋯⋯."

"그러게 왜 당신이 직접 아이를 돌봐?"

질책의 방향이 아이에게로 튀었다. 어떤 힐난이라도 달게 받으려 했던 헤레이스가 영문 모를 낯을 했다. 이즈카엘이 그녀에게 한 발 다가오며 입매를 뒤틀었다.

"헤레이스, 당신 말대로면 아이 때문에 반지를 뺐고 그사이 반지가 사라졌다는 말 아닌가. 게다가 당신은 반지가 사라진 걸 알아채지도 못했고 말이야. 아이에게 정신이 팔려 공작 부인이라는 이가 가보를 빼놓은 데다가 잃어버리기까지 하다니. 정신이 나가도 단단히 나갔군."

무언가 이상했다. 가보를 잃어버린 건 공작 부인이라 한들 쉬이 용납 받을 수 없는 중죄였으니 질책이야 당연했다. 하지만 책임은 물건을 잃어버린 그녀 혹은 물건을 훔쳐 간 이에게 있는 것 아닌가. 여기서 에르젠 이야기가 왜 나오는지 헤레이스는 도통 이해할 수 없었다.

"하지만⋯⋯!"

"쓸데없는 변명은 관둬. 아이를 낳은 다른 가문 여인들은 당신처럼 행동하지 않으니까."

헤레이스가 반박하려 입을 열었다. 그러나 이즈카엘은 그녀의 말을 자르고서 내리찍듯 강압적으로 제 말만 내뱉었다.

"생각하면 할수록 기가 막히는군. 왜 처신을 그따위로 하지? 아이를 돌보는 유모나 하녀가 없는 것도 아니잖나. 당신 아들을 돌보는 일은 그치들 일인데 왜 당신이 나서지 못해 안달이지? 왜 혼자 유별나게 구느냐 이 말이야."

도를 지나친 실책보다 유별나다는 말이 더 아팠다. 헤레이스는 자신이 남다르게 아이를 아낀다 생각해 본 적 없었다. 어미라면 누구라도 그녀처럼 하고 싶을 터였다. 그리고 만약 그녀가 유별나다 한들 그게 저런 말을 들을 만큼의 죄인가.

헤레이스가 생각하기에 이상한 건 오히려 이즈카엘이었다. 그는 그녀를 안았다. 그녀를 침대에 눕히고 아이를 가지게 했다. 사랑한다며 아이가 생기면 기쁠 거라 말하고서는. 분명 그래 놓고 왜…….

"아이를 가질 때도 그러더니 낳고서도……. 아이! 아이! 지겹지도 않나?"

지겹다니, 어떻게 그런 말을 할 수 있는가. 그는 제 아이를 왜 저리 싫어하나. 왜 저렇게 거추장스러워하나.

이즈카엘의 발에 차여 구석에 박힌 장난감이 헤레이스의 눈에 들어왔다. 아무렇게나 다뤄진 장난감이 꼭 자신과 아들 에르젠의 처지 같아 서글펐다. 헤레이스의 눈가가 발갛게 물들어 갔다.

헤레이스가 당장에라도 울 것 같아 보이자 이즈카엘이 입을 일자로 다물었다. 그가 고개를 모로 돌린 채 내뱉듯 한숨을 쉬고는 헤레이스에게 다가왔다.

"아이를 돌보는 일에서 손 떼. 그보다는 당신 일에 집중하라고."

그가 화장대 앞에 꿇어앉은 헤레이스를 일으킨 후 그녀를 푹신한 침대에 앉혔다. 조금 부드러워진 목소리에는 약간의 자책이 있었다. 하지만 그의 말과 행동에 상처를 입을 대로 입은 헤레이스는 이즈카엘을 외면했다. 그녀가 침대 위 에르젠의 요를 뚫어져라 바라봤다.

이즈카엘의 얼굴이 다시 일그러졌다. 금안이 일렁이며 잔인한 빛을 띠었다.

"……공작 부인으로서 해야 할 일이 뭔지 전혀 모르겠다는 얼굴이군."

"……."

"하기야 지금껏 당신은 세르펜스를 위해 한 일이 없지. 굳이 당신이 한 일을 따지자면…….그래. 몇 달간 내 잠자리를 데우고 쓸모없는 아이 하나를 낳은 게 다인가? 참 대단하군."

후두둑, 헤레이스가 눈물을 쏟았다. 듣지 않으려 했지만 귀에 박히는 말 하나하나가 너무 날카로워 무시할 수 없었다.

잠자리를 데운다니. 헤레이스는 그와의 사랑이 그렇게 표현될 수 있음에 놀랐다.

하지만 그보다 더 아픈 말은 역시 아들과 관련된 말이었다. 쓸모없는 아이……. 에르젠의 푸른 눈이 떠올랐다. 만약 그 여자의 아들처럼 아비의 눈을 타고났으면 좀 더 사랑받았을까? 내가 아닌 그 여자의 태에서 태어났다면 저런 말을 듣지 않았을까?

헤레이스가 기어이 소리를 죽여 끅끅 대자 이즈카엘이 그녀의 얼굴을 붙잡았다. 그가 억지로 자신을 보게 하며 헤레이스의 상의 가슴께에 검지를 걸었다.

"지금까지 했던 게 내 침대를 오르는 것뿐인 공작 부인이라……. 하지만 헤레이스, 당신은 최근에 그 일마저 손 놓았잖아?"

"흐윽……."

"이대로면 곤란해. 저번에는 당신을 공작 부인으로 두겠다고 말했지만 난 무능력하고 쓸모없는 건 딱 질색이야. 그러니 쫓겨 나기 싫으면 아이 돌보기 같은 소꿉장난은 그만하고 당신 할 일을 해."

"흡……."

"안 하던 일이 어려우면 전처럼 당신 남편 침대 위라도 올라. 올라서 그 알량한 지위를 유지하란 말이야. 알았나?"

알량한 지위. 우는 와중에도 헤레이스는 고개를 주억였다. 그에게는 주고 빼앗는 것이 쉬울지도 몰랐으나 헤레이스에게는 꼭 필요한 것이었다.

"알아들은 거로 하지. 그럼 지금 당장……."

이즈카엘이 말끝을 흐리며 손에 힘을 줬다. 찌익 하는 소리와 함께 흐트러진 드레스가 쉽사리 흘러내렸다.

"……당신 할 일을 해."

그가 눈물이 흐르는 헤레이스의 눈에 수없이 입을 맞추며 그녀를 서서히 뒤로 넘어뜨렸다. 헤레이스의 눈에 잠시 암담함이 비쳤으나 곧 체념과 함께 그녀의 눈동자가 흐려졌다.

드레스가 툭, 허물처럼 바닥으로 떨어졌다.

흰 침대 위 넓게 퍼진 검은 머리카락이 여인의 얼굴을 더 도드라져 보이게 했다. 이즈카엘이 굳은살 베인 손으로 말간 얼굴을 몇 번이고 쓰다듬었다.

"울지 마."

말을 마친 이즈카엘이 천천히 입술을 미끄러뜨렸다. 붉은 눈가를 스친 입술이 뺨으로, 곧이어 짓이겨 붉어진 입술에 닿았다가 떨어졌다.

사내가 욕망에 젖은 탁한 눈을 했다. 그가 아내의 둥근 어깨를 쓸더니 시선을 목 아래로 내렸다. 희고 매끄러운 곡선이 아름다웠다.

분명 그의 소유인데 억울하게도 거의 1년을 훔쳐보기만 했다. 그가 망설임 없이 고개를 숙였다. 서로간의 거리가 가까워지자 아내가 더없이 어여뻐 보였다. 이즈카엘이 준비하라는 듯 몇 번더 입맞춤했다.

그 다정한 손길에 헤레이스가 예전을 떠올렸다. 세르펜스 성에온 지 이제 막 1년이 조금 넘었던 그 시기. 이즈카엘의 마음을처음 받아 줬던 그날, 헤레이스는 상상해 본 적도 없는 괴로움에처음 그에게 서러움을 토로했다.

당시의 이즈카엘은 그녀를 살살 달래며 부드러이 입맞춤해 줬다. 입술은 물론이고, 눈과 코, 어디든 그의 온기가 닿았다. 그러나 그럼에도 불구하고 헤레이스는 내리 나흘을 앓아누웠다.

'미안해, 헤레이스.'

아파하는 헤레이스를 본 뒤 이즈카엘은 매번 그녀를 배려했다. 하지만 그러면 뭐 하나. 정중하게 시작된 시간은 얼마 지나지 않아 야만적으로 변했다. 그리고 헤레이스의 늦잠은 늘어만 갔다.

정오가 훌쩍 넘어 일어날 때면 안나를 비롯한 사용인들의 얼굴을 보기가 부끄러웠다. 그러나 이후에도 헤레이스는 남편과 함께 침대에 눕는 것을 거부하지 않았다. 오히려 그녀는 간혹 남편과의 밤을 기다렸다. 정숙해야 할 귀족 부인으로서 이래도 되나 하며 양심의 가책을 느끼긴 했으나 처음 알게 된 즐거움은 충만히 넘쳤다.

'안 하던 일이 어려우면 전처럼 당신 남편 침대 위라도 올라. 올라서 그 알량한 지위를 유지하란 말이야. 알았나?'

그러나 지금은 아니었다. 이번은 여러모로 전과 달랐다. 은밀한 기다림은 자취를 감췄다. 대신 남은 것이라고는 두려움과 서글픔뿐이었다.

그녀를 잡아먹을 듯 구는 사내의 얼굴에 헤레이스의 눈은 점차 빛을 잃었다. 헤레이스는 괴로움에 입술을 물었다. 하지만 괴로움만 있냐고 묻는다면 그건 또 아니었다. 야릇한 감각은 분명한 쾌락이었다. 헤레이스는 그게 못내 괴로웠다. 스스로가 천하디천한 여자 같아 수치스러웠다.

손목이 눌린 탓에 남편의 목을 끌어안지도 못한 채 헤레이스가 소리를 냈다. 머리는 아무 생각도 할 수 없는데 감각만은 뚜렷해 계속 눈앞이 번뜩였다. 그렇게 헤레이스의 정신은 서서히 빠르게 무너지고 있었다.

헤레이스는 어떻게든 쾌감에서 벗어나려 고개를 흔들었다. 그녀의 달뜬 얼굴에 한 줄기 눈물이 그였다.

"울지…… 하…… 말라 했어."

그녀의 눈물을 본 모양인지 이즈카엘이 손을 뻗어 왔다. 그가 투박한 손길로 헤레이스의 얼굴을 문지르며 이를 악물었다.

사내의 긴 한숨이 길었던 시간이 끝났음을 알렸다. 손을 내려 헤레이스의 뺨을 붙잡은 그가 그녀에게 짙은 입맞춤을 선사했다. 힘을 모조리 소진한 헤레이스가 눈조차 끔뻑이지 못한 채 몸에 힘을 풀었다.

"……당신은 정말 말이 없어."

까슬한 목소리가 귓가에 윙윙거렸다. 이즈카엘이 그녀의 얼굴을 살폈다. 눈물로 짓눌린 눈가가 엉망이었다. 푸른 눈은 그를 외면한 채 멍하니 천장을 봤다.

헤레이스는 흡사 사냥당한 작은 짐승의 꼴이었다. 그러나 이즈카엘은 헤레이스의 사정을 봐줄 생각이 없었다. 그가 그새 다시 아내의 둥근 어깨를 잡았다.

"아……."

끝이 아님을 예감한 헤레이스가 작게 신음했다. 그녀가 흰 천의 구겨진 주름을 따라 시선을 들어 올렸다.

푸른 눈에 아무렇게나 구겨진 아이의 요가 들어왔다. 그녀가 그리로 손을 뻗자, 사내가 다시 몸을 붙여 왔다. 가느다란 손가락이 요를 향해 가다 사내의 손에 얽혀 떨어졌다.

밤은 아직 시작되지도 않았다.

* * *

"이즈카엘이 어제 그 방에서 나오지 않았다고?"

"······네."

"왜?"

샬럿의 물음에 하녀가 우물쭈물했다. 답하지 못하겠다는 듯 더듬거리는 하녀를 향해 샬럿이 눈썹을 세웠다.

"벙어리야? 똑바로 답 못 해!"

"아가씨, 그, 그게 아무래도······ 아악!"

샬럿의 손에 있던 찻잔이 거칠게 움직였다. 뜨거운 찻물을 뒤집어쓴 하녀가 비명을 지르며 주저앉았다.

"아가씨? 내가 아직도 아가씨니?"

그러거나 말거나 샬럿은 신경 쓰지 않았다. 그녀가 하녀의 바로 옆 바닥으로 찻잔을 던졌다. 쨍그랑, 날카로운 파공음과 함께 장인이 만든 귀한 잔이 박살 났다.

"잘, 잘못했······습니다, 부, 부인."

부인이라는 단어에 표독스러웠던 녹안이 조금이나마 가라앉았다. 샬럿은 미겔을 낳은 이후 자신을 지칭하는 단어에 날을 세웠다.

"내 아들이 미래의 공작이야! 그런데 내가 아가씨라니! 말이 돼? 난 공작을 낳은 여자인데!"

본래 그녀의 행동은 경을 칠 일이었다. 후계에 가까운 아들을 낳았다고는 하나 그녀는 세르펜스 아래의 귀족 성 하나조차 받지 못했다. 그런데 부인이라니.

하녀는 잘못한 것이 없었지만 고개를 숙였다. 성의 주인이 아끼는 여인이자 주인의 아들을 낳은 여자였다. 그녀가 전에 어떤 신분이었든 지금은 뜻에 따라야 하는 권력자였다.

"다시 또 이런 실수를 하면 네 혀를 잘라 버릴 테니 각오해."

샬럿은 세차게 고개를 끄덕이는 하녀를 쏘아보며 자리에서 일어났다. 신경질적으로 걸음을 옮기던 그녀의 목적지는 아들이 있는 옆방이었다. 그녀가 옆방과 연결된 문을 열자 미겔을 돌보고 있던 유모 셋과 하녀들이 그녀를 향해 고개를 숙였다.

큼지막한 미겔의 방은 온갖 것으로 꾸며져 있었다. 세르펜스의 상징인 푸른 바탕 벽지에는 금박으로 문양이 새겨져 있었고, 은으로 만들어진 요람과 갖가지 보석들로 장식된 모빌은 보기만 해도 감탄이 나왔다.

"미겔은?"

"도련님께서는 방금 막 잠이 드셨습니다."

"어디 봐."

샬럿이 요람 가까이 다가갔다. 이제 두 달이 된 그녀의 아들은 또래보다 조금 컸다. 아무래도 배 속에 오래 있어서겠지. 샬럿은 부채를 펄럭이며 건강한 혈색의 아들을 보다가 손을 뻗었다. 긴 손톱과 여러 개의 화려한 반지에 유모 하나가 무어라 말하려 했으나 다른 이의 제지에 고개 숙이고 말았다.

"우리 아드님……."

통통한 뺨을 누른 샬럿이 만족스러운 얼굴을 했다. 이 은발도 그렇고, 감겨 있어 보이지는 않았으나 금색의 눈도 그렇고. 누가 보더라도 아들은 공작의 피였다.

'그래. 이 아이만 있으면…….'

아이를 낳기 전에는 이상하리만치 불길해 그저 아이를 떼고 싶었는데 막상 출산하니 모든 게 괜찮아졌다.

이즈카엘은 그녀의 아들을 후계로 만들 생각인지 공작 부인에게서 난 아들과 미겔을 대놓고 차별했다. 샬럿은 아들이 공작의 품에 안겨 그 대단하다는 기사들에게 사열식 받은 날을 떠올리며 환하게 웃었다.

"내 아들을 안아야겠어."

"하지만 방금 잠이 드셨는데……."

"잔말 말고 시키는 대로 해!"

샬럿이 잠든 미겔을 품에 안으려 하자 유모 둘이 불안한 얼굴로 다가와 그녀를 도왔다. 품 안에 아들을 안은 샬럿이 미겔의 얼굴을 바라보며 쾌감에 휩싸였다.

귀족의 고귀한 태에서 나면 뭐 하는가. 그따위 취급인데. 그날 공작 부인이라는 여자한테서 난 아이는 사내임에도 불구하고 이즈카엘에게 안겨 보지도 못한 채 어느 방구석에 처박혀 있다고 했다. 샬럿은 그게 그렇게 기분 좋을 수가 없었다.

"내 아들, 미겔에게 문제는 없지?"

"예. 도련님은 매우 건강하십니다."

아이가 곧 그녀의 힘이었다. 지금도 보라지. 예전에는 그녀를 천하다 손가락질하던 이들이 모두 고개를 숙이지 않는가. 샬럿이 미겔을 앞뒤로 살살 흔들며 그녀에게 모든 걸 가져다준 아이의 무게를 느꼈다. 두 달밖에 안 된 아이였건만 아들은 제법 무거웠다.

'하지만 아직……'

샬럿은 아들로 인해 성에서 많은 것을 누리고 있었다. 이즈카엘은 그녀에게 펑펑 쓸 금화와 시중을 들어 줄 여러 하인들, 심지어 호위할 기사까지 쥐여 줬다. 그러나 샬럿은 부족했다. 그녀는 가지지 못한 한 가지를 간절히 원하고 있었다.

명예. 샬럿은 공작 부인이, 귀족이 되고 싶었다. 이즈카엘의 곁에서 적법한 아내로, 공작이 될 미겔의 고귀한 어미로 완전무결해지고 싶었다. 성안 이들이 그녀를 향해 고개를 숙이면 뭐 하는가. 온갖 요리를 대접받고 사고 싶은 걸 모조리 가지면 뭐 하는가. 뒤에서 수군거리는 소리와 손가락질은 계속될 텐데.

'그 자리는 내 거야.'

이즈카엘은 그녀에게 공작 부인 자리를 줄 생각이 없어 보였지만 그가 주지 않는다면 직접 쟁취하면 그만이었다.

물론 이즈카엘이 공작 부인에게 보이는 태도가 조금 걸리긴 했다. 그는 그녀에게 못되게 굴고 있긴 했으나 분명 자신의 아내를 여자로 보고 있었다. 이즈카엘은 샬럿이 은근하게 맨살을 보여도 공작 부인의 얼굴만 쳐다보는 사내였다.

샬럿은 공작 부인을 보는 이즈카엘의 눈빛을 보며 당분간 자신에게 저 시선이 올 리 없다는 것을 인정했다. 억울하고 분했으나 어쩌겠나. 그는 제 아내에게 미쳐 있는 사내인데.

그러나 샬럿은 이즈카엘의 아내를 향한 애정이 영원하다 믿지는 않았다. 감정만큼 순간적이고 빠르게 변하는 건 없었다. 애정은 한순간에 미움이 되곤 했다. 지금도 보라지. 사내는 제 아내를 사랑하면서도 영문 모를 이유로 미워하고 있었다.

그 양가적인 감정의 이유까지야 알 수 없었지만 샬럿은 이즈카엘의 옆에서 그 누구보다 빠르게 그 사실을 눈치챘다. 그리고 그건 그녀에게 기회였다.

샬럿은 이런 일에 제법 자신이 있었다. 이간질. 그건 그녀가 살기 위해 자연히 터득한 기술 중 하나였다. 그녀는 이즈카엘의 애정은 자신에게, 미움은 공작 부인에게 돌릴 생각이었다.

'……이참에 완전히 치워 버렸어야 했는데. 차라리 사내가 있다 소문을 내야 했나.'

반지는 그 시작이었다. 샬럿은 세르펜스 공작가 내 반지에 대한 이야기를 듣고 헤레이스의 방을 드나드는 이 중 하나를 은밀히 매수해 반지를 훔쳐 냈다.

처음엔 일이 뜻대로 잘 흘렀다. 이즈카엘은 이 일이 이상하다는 걸 대번에 눈치챘으나 그는 제 아내에게 큰 죄가 없음을 알면서도 소란을 일으켰다. 사랑을 상징하는 반지를 잃어버렸다는 게 밑바닥 감정을 자극했겠지.

'에르젠! 에르젠!'

복도에서 들리는 비명에 얼마나 웃었는지. 샬럿은 그렇게 두 사람 사이를 멀어지게 할 작정이었다. 화내고 울다 보면 아무리 깊은 사랑이어도 식기 마련이니.

하지만 그 뒤, 일은 이상하게 꼬였다. 이즈카엘은 아내의 방에서 밤새 나오지 않았다. 그리고 그게 뜻하는 바는 뻔했다.

'미겔을 가진 후에는 나와 한 번도 자지 않았어.'

샬럿의 표정이 굳어졌다. 초조함을 숨기려 했지만 쉽지 않았다. 그녀가 품 안 아들을 보며 자신에게 다짐하듯 속삭였다.

"걱정 마렴. 이 어미는 꼭 그 자리를 차지할 거란다."

샬럿의 말이 끝나기가 무섭게 아이가 눈을 떴다. 어미의 얼굴을 본 아이가 눈을 예쁘게 접어 웃었다.

"아……."

"부인! 괜찮으세요?"

아이의 금안을 본 순간 머리가 어질했다. 샬럿이 저를 부축하는 하녀들을 손짓으로 물린 채 홀린 듯 아들의 눈을 바라봤다.

"그래, 미겔……. 너만 있으면……."

멍한 가운데도 기이한 충족감이 샬럿을 안정시켰다. 그녀가 고개를 숙여 아들의 이마에 경건히 입 맞췄다.

아이가 꺄르르 높은 웃음소리를 터뜨렸다.

* * *

이즈카엘은 그날 이후 꾸준히 헤레이스를 찾았다. 헤레이스는 그가 올 때마다 눈을 내리깐 채 입술을 앙다물었지만 별달리 무어라 하지 않았다. 그저 옷을 벗고 조용히 침대에 오르는 일이 그녀의 일상 중 일부가 됐다.

하루걸러 이틀에 한 번꼴로 들이닥치는 그는 헤레이스에게서 모든 걸 앗아 갔다. 체력은 물론이요, 잠도 시간도 부족해졌다. 아침부터 저녁까지 에르젠을 안고 어르던 헤레이스는 늦은 새벽에 잠들어 오후까지 혼절하듯 수마에 빠졌다. 에르젠은 사라진 어미의 품을 찾느라 옹알거렸지만 죽은 듯 잠든 어미를 깨우기란 쉽지 않았다.

헤레이스는 늦은 오후 저를 보며 반가운 듯 방긋거리는 아이에게 미안한 얼굴을 한 채 젖을 물리려 했다. 그러나 그조차 여의치 않았다. 이즈카엘에게 밤새 시달린 가슴이 떨어질 듯 아렸기 때문이다.

게다가 젖조차 전처럼 나오질 않아 에르젠은 어미에게서 양껏 배를 채우지 못했다. 유모가 있었기에 망정이지, 아니었다면 에르젠은 홀쭉한 배를 하고 배고픔에 허덕였으리라.

남편이 그녀를 찾은 이후로 생겨난 좋은 점이라면 딱 하나였다. 그가 다녀간 이후로 앓고 있던 젖몸살이 어느 정도 떨어져 나갔다. 그러나 헤레이스에게 있어 아들과의 시간을 강제로 빼앗긴 것은 그 무엇보다 큰 상실이었기에 그녀의 얼굴에는 피곤함과 울적함이 내내 감돌았다.

헤레이스의 파리한 얼굴을 보다 못한 안나가 나섰다. 안나는 무력해 보이는 그녀에게 더 쉬라고 말하는 대신 체력을 키우자

제안하며 밝게 웃어 보였다. 멍한 정신으로 잠든 아들만 쳐다보던 헤레이스가 안나의 손에 이끌려 밖으로 나갔다.

"차라리 에르젠을 보는 게……."

"도련님은 잠드셨잖아요. 곁에 계신 것도 좋지만 도련님을 제대로 돌보려면 지금보다 건강해지셔야 해요."

"……."

"도련님이 걷게 되면 같이 산책도 나오셔야 하잖아요. 짧은 산책도 힘들어하시면 나중에 이리저리 뛰어놀 도련님이 답답해하실 거예요."

공기 좋은 정원에서 뛰어놀 아들을 생각하자 마음이 푸근해졌다. 헤레이스는 작게 고개를 끄덕이며 잘 가꾸어진 관목을 쓸었다. 날이 따뜻해서 그런지 온통 푸릇한 기색이 사방을 메웠다. 방 안과는 비교도 안 될 상쾌한 공기에 헤레이스가 조금 풀어진 얼굴로 걸음을 옮겼다.

내리쬐는 해를 한참 받자 숨이 조금 찼다. 헤레이스가 걷다 말고 앉을 곳을 찾았다. 장미 덩굴이 감긴 둥근 아치 앞에, 평평한 긴 대리석 의자가 그녀를 반겼다. 헤레이스가 자리를 잡자 안나가 바로 곁에 앉아 손수건을 꺼내 들었다.

"아직도 햇볕이 좀 세게 내리쬐네요."

걱정 가득한 손이 상전의 이마에 송골송골 맺힌 땀을 꾹꾹 내리 닦으며 아래로 내려왔다. 그러나 턱 아래까지 닿은 손수건은 그 이상 내려갈 수 없었다.

헤레이스는 옷깃이 거의 목 끝까지 오는 드레스를 입고 있었다. 가는 목을 잔뜩 죈 드레스는 꼭 신전에서 일하는 여사제들이 입는 것처럼 답답해 보였다. 약한 목 피부가 천 끝 자수에 쓸려 발갛게 일어나 있었다. 속상한 눈으로 그걸 보던 안나가 결국 한 마디 했다.

"그냥 편한 드레스로 입으시고 목가에 뭘 두르시라니까."

헤레이스가 얼굴을 살짝 붉히며 손가락을 목에 가져다 댔다. 열 오른 잇자국으로 가려진 목덜미가 엉망이었다. 그녀의 남편 이즈카엘의 작품이었다.

덕분에 안나는 하루 세 번 상전에게 꼼꼼히 약을 발라 주는 수고를 해야 했다. 하지만 아물면 다시 번지는 꽃물은 도통 가라앉을 낌새가 없었다.

"혹여나 남들에게 보이면 민망하잖니. 사실 네게 보이는 것도 부끄러운데……."

"하여간 주인님이 문제예요. 어떻게 매번 이 꼴로……. 들어가면 약을 한 번 더 발라 드릴게요."

까슬까슬해진 피부를 한 번 더 쓰다듬은 헤레이스가 끄덕였다. 두 사람은 다시 일어났다. 정원에는 아직 구경할 곳이 많았다. 그러나 몇 걸음 걷기도 전 누군가 그들을 불렀다.

"오랜만이에요, 부인."

목소리의 주인공은 샬럿. 이즈카엘의 정부이자, 헤레이스와 같은 날 남편의 아이를 낳은 여인……. 눈부신 금발의 주인을 알아본 안나가 대놓고 인상을 구겼다. 그러나 떨떠름한 분위기를 무시한 채 샬럿은 천천히 헤레이스에게 다가왔다.

거리가 가까워지자 샬럿의 뒤에 서 있던 이들이 헤레이스에게 급히 허리를 숙였다. 헤레이스의 푸른 눈에 유모로 추정되는 이가 안고 있는 강보가 들어왔다. 꽁꽁 싸매 잘 보이지는 않았으나 미겔이라는 아이가 분명했다. 언뜻 보이는 은발이 남편과 꼭 같은 색이었다.

"둘만 보는 건 처음이죠?"

잠깐 아이를 본 헤레이스가 제게 말을 걸어온 샬럿을 곤혹스러운 얼굴로 마주 봤다. 언젠가 마주칠지 모른다 생각은 했지만 그게 지금일 줄은 꿈에도 몰랐다. 그녀가 얼떨떨한 낯으로 입매를 굳히고만 있자 샬럿이 발랄하게 다시 한번 말했다.

"진작 시간을 냈어야 했는데……."

꼭 아랫사람에게 하대라도 하는 듯한 어투에 헤레이스의 얼굴이 미미하게나마 굳어졌다. 고개를 빳빳이 든 샬럿은 처음 헤레이스를 불렀을 때도, 지금도 고개를 숙이지 않았다. 그녀는 꼭 자신이 헤레이스의 상전인 것처럼 고고하게 굴고 있었다.

"뭐, 지금이라도 이렇게 만났으니 된 거지요."

모르는 이가 본다면 샬럿이 공작 부인처럼 보였다. 푸른 공단 드레스에 여러 보석으로 치장한 그녀는 화려했지만 값싸 보이지는 않았다. 어깨와 가슴 부근이 날씨에 비해 좀 과하게 드러나 있었으나 실크로 짠 레이스가 적당히 가려 주고 있어 자연스러운 느낌을 줬다.

그에 비해 헤레이스는 편한 아이보리색 드레스에 작은 진주 귀걸이와 금반지 하나를 했을 뿐이었다. 단조로운 헤레이스의 차림새를 위아래로 훑어본 샬럿의 입꼬리가 엷게 올라갔다.

"……가자, 안나."

"예, 부인."

샬럿을 상대하고 싶지 않은 헤레이스가 몸을 돌렸다. 안나가 냉큼 그녀의 뒤를 따랐다. 상대에게 적의라도 없으면 모를까, 샬럿의 웃음 뒤에는 노골적인 적대감이 있었다.

"부인께서는 지금 저와 제 아들을 무시하는 건가요?"

헤레이스의 의중은 뚜렷했건만 샬럿은 긴 드레스를 끌며 끝까지 따라왔다. 그녀는 너무도 당연하다는 듯 헤레이스에게 손을 가져다 댔다. 샬럿의 손이 헤레이스의 어깨에 막 닿으려 하자 안나가 경멸을 숨기지 않았다.

"무슨 짓이에요!"

잘 가꾸어진 손이 탁 내쳐졌다. 헤레이스는 안나에게 그만하면 되었다 눈짓을 보냈다. 그러나 상황을 끝내고 싶은 헤레이스와 달리 샬럿은 손에 힘을 쥔 채 입꼬리를 올렸다. 그녀가 반지 가득한 손가락을 몇 번 움직이더니 그대로 휘저었다.

짝!

"아악!"

"안나!"

가는 팔이 어찌나 매서운지. 안나는 바로 바닥으로 꼬꾸라졌다. 놀란 헤레이스가 넘어진 안나 쪽으로 몸을 숙였다. 뺨은 붉어지다 못해 상처가 나 피가 보이고 있었다. 무언가에 파인 상처가 선명했다.

혜레이스가 샬럿의 손을 바라봤다. 샬럿은 자신의 아래에 주저 앉아 있는 두 사람을 보며 반지를 제자리로 돌렸다. 검지에 자리한 굵은 사파이어에는 붉은 피가 조금 묻어 있었다.

"어디서 시중드는 시녀 따위가 세르펜스의 후계를 낳은 나한테…… 이만하길 다행으로 여기렴."

"시녀 따위? 그러는 넌! 넌 그 시녀 따위도 못 되는 더러운 계집이잖아! 정부 주제에 아이를 낳았다 유세 떠는 모양인데, 그래봤자 넌 정부야! 남의 남자 빼앗는 더러운 정부!"

상처를 입었지만 안나의 기세는 죽지 않았다. 안나는 일어나기가 무섭게 고함을 질렀다. 설마 바로 달려들 거라고는 생각 못한 모양인지 샬럿이 움찔거리며 물러서려다 얼굴을 붉히고는 자리에서 멈췄다. 저 비리비리한 여자도 아니고 그 여자의 시녀 따위가…… 그녀가 독기 서린 눈을 치켜뜨며 다시 손을 올렸다.

"뭐? 이 건방진. 것이!"

짝!

샬럿이 손을 내리치기 직전이었다. 날카로운 파공음이 샬럿의 뺨을 올려붙였다. 설마 자신이 맞을 거라고는 상상도 못 한 샬럿이 멍한 눈을 한 채 상대를 바라봤다.

"감히……."

혜레이스가 샬럿을 또렷이 노려보고 있었다. 부들부들 떨리는 몸과 부어오른 손바닥은 연약해 보였으나 푸른 눈만은 매서웠다. 혜레이스가 샬럿에게 분노를 여감 없이 보이며 일갈했다.

"너 따위가 뭔데 내 시녀를 치느냐."

"너…… 너……."

"천한 정부 주제에 감히 날 그리 지칭하지 말라."

남편의 정부와 마주하고 어쩔 줄 몰라 쩔쩔매던 여자는 없었다. 저 같은 것도 귀족이라고……. 진정한 공작 부인이 누군데.

샬럿은 부어오르는 뺨을 쥔 채 헤레이스에게 손가락을 올렸다. 구겨진 눈썹에 삐뚜름한 입매. 샬럿의 얼굴에는 황당함과 분노가 뒤섞여 있었다.

"허…… 껍데기만 남은 주제에 그래도 귀족이라고 이따위 유세를 나한테……."

샬럿은 제 신분을 잘 알았다. 후계에 가까운 아들을 낳았다고는 하나 그녀는 천민 출신의 정부였다. 귀족 태생의 공작 부인인 헤레이스에게 이랬다간 돌에 맞아 죽어도 할 말이 없다는 것쯤은 예전에 깨우치고 있었다.

그러나 이상하리만치 자신감이 들었다. 이래도 될 것 같았다. 등 뒤 아들이 자신을 응원하고 있었다. 괜찮아. 어차피 이 여자 자리는 곧 내 것인걸. 조금 앞서 행세한다 해도…….

아이가 뒤에서 무어라 계속 옹알옹알했다. 미겔을 안아 든 유모가 쉬이, 하며 아이를 어르는 소리가 들렸다. 아주 잠깐 아들에게 시선을 준 샬럿이 다시 헤레이스를 노려봤다. 뾰족한 손톱 끝이 헤레이스의 어깨를 툭툭 찔렀다.

"고귀하신 공작 부인, 분명 먼저 내 뺨을 친 건 그쪽이야. 그러니 나 따위 천한 것한테 한 대 맞더라도 억울해하지는 마세요. 어차피 머지않은 미래에는 내가 그 자리에 있을 테니까."

샬럿은 정말 헤레이스를 한 대 칠 기세였다. 그녀가 손을 번쩍 들어 올리자 안나가 눈을 질끔 감은 채 헤레이스의 앞을 막아섰다. 그러나 아무리 기다려도 고통은 없었다.

안나가 슬그머니 눈을 떴다.

언제 왔는지 모를 사내가 큰 손으로 샬럿의 손목을 움켜쥔 채 비틀고 있었다. 그가 무덤덤한 얼굴로 헤레이스를 보다 제 정부를 내려다봤다. 고압적으로 번뜩이는 금안에 샬럿이 새된 목소리로 그의 이름을 불렀다.

"이, 이즈카엘!"

샬럿은 재빨리 태세를 바꿨다. 그녀는 곧바로 눈물을 짜 내며 가여운 얼굴로 울음을 흘리기 시작했다. 그에 반해 헤레이스는 갑작스러운 이즈카엘의 등장에 어쩔 줄 몰라 하다 고개를 수그릴 뿐이었다.

"흐윽……. 이즈카엘…… 공작님……."

"울어도 소용없다, 샬럿. 네가 방금 무슨 짓을 했는지 알긴 하나?"

금발 미인의 가녀린 목소리와 불그스름한 눈매가 가여웠으나 이즈카엘의 목소리는 냉담했다. 그가 샬럿의 팔을 내친 후 엄히 말했다.

"고작 정부인 네가 공작 부인인 내 아내에게 손찌검하려 한 죄는 죽어도 할 말이 없다."

상황의 심각성을 눈치챘는지 샬럿이 고개를 숙였다. 그녀의 얼굴에는 미미한 공포가 있었다. 사내가 제 아내에게 가진 감정은 양날의 검이었다. 잘만 조정하면 상대를 벨 검이었지만 까닥 잘못 휘두르면 그대로 제 목이 뚫릴.

샬럿은 재빨리 이즈카엘의 발치에 무릎을 꿇었다. 푸른 공단 드레스가 바닥에 끌려 더러워졌으나 그녀는 신경 쓰지 않았다. 이즈카엘의 손을 붙잡은 그녀가 세상 억울하다는 듯 울먹였다.

"그런 게 아니에요. 제가 어찌 감히 부인께 손찌검하겠어요. 그랬다면 분명 죽어도 할 말 없지요."

"그럼 내가 본 건 뭐지?"

"잘못 보셨어요. 오해세요. 전 부인께 무례하게 굴 생각이 없었습니다. 다만……."

"다만?"

"……저 건방진 아이를 혼내 주려 한 것뿐이에요. 믿어 주세요, 이즈카엘."

샬럿의 간악한 거짓에 입을 벌리고 있던 안나는 그녀의 손가락이 저를 향하기 무섭게 아니라 대꾸하려 했다. 그러나 샬럿의 손가락을 좇은 이즈카엘의 눈은 그녀가 감히 마주 볼 수 없을 만큼 섬뜩한 빛을 띠고 있었다.

안나는 알 수 있었다. 어떤 이유인지는 몰랐으나 주인은 자신을 싫어했다. 겁에 질린 그녀가 저도 모르게 몸을 옹송그렸다.

"저 계집이 제게 건방지게 굴더니 부인의 뒤에 숨어 저를 이렇게……. 이즈카엘, 여기 좀 보세요. 저 아이의 이간질 때문에 부인께서 제 뺨을 치…… 치셨어요. 흑……."

샬럿이 열 오른 뺨을 이즈카엘의 손에 비볐다. 그러자 그가 정부의 얼굴을 유심히 봤다. 붉게 부어오른 뺨이 선명했다. 제법이었다. 이런 짓도 할 줄 알고······.

아내가 제 정부를 때렸다는 말에 이즈카엘이 재미있다는 듯 입매를 올리다가 아내의 손을 곁눈질로 보았다. 고작 한 대 쳤다고 붓다니. 샬럿의 붉어진 뺨보다는 살짝이지만 열기로 부풀어 오른 아내의 손에 더 관심이 갔다.

헤레이스가 손바닥을 쥐었다. 그 모습에 이즈카엘이 샬럿의 뺨을 다정히 두드리며 뚫어져라 헤레이스의 얼굴을 봤다. 그녀는 그가 등장할 때와 마찬가지로 얼굴을 딱딱하게 굳힌 채 눈을 내리깔고 있었다.

"무슨 이유가 됐든 천한 네가 공작 부인의 심기를 거슬렸으니 맞아도 싸다."

살가운 손짓과 달리 나온 목소리는 여전히 평이했다. 샬럿이 고개 숙여 표독스러운 얼굴을 간신히 가렸다.

천한 네가. 공작 부인.

다른 이도 아니고 이즈카엘, 그가 자신의 신분을 이리 확인시켜 줄 때가 제일 싫었다. 제 아들은 귀히 여기면서 왜 그 어미인 저는 여전히 천한 출신의 정부인가. 샬럿이 자신의 귀에만 들리게 이를 갈았다.

계속 정부의 뺨을 두드리며 이즈카엘이 곁눈질로 헤레이스를 살폈다. 헤레이스는 안나를 자신의 뒤로 이끈 채 이쪽을 경계 어린 눈으로 보고 있었다. 시녀 따위의 손을 꼭 잡은 채 새끼처럼 보호하는 꼴을 보니 심사가 뒤틀렸다. 남편 보기는 길가 돌멩이

만도 못하게 보는 여자가……

그가 낮게 웃으며 개를 쓰다듬듯 샬럿의 머리를 쓸더니 그녀를 일으켜 품 깊숙이 안았다.

"하지만 샬럿…… 네 뺨을 보니 네 말에도 일리가 있구나."

품 안의 여인을 바라보는 눈이 다정했다. 샬럿은 갑자기 변한 그의 태도에 어리둥절해하다가 곧 기회가 왔음을 깨달았다. 사내는 제 아내를 또 못 죽여 안달 난 얼굴을 하고 있었다. 그녀가 일부러 처연하게 입술을 축 내렸다.

"알아주셔서…… 다행이에요. 전 정말 부인께 무례하게 굴려던 건 아니었어요."

흑흑 소리와 함께 몸을 가늘게 떠는 금발 미인의 얼굴이 애처로웠다. 이즈카엘이 보란 듯이 샬럿의 이마에 입을 맞추고 그녀의 뺨을 쓸며 뒤에 있던 기사들에게 명했다.

"내 아이의 어미를 때린 저 계집을 매질하고 감히 내 아내와 아이를 이간질한 혀를 잘라라. 그리고 성 밖으로 쫓아내 버려."

잔악무도한 명에 안나의 얼굴에 핏기가 가셨다. 그러나 당사자보다 더 파리해진 이가 있었으니, 헤레이스였다. 그녀는 주춤주춤 다가오려는 기사들에게서 안나를 숨긴 채 이즈카엘에게 고함쳤다.

"말도 안 돼! 이즈카엘, 미쳤어요!"

"비켜. 당신이 무르게 구니 저 계집이 계속해서 입을 놀리지. 분명 전에 한번 말했을 텐데. 아랫사람…… 특히 저 계집아이 간수 잘하라고."

"안나는 잘못한 게 없어요. 시작은 당신 품에 있는 그 여자가 했다고요! 내게 먼저 무례하게 군 건 저 여자예요. 당신 눈으로 직접 봤잖아요! 그 여자가 내게 손 올린 거."

"하지만 오해라 하지 않나. 그렇지?"

"부인…… 정말 오해세요. 전 그저……."

샬럿이 이즈카엘의 품에 얼굴을 묻었다. 사내가 제 정부의 등을 도닥이며 헤레이스를 향해 여유로운 얼굴을 했다.

"게다가 샬럿이 다치지 않았나. 샬럿은 미겔의 어미야. 아무리 아무것도 모르는 아이라지만 아들 앞에서 뺨을 때리다니……. 당신의 시녀가 한 이간질이 내 아들한테도 영향을 끼치는군."

"안나는 더 심하게 다쳤어요. 이걸 봐요. 얼굴에 피가……."

"우습지도 않아."

헤레이스는 말을 끝낼 수 없었다. 이즈카엘이 비소를 흘리며 말을 끊은 탓이었다. 그가 샬럿을 껴안은 채 헤레이스에게 다가갔다. 그리고 그녀의 뒤에 있는 안나를 곧 처분할 물건 보듯 훑었다.

"헤레이스, 내가 계속 말해 줘야 하나? 내 아들의 어미가 다쳤다고. 당신이 데리고 있는 그 아이 때문에."

어절마다 끊는 말이 단호했다. 헤레이스의 머릿속이 하얗게 변했다. 그는 당장에라도 안나를 도살할 것 같았다. 그리고 자신에게는 그걸 막을 힘이 없었다.

세계 내리 물은 입술에서 피가 샜다. 헤레이스가 아무 말 없이 제 시녀를 감추려 필사적으로 애썼다. 그러나 작은 체구의 그녀였다. 그녀는 시녀 하나를 온전히 숨겨 줄 수 없었다.

"비교할 걸 비교해야지."

"……."

"당신이 데리고 있는 시녀의 목숨 따위를 샬럿과 비교할 수는 없어. 무게가 다르잖나. 뭣들 해. 당장 저 계집을 끌어내."

주군이 명하자 기사들의 움직임에 망설임이 사라졌다. 그들은 헤레이스의 뒤에 있던 안나를 끌어냈다. 안나가 울부짖으며 발버둥 쳤지만 소용없었다.

"아가씨!"

"안나! 안나를 놔줘! 당장!"

헤레이스가 안나를 돌려받으려 기사의 몸에 손을 뻗었다. 그걸 본 이즈카엘이 샬럿을 아무렇게나 놓았다. 그가 빠른 움직임으로 헤레이스의 어깨를 우악스레 잡아 제 쪽으로 끌어다 놨다. 눈이 마주치자 헤레이스가 호소했다.

"이즈카엘, 이러지 말아요. 내가…… 내가 다 잘못했어요. 안나를 잘 가르칠게요. 다시는 이런 일 없을 거예요."

안나를 잃을지도 모른다는 두려움에 헤레이스는 발발 떨며 울고 있었다. 그녀가 이즈카엘에게 매달린 채 몸을 숙였다. 한데 묶어 잘 정돈돼 있던 검은 머리카락이 어지러이 흐트러지며 이즈카엘의 발치에 쏟아졌다.

헤레이스는 이즈카엘의 구두를 향해 머리를 몇 번이고 조아리며 그의 손이 구원이라도 되는 듯 붙잡았다. 공포에 질린 손이 이즈카엘의 체온을 식혔다.

"당……, 당신 여자한테 사과하라고 하면 하겠어요. 벌이라면 내가 받을게요. 그러니 안나는 건드리지 마세요. 내게는 친동생 같은 아이예요. 겨우 내게 남…… 남은…… 흑……."

아이처럼 울며 떼쓰듯 매달리는 아내는 처음이었다. 오롯이 저를 향해. 이즈카엘은 이것이 최선이라는 양 떨리는 헤레이스의 눈동자를 보자 기분이 한껏 고양됨을 느꼈다.

이즈카엘이 고개를 든 채 저만을 보는 헤레이스의 얼굴에 손을 올렸다. 그가 자비를 베풀겠다는 듯 아내의 눈물을 닦아 줬다.

"……내 부인께서 이렇게까지 나오시니 차마 외면하기 힘들군."

"이즈카엘!"

샬럿이 날카롭게 외쳤다. 그녀가 이즈카엘의 발치에 앉아 있는 헤레이스의 드레스 자락을 짓밟으며 그의 팔에 몸을 가져다 댔다. 조르듯 영롱하게 빛나는 눈에는 교태가 가득했다.

이즈카엘이 헤레이스와 샬럿을 번갈아 보다 잔인한 미소를 물었다.

무릇 사냥감은 쫓을 듯 말듯 줄다리기를 잘해야 했다. 공포와 불안에 떨게 만든 뒤 체력을 서서히 빼야만 온전히 손에 들어왔다.

이즈카엘은 샬럿에게 시선을 주며 그녀의 부푼 뺨에 입을 맞췄다. 그의 자비에 겨우 한숨 돌리고 있던 헤레이스가 그 장면에 숨을 들이쉬는 게 생생히 느껴졌다.

"하지만 그렇다고 피해자를 억울하게 둘 수는 없지."

그의 말이 끝나자마자 헤레이스가 절망 어린 눈을 했다. 손 가는 대로 짓이겨지는 아내가 제법 마음에 찼다.

이즈카엘은 아내에게 더한 수치와 모멸을 주고 싶었다. 사내가 제 아래에서 여전히 무릎을 꿇은 아내를 보며 정부의 허리를 감고 지분거렸다. 대놓고 정부를 희롱하는 모습에 헤레이스가 두려움 뒤 상처받은 얼굴을 뚜렷이 내보였다. 그가 여러 감정으로 젖어 드는 푸른 눈을 응시하며 정부에게 속삭였다.

"샬럿, 네가 벌을 생각해 봐라. 다만 내 아내의 체면이 있으니 불구로 만들거나 죽이는 건 안 돼."

"하지만 이즈카엘……."

"마음 넓은 네가 이해해야지. 내 고고하신 부인께서 이리 무릎까지 꿇었잖나. 아량을 베풀어야 한다."

"하지만 저대로 두면 저 계집애가 미겔에게도 사생아라며 건방지게 굴 거예요. 이참에 그냥 본보기로……."

"샬럿."

저 망할 계집을 이번에 죽여 버려야 하는데. 그래야 저 여자가 더 힘에 부쳐 나가떨어질 텐데. 냉정한 사내의 목소리에 샬럿이 입을 삐죽였다. 여기서 한 발자국 더 움직였다간 일을 아예 그르칠 것을 알았기에 그녀는 그쯤 제 뜻을 꺾었다.

"치! 알았어요, 알았어. 그럼 일단…… 제 뺨이 부은 대가는 치러야 하니 저 아이 뺨을 열 대만 치게 벌하세요."

"뜻대로. 뭐 하나 치지 않고."

이즈카엘의 턱짓에 하녀 하나가 안나의 뺨을 쳤다. 연이어 정확히 열 대를 맞은 안나의 뺨은 헤지고 터져 피가 흘렀다. 그러나 안나는 신음 한번 흘리지 않았다. 대신 그녀는 자신을 차마 바라보지 못하는 상전을 보며 억지로 괜찮다는 표정을 보였다.

"그리고……."

샬럿이 헤레이스를 비웃으며 내려다봤다. 정부보다 작아진 공작 부인을 노예 보듯 찬찬히 뜯어본 그녀가 헤레이스의 왼손을 보며 눈을 빛냈다.

녹안이 닿은 왼쪽 약지에는 척 보기에도 귀해 보이는 금반지 하나가 덩그러니 존재를 발하고 있었다. 헤레이스의 드레스 자락을 뭉개듯 구두를 이리저리 튼 그녀가 이즈카엘에게 매달려 애교 섞인 목소리로 앙앙거렸다.

"부인께서 저 아이를 귀하게 여기시니 쫓아내는 건 관두겠어요. 대신 부인께서 다른 것으로 제게 보상해 주셨으면 해요."

"내 부인이 가진 것 중 네가 원할 만한 게 있나? 내가 네게 준 황금이 훨씬 풍족할 텐데."

"물론 이즈카엘의 사랑은 충분히 받고 있어요. 하지만 욕심이 많은 전 아직 부족한걸요."

"그거 재미있구나."

"부인께서는 딱 하나만 주시면 돼요. 안타깝게도 그것만은 제게 없어서……."

"그게 뭐지?"

"전 부인께서 끼고 계시는 저 반지가 가지고 싶어요."

버석한 낯으로 두 사람을 보고 있던 헤레이스의 얼굴에 곧 깨질 듯 금이 갔다. 왼손을 쳐다본 그녀가 반지를 숨기듯 오른손으로 왼손을 감쌌다. 그러나 모두의 시선은 이미 헤레이스의 반지에 닿아 있었다.

"아끼는 아이를 용서해 주는 대가니 당연히 주시겠지요?"

새가 지저귀듯 경쾌한 목소리가 얄미웠다. 헤레이스가 저도 모르게 눈에 힘을 준 채 샬럿을 쏘아봤다. 저 여자는 알고 있었다. 이 반지가 어떤 반지인지. 어떤 의미인지.

헤레이스는 말려 달라는 듯 이즈카엘을 바라보았으나 그는 매정했다. 정부 앞에서 모멸을 당하고 있는 아내를 무감하게 보며 그가 명했다.

"들었지? 헤레이스, 반지를 샬럿에게 주도록 해."

믿을 수 없었다. 어떻게 저리 쉽게…… 이 반지가 무엇인가. 이건 세르펜스 공작 부인의 상징이요, 그가 그녀를 감옥에서 꺼내 준 직후 그녀에게 바친 의미 있는 물건이었다.

'살아. 살기만 해. 나머지는 모두 내가 감당할 테니.'

사내는 그리 말하며 헤레이스에게 청혼했다. 황제 폐하의 허락 아래 결혼이 결정되었으니 당신이 걱정할 건 이제 없다며 사내는 단단한 얼굴을 했다. 삶의 모든 것을 놓았을 때도 사내의 표정이 너무도 믿음직스러워 헤레이스는 저도 모르게 눈물을 흘렸더랬다.

그런데 그런 물건을…… 헤레이스가 맹렬히 고개를 저었다. 발악하듯 날카로운 음성이 튀었다.

"싫어요!"

"……."

"줄 수 없어요. 이게 뭔지 이즈카엘 당신도 알잖아요!"

"그럼 원래대로 당신 시녀를 벌할까?"

이즈카엘이 퇴로를 막았다. 헤레이스가 눈을 끔뻑였다. 후두둑 쉴 새 없이 눈물이 떨어졌다. 기사에게 잡혀 있는 안나가 뒤에서 무어라 소리쳤으나 헤레이스에게는 들리지 않았다.

"어차피 당신은 한 번 이걸 잃어버리지 않았나. 신경도 쓰지 않을 때는 언제고 이제 와 이러는 것도 우습군."

"그건!"

이즈카엘이 샬럿을 떼어 낸 뒤 헤레이스 쪽으로 짜증스레 몸을 굽혔다. 그가 아내의 얼굴 바로 앞에 손바닥을 보였다. 당장 내놓으라는 겁박과 다름없었다.

"반지 이리 내, 헤레이스."

"싫, 싫어요. 이건 줄 수 없, 없어요. 이건……."

"손 펴."

이즈카엘이 아내의 손을 잡아챘다. 그녀가 그에게서 벗어나려 발악했다. 피가 쏠려 빨개진 주먹이 양보할 수 없다는 듯 다물린 채 실랑이를 벌였다. 아내의 손가락을 억지로 펼까 하던 이즈카엘이 문득 무언가를 생각하더니 제 머리를 한 번 쓸었다. 올라갔다 떨어진 은발 뒤엔 지독히 냉한 눈이 남았다.

"……한 번만 더 말하지. 손 펴, 헤레이스. 펴고 반지를 넘겨."

"안 돼요. 안 된다고요. 약속했잖아요. 할 일을 하면……."

빼앗기면 이 자리를 내줘야 할 것 같았다. 그러면 내 아들은? 에르젠은 어떻게 되는 거지? 이즈카엘의 정부라는 여자는 분명 그녀의 아들을 가만두지 않을 터였다. 게다가 이 반지는…….

헤레이스는 이즈카엘에게서 반지를 받았을 때를 계속 떠올리며 그녀답지 않게 고집을 부렸다.

"하아…… 끝내 이러는군."

"이즈카엘, 제발…… 이건 당신이 내게……."

짝!

믿을 수 없는 광경이 펼쳐졌다. 자리에 있는 모두가 눈을 크게 떴다. 단 한 사람, 아내의 뺨을 쳐올린 사내를 제외하고.

"내 부인께서는 끝까지 건방져. 뭐든 제멋대로군."

헤레이스의 뺨을 친 힘은 세지 않았다. 가볍게 정신을 차리라는 듯, 딱 그 정도의 힘이었다. 그러나 그렇다 해도 사내의 것이었다. 그것도 전쟁에서 구르던, 전신이라 불리는 사내의 손.

피부가 곧바로 붉어졌다. 헤레이스가 돌아간 고개를 바로 할 생각도 못 한 채 신음을 흘렸다. 얼얼한 뺨보다 충격이 더 컸다.

"아……."

뺨을 맞은 건 처음이었다. 죄인의 딸이라 감옥으로 끌려갈 때조차 뺨을 맞아 본 일이 없었다.

그런데 남편의 정부 앞에서 남편에게. 그것도 공작 부인의 상징을 잃지 않으려다 뺨을 맞다니……. 순식간에 시간도 공간도, 사라지며 현실감이 아득해졌다. 그녀가 아찔한 정신을 간신히 부여잡은 채 덜덜 몸을 떨기 시작했다.

"당신이 공작 부인이라고는 하나 이 성의 주인이자 세르펜스가의 가주인 날 무시하는 태도는 용서 못 해."

이즈카엘의 말에 지금까지의 실랑이가 우습다는 듯 헤레이스의 손에서 힘이 빠졌다. 그녀가 주먹을 펴자 기다렸다는 듯 이즈카엘이 그녀의 손에서 반지를 빼더니 볼일이 끝난 사람처럼 그녀의 손을 쳐 내고 몸을 일으켰다.

그가 일어남과 동시에 헤레이스의 푸른 눈에 그렁그렁하던 눈물이 볼을 타고 내려왔다. 반짝이는 눈물이 붉은 뺨과 대조되어 서럽고 또 서러웠다.

"손을 이리 다오."

멍한 헤레이스를 향해 비웃음을 흘린 샬럿이 제자리에서 기쁘다는 듯 방방 뛰었다. 그녀가 이즈카엘에게 반지 낀 자신의 손을 이리저리 보여 줬다. 화려한 반지들 속에서도 금반지는 대번에 들어왔다. 금반지 주제에 이리 아름답다니. 주제넘은 것을 가진 샬럿이 기쁜 낯을 했다.

"어머! 딱 맞아요."

"그거 잘됐군."

"원래부터 제 거였던 물건 같아요. 어쩜 이렇게 잘 맞을 수가……."

정부의 오두방정은 길게 이어졌다. 곧 금안에 성가심이 드러났다. 이즈카엘이 시선을 내려 아내 쪽을 바라봤다. 그녀는 여전히 무릎 꿇은 채였다.

헤레이스의 꼴은 참혹했다. 드레스 여기저기는 바닥에 끌려 지저분해져 있었고 머리카락 또한 엉망이었다. 게다가 창백한 얼굴에 부푼 뺨이 워낙 도드라져 얻어맞은 티가 선명했다.

붉은 뺨에 흐르는 눈물을 본 이즈카엘이 얼굴을 일그러뜨리다 못마땅한 듯 주먹을 쥐었다. 그가 아내에게서 시선을 떼고 빠르게 몸을 돌렸다. 꼭 도망치는 모양새였다.

"……미겔이 추위를 타겠다. 그만 들어가자."

"더 있어도 되는데……."

"들어가서 네 뺨도 살펴봐야지. 부은 곳을 오래 두면 좋지 못해."

"생각해 주시는 거예요? 부인 앞인데 이즈카엘도 참……. 뭣들 해. 돌아가자."

샬럿이 몸을 크게 돌린 탓에 펄럭인 드레스 끝자락이 헤레이스의 뺨을 다시 한번 때렸다. 부드러운 천이라 아프지는 않았으나 헤레이스는 멍청한 얼굴로 제 볼을 쓸었다. 홧홧한 열감은 거의 없었지만 이상하리만치 아팠다. 아프고 괴로워 죽고만 싶었다. 그녀가 버석하게 마른 입술을 피가 날 때까지 물었다.

"흐으……."

억눌린 신음이 울음소리에 섞여 들었다. 안나가 거의 기다시피 다가오더니 헤레이스의 앞에 무릎을 꿇고 이마를 바닥에 댔다.

"죄송해요. 죄송해요, 아가씨. 제가…… 저 때문에……."

머리를 찧으려는 안나를 헤레이스가 막았다. 그녀가 우는 안나의 얼굴을 쓰다듬으며 부서질 것 같은 목소리로 말했다.

"안나, 우리 그냥……."

"……."

"……나랑 너랑 에르젠, 이렇게 우리 셋만……."

"……."

"떠날래?"

* * *

반지의 주인이 바뀌었다는 소문이 삽시간에 났다. 공작 부인의 상징까지 빼앗기자 헤레이스를 동정하는 이들은 눈에 띄게 줄었다. 대신 그녀를 험담하며 샬럿에게 아부하는 무리가 여기저기서 비 온 뒤 잡초처럼 솟아났다.

그러한 사용인들의 태도에 지대한 공을 세운 건 이즈카엘이었다. 그는 헤레이스에게서 반지를 빼앗은 이후 아내의 방으로 가지 않았다. 대신 그는 샬럿, 정확히는 미겔이 누워 있는 방에 자주 머물렀다. 반지 일에 더불어, 잠시나마 부인을 찾았었던 그가 공작 부인의 방에 발걸음을 딱 끊자 샬럿은 보란 듯이 반지를 끼고 다니며 성안을 헤집고 다녔다.

목표를 눈앞에 둔 그녀는 두려울 게 없었다. 빼앗고 싶어. 그 여자가 가진 건 모조리! 지위도, 부도, 명예도 내 거야. 그리고…….

'……저 사내도.'

샬럿의 시선 끝이 고고한 사내에게 닿았다. 일렁이는 촛불 아래 편안한 침의 차림의 사내는 은발을 흐트러뜨린 채 의자에 편히 기대앉아 요람 속 아들을 바라보고 있었다.

샬럿은 이즈카엘의 뒤로 다가가 그의 목을 껴안았다. 금반지만 낀 흰 손이 사내의 목과 어깨를 부드러이 쓸더니 침의 아래 감춰진 가슴을 더듬었다. 여인보다는 거친 피부 거죽과, 그 아래 고르지 않게 여기저기 튀어나온 단단한 근육이 얄궂은 감각을 일깨웠다. 그녀가 사내의 귀에 훅 숨을 불어 넣으며 아양을 부렸다.

"내 방 옮겨 주면 안 돼요? 물론 지금도 괜찮지만…… 여긴 햇빛이 적게 들어온단 말이에요. 그 여자가 있는 방…… 거기가 참 좋아 보이던데."

"……."

"미겔도 아직 어리잖아요. 많이 나가지도 못하는데 방 안에서라도 햇볕을 많이 쫴야 건강해지지 않겠어요? 그러니까……."

사내는 여인의 야살스러운 행동에도 별달리 반응하지 않았다. 사내의 냉랭한 태도는 여전했다. 샬럿이 혀로 이즈카엘의 귀를 핥았다.

"이즈카엘, 왜 이리 말이 없어요."

"……."

"그런 얼굴 이 샬럿은 싫답니다. 그러지 말고 나랑 놀래요? 우리 미겔이 생긴 이후로는 한 번도 즐긴 적이 없잖아요."

여인은 몸을 더 가까이 했다. 아이 양육을 전부 유모들에게 맡긴 탓에 출산 후에도 그녀의 아름다운 몸은 여전했다.

"비켜."

이즈카엘이 거추장스럽다는 얼굴을 했다. 어찌나 무감한지 샬럿이 다 민망할 정도였다. 하지만 아내가 없는 자리에서 연기를 할 필요는 없었다. 그가 성가시다는 듯 미간을 구기며 아무렇게나 손을 휘저어 샬럿을 물렸다.

"그러지 말고요. 어차피 우리 미겔하고 둘밖에 없잖아요. 미겔로도 충분하지만 아이가 더 생기는 것도 좋을 테고…… 애들한테는 형제가 필요한 법이라는데."

냉담한 이즈카엘의 태도에도 샬럿은 포기하지 않았다. 이런 적이 어디 한두 번인가. 사내는 제 부인이 없어지면 그녀를 스쳐 지나가는 잡초 취급 했다.

"아이참…… 너무 그러지 말고……."

그동안은 임신을 한 터라 사내를 유혹하기 힘들었지만 이제는 아니었다. 샬럿은 오늘에야말로 저 사내를 꼬여 내겠다 마음먹었다. 여인이 나긋나긋한 몸짓으로 그의 여기저기를 더듬었다.

'이제는 안 돼. 앞으로 계획을 위해서라도 슬슬 꼬여내야…….'

사실 샬럿은 불안했다. 미겔을 낳고 사라졌다 싶었던 불길함이 최근 다시 얼굴을 들었다. 그녀는 가끔 자신이 이 몸의 주인이 아닌 것 같은 느낌을 받았다. 왜 그런 거 있지 않은가. 분명 없었던 일인데 기억 속에 있는……. 말도 안 되는 일이었지만 문득문득 저도 모르게 잠에 들고 깨어날 때면 찝찝함이 온몸을 감싸 안았다.

'아직 공작 부인 자리를 차지 못해서…… 그래서 그런 거야. 내 자리가 불안정하니까…….'

그녀는 이유를 불안정한 제 위치에서 찾았다. 정부란 게 뭔가. 저 사내의 의사에 따라 언제든 내쳐질 수 있는 그런 자리 아닌가. 샬럿은 세르펜스 성에서 살며 삶이 즐거울 수도 있다는 것을 알았다. 비참하고 추운 전쟁터에서 지내던 때와는 모든 게 달랐다.

그때는 모두 자신에게 침을 뱉었지만 이 성에서는 자신이 대다수에게 침을 뱉었다.

'절대 그 시절로 돌아갈 수 없어.'

그녀가 눈을 가느다랗게 뜬 채 사내의 얼굴을 쓰다듬었다. 붉은 혀가 기어 나와 다물린 사내의 입술로 다가갔다. 그러나 이즈카엘의 건조한 표정은 여전했다.

그는 인정사정 봐주지 않고 샬럿을 밀쳤다. 쿠당탕 소리와 함께 샬럿이 바닥으로 추락했다. 지독한 모멸감에 샬럿이 몸을 떨었다.

"······몸이 달았으면 다른 사내를 찾아."

"뭐, 뭐라고요!"

사내의 금안에는 은근한 살기가 있었다. 그가 주머니를 뒤지더니 시가를 찾아 물었다. 칙, 하고 붙는 불에 연기가 피며 매캐한 향이 방을 채웠다. 아이가 있음에도 담배를 피우는 그의 행동에 샬럿이 눈을 부릅떴다.

"이즈카엘! 미겔 안 보여요?"

아들의 건강이 염려스러웠다. 아무렇게나 구르는 아이들이야 시가 연기를 마시든 말든 별 상관없었지만 미겔은 제게 모든 걸 줄 아이가 아닌가. 그녀가 아들 쪽으로 뛰어가 아들을 껴안으며 소리쳤다.

"당장 꺼요! 당신 아드님이 몸이라도 상하면 어쩌려고!"

"······당장 목을 베고 싶은 걸 참고 있으니 네 어미 좀 어떻게 해 봐."

샬럿의 고함에 이즈카엘이 뜻 모를 소리를 했다. 네 어미라니. 꼭 아들한테 하는 말 같지 않은가. 섬뜩하고 불길한 예감이 샬럿의 머리채를 잡았다. 등 뒤 척추를 따라 오소소 소름이 돋음과 동시에 그녀가 제 아들 쪽으로 천천히 고개를 내렸다.

"그게 무슨 말…… 아……."

빨려 들어갈 듯 빛나는 금안이 샬럿의 머리를 강타했다. 멍하니 눈에 주었던 힘을 푼 그녀가 아들을 다시 요람에 내려놓고 옷을 정돈했다. 어딘가 기괴한 장면에 눈이 갈 법도 했건만 이즈카엘은 샬럿 쪽으로 고개조차 돌리지 않았다.

샬럿이 이즈카엘을 스쳐 천천히 침대로 다가갔다. 그녀가 흐려진 녹안으로 침대 옆에 섰다. 곧 여인의 몸이 줄 끊어진 인형처럼 픽 침대 위에 허물어졌다. 동시에 이즈카엘이 신경질적으로 읊조렸다.

"……아이의 탈을 쓰고 있다 한들 말을 못 하는 건 아닐 텐데."

은발 사이 금빛 눈동자가 요람 쪽으로 돌아갔다. 미셀이 아비의 말에 꺄아 하고 옹알거리는 소리를 냈다. 꼭 대답을 하는 모양새였다.

이즈카엘이 굳은 얼굴로 일어나더니 시가를 던져 버린 채 의자에서 일어났다. 그가 요람을 내려다보자마자 방 안 분위기가 어둑해졌다. 촛불이 꺼질 듯 말 듯 일렁이며 기이한 속삼임이 이즈카엘의 귓가에 울렸다.

「재미없기는…… 좀 기다려 봐. 이 껍데기는 아직은 제대로 소리를 못 내잖아. 아들이 천재인 건 좋지만 태어난 지 석 달도 안 돼 말을 한다 하면 악마에 쓰였다 소문이 돌걸?」

"틀린 말은 아니지."

「네 뜻대로 시건방진 계집도 재워 줬는데 뭐가 그리 불만이야?」

사내인지 여인인지 분간이 가지 않는 목소리였다. 높은 것은 아이 같기도 했고 어딘가 꺼끌꺼끌한 것이 노인 같기도 했다.

이즈카엘이 내키는 대로 강보를 헤쳤다. 그를 꼭 닮은 아이가 그와 같은 눈을 한 채 방긋방긋 웃으며 고사리 같은 손을 앞으로 뻗어 한참 큰 아비의 손가락을 쥐었다. 이즈카엘은 인상을 팍 쓰며 아이의 손을 뿌리쳤다.

"……그때 대가로 받아 간 게 뭐지?"

「대가?」

목소리가 모르겠다는 듯 반문했다. 이즈카엘의 얼굴이 한층 더 험악해졌다. 그가 입매를 말아 문 채 요람을 세게 쥐었다. 터질 듯 튀어나온 핏줄과 함께 나무로 만든 요람 일부가 부스러져 바닥으로 떨어졌다.

「내가 말 안 했던가?」

"……."

「그때 한 계약은 분명…… 대가를 비밀로 하겠다 했지.」

"시끄러워. 당장 말해. 네 놈이 앗아 간 대가가 뭐였지?"

「지금껏 가만있었잖아. 이제 와 그게 왜 궁금한데?」

빙글거리며 놀리는 목소리였다. 얕잡아 보는 듯한 말투에 이즈카엘이 요람을 내리쳤다. 둔탁한 소리와 함께 요람이 앞뒤로 빠르게 움직였다. 끼익끼익, 매끄럽지 못한 소리가 신경을 긁었다.

"당장 말해!"

이즈카엘은 당장에라도 아이를 꺼내 내동댕이칠 기세였다. 목소리는 그런 이즈카엘을 비웃듯 잔잔히 웃음을 터뜨렸다. 그에 맞춰 아기의 금안도 예쁘게 접히며 반달을 그렸다.

「오…… 이즈카엘, 나를 죽이기라도 하게? 할 수 있겠어?」

아무리 용맹한 기사도 전쟁 중에 이즈카엘을 만나면 더럭 겁을 먹었다. 전쟁터에서 신에 가까웠던 그는 표정만으로도 상대를 오금 저리게 만드는 사내였다. 그러나 방 안을 떠도는 목소리에는 일말의 두려움도, 긴장도 느껴지지 않았다. 목소리가 대수롭지 않게 이즈카엘의 겁박을 넘기며 수다스럽게 말을 이었다.

「화풀이하려거든 본인 스스로한테 하도록 해. 네 아내에게 한 행동은 전적으로 네 탓이잖아. 그녀를 울린 것도, 그녀를 때린 것도 이즈카엘 너야. 그런데 날 탓하면 곤란하지.」

붉게 부은 뺨 위로 흘러내리던 아내의 눈물이 떠올랐다. 이즈카엘이 얼굴을 구긴 채 시커먼 낯을 했다. 당장에라도 제 손을 잘라 버리고 싶었다. 때리기는커녕 만지는 것조차 아까운 이였다.

그가 턱을 당긴 채 주먹을 말아 쥐었다. 그러자 목소리가 자괴감에 휩싸인 사내를 비웃었다.

「구경만 했는데도 가엾더라. 네 부인 말이야…… 대단한 미인이잖아. 고귀한 디본의 요정. 제국의 미. 설마 그런 여자가 정부 앞에서 남편한테 그런 치욕을 당할 줄 누가 상상이나 했겠어?」

"……."

「……네가 아닌 다른 사내였다면 그녀를 행복하게 해 줬을 텐데. 가령…… 네 동생 샤를 같은 사내였다면 말이야.」

샤를이라는 이름에 이즈카엘의 표정이 일순 바뀌었다. 어미의 죄로 쫓겨난 남동생. 헤레이스의 전 약혼자이자, 자신의 밀고가 없었다면 그녀의 남편이 되었을 이. 이즈카엘의 눈에는 일순 죄책감이 어렸지만 곧 섬뜩함에 묻혀 사라졌다.

「그거 알아? 네가 네 아내를 울릴 때 곁에 있던 사내들이 어떤 표정을 하는지. 하인이건 기사건 모두…….」

"……."

「……네 아내만 쳐다봐. 곱디고운 그녀의 얼굴만 살핀다고.」

이즈카엘은 그 자리에 있던 사내들이 누군지 하나하나 기억해 냈다. 제 휘하에 있는 평기사 셋과 샬럿에게 붙여 준 하인 둘, 그리고 잔심부름하는 사내아이 하나……. 그들이 자신들의 눈에 아내를 담았다 생각하니 삐죽 광기가 치솟았다. 그 눈들을 모조리 파 버리고 싶었다. 감히 제 아내를 품은 그 여러 쌍의 눈들을.

「하지만 어쩌겠어. 이즈카엘 너도 그녀에게서 눈을 떼지 못했잖아. 그래서 일을 이렇게 만들었고.」

"……."

「너도 못 하는 걸 다른 사내들더러 하라고 할 수는 없지. 안 그래?」

아이가 아비를 올려다봤다. 곧았던 사내의 눈매는 일그러져 있었고, 누굴 보는 건지 모를 눈동자는 분노로 일렁였다. 요람 일부가 또 사내의 손에 떨어져 나갔다. 부서진 탓에 삐져나온 나무 가시가 굳은살 박인 손바닥을 파고들었다.

「이런, 진정해. 이렇게 화낼 때가 아니야. 이제 곧…….」

목소리가 그를 달래듯 천천히 흩어졌다. 동시에 요람 속 아기 가 고개를 틀어 문을 바라봤다. 똑똑, 하고 누군가 문을 두드렸 다. 이즈카엘이 아들을 노려본 뒤 문가로 다가가 문고리를 당겼 다. 문 뒤에는 급히 왔는지 땀을 흘리는 하인이 있었다.

"주인님, 급히 전해 드릴 말이 있습니다."

"말해."

"그게 부인께서……."

하인에게서 말을 전해 들은 이즈카엘의 낯이 굳어졌다. 그가 하인의 어깨를 치고 그대로 방 안을 빠져나갔다. 급한 발걸음이 금세 사라졌다.

"그리 구박하실 때는 언제고 저리……. 주인어른의 마음은 참 어렵단 말이야."

달려가는 주인의 뒷모습을 보며 하인이 모르겠다는 얼굴을 했 다. 어깨를 으쓱인 그가 방 안을 힐끗 한 번 살펴보고는 조심스 레 문을 닫았다.

탁.

문이 닫히기 무섭게 요람이 저절로 움직였다. 조금 전과 달리 규칙적인 박자를 탄 물건이 아이를 달래듯 부드러이 흔들렸다. 편안한 움직임에 또렷했던 금안이 서서히 감겼다. 입에 손가락을 문 채 입술을 우물거리던 아이가 쌕쌕 숨을 쉬며 잠들었다. 명화

속 아기천사처럼 평온한 얼굴이었다.

아이까지 잠든 조용한 방 안, 촛불이 타들어 가는 소리만 남
았다. 기이한 정적 속 목소리가 미처 끝내지 못한 말을 홀로 이
었다.

「……더 미치게 될 텐데.」

* * *

헤레이스는 어둠 속에 홀로 남겨졌다. 그때와 같았다. 집안이
멸문하고 기사들이 그녀를 끌어내 축축하고 음습한 감옥으로 밀
어 넣었을 때. 그래. 꼭 그때처럼 그녀는…….

혼자였다.

헤레이스는 두려움에 무릎을 모으고 앉아 얼굴을 묻었다. 사방
에서 무언가 타는 매캐한 냄새가 나더니 사람들의 비명이 들렸
다. 귀를 막고 얼굴을 더 깊이 파묻었지만 소용없었다. 무언가 축
축하고 질척한 느낌에 흘끔 아래를 보니 핏물이 고여 그녀를 꾸
역꾸역 삼키고 있었다.

"아아악!"

비명을 지르며 몸부림을 쳤지만 소용없었다. 그녀를 빙 둘러싼
피 웅덩이는 썩은 늪처럼 그녀의 다리를 묶고 점점 차올랐다. 턱
바로 아래서 출렁이는 액체의 비릿한 냄새에 헤레이스가 벗어나
려고 팔을 뻗었다. 그러나 다리와 마찬가지로 몸에 딱 붙어 묶여
버린 팔은 주인의 뜻을 따르지 않았다.

"구, 구해 줘요. 날 좀 여기서……. 이즈카엘…… 이즈카엘, 나 좀 도와줘요."

가장 먼저 생각나는 이는 그녀의 남편 이즈카엘이었다. 눈물을 닦지도 못한 채 겁과 공포에 질린 그녀가 남편의 이름을 되뇌었다. 이즈카엘이라면 와 줄 터였다. 그때 그랬듯.

아니나 다를까, 그녀가 이즈카엘을 부르자마자 바로 앞 어두컴컴한 곳에 희뿌옇긴 했으나 빛이 들었다. 유일무이 밝아진 곳에 애타게 부르던 사내가 나타났다. 헤레이스가 이즈카엘을 알아보고 웅덩이에서 손을 꺼냈다. 조금 전까지만 해도 무언가에 붙잡혀 있던 손이었거늘 그를 발견하자 기이하게도 자유로워졌다.

"이, 이즈카엘…… 흐윽."

그러나 이즈카엘은 헤레이스 쪽으로 오지 않았다. 가만, 다시 살피니 그는 혼자가 아니었다. 그의 옆에서 반짝이는 금발 머리를 틀어 올린 여인, 그리고 여인의 품에 안겨 있는 아이. 세 사람은 무에 그리 즐거운지 웃고 떠들다 헤레이스를 발견하고 동시에 얼굴을 굳혔다. 남편의 냉랭한 얼굴을 본 헤레이스가 절망 어린 눈을 했다.

웅덩이에서 스멀스멀 핏물이 나오더니 이즈카엘을 향해 뻗은 팔을 감싸 그녀를 다시 늪으로 이끌었다. 철퍽하는 소리와 함께 헤레이스는 다시 결박됐다.

이즈카엘이 등을 돌렸다. 동시에 핏물이 한 단계 더 차올랐다. 왈칵, 입 안으로 닥치는 붉은 피에 헤레이스가 진저리 쳤지만 발악할수록 액체는 꾸역꾸역 더 들이닥쳤다.

"살려 주세요. 누, 누가 도와줘요."

헤레이스가 고개를 최대한 든 채 간신히 말했다. 그러자 연극이 시작되기라도 하듯 조금 전과 비교할 수 없을 만큼 밝은 빛이 바로 앞을 비췄다. 눈을 내리깐 헤레이스가 힘겹게 앞을 보다 나타난 이를 보고 고함쳤다.

"오라버니!"

감옥에 끌려간 이후 본 적 없던 오라비 크리스였다. 이즈카엘 덕에 그는 목숨만은 건졌으나 헤레이스의 결혼식조차 참석하지 못한 채 제국 밖으로 추방됐다. 고문 때문에 다친 다리를 절뚝거리며 나갔다는 소식에 마음이 아팠지만 당시는 누구에게도 그런 마음을 표현할 수 없었다. 그저 오라비를 부탁한다고 남편에게 작게 웅얼거리는 것만이 그녀의 최선이었다.

'헤레이스, 너만은 살아! 살아남아야 한다! 알겠지?'

크리스는 마지막으로 봤던 그날과 꼭 같은 모습이었다. 해진 옷에 군데군데 흐르는 피. 그런 와중에도 저만 걱정스레 바라보는 눈과, 제 손을 한 번이라도 더 잡기 위해 뻗은 팔.

오라비는 어릴 적부터 그랬다. 여동생에게 기이하게 구는 아비를 대신해 헤레이스의 아비 역할까지 한 그는 항상 제 안위보다 여동생을 먼저 생각했다.

코와 입으로 핏물이 들이치는 것도 잊은 채 헤레이스가 오라비의 손을 잡기 위해 발버둥 쳤다. 그러나 그녀가 몇 번 발을 휘젓기도 전에 오라비는 사라졌고, 그 자리에는 어릴 적 아픈 어미를 대신해 그녀를 돌봐 줬던 중년 여인 하나가 불쑥 나타났다.

'아가씨, 이걸로 명예를 지키셔야 합니다. 후작님께서도 그걸 바라셨을 거예요.'

안나와 닮은 눈가에 쉴 새 없이 눈물이 흘렀다. 여인이 엄지손톱만 한 주머니를 꺼냈다. 갈색 가죽 구두가 헤레이스의 눈앞에 다가오더니 푸르스름한 가루가 그녀의 얼굴로 우수수 떨어졌다. 그러자 어두운 와중에도 빛무리가 선명히 형성됐다.

"유모……."

푸른 가루가 얼굴에 닿자 정신이 혼미해졌다. 무언가 숨구멍을 틀어막는 것 같았다. 헤레이스가 겨우 숨을 내쉬며 컥컥거리자 중년 여인이 안쓰러운 얼굴로 한 번 더 눈가를 찍더니 곧 스르르 사라졌다.

"하으……."

어질한 시야를 간신히 견딜 때였다. 흰 손 두 개가 나타나더니 헤레이스의 양 뺨을 세게 쥐었다. 번쩍 정신이 듦과 동시에 고고해 보이는 귀부인의 젖은 얼굴이 보였다.

'헤레이스, 샤를을 버리지 말아다오. 샤를 그 아이는 너밖에 없어. 내가 죽으면 네가 샤를을 챙겨 줘야 한다. 그 가여운 아이를 부탁하마.'

울고 있는 귀부인은 황족 특유의 금발을 가지고 있었다. 헤레이스보다 조금 밝은 색의 푸른 눈동자가 시시각각 다가오는 공포로 인해 이리저리 떨리고 있었다.

'황녀님…….'

귀부인은 샤를의 어미인 율리스 황녀였다. 세르펜스 공작 부인이기도 했던 그녀는 반역에 가담했다는 사실이 완전히 밝혀지기 직전 헤레이스를 찾아왔더랬다. 그때와 같이 비에 흠뻑 젖은 옷과 표정, 그리고 말이 서글펐다. 간절한 어미의 애원에 헤레이스가 울며 그녀에게 말했다. 그녀는 황녀와의 약속을 지키지 못했다.

"죄송해요. 정말 죄송해요……."

'……일이 이렇게 됐지만 너를 이해해. 나라도 그랬을 거야.'

황녀가 아닌 다른 이의 목소리가 들렸고, 그가 헤레이스의 사죄를 받았다. 눈을 끔뻑이자 율리스 황녀가 그녀와 꼭 닮은 화사한 외모의 사내로 스르르 변했다. 예쁜 눈웃음과 다정한 얼굴이 주변을 밝혔다.

헤레이스의 약혼자이자 소꿉친구였던 사내는 환한 미소를 지으며 그녀의 뺨을 쓸었다. 적당히 긴 붉은 머리가 살랑이며 헤레이스의 뺨을 건드렸다. 헤레이스가 애처롭게 사내의 이름을 불렀다.

"샤를……."

'형님은 좋은 사람이야. 형님은 나와 달리 널 지켜 줄 힘이 있어. 그러니 헤레이스…… 내게 죄책감 가질 필요 없어.'

샤를이 헤레이스의 머리카락을 뒤로 넘겨 정돈한 뒤 어릴 적 습관대로 이마에 길게 입맞춤했다.

'헤레이스.'

그녀의 이름을 부르는 목소리가 떨렸다. 샤를이 고개를 떨구는가 싶더니 헤리이스와 시선을 마주했다. 간신히 웃고 있었으나 그의 따뜻한 눈에는 슬픔이 가득했다.

'……미안. 헤레이스 너한테 너무 미안한데…… 말 안 하고는 못 배기겠어. 이게 마지막일 테니까.'

샤를은 매사 제 감정에 솔직했다. 반역이라는 어미의 죄가 드러나기 전까지만 해도 세르펜스 공작의 후계이자 황제의 조카였던 그였다. 자리에 걸맞게 구김살 없이 자란 그는 누구의 눈치도 살피지 않았다. 덕분에 눈치 없다는 소리를 좀 듣기는 했으나 태생적으로 밝았던 그는 대부분의 이들에게 환영받았다.

그런 샤를에게 제 약혼녀인 헤레이스는 특별했다. 그가 유일하게 눈치를 보는 이가 헤레이스였다. 그는 진솔한 가운데도 그녀를 향한 배려를 한 번도 거둔 적이 없었다. 가끔은 너무 저돌적인 그의 고백이 부담스러웠지만 헤레이스 또한 그 바탕이 선함을 알고 있었기에 불쾌하지는 않았다.

'헤레이스, 내가 널 많이 사랑해. 항상 좋아하고 있었어.'

그렇기에 헤레이스는 샤를에게 그저 미안했다. 미안하고 또 미안해 지난 세월 억지로 그를 지웠다. 헤레이스가 죄책감에 눈물을 보이자 샤를이 다정한 손길로 그녀의 눈물을 닦아 줬다.

'마지막까지 이런 말로 부담 줘서 미안해. 내가 못난 놈이야. 그러니…….'

"샤를…… 나는…… 난……."

'……형님과 꼭 행복하게 살아야 해.'

목소리가 흩어지며 샤를은 잔상이 되었고 빛과 함께 스러져 갔다. 당장에라도 사라질 것 같은 그를 보며 헤레이스가 고개를 저었다. 가지 않았으면 했다. 모든 걸 잊고 그와 어울렸던 어린 시절로 돌아가고 싶었다.

"샤를…… 읍!"

헤레이스를 단단히 붙잡고 있던 웅덩이가 더욱 그녀를 조여 왔다. 당황한 헤레이스가 고개를 저으며 어떻게든 벗어나려 했으나 모든 구멍이 틀어막아지며 머리끝까지 핏물이 차올랐다.

눈을 감으나 뜨나 온통 붉은색뿐이었다. 온몸을 잠식한 피비린내가 공포감을 한층 부각했다. 헤레이스가 신음조차 흘리지 못한 채 마지막 숨을 뱉었다.

그러나 그 마지막 숨 방울마저 무언가가 울컥 집어 삼켜 버렸다.

* * *

헤레이스는 본래 몸이 약했다. 날씨가 추워지거나 조금만 충격을 받아도 그녀는 앓아누웠다.

출산처럼 건강한 이들도 힘들어하는 일은 말할 필요도 없었다. 그렇기에 이즈카엘은 반지를 빼앗은 이후 헤레이스가 당연히 침대에 누워 꼼짝도 못 할 거라 생각했다. 그러나 어쩐 일인지 헤레이스는 며칠 동안 잠잠했다. 방 안에 틀어박히긴 했으나 제 아들과 함께 잘 지내고 있다는 말에 이즈카엘은 기이한 배신감마저 느꼈다.

'……왜 괜찮아?'

분명 저만의 쓸데없는 감정이라는 걸 알았다. 그러나 제 미친 짓에도 멀쩡한 아내를 보는 건 전쟁에서 홀로 수십을 상대하는 것보다 어려웠다.

못난 행동인 줄 알았지만 이즈카엘은 일부러 샬럿과 미젤을 자주 찾았다. 하는 짓 하나하나 번잡스러운 여자와, 보고만 있어도 경멸이 이는 인간 아닌 무언가를 매일같이 보는 건 쉽지 않았다. 하지만 기대라는 것은 무서워서 이즈카엘은 아내가 작은 반응이라도 해 주기를 바라며 그 시간을 견디고 또 견뎠다.

'헤레이스.'

언젠가부터 아내를 생각하면 이상하리만치 갈증이 나고 광기가 솟구쳤다. 특히 아내의 푸른 눈과 마주하면 꼭 전쟁에서 상대의 목을 베기 직전 같았다. 그 불길하고 긴장된 찰나의 순간이 길게 늘어져 그의 모든 시간을 지배했다.

'이건 꼭 그 사람과……'

스스로도 이해하기 힘든 제 행동에 대한 자괴감이 서서히 의문으로 바뀔 때였다. 이즈카엘은 문득 죽은 아비를 떠올렸다.

황제에게 맡겨져 수도에서 살게 된 이후 그는 멀쩡한 아비를 본 적이 없었다. 성인이 돼서 다시 마주한 아비는 삐쩍 곯은 채 침상에 누워 있었다. 산 사람이라고 할 수 없는, 숨만 붙은 시체와 마주했을 때의 기분이란……. 충격을 받지는 않았으나 기이했던 것은 사실이었다.

하지만 계속 뇌리에 어리는 건 어릴 적 아비의 모습이었다. 아비는 지금의 그처럼 어미를 잡아먹지 못해 안달이었다. 어미에게 도망이라는 죄가 있었다지만 그걸 감안해도 아비는 분명 지나치게 어미에게 집착했다.

의심은 당연하게도 아이의 인두겁을 뒤집어쓴 존재에게 향했다. 그것의 존재는 불길하고 더러운 것이었으니.

'……그때 대가로 받아 간 게 뭐지?'

이즈카엘은 그것과 담판을 지으려 했다. 그러나 그가 자신이 품었던 의심을 드러내자 기다렸다는 듯 아내의 소식이 들어왔다.

'그게 부인께서…….'

헤레이스의 상태는 평소보다 위중했다. 하인은 부인의 몸이 고열로 끓고 있고, 당최 헛소리만 하시는 게 심상찮다며 조심스레 전했다. 이즈카엘은 그 말에 심장이 떨어지는 기분을 느끼며 자리를 박차고 나갔다.

'이, 이즈카엘…….'

그가 도착했을 때 그녀는 희미하게나마 그의 이름을 부르고 있었다. 가느다란 목소리가 그의 이름을 부르기 무섭게 이즈카엘은 침대 옆에 그대로 무릎을 꿇고 앉아 아내의 손을 잡았다.

몸이 약한 사람인데……. 미친 짓을 해도 단단히 미친 짓이었다. 항상 아닌 척했지만 태생부터 자존심이 강한 이였다. 분명 그날의 일에 크게 충격받아 이리됐겠지.

이즈카엘은 하녀고 하인이고 모두 물린 채 아내의 곁에 온종일 머물렀다. 식은땀을 흘리는 아내는 너무도 창백해 당장 깨지고 부서져도 이상할 거 같지 않았다.

"샤를……."

자책을 하던 그의 금안에서 눈물이 한 방울 떨어질 때였다. 헤레이스의 입에서 그 아닌 다른 사내의 이름이 나왔다. 샤를……. 이복동생의 이름에 아내의 손을 붙잡고 있던 그가 손아귀의 힘을 풀었다. 음험한 기운이 후회를 완전히 지웠다.

　아내가 출산하던 그날의 새벽이 떠올랐다. 이즈카엘의 심장 어귀에서 가늘고 뾰족한 거스러미가 돋았다. 침대 머리맡에 처박고 있던 고개가 슬그머니 올라왔다. 걱정으로 새하얗던 머릿속에 검은 선이 죽죽 그이더니 아무렇게나 공간을 차지했다.

　헤레이스는 눈을 감은 채 구슬프게 울고 있었다. 저는 모르는 그 공간에서 도대체 제 남동생과 무얼 하는지. 표정 하나하나, 목소리 한 음절마다 모두 애틋했다. 이즈카엘은 흐느적거리며 올라온 가는 손가락을 그대로 꺾어 버리고 싶은 충동을 억지로 잡아눌렀다.

　그에게 질투는 크기의 차이가 있을 뿐 항시 달라붙는 그림자였다. 기이하게 일렁이던 금안을 거대해진 그림자가 삼켰다. 그는 가만히 아내의 입술에 손을 가져다 댔다. 본디 얇고 부드러운 붉은 피부는 고통에 퍼석하게 말라 군데군데 희게 일어나 있었다.

　"샤를…… 나는…… 난……."

　듣기 싫었다. 이즈카엘이 뒤틀린 입을 한 채 아내 쪽으로 고개를 숙였다. 그가 다른 사내의 이름을 외는 숨을 들이 삼켰다. 숨이 틀어막혀 답답한지 아내가 앓는 와중에도 몸을 비트는 것이 느껴졌다.

　그러나 이즈카엘은 멈추기는커녕 헤레이스에게 더 깊이 입을 맞췄다. 그의 혀가 목구멍까지 막자 경련하듯 버둥거리던 손이 어느새 툭 떨어졌다.

아내가 한계에 다다른 다음에야 이즈카엘은 입을 뗐다. 헤레이스가 컥컥 크게 숨을 뱉더니 천천히 눈을 떴다.

"아⋯⋯."

푸른 눈에는 물기가 그득했다. 하지만 그녀의 눈가가 마르기에는 때가 아직 멀었다. 진정한 악몽은 이제부터가 진짜 시작이었으니⋯⋯.

남편을 알아본 헤레이스가 상체를 일으킨 후 그를 부르려다 밭은기침을 터뜨렸다. 침대 바로 옆 탁상에 물과 유리잔이 있었지만 그는 콜록거리는 아내를 가만히 응시할 뿐, 물을 건네거나 다정히 등을 도닥이는 행동 따위 하지 않았다.

대신 그는 아내의 숨 하나까지 모조리 마실 듯 눈도 깜빡이지 않고 그녀를 지켜봤다.

"이즈카엘⋯⋯."

한참 만에 진정한 헤레이스가 그를 마주 봤다. 당장에라도 그녀를 삼킬 듯 집념 어린 눈빛에 어딘가 광기가 차 있었다. 제 곁에 있어 준 그를 향해 어색하게나마 웃어 보이려던 헤레이스가 지레 겁을 먹고 물러섰으나, 손에 닿는 것은 딱딱한 침대 헤드였다. 도망칠 구석은 어디에도 없었다.

이즈카엘이 물러나려는 그녀를 쫓아 자신의 손을 그녀의 가는 목에 가져다 댔다. 흰 얼굴 아래 드러난 목은 사내의 한 손에 잡힐 만큼 얇았다.

짙은 그림자에 가려진 사내의 윤곽은 반쪽만 뚜렷했다. 그가 그늘진 눈가를 한 채, 고저 없는 목소리로 헤레이스에게 물었다.

"……에르젠의 아비가 누구지?"

사내는 어느새 침대 위에 올라와 있었다. 어둑한 밤 헤레이스의 목에 손을 올린 그는 당장에라도 힘을 줄 것처럼 위압적이었다. 하지만 자신을 위협하는 손길과 형형한 눈빛에도 헤레이스는 눈을 돌리지 않았다. 남편의 말을 믿을 수 없다는 듯 경악으로 물든 푸른 눈이 사내의 굳건한 입매에 닿았다.

"그게 무슨…… 무슨……."

간신히 떨어진 입술의 색이 옅었다. 헤레이스는 자신이 들은 말을 상기하며 덜덜 떨리는 손을 겨우 쥐었다. 그녀가 아연한 기색을 숨기지 않자 이즈카엘이 그녀에게 조금 더 가까이 다가갔다. 날카롭게 떨어지는 콧날이 당장에라도 헤레이스를 내리 벨 듯 서늘했다.

"못 알아들을 정도로 어려운 말은 아니라고 생각하는데."

"……."

"말 그대로야. 에르젠의 아비가 누구지? 솔직하게 말해."

에르젠의 아비……. 헤레이스는 하얗게 질린 머릿속으로 몇 번이고 그 말을 되뇌었다. 수없이 곱씹어 생각해 봐도 그가 묻는 바는 처음에 느낀 것 그대로였다. 더러운 부정을 의심하는 말.

믿을 수 없었으나 남편은 그녀에게 부정한 짓을 저질렀냐며 감히 묻고 있었다.

헤레이스가 온 얼굴을 일그러뜨린 채 이즈카엘의 뺨에 손을 올렸다. 사내는 아내의 손이 제 얼굴로 향하자 슬그머니 자신의 손을 거두었다. 금안이 제 볼에 닿은 아내의 손을 응시하다가 이내 울먹한 푸른 눈과 마주했다.

"이, 이즈카엘, 장난치지 말아요. 에르젠의 아비라니 그 무슨 무도한⋯⋯."

"⋯⋯."

"어디서 그런⋯⋯ 그런 말도 안 되는⋯⋯."

뺨을 더듬거리는 손이 입에서 나오는 말 만큼이나 떨렸다. 그녀의 푸르스름한 눈동자처럼 질린 얼굴이 어두운 방 안에서도 선명했다.

"당신이 무슨 오해를 하는지 모르겠지만 당장 말을 물려요."

"⋯⋯."

"실, 실수했다고⋯⋯. 실수라고 말하란 말이에요! 당장!"

목소리 끝은 날카로웠으나 절박함을 담고 있었다. 사내의 뺨을 맴돌던 하얀 손이 내려가더니 흰 상의 셔츠를 잡았다. 귀한 은사로 가장자리를 넝쿨 모양으로 수놓은 상의가 와락 구겨졌다.

헤레이스의 거친 행동에도 사내는 반응하지 않았다. 그는 무너질 것 같은 아내의 얼굴에도, 잔뜩 구겨진 제 옷자락에도 표정이 없었다. 한참 무감한 얼굴로 아내를 들여다본 그가 덤덤히 말을 내뱉었다.

"⋯⋯내가 왜?"

무도한 반문에 헤레이스가 고함지르듯 말했다.

"무슨⋯⋯! 에르젠은 우리 아이예요. 내가 당신을 사랑해서…… 우리가 함께 가진, 신께서 주신 하나밖에 없는 우리 아이라고요!"

얼핏 보면 화를 내는 모양새였으나 어찌 보면 애원하는 것 같기도 했다. 헤레이스가 그의 옷깃을 쥔 채 손을 흔들었다. 하지만 굳건히 고정된 사내의 몸은 단단했다.

결국 온 힘을 다한 손짓에 이리저리 흔들리는 건 헤레이스뿐이었다. 부질없는 손길이 점점 약해지더니 어느 순간 멈췄다. 그녀가 가만히 고개를 숙인 채 서러움을 쏟아 냈다.

사실 헤레이스는 아직도 믿을 수 없었다. 남편이 그따위 말을 했다는 걸.

"어, 어떻게 그런 말을……."

헤레이스가 잘게 떨며 눈물을 떨구자 이즈카엘이 그녀의 양어깨를 붙잡아 제 쪽으로 당겼다. 그리 강한 힘도 아니었건만 지친 헤레이스는 제대로 반항조차 못 한 채 그에게 끌려갔다.

"헤레이스, 나를 믿게 하려면……."

어느 틈인가 헤레이스는 다시 누워 있었다. 사내가 그녀의 젖은 뺨을 쓸고 매만졌다. 흩어진 검은 머리카락 사이로 자그마한 귀가 드러났다. 그를 향해 몸을 숙인 그가 다정한 목소리로 천천히 말을 이었다.

"……이리 울 게 아니라 날 닮은 애새끼를 낳았어야지. 그런 뒤에 당신 결백을 주장했어야지. 이렇게 허술히 나를 속이려 들면 아무리 당신한테 미쳐 있던 나라도 심사가 뒤틀리지 않겠어?"

어린아이에게 처음 숫자를 가르치듯 조곤조곤한 어투였다. 하지만 내용은 신랄한 비판에 가까웠다. 에르젠을 욕지거리로 비유한 것도 모자라 더러운 부정을 확실시하는 말에 헤레이스가 붙잡힌 몸을 비틀며 소리를 높였다.

"아니라고 하잖아요! 왜…… 대체 왜 그런 오해를 하는 거예요! 이즈카엘, 제발……."

갑갑했다. 아니, 그런 말로는 도무지 설명할 수 없을 감정이 온몸을 지배했다. 숨구멍뿐 아니라 폐마저 굳어 가는 기분이었다. 가뭄이 들어 말라 버린 호수에 갇힌 은어처럼 헤레이스가 헐떡였다.

아까처럼 목을 쥐고 있는 것도 아닌데……. 흐릿한 시야 속에 헤레이스가 겨우 숨을 쉬며 남편을 바라보다 그를 밀쳤다. 그러잖아도 답답한 몸에 바짝 붙은 그를 견디기 힘들었다.

1년 전만 해도 이러지 않았다. 햇볕을 받은 눈처럼 반짝이는 은발과, 황금처럼 빛나는 눈은 보는 것만으로도 그녀의 마음을 편안하게 했다. 남편의 숨이 닿으면 저절로 입꼬리가 올라갔고, 저와 다른 큰 손이 닿으면 그 부근부터 시작해 온몸이 따뜻해졌다.

'왜 이렇게…….'

하지만 이제는 아니었다. 지금은 그를 보는 것만으로도 숨이 막혔다. 헤레이스는 자신을 누르는 이 끔찍한 압박감에서 어떻게든 벗어나고 싶어 버둥거렸다.

이즈카엘은 애써 저를 밀어내는 아내에게 몸을 더 가까이 했다. 헤레이스가 도리질을 치며 떨어지라고 그를 두드렸으나 무용한 몸짓이었다.

"억울한 얼굴 마. 당신 아들 말이야. 미겔만큼은 아니더라도…… 어느 한구석 날 닮은 부분이 있나?"

갑작스레 떨어진 말에 답이 막혔다. 비수가 심장에 꽂힌 듯 몸이 굳었다. 에르젠은 확실히 아비인 이즈카엘과 닮은 부분이 많지 않았다. 그를 꼭 닮은 그 여자의 아들과 다르게.

에르젠은 누가 봐도 헤레이스와 닮았다. 검푸르게 타고난 색도, 전체적인 윤곽도, 유순한 눈매도 모두 그녀가 준 것이었다.

헤레이스는 아들을 볼 때면 그 사실이 미안했다. 별 도움 못 되는 자신이 아닌, 아비인 이즈카엘을 닮았으면 그가 에르젠을 대하는 태도가 달라지지 않았을까. 그런 생각을 하다가 홀로 눈물을 흘린 것도 여러 번이었다.

"머리색이나 눈알 하나라도 나와 같은 구석이 있어야지. 그래야 내 의심이 사라졌을 거 아니야. 하지만 헤레이스, 당신 태에서 난 그건 신기할 정도로 당신만 빼닮았잖아?"

그렇다 해서 부정의 산물로 의심받다니 말도 안 되는 일이었다. 에르젠은 아직 제대로 자라지 못한 아기였다. 아이가 나중에 어찌 클지는 아무도 몰랐다. 게다가 이즈카엘의 말대로라면 부모와 닮지 않은 자식은 모조리 부정의 결과물이란 말인가.

헤레이스가 몸을 떨었다. 남편의 억설과 무도함에 이제 치가 떨릴 지경이었다. 그녀가 씨근덕거리며 이즈카엘을 노려봤다.

"고작 그런 거로 나와 에르젠을 의심하는 거라면……."

"물론 그게 이유의 전부는 아니야. 사실 당신 아들의 생김새 따위야 뭐가 됐든 내 알 바 아니지."

도무지 종잡을 수 없는 태도였다. 어안이 벙벙해진 헤레이스가 입을 다물었다. 말문이 막히자 무어라 형용할 수 없는 감정에 왈칵 눈물이 쏟아졌다. 그런 것. 당신 아들……

그는 진정으로 에르젠이 본인의 아들이 아니라 생각하고 있었다.

헤레이스의 서글픈 울음에도 이즈카엘의 낯은 변함없었다. 그는 제 아래 있는 아내에게 집중하며 말을 이었다.

"……내 의심은 오롯이 당신 탓이야, 헤레이스."

아내의 부드러운 머릿결을 쓸고, 무엇보다 소중한 것인 양 뺨을 매만지는 모습은 영락없는 애처가였다. 하나 이즈카엘의 입에서 나오는 숨결은 전설 속 용의 피로 만들어졌다는 독보다 독했다. 그가 독기를 감추지 않은 채 비수 같은 이빨을 드러내 헤레이스를 갉아먹기 시작했다.

"헤레이스, 내 아름다운 아내……. 당신은 어쩜 이리 아름다운지."

사내의 손가락이 헤레이스의 쇄골을 훑었다. 이따위 상황에서도 멋대로 지분거리는 손길에 헤레이스가 신경질적으로 버둥거렸다. 이즈카엘이 반항하는 아내의 여린 몸을 강제로 찍어 누른 채 비죽 웃었다.

"저 아래 죄인의 핏줄로 떨어졌어도 이 얼굴과 몸만은 참 어여쁘단 말이야. 어느 누가 당신을 아이 딸린 여자로 볼까?"

"비, 비켜요!"

"그래서 그런가 계속 생각하게 된단 말이지. 천하디천해진 당신은 여기까지 천해지다 못해 타락해서…….."

"저리 비켜!"

"……다른 사내와 밤을 보내진 않았을까, 그 새끼와 눈을 마주하고 입을 맞추지는 않았을까 하고 말이야."

헤레이스는 이즈카엘의 접촉에 당황해 숨을 크게 들이마셨다.

그러잖아도 아픈 몸이었다. 당장 움직이기도 힘든데 온갖 모욕에 이런 취급까지 받으니 당장에라도 혼절할 듯 몸이 떨려 왔다.

그러나 아내의 표정을 구경하듯 살피는 사내는 여전히 느긋했다. 그가 겁에 질려 창백해진 헤레이스의 얼굴을 쓰다듬으며 입꼬리를 끌어 올렸다.

"당신은 이 얼굴로 웃어 줬겠지. 그런 다음 이 손으로 그놈의 뺨을 쓸었을 테고……."

"……"

"……이리 입을 맞췄을 거야."

나한테 했던 것처럼 말이야.

사내의 입술이 가볍게 닿았다. 헤레이스가 일순 몸을 굳히며 눈동자만 굴려 남편의 의중을 살폈다. 그는 지나치게 평온해 보였다. 그녀와 꼭 다른 세상에 있는 것처럼.

"다정하고 여린 당신이라면 울었을지도 모르겠군. 그 입으로 작은 새처럼 속살거리면서 젖은 눈을 하겠지. 더없이 애처롭게. 그리고 그다음은 자연히……."

말을 하다 말고 무언가를 떠올린 이즈카엘의 금안이 서서히 깊어졌다. 그러더니 종국에는 완전히 가라앉았다. 그는 이지가 없는 짐승의 것처럼 빛을 잃은 눈으로 그녀를 가만히 바라보았다. 사내의 손이 꽉 묶인 리본을 툭 건드렸다.

"······항상 생각해. 당신에게서 태어난 그게 과연 내 씨일까? 아니면 당신과 밤을 보낸 그 새끼 씨일······."

짝!

끝없이 이어질 것 같았던 나른한 목소리가 매서운 소리와 함께 멈췄다. 헤레이스는 멋대로 침의를 풀어 헤치는 손에 경악할 틈도 없이 손을 올려붙였다. 불편한 자세였지만 어떻게든 남편을 쳐야 했다. 그러지 않고서는 도무지 견딜 수가 없었다.

"어, 어디서 그따위 말을!"

"······."

"다른 여자를 끌어들인 건 이즈카엘 당신이잖아! 그런데 뭐? 밤····· 밤을 보내?"

"······."

"이 미친놈! 이즈카엘 당신은 미쳤어! 미쳤다고!"

그게 헤레이스가 할 수 있는 최대한의 분노 표출이었다. 그녀는 남편에게 쉴 새 없이 미쳤다며 소리쳤다. 분노에 휩싸인 그녀는 평소와 달리 제법 매서웠다.

그러나 언제나처럼 약한 체력이 문제였다. 헤레이스는 이즈카엘의 뺨을 한 대 친 것만으로 거의 모든 힘을 소진했다. 그녀의 몸이 두어 번 흐느적거리다 결국 축 처졌다.

"어떻게 그런 말을 해! 나한테····· 에르젠한테····· 당신이 어, 어떻게····· 흑."

"……."

"……내가 싫어졌어도…… 이제 그 여자를 사, 사랑한대도 이건 아니야. 내가 당신을…… 이즈카엘 당신을 어떻게…… 생, 생각했는데……."

그나마 자유롭게 움직이는 건 입뿐이었다. 헤레이스는 아무 말 없이 자신을 바라보기만 하는 남편에게 더듬더듬 겨우, 그러나 차근히 말을 이었다.

순간 이성을 잃고 욕을 하면서도 생각해 봤다. 그가 왜 이렇게까지 지독히 굴까? 왜 그런 악랄한 말을 하며 저와 아이를 벼랑 끝으로 몰까?

"날 이렇게 모욕할 거라면…… 이렇게까지 해서 날 물러나게 할 심산이라면 힘 뺄 필요 없어요."

"……."

"당신이 끼고 온 그 여자한테 옆자리를 주고 싶으면 그리해요! 당신을 닮은 그 아이한테 후계 자리를 줘! 줘 버리라고! 다 당신 마음대로 하란 말이야!"

생각해 볼수록 이유는 하나밖에 없었다. 이즈카엘은 그 여자와 그 여자의 아들을 위해 이렇게 행동할 가능성이 컸다. 그가 데려온 여자는 신분이 처졌다. 죄인으로 떨어진 헤레이스와도 비교할 수 없을 만큼.

이즈카엘이 그 아들을 밀어주고는 있으나 미천한 출신인 정부의 배에서 태어난 핏줄을 후계로 내세운다면 나중에 말이 생길지도 몰랐다. 그렇기에 그는 걸림돌이 될 헤레이스와 그녀의 아들을 부정한 말로 미리 제거하려 드는 것이리라. 부정을 저지른 간악한 부인의 불안정한 후계보다야 창부 출신의 확실한 후계가 나으니 말이다.

믿고 싶지 않았지만 헤레이스는 인정했다. 그의 검 끝이 자신을 향했다는 것을. 그러니 더 다치기 전에 버림받은 이는 스스로 물러나야 했다.

만사에 친절한 이즈카엘이었지만 그는 적에게만은 냉정해 조금의 자비도 보이지 않았다. 그가 그나마 일말의 자비를 베풀어 줄 때 떠나야지, 아니면 언젠가 사내의 손에 그의 적이 그랬던 것처럼 잔인하게 도륙당할 터였다.

"어차피 이제 나한테도 당신은…… 흐으."

"……."

"……나랑 에르젠한테도 당신 같은 인간은 필요 없, 없어요. 그러니까……."

억지로 거짓을 담은 흐느낌이 길게 이어졌다. 헤레이스는 말을 매듭짓지 못한 채 뭐가 그리 서러운지 몇 번이고 새로 울음을 터뜨렸다.

"그, 그러니까…… 흑."

다음 말을 하기가 너무 어려웠다.

헤레이스에게 그는 아직 사랑이었다. 그 지독한 지하 감옥에서 저를 꺼내 준 구원자. 초라한 자신을 끝내 보듬어 줬던 사람이자 하나뿐인 아들의 아버지. 그런 그를 마음에서 떼어 놓기란 목숨을 잃는 것과도 같았다.

하지만 이제 끝내야 했다. 그녀에 대한 모독이라면 참을 수 있었으나 사랑이 식어 버린 남편은 매정함은 그들의 아들마저 위협하고 있었다.

아이는 빠르게 자라 언젠가는 저런 말을 알아듣게 될 터였다. 그때가 되면 가여운 아이에게 뭐라 설명할 건가.

헤레이스는 최악의 형태로 스러져 버린 그들의 사랑을 억지로 났다. 이 이상 상처받는 것도, 자신에게 쏟아졌던 비수가 에르젠을 향하는 것도 두려웠다. 더는 견디고 싶지도, 견딜 자신도 없었다.

끅끅, 힘겹게 울음을 참은 헤레이스가 잠시 숨을 멈춘 채 이즈카엘을 올려다봤다. 사내는 미간을 찌푸리고 있긴 했으나 헤레이스와 비교한다면 거의 무표정에 가까웠다.

헤레이스가 파르르 떨리는 입가를 간신히 진정시킨 뒤 힘겹게, 그러나 선명히 말했다.

"……우리 이제 그만해요."

3장. 구속

그 말을 하고 헤레이스는 눈을 내리깔았다. 어떤 대답이 돌아
오든 온전히 들을 자신이 없었다.

한참이 지나도 상대는 반응이 없었다. 헤레이스는 무어라 할
법한 남편이 작은 미동조차 없자 잔뜩 긴장한 상태임에도 힐끔
눈을 떠 위를 봤다.

그녀가 곧 제 결정을 후회하며 숨을 크게 들이마셨다. 호박색
눈과 눈이 마주치는 순간 쥐가 뱀을 마주하듯 저절로 몸이 굳었
다. 아무 반응도 없어 이상하다고 생각했는데 그게 아니었다.

겉으로 보기에 이즈카엘의 무감한 표정은 아까와 다르지 않았
다. 오히려 얼핏 보기에는 구겨져 있던 미간이 펴져 짜증이 사

라진 것 같았다.

하지만 가면처럼 무심한 얼굴 위 묻어 나오는 기세는 흉흉했다. 당장에라도 사람을 여럿 죽일 것 같은 살기가 사내의 얼굴에 넘실거렸다.

전쟁터에서 일평생 구른 기사라도 섬뜩함을 느끼고 물러나 도망칠 법했다. 헤레이스는 당장에라도 목을 쳐 버릴 것 같은 날카로운 기운이 저를 향하자 바람 맞은 나무처럼 벌벌 떨었다.

"헤레이스."

이즈카엘이 상당한 시간이 흐른 후에야 아내를 불렀다. 목소리를 듣고 헤레이스는 확신했다. 그는 겨우 화를 억누르고 있었다. 단단히 당겨진 턱과 상의 아래 움직이는 근육의 모양새가 당장에라도 튀어나갈 듯 흉포했다.

기뻐하지는 않더라도 알았다고 쉬이 수긍할 줄 알았는데…….
어찌할 바 모른 채 헤레이스가 입술을 말아 물었다. 하얀 얼굴만큼이나 희게 질린 입술에 사내의 시선이 닿았다.

"뭘 그만하고 싶은데."

스산한 목소리와 함께 여린 어깨가 단단히 붙들린다 싶더니, 누워 있던 몸이 순식간에 일으켜 세워졌다. 곧이어 사내가 그녀의 목덜미를 낚아채듯 잡았다.

"난…… 악!"

거의 내동댕이쳐지듯 앞으로 끌어당겨진 헤레이스가 비명을 질렀다. 강제로 꿇게 된 무릎 밑으로 이불이 아무렇게나 구겨졌다.

"머저리처럼 떨지 말고 제대로 말해. 뭘 그만하고 싶다는 거지?"

헤레이스를 붙든 이즈카엘은 거인 같았다. 그가 아내의 턱을 세게 쥔 채 들어 올렸다. 목이 뽑힐 것 같은 아픔에 헤레이스가 신음하며 힘겹게 입을 열었다. 조금 전 울며 화를 내던 기세는 어느새 완전히 사라져 자취를 감췄다.

"나…… 나는 에르젠만 있으면 돼요. 그러니까 내 말은……."

"그래서 당신 애새끼랑 여길 떠나기라도 하게?"

자신을 바라보는 얼굴에 헤레이스가 눈짓으로 긍정을 표했다. 눈물을 가득 매단 채였지만 결연한 표정만은 확고한 뜻을 밝히고 있었다.

"……우습지도 않아."

이즈카엘이 비소를 흘렸다. 그가 아내의 말간 얼굴을 쥔 채 비스듬히 비틀었다. 사냥당한 노루처럼 길게 늘어진 목이 애달팠다.

제 얼굴을 쥔 손을 떼어 내려 애쓰며 헤레이스가 몸부림쳤다.

그녀는 도통 남편을 이해할 수 없었다. 번거롭게 모함 따위 하지 않아도 제 발로 나갈 텐데……. 나가 준다는데도 왜 이러는 건가. 울컥 솟은 억울함에 공포심이 잠깐이나마 사라졌다.

"어차피 나랑 함께하는 거 싫어하잖아요!"

헤레이스가 그를 노려보며 소리 지르자 이즈카엘의 눈매가 가늘어졌다. 그가 손아귀 힘을 살짝 풀며 헤레이스에게 물었다.

"……왜 그런 생각을 해?"

"……."

"왜 내가 당신과 함께하길 싫어한다 생각하느냐고."

느슨해진 남편의 태도에 헤레이스가 주춤거리며 눈치를 살폈다. 이즈카엘이 턱짓으로 어서 말해 보라 재촉했다.

헤레이스는 눈꺼풀을 내리깐 채 최대한 차분히 답하려 애썼다. 그러나 울음기는 쉬이 가시지 않아 말 속에는 서러움이 가득했다.

"당, 당신은 더는 날 사랑하지 않잖아요. 아끼지도, 전처럼 대해 주지도 않으니까…… 계속 이리 불편할 거라면 차라리 그만하고……."

"……."

"……내가 떠나는 게 맞는 거 같아요. 그게 피차 편할 거예요. 어차피 당신에게 난 별 도움도 안 되잖아요."

"……."

"조용히 나갈게요. 아무것도 원하지 않아요. 그저 에르젠과 떠날 정도의…… 그 정도의 경비만 주면 그다음에는 알아서 할 수 있…… 아!"

헤레이스의 말이 이어질수록 이즈카엘의 표정은 서서히 굳어졌다. 결국 그는 다시 아내의 턱을 쥐어 잡았다. 그가 아내의 얼굴을 가까이 당기며 낮게 깔린 목소리로 뇌까렸다.

"……그래. 맞아. 난 전처럼 당신을 아껴 줄 수 없어."

"아……."

"당신 말마따나 빌어먹을 마음이 변했거든. 하지만 헤레이스, 당신이 뭔가 크게 착각하는 모양인데…… 내가 언제 당신보고 여길 떠나라 명했던가?"

"……."

"……혹 핑계를 대며 아이 아비에게 가려는 건 아니고?"

이야기가 제자리를 돌았다. 이제는 정말 헷갈렸다.

그는 그 여자와 아이를 위해 자신을 모함하는 걸까. 아니면 진정으로 자신이 부정을 저질렀다 믿는 걸까. 어느 쪽이든 헤레이스는 숨이 막혀 미칠 것 같았다.

"아니에요. 정말 아니란 말이……."

미워! 당신이란 사람이 너무 미워!

헤레이스가 손톱을 세웠다. 잡힌 고개를 어떻게든 저으며 그녀가 제 얼굴을 잡은 손을 긁어내렸다. 사내의 손등에 붉은 줄이 그이며 핏방울이 맺혔다.

그럼에도 이즈카엘은 끄떡하지 않았다. 그가 헤레이스를 옆으로 내동댕이쳤다. 그리고 풀썩 쓰러진 그녀가 고개를 들고 몸을 가누기도 전에 이즈카엘이 헤레이스를 향해 손을 뻗었다. 아내의 뺨에 가져다 댄 손등에는 피가 흐르고 있었다.

"헤레이스, 당신이 이리 아름다운 이상, 난 당신을 버리지 않아. 내가 왜 비싼 값 치르고 데려온 당신을 쉬이 포기하겠어? 아직 쓸 만한 구석이 얼마나 많은데."

이즈카엘이 두려웠다. 그는 그녀를 한낱 자신의 욕정받이로 생각하듯 일말의 배려도 베풀지 않았다.

"내 태도가 전만 못하다 투정을 부리는 것 같은데 착각 마. 내가 변했든 말든 그건 당신과는 하등 상관없어. 내가 당신을 아끼

든, 사랑하든, 미워하든 버리겠다 먼저 선언하지 않는 이상 당신
은 여기 있어야 한다고."

"난……."

"물론 당신이 부정을 저질렀다 해도 마찬가지야. 당신은 내 명
이 있기 전에는 어디도 못 가. 알아들어?"

말이 통하지 않았다. 헤레이스는 이제 부정하는 것조차 포기
했다.

그녀가 몸을 늘어뜨린 채 죽죽 눈물만 흘리자 이즈카엘의 눈에
서 누르지 못한 분노가 튀었다. 그가 아내의 뒤통수에 손을 가져
다 대더니 긴 머리채를 잡아 꽉 쥐었다.

"아……!"

"……왜 그런 얼굴을 해? 억울하기라도 한가?"

반응 않는 아내가 거슬렸다. 차라리 반항한다면 이처럼 분노가
일지는 않을 텐데.

그의 아내는 매사 이랬다. 그가 정부를 데려와서 대놓고 무시
해도 항상 처연한 얼굴을 할 뿐이었다. 도를 지나친 언사가 행해
진 후에도 겨우 울기만 할 뿐.

이즈카엘은 헤레이스가 이럴 때마다 그날이 생각나 숨이 가빠
졌다. 구역질이 올라오고 머릿속이 계속해서 도는 것 같았다.

"억울해할 필요 없어. 그새 또 잊은 모양인데 당신은 내게 주
어진 포상이야. 지금껏 본인에게 무언가 할 수 있는 자유가 있다
고 생각한 것 같은데…… 착각하면 곤란하지."

"으……."

"내가 그때 분명 알량한 지위를 유지하고 싶으면 노력하라 했지. 왜 그랬겠어?"

입은 쉴 새 없이 떠들고 있었지만 뇌리에는 계속 그날의 장면이 맴돌았다. 웃고 있는 아내가 떠오르면 떠오를수록, 지금 당장 제 아래에 있는 얼굴이 그와 대조되었다. 그걸 보고 있으면 이성은 통제를 벗어났다.

왜 내 앞에서는 항상 이따위 얼굴이야? 왜 당신은 나를 보지 않아?

"당신은 그걸 쫓겨날 수 있으니 조심하라는 소리로 알아들은 모양인데 그건 큰 착각이야. 그 말은 내 기분 여하에 따라 처지가 달라질 수 있다는 말이었어."

"……."

"난 수틀리면 당신을 정부, 아니 노예로라도 부릴 참이야. 하지만 어떤 신분으로 있든 헤레이스 그대가 자의로 이 성을 나가는 일은 없어. 그러니 한 번만 더 그만하겠다느니 그따위 건방진 소리를 늘어놓으면 그때는 정말 당신과 당신 애새끼를 노예로 내쳐 버릴 거야."

"그, 그러지 말아요. 내가……."

아이를 인질로 잡자 헤레이스의 눈이 커졌다. 그녀가 눈동자를 잘게 떨며 그의 가슴에 손을 올렸다. 상대의 약점을 알아챈 이즈카엘이 입매를 간악하게 끌어 올렸다.

"내 말 허투루 듣지 말고 똑똑히 새겨 놔. 이 이상 내 심기를 거스르면…… 당신 모자는 곧장 노예로 떨어지는 거야. 그 후에 당신 아들이야 어찌 되든 관심 없으니 적당한 곳에 팔아 버리면 될 노릇이고…….”

당장 자신이 처한 상황에는 신경 쓸 겨를이 없었다. 헤레이스는 아들을 팔아 버린다는 무도한 말에 감히 소리조차 제대로 내지 못했다. 공포로 질린 눈이 애걸하듯 남편을 바라봤다.

“……헤레이스 당신은 내 침실에 가둬 두면 편하겠어. 하기야 사실 내가 당신에게 받아 갈 거라곤 이것뿐이니 당장 행해도 내게 나쁠 건 없지. 어때? 정말 그리해 줘?”

헤레이스가 거칠게 고개를 저었다. 그가 신이라도 되는 양 벌을 내리지 말라 애원하는 미물처럼 그렇게.

이즈카엘은 그런 아내가 퍽 마음에 찼다. 그가 이번에는 아내의 침의를 걷어 올렸다.

창백하다 느껴질 정도로 흰 살결이 드러나자 이상하리만치 빠르게 마음이 진정됐다. 그가 조금 전보다 차분히 말을 이었다.

“싫어? 그러면 알아서 행동거지 똑바로 해. 처지 파악 못 하고 날뛰는 건 이번 한 번으로 족하니까.”

헤레이스가 울음을 삼키며 천천히 고개를 끄덕였다. 이즈카엘은 아내에게 상이라도 내리듯 가볍게 입을 맞추고 그녀를 제 위로 안아 올렸다. 순식간에 남편을 내려다보게 된 헤레이스가 의아한 낯으로 그를 보며 붉어진 눈가를 훔쳤다.

“……알아들었으면 당신이 내게 먼저 애교라도 부려 봐. 아양이라도 떨며 잘 처신란 말이야. 당장 더러워진 내 기분이 조금이나마 나아지게.”

남편의 치욕스러운 타박에 헤레이스의 몸이 일순 티가 나게 굳었다. 그녀가 덜덜 떨리는 손을 어떻게든 뻗어 남편의 가슴 위에 놓았다.

"주제에 어디 감히 멋대로 그만하겠다느니 나가겠다느니 말을 늘어놓아? 정말이지 더러운 기분이야. 기가 차는군."

가느다란 손가락이 저를 감질나게 더듬자 이즈카엘의 목소리가 한껏 나른해졌다. 그러나 담겨 있는 말은 여전히 지독해 결국 헤레이스는 다시 왈칵 눈물을 터뜨렸다.

간신히 닿았던 손이 돌아갔다. 헤레이스가 연신 눈물을 닦으며 잘못했다는 말만 반복했다. 남편의 말이 너무도 두려웠다. 정말 그가 그리할까 봐 손이 벌벌 떨렸다.

그런 아내를 바라보던 이즈카엘이 길게 한숨을 쉬다 혀를 찼다. 그가 울음에 엉겨 있는 작은 손을 다시 자신에게로 끌어 놓으며 말했다.

"……내 아내는 정말이지 손이 많이 가는군."

* * *

방 안은 남은 열기가 자욱했다. 하지만 그 온기는 따뜻하다기보다 불쾌해 방 분위기를 어둡게 가라앉히고 있었다.

"이제부터 저녁때면 당신이 먼저 나를 찾아. 일이 있으면 올 필요 없다고 사람을 보내지."

이즈카엘이 일어서서 상의를 정돈하며 말했다. 헤레이스와 달리 그는 어느새 멀끔해져 있었다.

힘없이 늘어져 있던 헤레이스가 작게 고개를 끄덕였다. 미약하긴 했으나 움직임을 분명 보았을 텐데 이즈카엘은 아내의 태도가 불만인지 다시 침대에 앉았다.

이즈카엘이 손을 뻗어 아내의 드러난 어깨에 손을 올렸다. 적당히 열기 있는 큰 손은 따뜻했으나 헤레이스는 남편의 손길에 바짝 움츠러들었다. 이즈카엘이 잘게 떠는 아내를 보며 인상을 구기다 나지막이 읊조렸다.

"헤레이스, 똑바로 대답해야지."

"……네."

쉬어 버린 목소리에는 일말의 희망도 보이지 않았다. 대답을 한 뒤 두어 번 기침하는 아내를 보며 이즈카엘이 손을 거뒀다.

"그럼 이만 쉬어."

거친 발소리가 나더니 곧 문이 열리고 닫히는 소리가 났다. 이즈카엘이 나갔음을 짐작한 헤레이스가 몸을 둥글게 말며 꾹 눌러 왔던 감정을 터트렸다.

"싫어. 나갈 거야. 나, 나갈 거야…… 흑."

* * *

"아내가 오늘은 네게 뭘 물었지?"

"평소와 별다를 게 없으셨습니다. 에르젠 도련님이 어떠하신지 물으셨고 그 외 다른 질문은…… 아!"

의원은 허리를 깊이 숙이며 답하다가 무언가 생각난 듯 허리를 폈다. 그 앞에 앉아 무표정한 얼굴로 서류를 들여다보고 있던 이즈카엘이 펜을 멈추고 고개를 들었다. 자신을 응시하는 금안에 의원이 마른침을 한 번 삼키고 말을 이었다.

"······도련님께서 언제부터 외출해도 되는지 물으셨습니다. 그, 아우뉴 호수에 도련님을 데리고 가고 싶으시다면서요."

"그래서 뭐라 답했나."

"에르젠 도련님께서는 몸이 약해 아직은 짧은 산책 정도가 적당하다고 말씀드렸습니다."

아이가 약하다는 말에 분명 또 침울한 얼굴을 했겠지.

이즈카엘은 아이에게 집중하고 있을 아내를 떠올렸다. 푸른 눈은 어쩔 줄 몰라 하며 아이를 살펴보고 있을 것이고, 작은 손은 아이를 안타까워하며 움직일 것이다. 그리고 제게는 꽉 다물려 있는 입이 쉴 새 없이 열리겠지. 미안하다. 사랑한다. 그따위 말과 함께.

그저 그랬던 기분이 순식간에 곤두박질쳤다. 펜을 쥔 손에 힘이 들어가며 뚝 소리를 내자 의원이 흠칫거리며 고개를 숙였다. 이즈카엘이 나가 보라며 짜증스레 손짓했다.

혼자 남겨진 이즈카엘은 창가에 서서 밖을 봤다. 아우뉴 호수······ 보는 것만으로 아내의 눈을 그리게 하는 장소였다.

'같이 다녀온 지가 꽤······.'

그러고 보니 함께 가지 않은 지 꽤 오래되었다.

두 사람은 1년 전까지만 해도 날씨가 아주 나쁘지 않은 이상 거의 매주 호수에 들렀다. 헤레이스는 깊은 호수를 무서워하면서도 좋아해서 그의 어깨에 머리를 기대고 몇 시간이고 호수를 바라봤다.

물론 이즈카엘의 눈에는 시퍼런 호수 따위 들어오지 않았다. 대신 그는 호수를 닮은 아내의 푸른 눈을 감상했다.

'호수에 가고 싶다라······.'

별로 특이할 것 없는 말이었으나 이유 모를 위화감이 들었다. 이즈카엘은 멀리 보이는 호수를 노려보다 다시 자리에 앉아 고개를 젓혔다. 눈을 감으니 불편했던 기분이 한결 나아졌다.

기를 한 차례 꺾어 둔 이후 아내는 더없이 순종적으로 변했다. 먼저 말을 거는 법은 없었으나 그의 질문에 꼬박꼬박 답을 했고, 행동거지 하나하나 신경 쓰는 게 티가 났다. 침대 위에서도 체력이 달려 힘들어하기는 했으나 그가 내키는 대로 하게끔 몸을 맡기며 투정 한번 부리지 않았다.

하지만 이즈카엘은 만족스럽지 않았다. 그리하여 그는 아내의 노력에도 자주 심술을 부렸다. 떠나겠다고 말했던 것이 계속 머리에 맴돌아 울컥 치솟는 감정을 이기기 어려웠기 때문이다. 그나마 침실에서 아내를 원하는 대로 마음껏 차지하다 보면 머리끝까지 치솟는 화가 좀 가셨다.

'어디서 감히······.'

그날이 떠오르자 다시 아내에게 벌을 줄 필요가 느껴졌다. 게다가 건방진 그의 부인은 요 며칠 할 일도 하고 있지 않았다.

가장 효과적인 벌이 무엇일까 생각하던 그는 이번에도 아내에게 가장 잘 먹혀드는 패를 집어 들었다. 고약한 짓이라 욕해도 상관없었다. 마음을 바짝 태우는 것보다야 나쁜 놈이 되는 게 나았으니.

창밖 정원에는 어미 개가 하나뿐인 제 새끼와 함께 있었다. 하얀 털 아래 똑같이 흰 제 새끼를 밀어 넣고 젖을 주는 모양새가 제법 애틋했다.

이즈카엘이 강아지를 바라보며 언짢은 눈을 했다. 그가 문밖을 향해 말했다.

"들어와."

주인의 말에 항시 밖에서 대기하는 이들 중 하나가 들어왔다. 이즈카엘은 그에게 성의 집사를 불러오라 명했다. 그의 명을 받은 사용인이 나가고 얼마 지나지 않아 나이가 지긋한 집사가 들어왔다. 깊숙이 허리 숙인 그를 향해 이즈카엘이 명했다.

"가서 에르젠을 데려와."

* * *

명령을 내린 지 10분이 지나기도 전이었다. 급박한 발걸음 소리와 함께 하인이 부인께서 오셨다고 전해 왔다. 이즈카엘은 일부러 기다리라 명한 뒤 식은 차를 바꿔 오라 했다.

차를 한 잔 마시며 서류 몇 장을 넘겨 보니 어느새 한 시간이 훌쩍 지나 있었다. 이즈카엘은 밖에서 발을 구르고 있을 헤레이스의 애달픈 얼굴을 상상하다 사용인에게 아내를 데려오라 명했다.

"오늘은 일찍 찾아왔군."

"……왜 이러는 거예요."

이즈카엘은 가만히 아내를 바라봤다. 한 시간을 내리 기다렸을 여인은 아니나 다를까 예상대로 젖은 눈을 한 채 손을 한데 모으고 있었다.

내가 저를 잡아먹나. 이즈카엘은 입매를 비틀며 아내를 보다 표정을 감추고 서류로 눈을 돌렸다. 그리고 짐짓 영문을 모르겠다는 듯 물었다.

"뭘 묻는 거지?"

"에르젠이요! 갑자기 왜……."

차분한 그와 달리 헤레이스의 목소리는 절박하고 날카로웠다. 그러나 목소리를 높이기 무섭게 그녀에게 날 서린 시선이 박혔다.

결국 헤레이스가 고개를 푹 숙인 채 작게 말을 끝맺었다.

"……데려가는 거예요."

"내가 몇 번이고 말했을 텐데. 아이한테 매달리지 말고 할 일이나 잘하라고."

할 일이라는 말에 작은 손에 힘이 들어가는 게 보였다. 하지만 사실 아닌가. 그의 아내는 요 며칠 제대로 자신의 일을 하지 않았다.

아들을 노예로 만들어 버리겠단 겁박을 들은 이후 헤레이스는 매일 이즈카엘의 침실을 찾았다. 그것이 그녀의 새로운 일이요, 일상이었다.

남편의 명대로 매일 밤 얇은 침의 한 장을 걸친 채 침대에 누워 그를 기다리는 일은 고역이었지만, 그날 남편의 엄포는 가벼운 것이 아니었기에 헤레이스는 꼬박꼬박 그를 찾았다.

"몸이 좋지 않아 어쩔 수 없었어요. 그리고 에르젠이 계속 울어서……."

"그래서?"

"고작 며칠이었어요. 그전에는 잘하고 있었잖아요. 상황이 여의치 않을 때를 제외하고는 매일…… 당신한테 갔어요. 그건 이즈카엘 당신도 알잖아요."

"그건 당신 생각이고. 내 생각은 다른데."

"……."

"아프다는 핑계가 계속되잖아. 이번 주만 해도 병을 빌미로 3일을 건너뛰었지."

"하지만……."

"같잖은 핑계 대지 마. 듣기 싫으니까. 아프다는 사람이 아이는 잘도 돌보더군. 며칠 별말 않고 있었더니 당신은 내가 바보로 보이나?"

이즈카엘의 말은 사실이었기에 그에 대해서는 변명할 여지가 없었다.

하지만 몸이 견디기 힘들 정도로 아파도 에르젠을 돌보는 데는 문제가 없었다. 그녀의 아들은 적어도 아비처럼 그녀를 힘들게 몰아붙이지 않았으니. 하나 남편에게 그런 말이 통할 리 없었다.

결국 헤레이스는 이즈카엘의 앞으로 다가가 고개를 수그린 채 기어들어 가는 목소리로 말했다.

"……내가 다 잘못했어요."

"……."

"정말이에요. 더 잘할 수 있어요. 그러니까 에르젠을 돌려줘요. 그러잖아도 요즘 함께한 시간이 줄었어요. 한창 내 품에 있어야 할 아이예요."

무얼 어떻게 더 잘할 수 있다는 걸까. 말을 하면서도 헤레이스는 스스로가 우스웠다. 그러나 남편에게 비는 것 외에 다른 방법이 없었다.

"이즈카엘 제발요. 제발…… 한 번만 용서해 줘요. 에르젠을 돌려주면 이 이후로 당신 심기를 거스르는 일은 없을 거예요."

이즈카엘의 앞에 무릎을 꿇은 그녀가 메는 목을 간신히 누른 채 절절히 빌었다. 말이 중간에 서린 물기로 느려지긴 했으나 다행히 끊어지지는 않았다.

이즈카엘이 아내를 내려다봤다. 연한 크림색 드레스를 입고 있어서일까. 아내는 어제보다 더 청초하고 아름다웠다. 말간 얼굴 아래 긴 목과, 그 밑으로 곱게 떨어진 선에 사내의 목울대가 한 차례 울렁였다.

그가 헤레이스를 일으켜 세웠다. 나긋한 허리를 껴안은 채 아내의 목과 어깨 사이에 고개를 파묻자 특유의 체취가 코를 간지럽혔다. 그가 한층 누그러진 목소리로 말했다.

"좋아. 내가 시킨 일만 잘 해낸다면 아이 문제는 다시 생각해 보지."

질척한 손길에 가만히 응하고 있던 헤레이스가 고개를 들어 그와 눈을 마주했다. 의문 가득한 얼굴 사이 희망과 불안이 동시에 엿보였다.

이즈카엘은 이를 세워 아내의 목덜미를 살살 빨았다.

"얼마 뒤 미겔의 백일 연회가 열리는 건 알고 있지?"

푸른 눈이 슬픔으로 조금 젖어 들었다. 모를 리 없었다. 성안이 그 연회 준비로 떠들썩했으니.

백일 연회…… 에르젠에게는 없을 기회였다. 그 사실에 헤레이스가 애통한 얼굴을 감추지 못하자 이즈카엘의 금안에 뒤틀린 쾌락이 자리했다. 그가 답을 종용하듯 헤레이스의 목에 얼굴을 묻으니 헤레이스가 신음을 흘리며 고개를 끄덕였다.

"……네."

"본래라면 당신은 참석시키지 않을 참이었는데 샬럿이 꼭 당신의 축하를 받고 싶다 하더군."

"……."

"미겔에게 줄 선물과 축하 인사를 준비해. 내 부인이자 이 성의 안주인으로서 모자람 없게 말이야."

"……."

"……내키지 않는 건가? 표정이 좋지 않아."

하고 싶지 않았다. 애초 그런 자리엔 가고 싶지도 않았다.

처음 그가 그날엔 조용히 방에 박혀 있으라 했을 때는 서러웠는데, 지금은 참담함과 서러움이 함께 몰아쳤다. 그러나 싫다고 거부할 권리가 헤레이스에게는 없었다.

그녀가 남편의 심기를 거스르지 않으려 억지로 웃으며 말했다.

"……아니에요. 할게요. 할 수 있어요. 그럼 에르젠은……."

"그 일은 그날 당신이 하는 걸 보고 결정하지. 왜? 불만 있나?"

"……없어요. 대신 내 부탁 한 가지만 들어줄 수 있어요?"

"뭐지?"

"유모 하나로는 에르젠을 돌보기 힘들 거예요. 다른 사용인이 많다지만 얼굴도 익숙지 않아 에르젠이 낯을 가릴 테고……."

이즈카엘이 불쾌한 낯을 숨기지 않았다. 그는 계속해서 에르젠을 외는 아내가 못마땅했다. 사내의 고개가 들리며 날카로운 목소리가 헤레이스의 말을 갈랐다.

"분명 방금 말했을 텐데. 당신 아이 일은 미겔의 연회가 끝난 후에 결정하겠다고. 못 들었나? 아니면 고집을 피우는 건가?"

허리를 쥔 힘이 조금 강해지자 헤레이스가 몸을 움츠렸다. 그녀가 재빨리 고개를 저으며 답했다.

"내가 곁에 있겠다는 게 아니에요. 대신 안나를 에르젠 곁에 보내 달라 청하려 했어요. 나와 함께 에르젠을 돌본 아이예요. 안나가 간다면 유모도 그렇고, 에르젠도 좀 더 편할 거예요."

이유를 들은 이즈카엘의 얼굴이 한결 좋아졌다. 그러잖아도 그는 아내의 곁을 거의 매시간 머무는 시녀가 싫었다. 어릴 적부터 아내와 함께했다며 얼마나 유세인지. 보기 싫은 아이와 함께 그 거슬리는 낯짝이 사라진다면 분명 한결 편안하리라.

이즈카엘이 흔쾌히 고개를 끄덕였다.

"좋아. 그건 허락하지."

"……고마워요."

"기대하고 있어. 비록 미겔이 당신 태에서 난 자식은 아니지만 누구와 다르게 확실한 내 아이잖아? 내 아내인 당신이 여러모로 신경 쓰는 게 다른 이들이 보기에도 좋을 거야."

물론 그렇다 해서 그가 아내를 괴롭히는 걸 멈춘 건 아니었다. 이즈카엘은 제 뜻대로 일이 끝났음에도 심술을 부렸다. 그의 말에 담긴 의미를 알아차린 헤레이스가 왼손으로 오른손을 꾹 쥐었다.

잘게 떠는 모습이 안타까우면서도 질 낮은 도취감을 선사했다. 이즈카엘이 아내의 턱을 손가락으로 살짝 들어 올렸다. 모멸과 슬픔으로 가득 찬 푸른 눈이 한겨울 아우뉴 호수 같았다.

"……내일은 외출할 준비를 하도록 해."

계속 들여다봐도 질리지 않는 눈이었다. 아내는 어느 한구석 어여쁘지 않은 곳이 없었지만 특히 눈이 아름다웠다. 웃고 있어도 울고 있어도 저만 가지고 싶게.

이즈카엘은 충동적으로 아내에게 입을 맞췄다. 입술만 겹친 가볍지만, 긴 입맞춤이 이어졌다.

갑작스러운 일임에도 헤레이스는 반항하지 않았다. 그저 놀란 듯 눈을 크게 뜰 뿐. 그녀는 힘을 빼고 남편이 뜻하는 대로 가만히 있었다.

"아우뉴 호수에 갈 거야. 오랜만에 당신도 동행하는 게 좋을 거 같아서."

"……알았어요."

한참 만에 입술을 뗀 이즈카엘이 퉁명스레 명했다. 뭐든 순순히 따르는 아내가 만족스러워야 하는데 이상하리만치 초조한 기분이 들었다. 그가 빤히 아내를 바라봤다.

"이만 가 볼게요."

긴 시간 그가 말이 없자 헤레이스가 조심스레 그의 품을 벗어났다. 크림색 부드러운 천이 손에서 빠져나가자 이즈카엘이 헤레이스의 손을 낚아챘다.

몸을 돌리려던 헤레이스가 그를 봤다. 심장을 불쾌하게 하던 초조함이 아주 약간은 가셨다. 이즈카엘이 헤레이스를 다시 자신의 품으로 밀어 넣으며 속삭였다.

"……날이 어두워지기까지 얼마 남지 않았잖아."

"……."

"번거롭게 왔다 갔다 하지 말고 그냥 여기 있어. 어차피 곧 와야 하잖아. 당신은 저녁도 이미 먹은 거로 아는데."

"하지만 안나를 에르젠에게 보내야 하고 아직은……."

아이……. 또 아이였다. 이즈카엘이 짜증스러운 기색을 감추지 않았다.

"그건 사용인을 보내 전달해도 되잖아. 그보다 난 당신이 먼저 침실에 가 있었으면 해."

사내의 일방적인 명에 마지막으로 아이를 보려던 얕은수가 사라졌다. 간신히 쥐고 있던 희망이 사라지자 헤레이스가 허무한 얼굴을 했다.

'당분간 보기 힘들 텐데…….'

아직 밝은 밖을 바라보다 그녀가 눈을 내리깔았다. 창밖으로 보이는 해는 반쯤 지평선에 걸쳐 있었다. 사내가 답을 종용하듯 그녀의 몸을 세게 껴안았다.

헤레이스가 넓은 어깨에 머리를 기대며 사내가 원하는 답을 말했다.

"……뜻대로 할게요."

* * *

하늘은 높고 푸르렀다. 넓게 펼쳐진 아우뉴 호수의 수면이 내리쬐는 햇볕을 받아 물고기 비늘처럼 반짝였다.

마차에서 내린 헤레이스의 옆에서 하녀가 양산으로 그늘을 만들어 냈다. 그래도 부신 눈에 손차양을 한 헤레이스가 천천히 하늘을 올려다봤다.

먼저 도착한 이즈카엘이 그의 정부와 다정히 서 있는 모습이 보였다. 커다란 흑마 옆에 바짝 붙어 선 두 사람은 함께 말을 타고 온 모양이었다.

"이즈카엘, 너무 무서웠어요. 마차를 타는 것과는 역시 비교할 수가 없네요."

"곧 익숙해질 거다. 날씨가 좋아져서 많이 나올 참이거든. 너도 자주 데리고 나오마."

떨어져 있었건만 말소리가 어찌나 선명한지. 헤레이스가 연인처럼 선 두 사람을 보며 씁쓸한 얼굴을 했다.

'호수까지 나와 함께 말을 달리겠어? 샬럿이 태워 달라 말하긴 했지만 당신한테 먼저 물어보는 거야. 어때?'

'난 괜찮으니 마음대로 해요. 그녀와 타고 싶다면 눈치 볼 필요 없어요.'

'하! 눈치? 내가 당신 눈치를 왜 봐?'

'난 그런 뜻이 아니라……'

'……마차를 준비하라 이르지. 도착해서 보도록 해.'

그래도 결정은 옳았던 모양이었다. 출발하기 전 대화를 하다 확 나가 버린 그 때문에 헤레이스는 조금 걱정하던 차였다.

"아이…… 이즈카엘. 저기 부인도 계시는데 이러면 어떡해요."

그럼에도 정부를 희롱하는 남편은 여전히 거북했다. 익숙해질 법도 한데……. 헤레이스는 눈을 내리깔고 발걸음을 틀었다.

'……차라리 아프다며 오지 말걸. 이즈카엘이 출타하면 몰래 에르젠을 보러 갈 수도 있었는데.'

에르젠을 생각하면 가슴이 타들어 갔다. 안나를 보내 놓기는 했지만 간간이 에르젠의 울음소리가 들릴 때면 울컥했다. 자신은 침대 위에서 신음이나 흘리고 있는데 아이는 자지러지게 울며 어미를 찾았다.

'이, 이즈카엘…… 읏! 한 번만…… 한 번만 에르젠한테 가면……'

'헤레이스, 입 닫아. 계속 이런 식이면 곤란해. 아이가 별채로 가는 걸 보고 싶나? 그래?'

이즈카엘은 고작 울음소리에 과하게 반응하는 것이라 타박했지만 헤레이스는 확신했다. 에르젠은 분명 어미를 찾고 있었다.

아비의 얼굴을 딱 한 번 본 아이는 아비가 저를 냉대하는 사실을 알아차린 듯 어미인 헤레이스에게 매달렸다. 방이 떠나가라 울더라도 그녀의 품에 안기면 뚝 그치는 아들이 어찌나 사랑스러운지……. 헤레이스는 에르젠만 있다면 세상이 두 쪽 나도 괜찮을 것 같았다.

"부인, 더 내려가시면 위험해요."

에르젠을 생각하며 헤레이스가 정처 없이 호숫가를 걷고 있는데, 뒤따르던 하녀가 막았다. 고개를 들어 앞을 보니 어느새 호수 어귀였다. 조금 더 걸으면 경사에 미끄러져 물에 빠질지도 몰랐다.

헤레이스가 앉고 싶다 말하자 하녀가 그나마 평평한 땅에 가지고 온 천을 깔았다.

"부인, 무어라도 좀 드릴까요? 날이 따뜻하기는 하지만 바람이 차니 따뜻한 홍차가 좋을 것 같아요."

그녀가 자리에 앉으니 하녀가 친근히 말을 붙였다. 안나가 저 대신 잠깐만 데리고 있으라며 붙여 준 아이였다. 이름이 헬렌이라고 했던가. 날이 갈수록 헤레이스에게 무뚝뚝해지는 다른 사용인과 달리 하녀는 제법 예의 바르고 상냥했다.

"그럼 고맙겠구나."

"네! 냉큼 가져올게요."

하녀 아이가 사라지자 헤레이스의 눈이 호수로 향했다.

깊고 푸른 아우뉴 호수는 명성만큼 아름다웠다. 어귀에 자란 물풀과 바위도, 그사이 들꽃도 모두 생명력 넘쳐 보였다. 간혹 퐁

하는 소리와 함께 은어가 물 위로 튀어 올랐다. 그걸 구경하던 헤레이스의 낯에 오랜만에 미소가 드리워졌다.

"처량하기 그지없네요."

그러나 헤레이스의 짧은 평화는 오래가지 못했다. 뒤에서 느껴지는 인기척에 하녀인가 했으나, 어느새 가까이 다가와 있는 이는 남편의 정부 샬럿이었다.

"이리 날이 좋은데 꼭 비 맞은 강아지 꼴이시니······."

앉으라 말하지도 않았건만 샬럿은 당연하다는 듯 헤레이스의 곁에 앉았다. 그녀가 무례한 소리를 지껄이며 품 안 무언가를 헤레이스 쪽으로 내보였다. 하얀 강보에 꽁꽁 싸인 채 웃고 있는 아이는 아는 얼굴이었다.

"오, 미겔. 그쪽이 아니라 어미의 얼굴을 봐야지. 옳지. 그렇지. 잘한다."

에르젠과 같은 날 태어난 아이는 제법 크고, 또 건강해 보였다. 아직도 간혹 숨을 헐떡이는 에르젠과 달리, 샬럿의 품에 안겨 있는 아이는 웃으며 팔을 이리저리 뻗고 있었다. 그걸 보니 성안에서 어미도 보지 못한 채 울고 있을 에르젠이 생각났다. 헤레이스가 차마 미겔을 더 보지 못하고 고개를 돌렸다.

"그리 얼굴 굳히실 거 없답니다. 오늘은 저 또한 감사 인사를 드리러 온 거예요."

아이를 안은 채 거들먹거리던 샬럿이 입을 가리고 웃었다. 가느다란 녹안에는 악의가 가득했다.

"미겔의 백일 연회에 참석해 주신다 들었어요. 분명 어디가 아프다며 참석 안 하실 줄 알았는데…… 역시, 인간사 끝까지 두고 봐야 알 일인가요. 막상 그날이 되면 배가 아프다면서 앓아누우실지도 모를 일이니까요."

"……."

"뭐…… 사실 오든 말든 별 상관없어요. 어차피 부인 말고도 손님은 많을 테고 누가 뭐래도 그날의 주인공은 우리 미겔이니까요. 부인의 축하가 없어도 분명 많은 이들이 축복해 주겠지요. 어느 방구석에 처박혀 있을 다른 아이와 다르게요."

"내 아들을 욕보이지 마."

자신을 비꼬는 말에도 잠자코 있던 헤레이스가 결국 입을 열었다. 무시하려 했지만 에르젠에 관한 말만은 참기 어려웠다.

노여움이 가득한 목소리가 경고를 담고 있었으나 샬럿은 헤레이스가 반응하기를 기다렸다는 듯 눈을 빛냈다.

"하! 또 귀족 나리입네 유세를 하시려고요? 소용없으세요. 저도 이제 알거든요."

"……."

"부인의 집안, 아예 사라졌다면서요. 반역죄라니, 세상에……. 저희 천것들도 그런 천벌 받을 짓은 하지 않는답니다."

디본의 몰락. 그건 워낙 유명해 성안 사용인들도 대부분 알고 있는 일이었다. 그러니 이제 와 샬럿이 알게 되었다 한들 이상할 건 없었다. 하지만 헤레이스는 남편의 정부에게 가장 아픈 곳 중 하나를 찔린 기분이었다.

"이즈카엘이 말해 줬어요. 부인이나 나나 피차 마찬가지니까 고개 숙일 필요 없다고요. 반역죄를 말하면서 어찌나 치를 떨던지. 전 당장 그이가 부인의 목을 베러 가는 게 아닐까 걱정했답니다. 아시다시피 이즈카엘은 황제 폐하께 충성심이 대단하니까요."

헤레이스의 낯을 살핀 샬럿이 웃으며 거짓을 보탰다.

이즈카엘은 한 번도 그녀에게 디본에 대해 말하지 않았다. 하녀 아이를 닦달해 알아낸 사실이긴 했으나 하녀는 끝까지 주인님께서 아시면 목이 떨어진다 발발 떨었다.

'어찌 보면 나보다 미천한 주제에······.'

하녀의 목이 떨어지건 말건 그건 상관없었다. 지금 샬럿에게 가장 중요한 건 헤레이스의 신경을 긁는 일이었다.

그녀가 아들을 내려다봤다. 제 아비와 똑같은 금안이 밝게 빛나고 있었다. 아아······. 자랑스러운 아들을 고쳐 안은 샬럿이 더 모진 말을 속삭이기 시작했다.

"경고하는데 내 앞에서 그런 얼굴로 고고한 척 마."

"······."

"죄인의 여식 주제에 그 얼굴과 몸으로 사내를 홀려서 그 자리를 차지한 거잖아? 비슷한 입장인데 피해자인 척 구는 거 구차하다 생각 안 해? 아니지. 그래도 내 부모란 작자들은 죄인은 아니었으니 내가 좀 더 고귀한가?"

아무리 위세가 대단하다고는 하나 정부가 꺼낼 말은 아니었다. 하지만 샬럿은 어디서 그런 용기가 났는지 품 안의 아들을 꼭 안은 채 정신 나간 말을 이었다.

"이번 연회가 끝나고 미겔이 후계자로 낙점만 돼 봐. 내가 네

까짓 거 어떻게든 쫓아내 줄 테니. 물론 곱게 내쫓길 생각은 않는 게 좋을 거야. 이 반지뿐 아니라 네가 가진 모든 걸 빼앗은 후, 홀딱 벗겨 알몸 상태로 성 밖으로 내칠 거니까."

흰 손가락에 꽂힌 금반지가 요요히 빛났다. 헤레이스가 끝내 반응하지 않자 샬럿의 눈이 더욱 표독스러워졌다. 그녀가 헤레이스를 위아래로 살피더니 입꼬리를 비스듬히 올렸다. 아름답다고는 하나 곧 쫓겨날 이였다. 모욕과 분풀이를 하며 가지고 놀기딱 알맞았다.

"가는 길 심심찮게 사내도 몇 붙여 주지. 얼굴만은 쓸 만하니 버려지지는 않을 거야. 혹 모르지. 다들 널 차지하겠다 싸울지도."

샬럿의 말에 헤레이스는 구역질을 억지로 참았다. 당장에라도 모든 걸 게워 내고팠지만 남편의 정부에게 뒤틀린 심사를 내보이긴 싫었다.

"아니면 일할 곳을 소개해 줄까? 내가 전에 알던 곳인데 꽤 벌이는 괜찮아. 뺨 몇 대쯤 맞는 걸 각오만 한다면야……."

샬럿의 망발은 계속됐다. 그러나 그녀의 말은 끝까지 이어지지는 못했다. 긴 그림자가 그들의 위로 졌다. 놀란 샬럿이 급히 뒤를 돌아봤다.

그림자의 주인공을 알아차린 샬럿이 어색히 웃었다. 흉흉한 금안이 그녀를 노려보고 있었다. 당장 베여도 이상하지 않을 만큼 냉랭하고 흉포하게.

"이, 이즈카엘. 언제 왔어요? 난 부인과 이야기를 좀 하려고……."

"……그 목을 날려 버리기 전에 꺼져."

사내의 허리춤에 달려 있던 긴 검이 눈에 들어왔다. 샬럿이 간신히 두려움을 억누른 채 제 품에 안긴 미겔을 방어막이라도 되는 양 꼭 껴안았다.

"무, 무슨……."

"못 들었나? 죽고 싶지 않으면 꺼지라고. 당장 성으로 돌아가."

"갑자기 왜 그러는 거예요. 나 아직 좀 더 여기…… 악!"

아이가 있건 없건 상관없었다. 이즈카엘이 샬럿의 어깨를 잡고 아무렇게나 끌어냈다. 아이를 안은 채 뒤로 내쳐진 샬럿이 벌떡 일어서서 소리를 높였다.

"미겔이 떨어질 뻔했잖아요! 나한테 어떻게 이럴 수 있어요! 나는……."

이즈카엘은 샬럿의 얼굴 대신 그녀의 품 안을 노려봤다. 까아, 하고 미겔이 소리를 냈다. 헤레이스는 혹여나 남편의 분노가 아이에게 향할까 조마조마한 얼굴을 했다.

"……알았어요. 먼저 들어갈게요. 이만 물러나 보겠습니다, 부인."

하지만 어쩐지 일은 쉽게 끝났다.

독기 서린 눈매가 그대로 누그러지나 싶더니 샬럿이 꼿꼿이 허리를 폈다. 그녀가 차분히 이즈카엘에게 고개를 숙이고, 뒤이어 헤레이스에게도 예의 바르게 인사했다. 깊이 숙인 몸 사이, 아이의 큰 눈이 또렷했다. 헤레이스는 일순 오싹한 소름이 등을 타고 흐르는 것을 느꼈다.

샬럿이 멍한 얼굴로 마차를 향해 걸어갔다. 헤레이스가 갑자기 태도가 바뀐 그녀를 이상하게 보다 더 짙어진 그림자에 위를 올려다봤다. 그녀의 남편은 여전히 불쾌하다 못해 화가 잔뜩 난 얼굴을 하고 있었다.

"왜 듣고만 있지?"

"……무얼요."

"방금 저 계집이 한 말 말이야. 왜 듣고만 있었냐고. 그때는 잘도 뺨을 치더니."

아끼는 정부를 계집이라 말하는 것이 놀라웠지만 이어진 말에 헤레이스는 입을 닫았다.

그때 저 여자의 뺨을 쳐 자신이 어떤 꼴을 당했던가. 이제는 가라앉아 자국조차 남지 않은 뺨이었건만 찌르르 아픔이 몰려왔다. 그녀가 자신의 볼로 손을 가져가려다 말고 고개를 수그려 입안쪽 살을 깨물었다.

"좋아. 그건 그렇다 쳐. 그럼 나한테는 할 말 없나?"

"……."

"대단하군! 참으로 대단해!"

"……."

"하기야 당신이 벙어리에 가까운 건 진즉 알고 있었지. 성안에 있는 당신 아들 말고 당신의 목소리를 양껏 듣는 이가 몇이나 있을까?"

"……."

"아…… 그나마 침대 위에서는 좀 수다스러우신가? 말은 아니어도 목소리는 내시니 말이야."

헤레이스가 끝없는 모욕에 눈을 질끈 감을 때였다. 험악한 손길이 팔로 향한다 싶더니, 몸이 저절로 일으켜 세워졌다.

"어디로 가는 거예요."

이즈카엘에게 이끌려 경황없이 걷던 헤레이스가 헐떡이며 물었다. 보폭이 워낙 차이가 나 그녀는 거의 뛰다시피 하고 있었다.

이즈카엘은 아무 말이 없었다. 그가 심상찮은 표정으로 아내를 끌고 오자 여기저기서 사용인들이 숨을 멈췄다.

한참 만에 이즈카엘이 멈춘 곳은 헤레이스가 타고 온 마차였다. 성인이 여섯이나 탈 수 있는 커다란 마차는 말과 분리된 채 덩그러니 놓여 있었다. 그가 마차 안으로 헤레이스를 억지로 밀어 넣은 채 따라온 기사에게 명했다.

"……돌아간다."

그의 명에 기사가 물러났다. 문이 닫히고, 이즈카엘은 작은 창에 커튼을 확 하고 쳤다. 헤레이스는 마차 시트에 내동댕이쳐져 있었다. 마차에 몸을 부딪친 그녀가 쓰러진 채 이즈카엘을 봤다.

"밖에서는 도통 말을 않으니 돌아가 당신 목소리나 듣지. 부부 사이에 대화가 좀 부족했잖아?"

겉옷을 대강 벗어 시트에 던진 이즈카엘이 겁박하듯 말했다. 성으로 돌아가면 어떤 일이 벌어질지 예상한 헤레이스가 얼어붙었다. 그 모습에 이즈카엘이 신경질적인 웃음을 터뜨리며 허리를 숙이고는 아내의 얼굴을 쥐었다.

사내의 뜨거운 손을 타고 심장 박동이 느껴진다 싶더니 곧이어 입술이 와 닿았다. 헤레이스는 눈을 감은 채 몸에 힘을 풀었다.

에르젠이 백일이 되기까지 며칠이나 남았을까? 숫자를 헤아리기 시작한 헤레이스의 눈에서 눈물이 떨어졌다.

* * *

연회 손님은 지역 내 유지와 가신들뿐이었다. 그러나 연회의 주인공이 성의 주인이 아끼는 아들인 만큼 규모는 작더라도 없는 건 없었다. 오히려 백일밖에 안 된 아이를 위한 연회치고 너무 성대해 몇몇 이들은 이즈카엘이 전대 공작처럼 정부에게 지나치게 빠진 것이 아니냐 수군거렸다.

하지만 그러한 말조차 연회의 흥을 꺾을 수는 없었다. 사람들은 모두 공작의 첫 번째 아이를 축하하며 오랜만에 열린 연회를 즐겼다. 성안이 대부분 들뜬 가운데, 평소보다도 가라앉은 곳은 헤레이스와 에르젠이 기거하는 곳 단 두 군데뿐이었다.

헤레이스는 연회를 위해 조용히 치장 중이었다. 준비를 빌미로 헤레이스의 방을 찾은 안나가 마지막 마무리를 돕고 있었다. 푸른 드레스와 어울리는 진주 여러 개가 헤레이스의 검은 머리를 장식했다.

"언제나 느끼는 거지만 아가씨는 참 아름다우세요."

안나가 거울에 비친 상전을 보며 감탄했다. 어릴 적부터 알고는 있었지만 이렇게 꾸며 놓고 볼 때면 매번 저절로 탄성이 나왔다.

"그러니 내려간 후에도 고개 들고 다니셔야 해요. 오늘 주인공이 그 사생아라지만 그 여자가 주인공인 건 아니니까요."

안나가 헤레이스의 머리를 두어 번 더 정돈한 뒤 장난스럽게 말을 이었다. 하지만 경쾌한 목소리의 끝은 미세하게 떨리고 있었다. 헤레이스가 진주 귀걸이를 착용하며 거울 속 안나를 차분히 바라봤다. 불안감을 감추지 못한 안나의 얼굴에는 긴장이 한가득하였다.

"그건 걱정 마렴. 그보다 안나…… 내 말 명심해. 우리한테 기회는 이번뿐이야."

"……네, 아가씨."

억지로 만들어 낸 장난기조차 사라졌다. 안나는 헤레이스의 말에 침을 삼키며 고개를 끄덕였다. 몰래 준비한 약병이 소매 주머니 안에서 달랑거릴 때마다 쿵쿵 뛰는 심장 박동이 선명해졌다.

'긴장도 안 되시나. 난 이렇게 떨리는데.'

두 사람. 아니, 세 사람은 오늘 세르펜스 성을 빠져나갈 속셈이었다. 헤레이스는 처음 도망을 생각하고 있다 할 때는 머뭇거리는 기색이 역력하더니, 얼마 전 크게 앓고 난 후에는 나가겠다 단호히 말했다. 정확한 이유는 알 수 없었지만 안나는 헤레이스의 결심에 이즈카엘이 한몫했으리라 짐작했다.

물론 에르젠이 아직 지나치게 어린 데다 시간이 촉박한 탓에 걱정이 크긴 했다. 하지만 안나는 헤레이스의 몸이 온통 붉어진 것을 본 뒤로 불안감을 억지로 삼키고 입을 다물었다. 이유가 어찌 됐건 무조건 나가야 했다. 헤레이스의 삶은 지난 몇 달 새 바라보기만 해도 괴로운 것이 되었으니까.

'에르젠 도련님을 다른 방으로 모시라는 주인님의 명이십니다.'

불안을 삼키고 다짐을 했다고 계획이 순순히 잘 풀린 것은 아니었다. 에르젠을 빼앗길 적에는 틀렸구나 좌절하기도 했다.

'안나, 난 당분간 에르젠을 못 봐. 그러니 네가 잘해야 해. 무슨 일이 있더라도 에르젠 곁에서 떨어지지 마. 알았지?'

하지만 어떻게 한 모양인지 헤레이스는 안나를 에르젠 옆에 붙여 놓고 탈출 준비를 계속했다. 여전히 눈물을 많이 흘리기는 했지만 포기하지 않는 모습에 안나는 깨달았다. 제 아가씨에게 생각 외로 강한 부분이 있다는 것을. 하기야 그동안의 모욕을 생각한다면 당연했다.

안나는 떨리는 가슴을 진정시키려 노력하며 헤레이스의 목에 목걸이를 걸고 향수를 뿌렸다. 몇 시간이 지나면……. 적어도 오늘이 가기 전에 일은 끝날 것이다.

"기다리고 있을게요, 아가씨. 제시간에 꼭 오셔야 해요."

헤레이스가 작게 고개를 끄덕이고 일어섰다. 시간에 맞춰 누군가 문을 두드렸다.

"부인, 내려가실 시간입니다."

* * *

헤레이스는 연회장 상석에 앉아 사람들을 구경했다. 홀에 자리한 단상 위, 성주의 권좌 바로 오른편이 그녀의 자리였다. 건너편 권좌의 왼쪽에는 오늘 주인공인 미겔을 안고 있는 샬럿이 보였다. 붉은색을 좋아하는 모양인지 저번보다도 눈에 띄는 장밋빛 드레스가 쟁쟁한 색을 자랑했다.

성주인 이즈카엘은 아직 도착하지 않았다. 그가 없는 틈에 사람들이 샬럿에게 아부하기 위해 부지런히 단상 앞으로 몰려들었다. 그들은 샬럿이 내보이는 미겔을 보며 입에 침이 마르도록 칭찬을 늘어놓았다.

"도련님께서 공작님을 참으로 닮으셨습니다. 특히 두 눈이 공작님처럼 또렷하시군요. 자라나면 여러 여인을 울리겠습니다."

"예끼, 이 사람. 그런 말부터 하면 안 되지. 도련님께서 참으로 영리하고 늠름하십니다. 전신이라 불리는 공작님을 따라 훌륭한 기사로 자라시겠지요."

저를 향한 칭찬도 아닌데 샬럿의 입꼬리가 찢어져라 올라갔다. 요람이 준비되어 있음에도 불구하고 미겔을 품에 안고 자랑하듯 사람들에게 보인 그녀는 어찌나 당당한지, 정부가 아니라 꼭 공작 부인 같았다.

그녀가 헤레이스를 힐끔 살피고는 큰 소리로 말했다.

"다들 그리 보시는군요. 하기야 공작님께서도 그러셨답니다. 미겔이 원체 아비를 닮아 가히 기쁘시다고요. 게다가 나이에 답지 않게 총명하고 힘이 대단한 것이 자신의 뒤를 이어 가문을 이끌기에도 충분하다고요."

말을 마치고 샬럿이 꺄르르 웃었다. 하지만 그녀를 제외하고 그 자리에 있는 어느 누구도 웃지 못했다. 당연했다. 아무리 후계로 낙점될 가능성이 큰 아이라지만 바로 옆자리에는 이즈카엘의 정식 부인인 헤레이스가 있었다. 일개 정부가 자식을 자랑하며 하는 말치고는 지나치게 무도했다.

헤레이스는 사람들의 시선이 자신에게 모이는 것이 느껴지자 일부러 앞이 아닌 조금 비켜난 곳을 바라보았다. 남들의 동정 어린 눈 따위 싫었다.

"오랜만에 봐도 여전히 아름답군. 몇 년 전과 달라진 게 없어."

"왜, 예전에 수도 청년들 반 이상이 디본의 요정한테……."

"쉿! 조용히 하게. 아무리 그래도 그 단어는 입에 올리는 게 아니야. 잘못하다간 목이 떨어져."

헤레이스의 생각과 달리 사람들은 다른 의문을 품고 있었다. 저리 아름다운 부인을 박대하다니. 아무리 정부가 좋다지만 사내들은 이해가 가지 않았다. 물론 샬럿도 소문처럼 눈부시게 아름다웠다. 하지만 그렇다 하더라도 헤레이스에 비할 바는 아니었다. 몇몇 젊은 기사들이 연회라고 평소보다 화려하게 꾸민 헤레이스를 보며 얼굴을 붉혔다.

"공작 각하 드십니다!"

두 여인을 보며 웅성거리던 사람들이 일순 조용해졌다. 성주가 도착하자 모두 자리에서 일어났다.

이즈카엘은 저를 향하는 시선들에는 신경조차 쓰지 않은 채 앞만 보며 걸었다. 아끼는 아들을 위한 연회라 들었건만 그의 얼굴에는 어쩐지 짜증과 무료함이 있었다.

단상에 올라 자리에 앉은 이즈카엘이 헤레이스를 한 번 훑어보고는 손을 들었다. 일어서 있던 사람들이 앉자 그가 말했다.

"시작하라."

그 말 이후부터 헤레이스에게는 지루한 시간이 계속됐다. 연회를 위해 초대된 사제의 축하 인사를 시작으로 길고 긴 행사가 진행됐다. 누가 올라왔다가 내려갔고, 샬럿이 호들갑을 떨기도 했으며, 이즈카엘이 자리에서 일어나 무어라 말을 하기도 했다. 하지만 그 모든 일이 자신과 상관없다는 듯 헤레이스는 멍하게 앉아 있을 뿐이었다.

"부, 부인의 차례십니다."

생각에 잠겨 있다 문득 정신을 차렸을 때는 모두의 이목이 그녀에게 쏠린 후였다. 부끄러울 법도 했지만 헤레이스는 무표정한 얼굴로 천천히 자리에서 일어났다.

의자에 편히 앉은 샬럿이 승리감에 도취된 채 히죽 웃어 보였다. 그를 무시한 헤레이스가 고개를 숙여 미겔을 바라보자 아이가 눈을 예쁘게 접어 보였다.

"건강히 오래 살기를 기원하마."

"어머, 부인. 너무 성의 없으신 거 아닌가요. 그래도 공작님의 아드님이신데······."

샬럿의 타박은 홀에 있는 이들에게도 들릴 정도였다. 하지만 헤레이스는 대꾸 없이 하인에게 손짓했다. 하인이 붉은 상자를 들고 조심스레 다가왔다.

상자가 열리자 여기저기서 찬탄이 흘렀다. 짧은 축하의 말이 무색하게 상자 안 보석은 모두의 눈을 휘둥그렇게 만들기에 충분했다. 무시당했다며 분한 얼굴로 헤레이스를 노려보던 샬럿조차 입을 닫고 탐욕스러운 눈을 했다.

헤레이스가 선물로 내놓은 것은 목걸이였다. 세르펜스 공작가를 상징하는 문양부터, 줄까지 다이아몬드가 줄줄이 박힌 그것은 누가 봐도 귀중한 보물이었다.

묵직한 무게를 느끼며 헤레이스가 샬럿에게 상자를 내밀었다. 샬럿이 눈을 반짝이며 냉큼 손을 뻗었다.

"감사합니다, 부인. 이제 보니 미겔을 퍽 위하시는군요."

헤레이스가 자리로 돌아가기 위해 등을 돌렸다. 샬럿은 목걸이를 구경하느라 바쁜지 조금 전과 달리 그녀에게 신경을 쓰지 않았다.

"……뭐 하는 짓이지?"

그녀가 자리로 돌아오자 옆에 앉은 이즈카엘이 낮은 목소리로 물었다. 불쾌감이 분명히 담겨 있는 그 말에 헤레이스가 잠시 그를 바라보다 시선을 정면에 두었다. 그 모습에 이즈카엘이 재촉하듯 재차 물었다.

"왜 하필 저걸 선물로 준 거냔 말이야. 저건 내가 당신한테……."

"그러니 준 거예요."

"뭐?"

헤레이스의 답에 이즈카엘이 무슨 소리냐는 듯 얼굴을 구겼다. 빼앗은 금반지만큼은 아니었지만 목걸이 또한 공작가의 가보로 불리기에 충분한 것이었다. 목걸이 줄에 달린 다이아몬드 수백 개도 제법 귀한 것이었으나, 무엇보다 가운데 늑대의 눈을 장식하고 있는 다이아몬드는 제국에 몇 없다는 푸른 다이아몬드였다.

이즈카엘은 헤레이스와 결혼하며 세상에 다시없을 목걸이를 만들라며 장인 여럿을 닦달했다. 그가 선물한 대표적인 결혼 예물, 그것이 바로 샬럿의 손에 들린 저 목걸이였다.

그러니 이즈카엘로서는 못마땅할 수밖에. 하지만 헤레이스는 아무렇지 않다는 듯 차분히 답했다.

"공작가의 첫 번째 아이에게 선물하기 딱 맞잖아요."

"헤레이스, 당신……."

이즈카엘이 사람들 앞이라는 것도 잊은 채 인상을 찌푸렸다. 그는 그제야 제 신경을 긁는 것이 무엇인지 깨달았다. 아내는 이상하리만치 무표정했다. 그가 눈을 가늘게 뜬 채 아내를 가늠하려 애썼다. 이이가 왜 이러나.

그러나 그때, 누군가 단상 아래에서 기어들어 가는 목소리로 헤레이스를 불렀다.

"저…… 저 부인. 저와 함께 한 곡……."

젊은 청년은 술에 잔뜩 취한 채였다. 그가 몽롱한 얼굴로 헤레이스를 보며 눈을 끔뻑였다. 제법 멀끔하게 생긴 얼굴과 순진해 보이는 인상은 여인의 호감을 살 법했다. 하지만 당황한 헤레이스가 무어라 답하기도 전, 거친 구둣발이 청년의 손을 짓밟았다.

"아악!"

청년의 비명에 주변 이들의 시선이 단상으로 쏠렸다. 에드가가 급히 달려오더니 청년을 끌어냈다.

사실 청년의 행동은 보통 무례한 것이 아니었다. 감히 자신보다 한참 높은 공작의 부인에게 함부로 손을 뻗은 데다 춤까지 청하다니. 헤레이스가 단상에서 내려와 이즈카엘과 춤을 추지 않는 이상 청년은 함부로 헤레이스를 쳐다봐서도 안 됐다.

"……일어나."

냉랭한 표정의 이즈카엘이 헤레이스를 일으켜 세우더니 단상 뒤에 준비된 휴게실로 그녀를 끌고 갔다. 문이 닫히고 홀 안 소리가 사라지자 그가 벽 쪽으로 아내를 밀어 넣은 채 음산한 목소리로 다그쳤다.

"처신 똑바로 못 하나?"

"……"

"아무 사내한테나 얼굴은 왜 들이미는 거지?"

"……그런 적 없어요. 그 사람이 먼저 다가왔을 뿐이에요."

"당신이 행동거지를 똑바로 했으면 그놈이 그랬겠나? 눈길이라도 한 번 주고 웃어도 줬겠지. 안 그래?"

이것이 억지임을 그도 모를 리 없었다. 헤레이스는 대답 없이 이즈카엘을 마주 보다 조용히 그의 이름을 불렀다.

"이즈카엘."

작은 목소리였건만 이즈카엘은 고함을 들은 듯 몸을 움찔거렸다. 그가 자신의 손에서 힘을 뺐다. 강한 악력에서 자유로워진 헤레이스가 조금 전까지 붙잡혔던 팔을 쓸었다. 욱신거리는 것이 분명 여기도 멍이 들리라.

"……나한테 뭐가 그리 불만이에요."

"뭐?"

"당신도 알잖아요. 난 그 자리에서 아무 짓도 하지 않았어요.

그런데 왜 이리 날 괴롭히는 거예요."

"……당신은 전적이 있으니까."

더 이상 무어라 말해야 할까. 헤레이스는 아무 말도 하지 않았다. 어차피 오늘이 지나면 영영 듣지 않을 말이었다.

그녀가 전처럼 울음을 터뜨리거나 화를 내지 않자 이즈카엘이 다시금 그녀의 팔을 붙잡아 흔들었다. 이유 모를 불안감이 스멀스멀 그를 잠식했다.

"이제 부정도 하지 않는군."

"……."

"좋아. 지금은 이쯤 하지. 연회가 끝나지 않았으니 말이야."

오랜 대치 끝에 결국 먼저 물러난 건 이즈카엘이었다. 그도 알았다. 아내를 대하는 자신의 태도가 얼마나 억지스러운지.

그가 조금 진정된 목소리로, 그러나 여전히 강압적으로 아내에게 명했다.

"얼굴은 이쯤 보였으면 됐어. 당신은 방으로 돌아가."

사실 아내의 태도보다 더 그의 신경을 긁는 건 아내를 보는 홀 안 사내들의 시선이었다. 이즈카엘은 그게 미치도록 거슬렸다. 왜 연회에 참석하라 했을까 후회할 정도로. 그가 의아한 얼굴의 아내에게 이어 말했다.

"내 생각이 짧았어. 당신이 미겔을 축복해 줄 리 없는데 말이야. 분위기 망치지 말고 먼저 올라가 있어. 자정쯤에는 갈 테니 기다리고."

잘못을 인지했음에도 끝까지 말은 곱게 나가지 않았다. 그가 냉랭한 시선과 지독한 말로 애써 자괴감을 숨겼다.

서러울 법도 하건만 헤레이스의 푸른 눈에는 슬픔 대신 애틋한 감정이 일렁였다. 그녀가 이즈카엘의 뺨으로 손을 가져갔다. 흰 손이 천천히 그의 얼굴을 쓸었다.

"……피곤해요. 자고 싶어요."

아내가 먼저 손을 내밀자 솟구쳤던 감정이 천천히 가라앉았다. 이즈카엘이 당황한 기색을 애써 가린 채 아내의 손을 거칠게 뗐다. 탁 내쳐진 손에 헤레이스가 제 손등을 쓸다 두 손을 마주 잡았다.

막상 손이 떨어지자 아쉬움에 목이 말랐다. 이즈카엘이 속으로 스스로를 욕하며 한숨을 쉬었다. 그가 한층 누그러진 목소리로 읊조렸다.

"……알았어. 먼저 자고 있어."

* * *

침대에 누운 뒤 자고 싶다 이르자 하녀가 물러갔다. 헤레이스는 하녀의 발걸음 소리가 사라지길 기다렸다가 슬그머니 몸을 일으켰다. 방에서 연회가 열리는 홀까지 꽤 거리가 있었지만 소음은 창문을 넘어 제법 크게 들려왔다.

똑똑.

헤레이스가 화장대 옆 벽을 두드렸다. 그러나 돌아오는 건 없었다. 긴장된 얼굴로 잠시 벽에 귀를 댄 그녀가 심호흡했다.

똑똑.

조금 전보다 큰 소리가 방에 울렸다. 곧이어 똑똑똑, 벽을 세 번 두드리는 소리가 건너편 방에서 들렸다.

답을 들은 헤레이스가 조심스레 방문을 열었다. 연회 탓인지 복도는 인기척 하나 없이 조용했다. 그녀가 사방을 두리번거리며 살피다 옆방으로 향했다.

"아가씨!"

"쉿!"

문이 열리자마자 헤레이스가 방으로 들어갔다. 곧장 요람으로 가 에르젠을 안아 든 그녀가 안나에게 물었다.

"유모는?"

"잠들었어요."

안나가 빈 병을 흔들어 보였다. 그제야 요람 너머 침대에 중년의 여인이 누워 있는 게 보였다. 헤레이스가 품 안의 아들을 걱정스레 봤다.

"걱정 마세요. 황자 황녀님들한테도 간혹 쓰는 약이라 했어요. 아주 조금 드셨으니 별문제 없을 거예요."

"하지만 에르젠은 몸이……."

"그보다 빨리 옷을 갈아입으셔야 해요. 생각보다 일찍 올라오시긴 했지만 시간은 넉넉할수록 좋으니까요."

헤레이스가 잠든 아들을 도닥이며 고개를 끄덕였다. 안나가 침대 밑으로 팔을 뻗더니 웬 보따리 하나를 꺼내 풀었다. 그러자 옷가지 두어 개와 주머니가 떨어졌다. 헤레이스가 잠든 에르젠을 요람에 조심스레 내려놓은 채 갈색의 수수한 드레스를 집어 들었다.

'……알았어. 먼저 자고 있어.'

남편의 마지막 말이 생각났다. 분명 연회가 끝나면 잠든 그녀를 찾아 침실로 돌아오겠지. 제법 오래전 마음을 먹었는데도 왈칵 눈물이 났다. 하지만…….

헤레이스가 소매로 눈가를 문질렀다. 드레스를 갈아입고 다시 아들을 안아 올린 그녀가 창문 너머 아우뉴 호수를 바라봤다.

이제 정말 이 성을 나갈 시간이었다.

* * *

왁자지껄한 연회장 바로 아래를 지날 때는 심장이 덜컥했으나 다행히 제법 자란 관목들은 세 사람을 가려 주기에 충분했다. 경비로 있는 기사들조차 홀 근처를 지키는 것인지 정원에는 몇 없었다. 생각보다 쉽게 정원을 통과한 헤레이스 일행이 긴장으로 들이쉬었던 숨을 내쉬며 마구간으로 들어섰다.

"봐 두신 말이 있으세요?"

안나가 말들 사이를 자연스레 지나는 헤레이스에게 물었다. 거리낌 없이 말을 살피는 헤레이스와 달리 그녀는 말이 익숙지 않은 듯 불안한 얼굴이었다. 말들이 앞발로 바닥을 긁고 푸르르 거칠게 콧김을 뿜을 때마다 안나가 겁을 먹고 몸을 움츠렸다.

"아가씨 차라리 걸어가는 게…… 이러다 이 녀석들이 소리라도 내면 마구간 지기 톰이 나타날 거예요."

"위험하기는 하지만 말을 타지 않는다면 금세 붙잡힐 거야. 선택의 여지가 없어."

헤레이스는 승마라는 여인으로서는 제법 독특한 특기를 하나 가지고 있었다. 연약해 보이는 그녀가 말을 탄다 하면 모두가 놀랐다. 하나 헤레이스에게 승마란 익숙한 것이었다. 그녀는 꽤 어릴 적부터 율리스의 지시 아래 샤를과 함께 승마를 배웠다. 한때는 시도 때도 없이 말을 타고 달렸으니 그녀가 말을 두려워하지 않는 것은 어찌 보면 당연한 일이었다.

"오랜만이라 괜찮을지 모르겠어."

마침내 마구간 구석, 어느 한 말 앞에 당도한 헤레이스가 준비한 고삐를 걸며 부드러운 갈기를 쓰다듬었다. 연한 회색의 말은 순한 듯 소리 한번 내지 않고 헤레이스의 손길을 받아들였다. 그러나 안나가 보기에 헤레이스가 고른 말은 영 탐탁잖았다.

"더 튼튼한 아이로 타고 가요. 이 말은 보기에도 영……."

말은 척 보기에도 나이 들어 보였다. 다른 말처럼 털에 윤기가 나지도, 근육이 뚜렷하지도 않았다. 예전의 아름다운 모습이 조금 남아 있기는 했지만 왜 구석 자리에 대강 묶여 있었는지 이해가 갈 정도였다. 말 도둑이 들이치더라도 마지막에 훔쳐 갈 말. 헤레이스가 고른 말은 늙은 암말이었다.

"아니. 이 아이여야만 해."

"예?"

"……나이가 많지만 영리한 아이야. 어차피 우리는 얼마 달리지 않을 거라 이 아이로도 충분해. 그렇지, 브륀튈트?"

브륀튈트가 이름인지 말이 작게 콧김을 뿜었다. 헤레이스가 말을 끌어내 익숙히 이끌었다. 다각다각 발굽 소리도 거의 내지 않는 말은 오랜만에 나온 모양인지 꽤나 경쾌하게 걸었다.

"나가는 문은?"

"지금 시간에는 정원 뒤쪽 서문에 아무도 없을 거예요."

안나가 길을 안내하며 조금 풀 죽은 목소리로 말했다. 기사와 병사들의 보초 시간을 알아내기 위해 그녀는 폴을 이용했다. 몰래 만나자며 폴을 꼬드긴 후 그를 통해 원하는 정보를 얻어 낸 그녀는 약간의 죄책감에 시달리고 있었다.

"좀 돌아가긴 하지만 그쪽은 개울이 여러 개 있어서 흔적을 지우기 좋겠구나. 그보다 에르젠은 괜찮은 거지?"

"걱정 마세요. 도련님은 주무시고 계세요."

걸음을 서두르자 금세 문이 나왔다. 헤레이스는 말 위에 올라 안나가 말에 타는 걸 도운 후 뒤를 돌아봤다. 성안 홀이 있는 곳에서 즐거운 음악 소리와 웃음소리가 들렸다.

두어 번 눈을 깜빡인 그녀가 말고삐를 당겨 잡았다. 곧 말이 땅을 박차고 달리기 시작했다.

* * *

문득 불길함이 몸을 감쌌다. 이즈카엘은 자리에 앉아 술에 취한 이들을 구경하다 손짓으로 하인을 불렀다. 뒤에서 대기하던 하인이 주인의 부름에 빠르게 다가와 고개를 숙였다.

"……하녀를 시켜 아내가 잠들었는지 확인하게 해."

심상찮은 주인의 목소리에 하인이 급히 움직였다. 그가 홀 밖으로 사라지는 하인에게 시선을 던지던 와중 옆에서 낮은 웃음소리가 들렸다.

"뭐가 그리 우습지?"

샬럿에게도 들릴 법했지만 그녀는 앞을 보며 인형처럼 미소만 짓고 있었다. 아까처럼 수다스럽지도, 여기저기 자랑을 하는 것도 아니었기에 손님들 중 몇몇이 이상하다는 얼굴로 샬럿을 봤다. 그러나 정부를 아낀다는 공작이 바로 곁에 있었기에 누구도 나서서 샬럿에게 말을 걸지는 않았다.

「……그냥. 우습잖아. 나한테 백일을 맞이했다 축하해 주는 꼴이.」

이즈카엘이 목소리를 무시했다. 대신 그는 가는 목에 걸린 목걸이를 신경질 가득한 눈으로 쳐다봤다. 아내에게 선물한 목걸이가 떡하니 다른 여자 목에 있는 꼴을 보니 조마조마한 마음이 더 뒤틀렸다.

'무엇을 하느라 이리 늦어.'

하인을 보낸 지 몇 분 되지도 않았건만 이즈카엘은 초조함에 입술을 내리 물었다. 기다리는 일분일초가 편치 않았다.

아니, 기다릴 필요 있나? 어차피 관심도 없는 연회 따위…….
결국 이즈카엘이 불안감을 이기지 못하고 몸을 일으켰다.

「어디 가?」

그가 자리를 박차고 일어서자 목소리가 물었다. 홀에 있는 이들 중 아직 정신이 멀끔한 이들도 그를 보며 입을 다물고 예의 차릴 준비를 했다.

하지만 이즈카엘은 목소리에게 대꾸를 하지도, 그 누구에게 시선을 주지도 않았다. 그가 하인이 나선 길을 따라 빠르게 걸음을 옮기니 취객 몇이 비틀거리면서도 허리를 숙였다.

이즈카엘이 홀 밖으로 순식간에 사라졌다. 어미의 품에 안긴 아이가 똘망똘망한 눈으로 아비의 뒤를 바라보다 옹알이를 했다. 아무도 듣지 못한 말이 사내의 등 뒤에 따라붙었다.

「……가도 소용없을 텐데.」

* * *

밤의 호수는 어두컴컴한 것이 앞을 헤아리기 어려웠다. 아우뉴 호수에서 평생을 산 이 노어부가 아니라면 감히 이 저녁에 조각배를 띄울 생각도 못 했으리라.

"말을 그렇게 두셔도 될까요? 혹여나 기사들이 발견하면 금세 추적할 텐데."

안나는 시커먼 물을 바라보다 두려움에 고개를 들고 헤레이스에게 물었다. 그녀의 바로 앞에 앉아 에르젠을 어르고 있던 헤레이스는 괜찮다는 듯 천천히 고개를 끄덕였다.

"걱정 마. 브륀튈트는 똑똑해. 아마 지금쯤이면 성에 도착했겠지."

"예?"

호수 어귀에 두고 왔는데 말이 어떻게 성으로 돌아간단 말인가. 안나가 호기심 가득한 얼굴을 했지만 헤레이스는 답해 주지 않았다. 배에 탄 후 얼마 되지 않아 잠에서 깨어난 아들을 달래느라 그녀는 정신이 없었다.

"에르젠, 그래. 우리 아들. 엄마야."

오랜만에 아들의 눈을 보자 눈물이 핑 돌 것 같았다. 쉴 새 없이 아들에게 말을 거는 헤레이스를 안쓰럽게 보던 어부가 한마디 했다.

"거참…… 얼마나 떨어져 있었으면 그리 애틋하게 구는가. 남편이 애를 앗아 가기라도 했소?"

어부의 말에 헤레이스가 놀란 얼굴을 했다. 그녀가 가까스로 표정을 추스른 채 작게 고개를 저었다.

"그런 거 아니에요."

"아니긴 무슨. 옷을 그리 차려입고 있어도 내 눈은 못 속인다오, 부인. 기사님의 아내가 아니요?"

이즈카엘은 공작이기 이전에 기사였으니 맞는 말이었다. 이번에는 안나가 놀란 눈으로 어부를 바라봤다.

헤레이스에게 입힌 옷은 누가 보더라도 평민의 것이었다. 적절히 잘 변장했다 생각했는데 이런 늙은이의 눈조차 속이지 못하다니. 안나가 입을 딱 벌리자 어부가 껄껄 웃었다.

"거보시오. 내 눈은 정확하다니까. 하여간 기사라고 나불거리는 것들이 더 문제야. 이 촌부보다도 아내를 아낄 줄 몰라."

"그런 게 아니라……."

"하기야 부인 얼굴을 보니 알 만하구려. 아이를 그리 껴안고 있는 걸 보면 기사님의 병이 아주 심했나 보오. 아이도 못 보게 했나?"

노어부가 말한 병이란 속된 말로 의처증을 가리키는 것이리라. 민망해진 헤레이스가 고개를 숙였다. 어부 또한 더 이상 헤레이스에게 눈길을 주지 않은 채 노를 저었다. 그가 아득한 눈으로 중얼거렸다.

"……그래도 적당한 시일이 되면 집으로 돌아가시오. 세상 사람들 인심이 아무리 나쁘지 않다지만 여인 두 사람과 갓난애 하나만으로는 세상 살기가 어렵거든."

* * *

연회는 한순간에 파투가 났다. 손님들은 쫓겨나다시피 돌아가거나 숙소로 몰렸으며, 기사들과 병사를 비롯해 사용인들은 쉴 새 없이 움직여야 했다.

에드가는 이즈카엘의 앞에 한쪽 무릎을 꿇고 있었다. 땀에 절어 있는 그는 강인한 체력의 기사임에도 불구하고 거칠게 숨을 내뱉었다.

"부인께서 타고 가신 것으로 추정되는 말을 찾았습니다."

아내의 흔적을 찾았다는 말에 누구 하나 죽일 것 같던 흉포한 기세가 정돈되어 날카로워졌다. 이즈카엘이 꼭 몇 년 동안 잡지 못한 적의 수괴를 쫓을 때와 같은 얼굴로 물었다.

"어디 있었나."

"그것이……."

주군이 원한 답이 아님을 알았기에 에드가가 그답지 않게 머뭇거

렸다. 그 뒤에서 함께 무릎을 꿇고 있던 이들도 고개를 떨궜다. 이
즈카엘이 인상을 구기며 발을 구르자 에드가가 겨우 입을 열었다.

"마구간 앞에……."

"하!"

와장창 소리와 함께 무언가 날아가 문에 부딪쳐 깨졌다. 아마
홀 안에 있던 잔 중 하나였겠지. 에드가가 긴장에 주먹을 세게
쥐고 침을 삼켰다. 무어라도 설명해야 했다. 아니면 당장 뒤에 있
는 부하들의 목숨이 위험했다.

"말이 다시 돌아온 듯싶었습니다. 발굽과 털 사이에는 성에서
볼 수 없는 풀들이 묻어 있었습니다. 게다가 발굽에 붙은 흙이
진 것을 보면 물가를 건넜거나 물 가까이의 땅을 밟은 것으로 추
정됩니다."

"……."

"빨리 찾겠습니다. 말까지 돌아온 이상 멀리 가시지는 못했을
겁니다."

이즈카엘은 아무 말 없이 에드가를 내려다보다 자리에서 천천
히 일어섰다. 탁자 위 검을 집어 든 그가 핏줄이 터져 벌겋게 변
한 눈을 한 채 물었다.

"……말은 어디 있나?"

에드가가 미처 답을 하기도 전이었다. 이즈카엘은 답을 들을
필요가 없다는 듯 권좌를 박차고 내려와 성큼성큼 걸음을 옮겼
다. 에드가를 위시한 기사들 또한 주군의 걸음을 뒤따랐다.

이즈카엘은 금세 마구간에 도착했다. 그가 손짓하자 눈치 빠른

기사가 얼른 말을 내왔다. 늙은 암말이 기사의 손길에 순순히 걸어 나오다 이즈카엘을 보고는 걸음을 멈추었다.

아…… 헤레이스. 말을 본 순간 이즈카엘은 알았다. 이 도망은 즉흥적인 것이 아니었다. 아내는 진즉 도망을 계획하고 있었다.

'브륀튈트.'

그녀가 타고 나갔던 말은 보통 말이 아니었다. 브륀튈트. 율리스 황녀의 아들이자 그의 이복동생인 샤를이 열다섯 되던 해 황제로부터 선물받은 이 말은 빠른 데다 대단히 영리했다. 꼭 전서구처럼 집을 찾아올 줄 알았으니.

샤를은 헤레이스를 이 말에 자주 태웠다. 그리고 그녀가 성년이 되던 해 신뢰의 증표로 이 말을 선물하려 했다. 하지만 헤레이스가 브륀튈트를 선물받기 직전, 율리스 황녀의 반란 가담 사실이 밝혀지고 디본이 몰락하며 말은 여전히 세르펜스 성에 머무르게 됐다.

이즈카엘로서는 이 말이 탐탁지 않았지만 헤레이스는 그와 결혼한 후 홀로 말을 탄 적도, 이 말을 찾은 일도 없었기에 그는 말의 존재에 대해 잊고 있었다.

이즈카엘이 이를 악물고 말 가까이로 다가갔다. 영리한 브륀튈트가 저를 향하는 살기를 눈치채고 어떻게든 기사의 손에서 벗어나려 했다.

"어…… 어?"

갑작스레 말이 발버둥을 치는 덕에 기사가 그만 고삐를 놓쳤다. 브륀튈트가 도망치려 재빨리 땅을 박찼다. 그러나 이즈카엘의 검이 한발 더 빨랐다. 그가 일말의 망설임도 없이 말의 목을 향해 검을 내리그었다.

히이잉!

한밤중 짐승의 단말마가 울렸다. 단번에 머리가 떨어진 말이 몸을 쓰러뜨리며 사방으로 피를 뿜었다. 이즈카엘이 뜨거운 피를 맞으며 검을 바닥으로 내동댕이쳤다.

챙!

동족이 죽어 가는 소리에 마구간에 있던 다른 말들이 숨을 죽인 채 귀를 바짝 세웠다. 이즈카엘의 곁에 있던 이들도 마찬가지였다. 기사건 사용인이건 할 것 없이 모두 몸을 굳힌 채 피범벅이 된 주군을 바라봤다.

"……어떻게든 끌고 와. 끌고 오지 못한다면 이처럼 목숨으로 죄를 묻겠다."

머리가 사라진 말은 바닥에 꼬꾸라져 꿈틀거리고 있었다. 이즈카엘의 추상같은 명에 에드가를 비롯한 기사들이 고개를 깊이 숙인 후 다시 급히 움직이기 시작했다.

달조차 없는 밤이었다. 별빛마저 가리는 희뿌연 구름 아래 이즈카엘이 제 얼굴에 묻은 피를 아무렇게나 닦았다. 그새 식은 피는 비릿한 냄새와 짙은 색을 자랑할 뿐, 바닥에서 식어 가는 몸뚱이처럼 차가웠다.

"헤레이스……."

아내의 이름을 부르는 목소리가 광기로 가득 찼다.

4장. 바라는 것

영원의 메데아.

내가 증오하는, 그리고 사랑하는 나만의 마녀야. 네 배신으로 심장을 걸고 영혼을 묶어 완성한 우리의 계약은 한순간에 산산조각이 나 버렸다.

나와의 신뢰를 저버린 대가는 클 것이다. 위대한 로디바의 대마녀가 내린 자비도, 불사를 넘볼 만한 용의 마력도 네 피를 지키지는 못하리.

네 피가 조금이라도 섞여 있는 자는 영원히 내 숨결과 함께함에 은혜를 입고 그 속부터 썩어 문드러질 것이다. 그때 등 돌렸던 네가 그랬던 것처럼.

긴 회랑을 따라 걸어오는 여인은 멀리서도 그 미색을 짐작할 수 있었다. 하얀 대리석과 대조되는 검은 머리. 모든 걸 밝게 보는 맑은 푸른 눈……

"아……"

저를 보자마자 어쩔 줄 몰라 하는 얼굴이 미웠다. 당신은 알까? 내가 이리로 오는 당신을 쫓아 정원을 가로질러 일부러 여기에 서 있다는 것을.

이즈카엘은 불쑥 튀어나오려는 섭섭함을 간신히 숨겼다.

"오랜만이에요, 경."

차라리 못 본 척 지나가지. 부러 마주침을 가장했지만 막상 그녀가 먼저 인사를 하니 상반된 바람이 나왔다. 양가적인 마음에 자조한 그가 괜스레 얼굴을 굳히며 헤레이스의 인사에 차갑게 대꾸했다.

"……언제부터 말도 높이시고 마주침도 피하시더니 이제 이름도 불러 주지 않으십니다."

이즈카엘의 말에 헤레이스의 얼굴에 당황이 서렸다. 하지만 그녀로서도 어쩔 수 없었다. 전처럼 그를 이름으로 친근히 부르는 건 조심스러웠다. 황궁 안팎 사교계에서는 두 사람에 대한 소문이 한창이었으니까.

'평민 기사와 세르펜스 소공작의 약혼녀가 몰래 만난답니다.'

'디본의 헤레이스가 약혼자를 두고 얼굴 잘난 기사와……'

'두 사람이 저번 연회 때 함께 나가는 걸 라니아 영애가 봤대

요. 몰래 움직였다지만 사방에 사람들 눈이 있는데…… 숨겨질
리 없지요.'

헤레이스가 무슨 말을 꺼내야 할지 몰라 입술을 달싹이자 이즈
카엘이 한 발 더 앞으로 다가왔다. 한참 큰 키를 가진 사내가 찍
어 내리듯 위압적으로 그녀를 내려다봤다.

"저……."

"……사죄드리려 합니다."

마른침을 삼킨 그녀가 변명하려던 차였다. 이즈카엘이 먼저 그
녀에게 사죄했다. 그는 직전까지 섭섭함을 표하던 사내가 아니던
가. 헤레이스가 의아한 눈으로 그를 올려다봤다.

"저 때문에 많이 곤란하시다고…… 소문을 낸 자를 색출하겠
습니다."

이즈카엘은 그녀와 시선을 똑바로 마주하지 않았다. 흔한 갈색
눈이 바라보고 있는 곳은 그녀의 손 언저리였다. 괜스레 미안해
진 헤레이스가 먼저 그의 손을 잡았다. 생각해 보니 그로서는 당
연했다. 갑자기 호칭을 바꿨으니 서운할 만했겠지. 그녀가 부드
러이 미소 지었다.

"아니에요. 신경 쓰지 마세요. 사정을 모르는 이들이 떠드는
것뿐인걸요. 오히려 제가 죄송해요. 그때 와인을 좀 자제했어야
했는데……."

약으로 변한 눈 색이 이즈카엘의 처지를 알려 줬다. 본래라면
세르펜스 공작과 똑같이 호박색 눈을 빛내고 있었겠지만, 지금
그의 눈은 흔하디흔한, 특징 없는 갈색이었다.

덕분에 세르펜스 공작의 사생아인 이즈카엘의 정체를 북부 세르펜스 성 사람들을 제외한 그 누구도 알지 못했다. 물론 이 사실을 아는 고위 귀족들도 몇 있었지만 황제의 함구령이 워낙 대단했던 터라 입을 함부로 여는 이는 없었다.

"이곳에서만 잠시 호칭을 바꾸도록 할게요. 알다시피 이즈카엘이 세르펜스 공작가의 일원이라는 걸 다른 사람들…… 읍!"

사내가 큰 손으로 갑작스레 그녀의 입을 틀어막더니 기둥 뒤로 그녀를 이끌었다. 사내의 넓은 품에 안기게 된 헤레이스가 눈을 크게 뜨고 깜빡이자 이즈카엘이 낮은 목소리로 귓가에 속삭였다.

"……조심하시는 게 좋습니다. 어디서 듣는 귀가 있을지 몰라서."

회랑 너머 가까운 정원에 몇몇 귀족들이 지나가는 것이 보였다. 이즈카엘은 그들이 사라지고도 한참 동안 팔에 힘을 풀지 않았다. 결국 헤레이스가 먼저 그의 손을 두드렸다.

"죄, 죄송해요. 저는 그냥……."

그의 품에서 나온 헤레이스가 더듬거리며 말했다. 이즈카엘은 머리카락 사이로 드러난 발갛게 물든 귀를 바라보며 입매를 당겼다. 미처 감추지 못한 아쉬움이 밖으로 삐져나왔다. 그가 헤레이스의 입을 막았던 오른손을 몇 번 쥐었다가 폈다.

"소문 때문에 샤를이 기분 나빠하지는 않았습니까."

"……그는 사정을 다 알고 있으니까요."

"……."

"소문에 너무 연연해 마세요. 샤를은 경을 친형으로 생각하고 있어요."

샤를의 이름을 말하는 목소리가 자연스러웠다. 이즈카엘은 제이름을 부를 때와 달리 어색함 없는 목소리에 미간을 살짝 구겼다.

샤를……. 그의 이복동생은 눈앞의 여인과 완벽한 한 쌍이었다. 두 사람은 어릴 적부터 함께 자라며 순탄한 약혼을 이어 오고 있었다. 외관이나 성미나 어느 하나 모난 곳 없이 잘 어울리는 두 사람을 보며 사람들은 세기의 연인이다 칭했다.

차라리 샤를 그 아이가 나쁜 사내였으면 어땠을까. 이즈카엘은 여러모로 완벽한 남동생이 그 자신의 약혼녀를 냉대하는 모습을 그려봤다. 그 애한테 다른 여인이 있었다면…… 그리했다면 당신은 내게 조금 더 관심을 보였을까? 당신을 감싸고 있는 세계가 그리 완벽하지 않았다면 나에게 시선 한 번 더 던져 줬을까?

하나 그의 상상은 결코 이뤄지지 않을 것이었다. 샤를의 눈을 보면 알았다. 이복동생은 이 여인에게 흠뻑 빠지다 못해 잠겨 있었다. 감히 그가 이 추악한 질투를 드러내지도 못 할 만큼.

이즈카엘은 당장에라도 소문 따위 신경 쓰지 않는다고. 아니, 사실 소문이 그리 퍼져 달갑다며 소리치고 싶은 걸 꾹 참았다. 누가 보더라도 이 관계에 있어 이물질은 자신이었다. 그러니 이 마음은 영영 숨겨야 했다.

"공작 부인께서 워낙 완고하셔서 지금이야 이렇지만, 저나 샤를은 나중에라도 경이 성에 돌아와 주셨으면 해요. 어릴 적처럼 다 같이 지내면 즐거울 테니까요."

"……."

"그리 멀지 않았어요. 곧 샤를과 함께하게 되면……."

조금 전 다짐이 무색하게 심장이 쿵 내려앉았다. 이미 알고 있던 사실이었건만 헤레이스에게 직접 들으니 누군가 심장을 움켜쥐고 세게 죄는 것 같았다. 떨어지지 않는 입술을 간신히 뗀 이즈카엘이 떨림을 숨긴 채 말했다.

　"……소식은 들었습니다. 날짜는 언제로 예상하고 계십니까."

　"아직 정확한 날짜가 나오지는 않았어요. 다만 대략 내년 봄쯤 예상하고 있어요."

　무슨 상상을 하는지 헤레이스의 얼굴이 활짝 폈다. 봄의 신부……. 꽃과 같은 그녀와 잘 어울리는 단어였다.

　두 사람은 푸릇한 잔디가 깔린 정원 안에 갖가지 꽃으로 꾸며진 둥근 아치 밑에서 사랑을 맹세하겠지. 반지를 교환하고 키스를 할 것이다. 그리고 베일 뒤 그녀는 영영 샤를의 곁에서…….

　"……축하합니다."

　그 이상은 차마 상상할 수 없었다. 이즈카엘이 어지러운 시야를 무시한 채 축하의 말을 전했다. 빙글빙글 세상이 도는 와중에도 헤레이스의 얼굴은 선명했다. 견디지 못한 그가 목례를 하고 돌아섰다.

　"저…… 경!"

　헤레이스가 뒤에서 그를 불렀다. 뒤돌고 싶지 않은데……. 하지만 몸은 헤레이스의 목소리에 빠르게 반응했다. 그새 다시 등을 돌린 그가 잔잔히 웃고 있는 그녀와 마주했다.

　"초대장을 보낼게요. 꼭 와 주셨으면 해요. 물론 불편하시겠지만 그래도 저나 샤를은 경의 참석을 바라고 있어요."

부드러운 목소리가 전쟁 통 화살보다 빠르고 날카로웠다. 욱신거리는 통증에 이즈카엘이 손을 꽉 쥐었다.

"제가 왜 불편할 거라 생각하십니까?"

"네?"

말이 곱게 나가지 않았다. 당혹스러운 얼굴로 헤레이스가 그를 쳐다보다 고개를 푹 숙였다. 왜 나를 보지 않아? 이즈카엘은 반발자국 그녀에게서 떨어졌다. 가까이 서 있다가는 손으로 헤레이스의 턱을 쥘 것 같았다.

"아…… 그 공, 공작 부인께서 계시니까."

"……."

"불편하시면 오지 않으셔도 괜찮아요. 다시 생각해 보니 제가 과한 걸 부탁드린 거 같아요. 그러니까……."

"……참석하겠습니다."

안절부절못하는 그녀에게 할 말이란 정해져 있었다. 마음에도 없는 말을 뱉자 헤레이스의 표정이 한결 풀렸다. 그녀가 가슴 위로 손을 모으며 허리를 살짝 숙였다.

"감, 감사드려요. 그럼 꼭 초대장을 보내 드릴게요."

"이야기가 끝났으면 먼저 가 보겠습니다. 조심히 들어가십시오."

"아……."

마주 인사한 이즈카엘이 이번에는 붙잡을 틈도 없이 걸음을 옮겼다. 뒤에서 따라붙는 눈길이 기쁘면서도 괴로웠다. 다리가 점차 빠르게 움직였다. 겨우 회랑 모서리를 돈 그는 결국 어느 한적한 단풍나무 밑으로 숨어들었다.

가쁜 숨과 함께 이즈카엘이 손으로 눈을 가렸다. 미끄러지듯 나무 밑에 앉은 그가 쉴 틈 없이 급격히 뛰는 심장 박동을 느끼며 이를 꽉 물었다.

"……제길."

손바닥에 가려 캄캄한 시야만큼이나 제 세상이 어두워진 기분이었다. 어미를 잃었을 때도 이렇지는 않았는데. 울컥 치솟는 감정은 여러 가지를 담고 있었다. 하지만 가장 큰 것은 역시, 상실감이었다.

이즈카엘이 눈을 감았다. 그러자 동시에 웅크리고 있던 무언가 번쩍 눈을 떴다.

사내의 왼 가슴 부근에서 잿빛 실이 빠져나왔다. 연기 같기도, 유기체 같기도 한 그것은 가슴에서 새어 나오기가 무섭게 크기를 더해 갔다. 거미줄 같았던 것이 양모 같은 굵기가 되더니 여러 갈래로 나뉘었다 서로 얽히고설켜 까만 솜뭉치 같은 형상을 띠었다.

뾰족하게 가시를 세운 그것이 사내의 몸 위를 기어오르기 시작했다. 넓은 가슴을 지나고 목을 타고 올라 귓가에 다다른 그것은 반으로 쩍 갈라지더니 날카로운 이를 보였다. 그리고 한입에 삼키기라도 하듯 이즈카엘의 귀를 물었다.

"윽!"

갑작스러운 통증에 이즈카엘이 눈을 가린 손으로 귀를 매만졌다. 고통이 거짓이라는 것을 증명하듯 귀는 멀쩡했다.

'이제 별…….'

허탈한 웃음과 함께 이즈카엘이 손을 스르륵 내렸다. 그러나 순간 이명이 귀 안쪽부터 길게 울리더니 종국에는 더 큰 화를 가져왔다.

"으윽……!"

삐이이.

기이한 이명이 세상 모든 소리를 가렸다. 머리가 깨질 듯한 아픔과 동시에 온몸에 피가 끓듯 열이 올랐다. 이즈카엘이 허리를 숙이고 머리를 감싸 안았다. 핏줄이 서 붉어진 눈동자가 서서히 바뀌더니 약에 가려져 있던 본래의 황금빛을 되찾았다.

어디선가 스산한 바람이 그가 기대앉아 있던 나무를 때렸다. 그러자 나뭇잎이 순식간에 붉게 물들었다. 살랑거리며 나무를 맴돌던 바람이 피 같은 단풍을 하나하나 떼어 내 사내의 곁으로 떨궜다.

「메데아의 아이야…….」

마지막 단풍이 사내의 등 위에 안착하며, 기이한 목소리가 이명 사이를 파고들었다. 아무것도 들리지 않는데, 그 목소리만은 너무도 선명했다.

「……내가 너를 도울 수 있단다.」

목소리가 이즈카엘의 턱밑을 툭툭 쳐올리듯 울렸다. 그가 귀에서 흐르는 피를 닦아 내며 앞을 봤다. 중요해 뵈는 종이 한 장이 팔랑 날아오더니 손가락 끝에 닿았다.

* * *

"비켜."

"하, 하지만……."

간수 옆 구석에 쥐의 사체가 보였다. 이즈카엘은 이 구역질 나는 공간에 헤레이스가 열흘 넘게 있었다는 사실에 분노를 금치 못했다. 저로 인해 이리됐음을 알고 있음에도.

"조금 전 폐하의 허락을 받았다. 그러니 죽기 싫으면 당장 비켜."

그가 검으로 가는 손을 간신히 억누른 채 간수를 윽박질렀다. 아무렇게나 던져진 성지에 그제야 간수가 열쇠를 앞으로 내밀었다. 이즈카엘은 그것을 빼앗다시피 받아 들고 아래로 내려가는 계단으로 걸음을 옮겼다.

"그…… 죄인의 충격이 좀 큽니다. 아무래도 오라비가 얼마 전 눈앞에서 끌려간 터라……."

따라온 간수가 눈치를 살피며 그에게 말하자 이즈카엘이 얼굴을 와락 구겼다. 오라비가 끌려갈 때 그녀가 지었을 표정이 생생히 그려졌다.

'좀 더 빨리 움직였어야 했는데.'

헤레이스의 오라비 크리스에 대한 처분은 이미 알고 있는 일이었다. 그에게 내려질 사형을 추방형으로 만든 것이 그 자신이었으니.

'헤레이스 곁에서 떨어지십시오. 이제는 성인이 된 아이입니다.'

크리스를 살려 줬다 해서 이즈카엘이 그에게 호감을 느낀 건 아니었다. 크리스는 그의 여동생과 이즈카엘을 어떻게든 떨어뜨려 놓으려 했으며, 이즈카엘은 그런 그를 싫어했다.

하지만 헤레이스에게 그는 하나뿐인 오라비이자 진정으로 아끼는 가족이었다. 그는 헤레이스를 기괴한 이유로 학대했던 디본 후작과, 일찍 죽은 후작 부인을 대신해 그녀에게 부모와 같은 정을 준 인물이었다.

"……혹 그녀에게 손을 댔나?"

이즈카엘이 긴 복도를 걸으며 스산하게 묻자 간수가 거세게 고개를 내저었다. 여신에게 맹세하건대 적어도 그는 헤레이스를 털끝 하나 건드리지 않았다.

"아, 아닙니다요. 사내도 아니고 여인 아닙니까. 아무리 이곳이 죄인들에게 각박하다지만 귀족이었던 계집…… 아니, 아가씨를 함부로 할 수야 없지요."

사실 죄인으로 떨어진 여인을 간수들이 건드리는 일은 흔했다. 특히 반역죄처럼 돌이킬 수 없는 죄로 들어온 죄인일 경우 특별한 명이 없다면 사형을 당하거나 노예가 되는 것이 일반적이었기에 더더욱 간수들에게 험한 일을 당할 가능성이 컸다.

그러나 헤레이스 같은 경우에는 눈앞의 새로운 공작뿐 아니라 더 높으신 분이 손 하나 대지 말라 명령한 죄수였다. 간이 배 밖으로 나오지 않는 이상 그녀를 건드릴 이는 아무도 없었다.

"그 말이 사실이어야 할 것이다. 아니면 널 비롯해 여기 있는 모두의 숨을 끊어 놓을 테니까."

간수가 고개를 끄덕이기도 전이었다. 목적지에 도달한 이즈카엘이 재빨리 뛰어간다 싶더니 곧이어 어두컴컴한 복도에 철컥, 하고 열쇠 돌아가는 소리가 들렸다. 쇠 긁는 소리와 함께 단단한 철문이 열렸다.

끼이익.

이즈카엘은 문이 열리기가 무섭게 안으로 뛰어 들어갔다. 그리고 그는 보고 말았다. 해진 죄수복에 멍한 눈을 한 채 차가운 돌벽에 기대앉은 여인을.

당장에라도 부서질 듯 가는 발목에 감긴 족쇄와, 곧 쓰러질 것처럼 피폐해진 모습이 그가 알던 헤레이스와 달랐다. 빛바래지 않을 특유의 아름다움은 여전했지만 망연한 표정은 그녀를 꼭 말라비틀어진 화초처럼 보이게 했다.

'내가 이렇게…….'

이즈카엘은 불과 2주 전까지만 해도 결혼식에 쓸 베일을 고르며 환하게 웃고 있던 그녀를 기억했다. 그날 헤레이스의 표정은 지금과 반대로 눈이 부실 정도로 생기가 넘쳤다.

그는 이런 상황을 초래한 스스로를 원망했다. 하지만 이미 일어난 일……. 괴롭긴 했으나 그의 마음에 후회는 없었다. 이즈카엘이 헤레이스에게 조심스레 다가가 그녀의 이름을 불렀다.

"헤레이스."

헤레이스는 바로 앞까지 다가온 이즈카엘을 천천히 올려다봤다. 그녀가 움직이자 발목에 감겨 있는 족쇄가 절그럭 소리를 냈다.

"……나는 언제 죽는 건가요?"

이미 모든 것을 포기한 이의 목소리였다. 이즈카엘이 이를 악물었다. 이런 걸 보고 싶은 게 아니었다. 그녀를 힘들게 할 생각은 추호도 없었다. 자신은 다만…….

속으로 변명하려던 이즈카엘은 욕지거리를 하며 말을 내리눌렀다. 무슨 말을 한들 자신이 벌인 일이었다. 그렇다면 책임을 져야지.

헤레이스에게 미움받을 것을 생각하니 마음이 짓눌리듯 무거워졌다. 그가 마른침을 삼킨 채 한쪽 무릎을 꿇어 헤레이스와 마주 봤다. 흐려진 푸른 눈에는 절망이 가득했다.

"……나는 언제 죽나요? 오라버니가 끌려갔어요. 그렇다면 다음은 분명 나겠지요?"

헤레이스가 다시 물었다. 차라리 욕이라도 하면 좋으련만. 그녀도 어느 정도는 알 터였다. 이번 반역의 밀고자가 자신이라는 것을.

이즈카엘이 헤레이스의 무릎 뒤에 손을 넣었다. 그가 쉽게 그녀를 들어 올린 채 나지막이 말했다.

"그대는 죽지 못합니다."

성인이 된 후 그녀에게 이리 가까이 닿은 것은 처음이었다. 가벼운 몸이 제 품 안에 있다고 생각하니 벅찬 감동이 차올랐다. 그래. 이것을 위해 자신은 그녀에게 상처를 입혔다. 다른 이도 아닌 그녀에게.

헤레이스는 그에게 갑자기 안겼음에도 별달리 반항하지 않았다. 줄이 끊어진 인형처럼 몸을 축 늘어뜨린 그녀는 그저 멍한 눈으로 그의 얼굴을 더듬을 뿐이었다.

이즈카엘은 헤레이스에게서 눈을 떼지 않은 채 감옥을 벗어났다. 감옥을 지키고 있던 간수들이 얼어붙어 있는 와중에도 두 사람을 곁눈질하는 것이 보였지만 상관없었다.

그가 고개 숙여 혜레이스에게 단단히 속삭였다.

"혜레이스……."

"……."

"살아. 살기만 해. 나머지는 모두 내가 감당할 테니."

이즈카엘은 그에게서 시선을 거두지 못하는 혜레이스를 더욱 세게 안아 든 채 지하를 벗어났다. 오랜만에 보는 햇빛에 눈이 부실 법도 했건만 그가 만든 그림자에 혜레이스는 적당한 볕만 받았다.

두 달 뒤, 이즈카엘은 혜레이스와 함께 세르펜스 성에 도착했다. 하얀 드레스를 차려입고 화려하게 치장한 그녀를 보며 하녀들이 찬탄했다. 하나 그의 새신부가 될 혜레이스의 눈에서는 눈물만 흐를 뿐이었다.

* * *

혜레이스는 이즈카엘과 결혼한 후 그에게 한마디도 하지 않았다. 그의 청혼을 아무 말 없이 받아들인 이치고는 기이할 정도로 벽을 치는 모습에 세르펜스 성내에는 그녀를 못마땅해하는 이들이 늘어 갔다.

그러나 성안 자신의 방에 틀어박힌 혜레이스는 모든 말들이 자신과 상관없다는 듯 온종일 자수를 놓는 일과만 반복했다. 이즈카엘은 그게 혜레이스가 자신에게 보이는 최소한의 복수라는 것을 알아차렸다.

'나 같으면 감사하다 넙죽 엎드려 살 거 같은데…… 귀족 출신이라 그런지 뻣뻣한 것 좀 보세요.'

'그러니까요. 원래라면 노예로 갈 것을 떡하니 공작 부인 자리를 차지한 주제에…….'

'그래도 샤를 도련님은 안 되셨어요. 누가 알았나. 폐하와 동복 남매이신 공작 부인께서 반역에 가담하실지.'

'목숨이라도 부지한 게 어디예요. 밖에서는 공작님이 반역을 밀고해 어미를 가두고 남동생을 쫓아냈다 수군거리는 모양이지만 사실 우리는 알잖아요. 공작 부인…… 아니, 이제 죄인이지. 죄인이 전에 한 행동들을 보면 공작님이 황제 폐하께서 사형을 내리지 않았다며 원망하지 않는 것만 해도 놀라운 일이지요.'

반역.

그 단어의 힘은 대단했다. 샤를 모자와 헤레이스에게 더없이 친절했던 이들이 순식간에 차갑게 등을 돌렸으니.

하지만 당연한 이치기도 했다. 저 단어와 얽히는 순간 제 모가지는 물론이요, 가족들의 목숨도 장담할 수 없었으니 말이다. 게다가 반역죄가 드러난 지 고작 몇 달이었다. 속 깊이 동정을 품고 있는 이들도 아직도 죄인이 끌려 나오는 시기에 감히 헤레이스를 두둔하거나 동정하진 못했다.

'반역'이라는 단어가 주는 무게에도 개의치 않는 이는 이즈카엘뿐이었다. 그는 사용인들의 입을 단속하며 헤레이스의 심기만을 살폈다. 그가 어찌나 지극정성으로 헤레이스를 돌보는지 몇몇은 지금껏 그 마음을 숨긴 것이 용하다며 혀를 찼다.

'디본 후…… 아니, 당신 아버지를 묻어 주고 왔어. 묘비를 보고 싶다면 언제든 말해.'

'……'

'그리고 당신 오라비 말이야. 잘 지내고 있다 하니 너무 걱정은 마. 사람을 보내 가끔 소식을 알려 줄게. 폐하의 분노가 가라앉으면 제국 내에서는 힘들겠지만 밖에서는 그를 만날 수도 있을 거야. 그러니까……'

헤레이스는 아비인 후작의 죽음에는 이상하리만치 무덤덤했다. 애초 그런 사람은 없었다는 듯. 하지만 오라비인 크리스나 샤를, 율리스 황녀의 이름이 언급될 때면 평소보다 배는 차가워진 얼굴로 이즈카엘을 노려봤다.

물론 이즈카엘은 그녀가 어떤 얼굴을 하든 단 한 번도 불쾌한 기색을 보이지 않았다. 그는 항상 낮은 자세로 아내를 대했다. 꼭 죄를 지은 사람이 그인 것처럼.

"헤레이……"

지금도 마찬가지였다. 헤레이스의 방에 조심스레 들어온 이즈카엘은 그녀를 부르려다 그만뒀다. 창가에 앉은 헤레이스는 무언가에 푹 빠져 그가 들어온 것도 모른 채 집중하고 있었다.

작은 손이 올라갔다 내려갔다. 이즈카엘은 헤레이스가 자수를 두고 있음을 눈치채고는 조용히 그녀의 뒤에 서서 구경했다. 뾰족한 바늘이 천에 푹 꽂혔다 다시 나오는 광경은 정적이었지만 그럼에도 특유의 재미가 있었다.

헤레이스의 자수 솜씨는 그녀가 어릴 적부터 칭찬이 자자했을 정도로 훌륭했다. 그녀는 칭찬받는 것만큼 제법 자수를 즐겼기에 헤레이스와 가까운 이들은 한 번쯤 그녀에게 자수가 놓인 자잘한 물건을 선물받았다.

이즈카엘 또한 그녀에게 딱 한 번 예쁜 파랑새가 새겨진 손수건을 선물받은 적이 있었다. 하지만 아들의 약혼녀인 헤레이스가 이즈카엘에게 손수건을 선물한 사실을 알게 된 율리스 황녀는 분노했고, 손수건 위에서 날개를 펼치던 파랑새는 황녀의 손에서 갈가리 찢겨 태워졌다. 그 이후 이즈카엘은 헤레이스가 파랑새를 누군가에게 선물했다는 것을 듣지도, 보지도 못했다.

'파랑새…….'

하지만 어쩐 일인지 그녀는 파랑새를 수놓고 있었다. 거의 완성된 새의 모습에 이즈카엘은 눈을 떼지 못했다.

어릴 적보다 더 정교해진 솜씨는 파랑새를 당장에라도 날려 보낼 듯 생동감 있게 그려 냈다. 그러나 헤레이스는 무언가 골똘히 생각하는 듯싶더니 이내 가위를 집어 들었다.

찌익.

듣기 싫은 소리와 함께 자수에 가위가 박혔다. 이즈카엘의 얼굴이 굳어졌다. 헤레이스는 화풀이하듯 몇 번 더 천을 찢어발기다 바닥에 자수틀을 던지듯 놓았다. 그리고 보일 듯 말 듯 고개를 뒤로 조금 돌렸다.

"……나는 당신이 미워요."

세르펜스 성에 온 뒤 헤레이스가 처음으로 이즈카엘에게 말을 걸었다. 착 가라앉은 목소리였지만 그 속에 담긴 원망은 선명했다.

"반, 반역은 분명 큰 죄지만…… 그래도……."

"……."

"그렇다 해도 크리스를, 내 불쌍한 오빠를 그렇게 만든 건 당신이잖아. 샤, 샤를을……, 공작 부인을 그렇게 한 것도……."

울음이 섞여 들기 시작한 목소리에는 물기가 가득했다. 이즈카엘은 헤레이스의 말을 가만히 듣고만 있었다. 하지만 그녀가 샤를의 이름을 올렸을 때, 그의 금안은 일순이지만 위험한 빛을 띠었다. 손등을 비롯해 팔에 두드러진 핏줄이 툭툭 불거졌다.

"공작 부인은 몰라도 샤를은 당신한테 잘해 줬잖아요. 나도……."

"……."

"……당신이 미워요. 하지만 역시 제일 미운 건 나야."

"……."

"당신을 구원자로 둔 내가 제일 미워. 싫어! 이렇게 목숨을 부지하는 내가 제일 밉단 말이야!"

고함과 함께 여전히 손에 쥐어져 있던 가위가 위로 휙 올라갔다.

누구도 눈치채지 못했지만 헤레이스는 세르펜스 성에 온 뒤로 자신에게 혐오감을 느낄 때면 가위나 바늘 등으로 간혹 스스로를 찔렀다. 보통은 손가락 끝을 살짝 찌르는 것에서 멈췄지만 이즈카엘이 자리하자 감정은 주체하기 힘들 정도로 날뛰었다. 높다랗게 들린 손이 정확히 허벅지를 겨냥했다.

그러나 그녀가 예상했던 아픔은 없었다. 이즈카엘은 가위가 떨어지기 직전 헤레이스의 손목을 낚아채 잡았다. 사내의 힘에 손목이 살짝 비틀리자 손에서 가위가 스르륵 빠져나갔다.

이즈카엘이 바닥으로 떨어진 가위에 시선을 두다가 헤레이스의 앞에 천천히 한쪽 무릎을 꿇었다. 진지한 표정의 그는 무언가 결심한 듯 긴장한 얼굴이었다. 그가 느리게 팔을 올렸다.

"헤레이스."

이즈카엘이 헤레이스의 이름을 부르며 양손을 쥐자 헤레이스가 버둥거리며 발악했다. 이즈카엘은 감싸듯 그녀의 손을 잡은 채 인내심 있게 기다렸다.

결국 먼저 지쳐 떨어져 나간 건 헤레이스였다. 이즈카엘은 거칠게 숨 쉬는 그녀의 푸른 눈을 빤히 바라보며 천천히 입을 열었다.

"내가 당신에게 죄를 지었어. 당신을 괴롭게 했음을 인정해. 하지만……."

이즈카엘이 계속해서 헤레이스와 눈을 마주치며 바닥에 떨어진 가위를 집어 들었다. 날카로운 날이 예기를 뿌렸다. 헤레이스가 독기 서린 눈으로 이즈카엘을 바라보다 불안한 듯 가윗날을 응시했다.

"제발 당신을 다치게 하지는 마. 화가 나고 참을 수 없으면 차라리."

그가 말을 흐리며 조금 전 헤레이스와는 비교할 수 없을 정도로 빠르게 손을 움직였다. 번쩍하고 금속에 햇빛이 반사되더니 피부를 찢는 소리와 함께 가위가 푹 하고 빗장뼈 아래쪽에 박혔다.

"……이렇게 하도록 해."

어깨 주위가 금세 붉게 젖어 들기 시작하더니 곧 가윗날을 따라 뚝뚝 피가 떨어졌다. 놀란 헤레이스는 창백하게 질린 채 덜덜 떨다 한참 만에 비명을 지르듯 입을 열었다. 그녀의 손은 자신도 모르게 사내의 다친 어깨 부위를 맴돌고 있었다.

"왜…… 도대체 왜 이러는 거예요!"

"사랑해."

어쩔 줄 몰라 하는 그녀와 달리 사내의 답은 담백했다. 사내가 당연하다는 듯 너무도 쉽게 사랑을 말하자 헤레이스가 기괴한 눈으로 그를 바라봤다. 그러나 그 시선에도 이즈카엘은 손을 들어 헤레이스의 뺨을 쓰다듬었다. 사내의 눈에는 감출 수 없는 감정이 가득했다.

"나는 당신을 사랑해, 헤레이스. 내 삶의 중심은 당신이야."

헤레이스는 이즈카엘의 손을 뿌리치고는 표정을 일그러뜨렸다. 이 사내는 미쳤다. 미친 게 분명했다. 아니라면…….

손바닥에 얼굴을 묻고 있는 그녀에게서 지금껏 눌러 왔던 울음이 터져 나왔다.

"이렇게 해서 당신의 마음이 풀린다면 언제든 찔려 줄게. 그러니 다시는 이런 짓 마."

이즈카엘이 조심스레 그녀를 감싸 제 품에 안았다. 조금 전과 달리 헤레이스는 반항하지 않았다. 대신 그녀는 아이처럼 더 큰 소리로 엉엉 울며 그의 품을 파고들었다. 꼭 기댈 구석이 필요하다는 듯 어리광을 부리는 모양새였다.

이즈카엘의 입꼬리가 길게 올라갔다. 그가 눈을 내리깐 채 품속에 담긴 여인의 등을 보다 천천히 쓸어내리듯 더듬었다.

울음은 한참이나 이어졌다. 하지만 그날 이후 헤레이스의 말은 조금씩, 그러나 천천히 늘어나더니 안나가 성에 들어온 뒤로는 거의 예전만큼 돌아왔다. 이즈카엘은 그녀가 먼저 말을 걸 때마다 기쁜 낯을 숨기지 못했다.

* * *

"이즈카엘."

이즈카엘은 드레스를 팔랑이며 제 이름을 부르는 아내를 가볍게 안아 들었다. 환한 미소가 그의 눈동자에 가득 담겼다.

"사랑해, 헤레이스."

"갑자기 무슨 말을……. 나도 사랑해요, 이즈카엘."

이즈카엘은 자신을 사랑한다 속삭이는 헤레이스를 마주 보며 지금을 영영 빼앗기지 않겠다고 다짐했다. 그가 저지른 죄악은 깊었으나 이것을 위해서라면 죄책감 따위 묻어 둔 채 살아갈 수 있었다.

그러나 그가 행복에 한참 젖어 있을 때, 검은 무언가가 그의 귀에서 스르륵 흘러내리듯 나오더니 꾸물거리며 그의 오른쪽 눈가로 은밀히 향했다. 그리고 한순간에 튀어 올라 이즈카엘의 오른쪽 눈 가장자리로 쑥 들어갔다.

"윽!"

"이즈카엘? 왜 그래요?"

기이한 아픔과 사라진 시야에 이즈카엘이 눈을 몇 번 깜빡였다. 다시 곧 멀쩡해진 눈으로 아내를 담기 바빴기에 그는 잠시간의 고통을 망각했다. 그가 고개를 작게 저으며 다정히 아내의 이마에 입을 맞췄다. 눈이 아주 조금 따갑긴 했으나 못 참을 정도는 아니었다.

"잠깐 눈에 뭐가 들어갔나 봐."

"어디 봐요. 내가 불어 줄게요."

후후. 따스하고 미약한 바람이 금안을 스쳤으나 오른쪽 눈 깊숙이 똬리를 튼 그것은 꿈쩍도 하지 않은 채 제 몸채만 한 입 속으로 다디단 애정을 삼킬 뿐이었다.

* * *

[……이만 소식을 줄이며 당신이 오는 날만을 기다리고 있겠어요. 돌아오면 아이에게 말을 걸어 줘요.

아무쪼록 건강하길 빌며 당신을 사랑하는 아내 헤레이스가]

막사에 앉은 이즈카엘은 편지를 몇 번이고 읽었다. 얇은 종이를 쥔 모습이 어찌나 조심스러운지, 그가 무거운 검을 휘두르며 야만인들의 목을 베어 넘기는 이라고는 생각하긴 힘들었다.

"아이……."

이즈카엘은 더없이 행복했다. 그는 종이 위 아이라는 단어를 몇 번이고 엄지로 쓸다 눈가에 맺힌 눈물을 닦았다. 혹여나 눈물이 떨어져 편지의 글자가 번지면 어쩌나 걱정을 하며.

편지를 곱게 접어 베개 밑에 넣은 그가 간이침대에 누워 막사의 천장을 바라봤다. 이 지긋한 토벌도 얼마 남지 않았다. 북부 야만인들은 이번 전쟁으로 몇 년간은 조용할 테고, 그러면 자신은 아내와 태어날 아이에게만 오롯이 집중할 수 있었다.

앞으로 펼쳐질 봄날을 생각하며 이즈카엘이 눈을 감았다. 그러나 억지로 눈을 붙이려 해도 잠은 쉽사리 오지 않았다. 결국 벌떡 일어난 그가 홀린 듯 달력과 지도를 바라보더니 의복을 갖춰 입고 검을 챙겨 들었다.

'나흘······ 혼자 말을 달리면 충분해.'

큰일 날 생각이었다. 아무리 잔챙이들만 남았다지만 그는 지금 전장에 있었다. 우두머리가 자리를 비우다니. 그가 하려는 행동은 탈영이었다.

하지만 이즈카엘은 아내에게 가고 싶다는 욕망을 이상하게 이기기 어려웠다. 아직 배가 부풀지는 않았겠지만 제 씨를 품고 미소를 지을 아내를 생각하니 기이하리만치 목이 탔다.

당장 가야 해. 해일처럼 몰아친 충동이 그를 집어삼켰다. 이즈카엘은 더 이상 고민하지 않고 막사를 나섰다.

"어디 가십니까? 각하!"

"금방 다녀오겠다. 그동안 부탁한다, 에드가."

이즈카엘이 말을 챙기고 있다는 말에 에드가가 기겁하며 달려왔지만 소용없었다. 이즈카엘은 저 멀리 성의 방향만을 보고 말의 옆구리를 찼다.

바닥에 눈이 튀어 오르며 말이 길게 울었다. 달려가는 말꼬리를 따라 검은 연기가 길게 이어졌다.

* * *

이즈카엘은 눈앞에 펼쳐진 광경을 믿을 수 없었다. 심장이 터질 듯 두근거리며 눈은 커질 대로 커졌다.

몰래 성에 들어가 아내를 놀라게 해 주려던 것이 문제였을까? 눈이 내려앉은 정원 사이에서 홀로 빛나는 온실의 빛에 이끌린 것이 문제였을까?

'왜······.'

아니, 문제는 그에게 있지 않았다. 문제는 저들이었다. 온실 안 길게 자란 화초 속에서 껴안고 있는 둘······. 두 사람은 은밀한 만남이 우려되지도 않은 모양인지 거리낌이 없었다.

붉은 머리카락은 온실 아래 당당히 빛났다. 검은 머리카락을 쉴 새 없이 쓰다듬는 큰 손이 다정했다.

아내는 서럽게 울고 있었다. 옛 약혼자를 꼭 껴안은 채 그의 귓속말에 고개를 끄덕이며. 우는 와중에도 웃는 얼굴이 생소했다. 어떻게 저런 표정을 지을 수 있는가. 이즈카엘은 맹세컨대 헤레이스의 그런 얼굴을 본 적이 없었다.

푸른 눈에 담긴 감정은 감히 읽기 힘들 정도로 복잡했으나 동시에 너무도 맑고 진실했다. 그래서 더 괴로웠다. 주지 않았으면서. 한 번도 난 그렇게 바라봐 주지 않았으면서.

심장에 박혀 말라 가던 가시가 순식간에 양분을 먹었다. 죽어

가고 있었으나 단단히 뿌리내린 그것은 금세 다시 세력을 키우더니 짧은 시간 안에 싹을 틔워 꽃을 피우고 열매를 툭 떨궜다.

떨어진 열매에서 터져 나온 수천 개의 씨앗이 온 마음을 잠식했다. 너무도 풍족한 양분이 그 모든 씨앗을 키우고 다시 열매를 맺었으니…….

'나에게는…….'

고개를 젓던 헤레이스가 무어라 말하며 뒷걸음질 쳤다. 신의 장난인지 무언가에 걸린 듯 그녀가 휘청이며 뒤로 넘어갔다. 이즈카엘은 저도 모르게 앞으로 달려 나갈 뻔했다.

그 순간, 샤를이 그녀를 향해 재빨리 손을 뻗었다. 단숨에 가까워진 모습. 다행이란 듯 한숨을 쉬며 웃어 보이는 얼굴. 두 사람 사이에는 조금의 어색함도 없었다.

아아……. 이즈카엘은 더는 눈을 뜨고 있기가 어려웠다.

그가 눈을 감자 오른쪽 눈에서 검은 연기가 기어 나와 그의 몸을 감싸 안았다. 동시에 낮은 웃음소리와 함께 어둑한 목소리가 그의 귀에 속살거렸다.

「네 아내의 배 속에 있는 아이가 과연 네 아이일까?」

* * *

"공작 각하! 의원은 어디 있나! 당장 오라! 당장!"

에드가는 쓰러진 이즈카엘을 업고서 고함을 질렀다. 주변에 있는 기사와 병사들이 의원을 찾으려 허둥지둥 움직였다.

이틀 만에 모습을 드러낸 이즈카엘의 꼴은 말이 아니었다. 병영 입구에 다다랐을 때 말에서 떨어진 그는 몸이 온통 피투성이인 데다가 등에는 여러 대의 화살을 맞은 후였다. 전쟁에서도 보인 적 없는 상전의 모습에 에드가는 그답지 않게 당혹감을 온몸으로 표현했다.

"각하! 정신 차리십시오! 너희는 의원을 부르고 근처를 방비하라! 적이 쳐들어올지 모른다."

에드가는 이즈카엘의 등에 박힌 화살 깃이 붉은 것을 기억하고는 입술을 물었다. 이는 분명 야만인들의 화살이었다.

'이 주변은 거진 다 소탕했는데……'

공작이 야만인들을 어디서 마주쳤는지, 어쩌다 이리 다쳤는지는 알 수 없었지만 한 가지는 확실했다. 그의 목숨이 위태롭다는 것. 이즈카엘에게서 흘러나온 피는 벌써 에드가의 등을 축축이 적셨다.

"정신을 차리십시오. 이대로 눈을 감으시면 안 됩니다."

굳건하기로 유명한 사내의 목소리가 두려움으로 덜덜 떨렸다. 하지만 업혀 있는 이는 이미 정신을 잃은 듯 일말의 반응도 보이지 않았다.

* * *

시야가 가물가물했다. 인상을 찌푸리며 저 앞 촛불을 바라보던 이즈카엘은 엄청난 고통에 고개를 밑으로 꺾었다.

"허억!"

숨조차 제대로 쉬기 힘들었다. 폐를 다쳤는지 공기가 들어가다 어디론가 새어 버렸다. 이즈카엘은 간신히 숨을 몰아쉬며 제 옆구리를 붙잡았다. 피가 새어 나와 허리에 단단히 감겨 있는 흰 붕대를 붉게 물들이고 있었다.

하지만 이즈카엘의 눈에 제 상처는 들어오지 않았다. 흐릿한 시야 사이에서도 또렷한 저것은 무엇인가. 작은 들짐승 크기의 검은 덩어리가 그의 옆구리에 붙어 쭉쭉 무언가를 빨아 먹는 소리를 내고 있었다. 그는 고통에 흐려지는 정신을 간신히 붙잡고는 말을 더듬거리며 물었다.

"네, 네놈은…… 으윽…… 뭐지?"

「참 빨리도 묻는구나.」

눈도, 코도 없는 것이 입은 있는지 이빨을 드러내며 답했다. 몸체와 같은 검은 이는 보기만 해도 베일 듯 날카로웠다. 정체는 알 수 없었지만 어딘가 익숙한 목소리에 이즈카엘이 재차 물었다.

"뭐냐 물……었어. 분명 그때도……."

「답해 주고 싶은데 시간이 없네. 제일 중요한 것부터 물어볼게. 살고 싶어?」

"무, 무슨……. 으윽!"

「너도 네 꼴을 보니 알겠지? 너 이대로면 곧 죽을걸. 아마 한 시간도 남지 않았지?」

검은 것을 떼어 내려 손을 뻗었지만 만져지는 건 피가 흐르는 옆구리뿐, 검은 물체는 연기처럼 흩어지다 다시 형체를 만들었다. 이즈카엘은 눈을 어떻게든 치켜뜬 채 잡히지 않는 그것을 노려봤다. 생긴 것도 불길한 저것이 말로는 설명할 수 없는, 그러나 흉측한 것임을 이즈카엘은 이미 숱한 경험으로 알았다.

'또다시 저것에 홀려서는…….'

숨을 가쁘게 몰아쉰 이즈카엘이 인상을 찌푸린 채 상처를 눌렀다. 무시해야 했다. 어떻게든 홀로 이 상황을 헤쳐 나가야 했다. 그러나 목소리는 그의 가장 약한 곳을 찔렀다.

「고민할 필요 있나?」

"……."

「네가 죽으면 네가 사랑하는 네 아내는 즉시 불행해질 텐데? 알잖아. 그녀의 처지가 어떤지. 하나뿐인 바람막이를 잃게 되면 그녀는 아마도…….」

눈앞이 어질해지며 헤레이스가 흐르는 물처럼 그려졌다.

나신의 그녀 곁에는 수많은 사내의 손이 있었다. 천을 꼭 쥔 그녀가 우는 얼굴로 싫다는 듯 고개를 내저었다. 그러나 무지막한 손들은 상관없다는 듯 그녀를 향해 뻗어져 나갔다. 그리고 그녀를 누른 채 마음껏 희롱했다. 말을 건네고 있는 목소리 또한 그 장면이 보이는지 안타까운 탄식을 지르며 이즈카엘에게 말했다.

「어느 사내 품으로 들어가거나 여러 사내의 품에 안기겠지? 모두 기쁘게 그녀에게 손을 뻗을 거야. 그리고…….」

"닥쳐!"

환상임을 알아차렸음에도 눈에 핏발이 섰다. 당장 저치들을 죽여 없애야 했다. 헤레이스에게, 그의 아내에게 손대는 저 손들을 다 베어 내고 잘게 다져 버려야 했다.

이즈카엘이 검을 찾으려 주변을 두리번거렸다. 그러나 그는 침대 아래 검조차 집을 수 없었다. 피를 과하게 흘린 몸은 고함 한 번에 힘없이 무너져 내렸다.

"커억!"

「성질하고는……. 그래서 묻잖아. 살려 줘?」

인정하고 싶지 않았지만 죽음이 코앞에 다다랐음이 느껴졌다. 느리게 멎어 가는 심장. 거의 들리지 않는 귀와 점차 흐려지는 눈.

"헤레이스……."

내 아내……. 신음과 함께 아내를 부른 이즈카엘이 절망에 휩싸여 목소리를 쥐어짰다. 결국 그가 제 몸에 붙어 있는 그것을 향해 비참하게 애원했다.

"……살려 줘. 나를…… 흐윽! 살려…… 줘."

「아…….」

만족스러운 듯 목소리가 길게 신음을 뱉었다. 그것이 길게 늘어나더니 뱀처럼 이즈카엘의 몸을 타고 기어올랐다. 꼿꼿이 대가리를 치켜든 그것에게는 그새 눈이 생겨 있었다. 이즈카엘과 같은 금안. 같은 색의 눈동자가 서로를 마주 봤다.

「그래. 살려 줄게. 하지만 처음 널 도왔을 때처럼 대가 없이는 안 돼. 난 원래 자비를 베푸는 성미가 아니거든. 물론 이미 값을 조금 치르긴 했다만…….」

뱀의 꼬리가 피 흐르는 옆구리를 살살 쓸었다. 붕대에 번지다 못해 아래로 흐르던 피가 꼬리 끝에 역류하듯 빨려 들어갔다. 점점 몸체를 키우던 뱀이 이즈카엘의 얼굴 가까이에 제 대가리를 들이밀었다.

「……그것만 받기에 네 목숨값으로·부족할 것 같아.」

"뭘…… 원하나."

어떤 대가를 지불해도 좋았다. 아내의 곁에 돌아갈 수만 있다면. 그리하여 자신 외 그 누구도 그녀의 곁에 있지 못한다면 그것으로 족했다.

이즈카엘의 마음을 읽은 듯 그것이 입꼬리를 올리더니 혀를 날름거렸다. 이즈카엘은 그것이 저를 비웃고 있음을 확신했다.

「네가 무사히 아내 곁으로 돌아갈 수 있게 해 줄게. 대신 네 기억의 일부만 내게 주렴.」

"……기억?"

「많이 가져가지 않아. 하루도 채 되지 않는 기억일 뿐이야. 사실 엄청 값싼 거 아니야? 목숨값인데?」

기억. 이상한 대가였다. 이 불길한 것의 말처럼 너무도 싼 대가 같았다. 하지만 그렇기에 이즈카엘은 함부로 고개를 끄덕일 수 없었다. 깊은 의심이 걸쇠가 되어 그의 행동을 막아섰다.

「이런…… 의심이 많구나. 하지만 내가 그 기억을 가져가면 넌 훨씬 편해질걸. 죄악을 잊는 셈이거든.」

이즈카엘의 의심을 눈치챈 듯 그것이 낮은 웃음을 터뜨리더니 실마리를 흘렸다. 그제야 그것이 원하는 기억이 무엇인지 깨달은 이즈카엘은 주먹을 쥐고 얼굴을 일그러뜨렸다. 고통과 죽음 앞에 잠시 망각하고 있었던 것들이 떠올랐다.

"네놈······!"

「그렇게 노려보지 마. 얼마 안 남은 시간이 더 빨리 갈지도 몰라. 그리고 이건 호의 아냐? 잊게 해 주겠다는 건데? 그 일의 목격자조차 너밖에 없었으니 네 기억이 사라지면 그 일은 영영 비밀로 남겠지.」

어찌 그 일을 잊을 수 있겠나. 그러나 선택의 여지는 없었다. 이즈카엘은 눈앞에서 맴도는 헤레이스의 얼굴을 보다 결국 고개를 끄덕였다. 어떤 대가를 치르든 자신은 돌아가야 했다. 그녀의 곁으로······.

"좋······아. 네 뜻대로······ 크읙! 하, 하지만 헤레이스만은······ 그녀가 담긴 기억만은 안 돼. 그녀의 일부라도 잊을 바에야 차라리······ 죽는 게 나아."

「오, 세상에. 아이야, 넌 정말 날 놀라게 하는구나.」

"······."

「좋아. 그녀의 모습이 담긴 기억은 어떤 것도 건드리지 않겠어. 하지만 그러면 저울추가 다시 너무 기우니까······.」

"······."

「대신 내가 껍데기를 얻고 네 곁에 머무는 데 도움을 줘. 그리고 이번 계약 조건을 잊겠다 맹세해. 나도 작은 재미는 봐야지. 어때? 동의하겠어?」

늘어나는 대가에 따지고 싶었으나 이제 목소리도 나오지 않았다. 이즈카엘은 서서히 감기는 눈꺼풀을 밀어내며 마지막 힘을 짜내 고개를 끄덕였다. 그가 고개를 끄덕이기 무섭게 뱀의 모습을 한 그것이 안개처럼 흩어지더니 그의 몸 전체를 감쌌다.

「좋아, 이즈카엘. 메데아의 아이야…….」

울리는 목소리를 끝으로 이즈카엘은 눈을 감았다. 죽음과도 같은 수마가 그를 집어삼켰다.

「……값을 치렀으니 넌 네 아내의 품으로 무사히 돌아갈 거야.」

* * *

에드가와 의원은 놀란 눈을 한 채 앞을 바라봤다. 어제 새벽까지만 해도 죽어 가던 그들의 주군은 어찌 된 영문인지 막사 안에서 멀쩡히 앉아 검을 닦고 있었다.

그의 앞에 떨어져 있는 붕대는 새것처럼 깨끗했다. 분명 감아 줬을 때부터 피가 스며들었는데……. 의원과 에드가의 눈이 저절로 상전의 허리에 닿았다. 하지만 헐렁한 상의 때문에 그들이 찾는 상처는 보이지 않았다.

멍하니 서 있던 의원은 에드가가 자신의 허리를 찌른 후에야 정신을 차렸다. 그가 이즈카엘에게 한 발 다가서며 본분을 다하려 했다.

"각하, 잠시 상처를 보겠습니다."

"필요 없다."

하지만 이즈카엘은 다가오지 말라는 듯 손짓을 했다.

"넌 나가 보고. 에드가."

의원이 무어라 재차 말하려다 주군의 시린 눈에 고개를 숙였다. 의원이 막사 밖으로 나간 후에야 에드가는 간신히 답했다.

"……예, 각하."

"그 계집을 불러와."

갑자기 내려진 명에 에드가가 답하지 못한 채 머뭇거렸다. 알아듣지도 못하겠거니와 계집이라니. 눈앞에 있는 자신의 주군과 가장 먼 단어가 그것 아닌가.

"계집이라 하시면……."

어울리지 않게 우물거리던 에드가가 한참 만에 반문했다. 그러자 그와 눈을 마주치지 않은 채 검을 닦고 있던 이즈카엘이 손을 멈추고 고개를 들었다.

'무슨……!'

그리고 순간 에드가는 알았다. 자신의 주군이 어딘가 바뀌었다는 것을.

소름 돋는 감각이 척추를 타고 흐르더니 온몸을 잠식했다. 공포에 질린 에드가가 저도 모르게 주춤거리며 뒤로 반걸음 물러났으나, 이즈카엘은 여전히 무감한 얼굴로 금안을 빛내더니 다시한번 명했다.

"저번 토벌 때 내 막사를 침입했던 계집 말이야. 그 계집을 이리로 데려와."

5장. 도주

늙은 어부가 물가에 배를 대며 허리를 쭉 폈다. 밤새 노를 저어 힘들 법도 하건만 그는 나이답지 않게 피곤한 기색 없이 멀쩡했다.

"이만 내리는 게 좋을 듯싶소만. 이쯤 왔으면 나도 이제 돌아가 봐야지."

헤레이스가 아슬아슬 균형을 잡은 채 배에서 내렸다. 그녀의 품에 안긴 에르젠은 실컷 잤는지 작은 입을 벌려 하품을 하고는 또렷한 눈으로 어미를 쳐다보고 있었다. 헤레이스는 아들과 눈을 마주하곤 배시시 웃어 보였다.

"감사합니다. 덕분에 편히 왔어요, 저……."

아들을 추스른 헤레이스가 안나에게 눈짓했다. 헤레이스의 신호에 안나가 품 안에서 작은 주머니를 꺼내더니 어부에게 금화 세 개를 내밀었다. 반짝이는 금화를 본 노인의 눈이 휘둥그레졌다가 다시 제 크기로 돌아왔다.

"이것도 과하오."

노인이 금화 한 개를 집어 들고는 손을 내저었지만 안나는 한 번 더 손을 앞으로 내밀었다. 금화 세 개라는 후한 값을 치른 데는 이유가 있었기 때문이다. 그녀가 결연한 표정으로 말했다.

"아까도 말씀드렸지만 비밀을 지켜 주셔야 해요. 누가 묻더라도 저랑 부인이 여기서 내렸다 말하시면 안 돼요. 그러니 이거마저 받으시고……."

"그건 걱정 마오. 나나 집에 있는 이나 사람 만날 일은 없으니."

노인이 안나의 말을 단호하게 잘랐다. 더는 듣지 않겠다는 듯한 발 물러난 모습에 안나가 헤레이스를 쳐다봤다.

헤레이스가 작게 고개를 끄덕였다. 안나가 나머지 금화를 주머니 속으로 넣더니 품 안에 소중히 갈무리했다. 앞으로 어떤 일이 어떻게 생길지 모르는데 돈은 많으면 많을수록 좋을 것이다.

"저리 큰길을 따라가면 마을이 있을 거요. 작아도 이 근방의 중심지라 마차도 다니고…… 여러모로 편할 테지."

계산이 끝나자 늙은 어부가 저 멀리 길을 손가락으로 가리켰다. 헤레이스는 노인을 따라 길을 보다 그에게 다시 한번 감사 인사를 하려 에르젠을 고쳐 안았다.

"다시 한번 감사드립……."

하지만 인사는 이어지지 못했다. 이유 모를 오싹함이 헤레이스를 자극한 탓이었다.

늙은 어부의 깊고도 탁한 눈과 자글자글한 주름을 보고 있자니 어쩐지 쭈뼛 소름이 돋았다. 헤레이스가 저도 모르게 뒤로 물러서서 아들을 꼭 안았다. 갑자기 가해진 힘에 에르젠이 옹알이를 하며 몸을 틀었다.

"……그럼 몸조심하시구려."

노인은 헤레이스와 에르젠을 물끄러미 보다 들고 있던 노로 땅을 슬쩍 밀쳤다. 반동에 배가 미끄러지듯 호수로 들어가더니 금세 멀어지기 시작했다.

"아가씨, 어서 가요. 빨리 움직여야지요."

멍하니 배를 보고 있던 헤레이스는 안나의 부름에 그제야 정신을 차렸다. 그녀가 점이 되어 가는 늙은 어부를 다시 한번 보고는 몸을 돌렸다.

안나의 말대로 한시가 급할 때였다.

* * *

늙은 어부는 노를 젓다 말고 손바닥 위 금화를 뚫어져라 바라봤다.

"……무얼 사 가면 나를 용서하려나."

평생 손에 꼽히게 잡아 본 금화였다. 차가운 감촉이 자주 만지던 구리 동전과 달랐다.

"눈 딱 감고 다 받을 걸 괜히 오기를 부린 게 아닌가 모르겠구먼."

그같이 날 때부터 가난한 이에게 떨어지는 돈이라고는 항상 동전 몇 푼이 전부였다. 노인은 지문마저 닳아 버린 손가락으로 한참 동안 금화를 만지작거렸다. 이것으로 집에 있는 이가 좋아하는 사슴 고기를 살 수 있었다. 그뿐인가? 남는 돈으로 그이에게 줄 고운 옷감도 손에 넣을 수 있을 터였다. 그리고 멀리 시집갈 딸아이에게도 얼마간 보태 줄 수 있겠지.

늙은 어부가 힘차게 노를 저었다. 배가 뿌연 아침 안개 속으로 사라지며 노인의 인영도 그에 따라 스르르 희미해졌다.

"기다려만 주오. 지금 가고 있으니……."

형체 없는, 회한 가득한 목소리가 호수 위를 맴돌았다. 그리고 동시에 무언가 떨어지며 경쾌한 소리를 냈다.

짤그랑.

빈 배가 호수 위에서 흔들렸다. 덩그러니 남겨진 배 위에 남은 거라고는 손때가 묻어 반질거리는 노와 반짝이는 금화 한 닢뿐이었다.

* * *

사내가 마른침을 삼켰다. 그와 같은 무지렁이가 평생 가도 멀리서만 볼 이가 바로 눈앞에 있는 탓이었다.

"근방에 늙은 어부가 있나? 있다면 어디에 살지?"

핏발이 서 붉은 눈이 흉흉했다. 바짝 가라앉아 있는 목소리에 사내가 덜덜 떨며 간신히 입을 뗐다. 하지만 때마침 이즈카엘의 흑마가 사납게 콧김을 뿜었다.

"이, 이 근처에는…… 히익!"

"……답답하군."

놀란 사내가 뒤로 넘어지며 말을 잇지 못했다. 이즈카엘은 바닥에 붙어 말조차 제대로 못 하는 촌부를 노려보다 바로 뒤에 있는 에드가를 향해 손짓했다. 에드가가 말에서 내려 사내에게 다가갔다.

"공작 각하의 앞이다. 똑바로 말하라."

이즈카엘 일행은 헤레이스의 흔적을 좇아 아우뉴 호수까지 왔다. 그리고 어젯밤 늙은 어부가 작은 배에 여인 둘과 아기 하나를 태워 가는 것을 보았다는 목격담을 듣고, 아우뉴 호수 근방에 나이 든 어부란 어부는 다 찾고 있는 참이었다.

"이 근처에는 늙은 어부라 불릴 사람은 없습니다. 빌 할아범이 있긴 했지만 그, 그는……."

"빌 할아범?"

에드가가 빨리 말하라는 눈짓으로 사내를 재촉했다. 뒤에서 듣고 있던 이즈카엘의 눈도 한층 사나워졌다.

사내는 말 위에 있는 이즈카엘을 차마 마주 보지 못했다. 그가 흑마의 거대한 말굽과 그 위 뻗은 다리에 시선을 고정한 채 힘겹게 말을 이었다.

"빌, 빌 할아범은 얼마 전에 죽었습니다. 딸아이를 잃고 자결한 부인을 따라갔습죠. 흔, 흔치 않은 일이라 제대로 기억하고 있습니다. 아무렴요."

＊ ＊ ＊

빌은 아우뉴 호수의 어부였다. 그는 30년 이상 홀로 살며 매일같이 배를 타고 그물을 쳤다.

'이 나이에 결혼은 무슨…… 난 그냥 이리 살 거요.'

그는 혼자인 게 편한 사람이었다. 조부와 단둘이 살다 열댓 살 무렵부터 혼자가 된 그는 여인에게 관심을 두지 않았다. 하지만 세상 누구에게나 신이 정해 준 짝이 있다고 했던가.

'이보시오! 이보시오! 정신 좀 차려 보오!'

어느 늦봄, 여느 때처럼 그물을 치고 있던 빌의 눈에 외지 여인 하나가 흘러들어 왔다. 물을 잔뜩 먹었는지 여인의 배는 몸에 비해 부풀었고 얼굴은 호수만큼이나 새파랬다. 그럼에도 불구하고 여인은 전설 속 세이렌만큼이나 아름다웠다.

빌은 한동안 고기 잡는 것도 포기한 채 여인을 돌봤다. 그가 외지 여인 하나를 주워 애지중지 챙긴다는 말에 마을 사람들은 고개를 절레절레 흔들었다.

'젊은 애들이 쫓아다녀도 거들떠보지 않을 얼굴이더구먼.'

'벌써 그 여인네를 짝사랑한다는 청년만 몇이에요.'

외지 여인은 누가 보더라도 아름답다 말할 만했다. 게다가 그녀는 한창때의 젊은 여인이었다. 어떤 기구한 사연이 있는지는 몰라도 빌 같은 나이 많은 사내에게는 어울리지 않았다. 모두들 여인이 건강을 되찾으면 빌을 떠나거나 다른 사내에게 갈 거라 여겼다.

하지만 외지 여인은 몸을 추스른 후에도 빌을 떠나지 않았다.

그녀는 빌을 도와 그물을 짜고 낚시 나간 그를 대신해 집안을 챙겼다. 그러길 몇 년, 여인은 자연스레 빌의 아내가 됐다.

'수고했어. 수고했구려.'

'……이, 이름은 에르나로 해요.'

젊은 아내 덕에 빌은 늘그막에 딸 하나를 두게 됐다. 에르나라는 이름에 어미를 닮은 아주 예쁜 아이였다.

'어디 빌을 닮은 구석이 있나요. 나이 먹은 빌이 어떻게 저런 아이를 낳겠소.'

'에르나가 팔삭둥이라잖아. 어디서 들은 말인데 애초에…….'

그러나 어미를 닮아 예쁘장한 외모가 문제였을까. 아이가 일곱 살이 되던 무렵, 동네에는 은밀한 소문이 돌았다. 에르나가 빌의 아이가 아니라는 삿된 소문이었다.

빌은 처음 소문을 들었을 때 아니라고 부정하며 펄펄 뛰었다. 하지만 소문은 날이 갈수록 부풀려졌고, 아내를 믿었던 그는 어느 순간 의심으로 서서히 미쳐 갔다. 빌은 아내가 이웃집 남자와 이야기만 해도 벌컥 화를 냈다.

'어딜 밖으로 나돌아 다녀! 망할 것!'

쨍그랑!

의심이 의심을 낳았고 폭언이 폭력으로 변했다. 어느 순간부터 빌에겐 에르나의 친부가 누구인지는 중요하지 않았다. 늙은 어부는 자신보다 잘난 사내가 아름답고 젊은 제 아내를 훔쳐 갈까 봐 전전긍긍 두려워할 뿐이었다.

빌은 굳은살 박인 손으로 고운 아내를 자주 내리쳤다. 밝고 아름다웠던 여인은 어느새 멍을 달고 사는 가여운 여인이 되고 말았다. 단란했던 호숫가 오두막에는 매일같이 무언가 깨지고 비명을 지르며 아이가 우는 소리가 흘러나왔다.

'아이고, 에르나. 너 괜찮으냐? 빌, 네 아비가 또 지랄하지는 않던?'

'예. 오늘은 괜찮아요. 아주머니.'

아이가 자라고 여인이 집 밖에 나서지 않게 되면서 폭력은 점차 줄어들었다. 하지만 오두막의 울타리는 날이 갈수록 견고해졌다. 이웃에게 가끔 얼굴을 비추던 여인은 어느새 이웃마저 보기 힘든 이가 돼 있었다.

그래도 세 사람은 가족이라는 울타리 안에 있었다. 비록 구속으로 만들어진 아슬아슬한 관계였지만 빌은 만족했고 여인은 체념했다. 그리고 에르나는 어느새 자라 저 멀리 타지에서 온, 자신을 마음에 둔 청년과 결혼을 약속했다.

'엄마, 그 사람은 아버지랑 달라. 그 사람이랑 어느 정도 터를 잡으면 내가 엄마를 부를게. 아버지 말고 나랑 살아. 알았지?'

아이에서 여인이 된 에르나는 어릴 적과 다르게 자주 웃음을 지었다. 그 예전 자신의 어미처럼 아름답고 밝게.

하나 빌은 딸아이가 행복해지는 게 못마땅했다. 아니, 사실 그는 딸아이가 제 어미에게 속삭인 말에 분통이 났다.

'내 씨도 아닌 걸 거둬 줬더니 건방진 계집애가…….'

눈이 뒤집힌 그는 자신과 같은 사내를 만들 수 없다며 자신에게 명분을 줘 줬다. 그리하여 그는 술에 잔뜩 취한 채 딸과 결혼할 사내를 불러 제 의심을 그에게 나눠 줬다.

'에르나, 저 아이는 내 딸이 아니야.'

'……예?'

'더러운 제 어미가 어디서 몸 굴려 얻은 아이지.'

'그, 그런 말은…….'

'자네가 마음에 들어 하는 말이네만 에르나, 저 아이와 영원히 함께할 자신이 있나? 저 아이, 자네와 만나기 전에도 제법 사내가 있었지. 꼭 제 어미처럼 말이야. 날마다 밖으로 나다녔어.'

'…….'

'잘 생각하게. 아니면 나처럼 불행해질 거야. 더러운 여자를 끼고 살며 영영 이 꼴로 살 거라고. 의심하고 또 미워하겠지. 하지만 놓을 수도 없어. 왜냐? 자네가 에르나에게 말하는 것처럼 나도 저 여편네를 사랑하거든.'

'…….'

'……어떤가? 나처럼 한번 살아 보겠나? 자신 있어?'

빌은 외출이 잦았던 딸아이를 그렇게 흉봤다. 그 어미에 그 딸이라고, 너를 만나기 전에도 사내가 있었노라 알지도 못하면서 지껄였다.

'그 사람한테 뭐라 말씀하신 거예요!'

에르나가 남몰래 밖에 나간 것은 사실이었다. 하지만 그녀가 그리 행동한 이유는 단 하나였다. 아비로 인해 밖에 나가지 못하는 어미에게 꽃을 꺾어 주기 위해서, 세상을 알려 주기 위해서. 그게 전부였다.

'미안해. 하지만 난……'

'제발…… 제발 이러지 말아요.'

'……당신 아버지처럼 살고 싶지 않아.'

줏대 없던 외지 청년은 빌의 말에 넘어가고 말았다. 그는 에르나를 믿지 못하고 올 때처럼 훌쩍 떠났다. 메모 한 줄, 인사 한마디 없었다.

'아아아악!'

떠난 이와 보낸 짧은 시간이 에르나에게 전부였다. 그녀는 자신과 어미를 지옥에서 꺼내 줄 거라 믿었던 사내와의 이별을 받아들이지 못했다.

'이, 이보게, 빌 할아범. 에르나가……'

청년이 떠나고 얼마 안 가 아우뉴 호수에 새파란 시체가 떠올랐다. 에르나의 뺨은 물에 젖었음에도 눈물 자국이 선명했다. 얼어붙은 손끝은 또 어찌나 시퍼런지. 사람들은 그녀의 슬픔이 온몸에 배다 못해 박혔다 말했다.

'그러려던 게 아니야. 난 그저…… 그저……'

딸의 죽음에 빌은 절망했다. 10년 이상 자식이라 생각하지 않았던 아이였건만 죽으니 그렇게 사무칠 수 없었다. 그러나 그의 아내는 그보다 더한 고통에 빠졌다. 남편이 만든 지옥 속에서 딸 하나만 바라보고 살았던 여인은 절규하고 또 절망했다. 그리고 그녀는 결국…….

'아이고, 빌. 이를 어쩌면 좋소. 자네 안사람이 그만……'

딸아이의 무덤가에서 목을 맸다. 차디찬 땅에 딸을 묻은 지 하루 만에 일어난 일이었다.

'아…… 아으…… 아……'

빌은 제 손으로 만든 비극에 하루에도 몇 번씩 가슴을 쥐어뜯었다. 아내와 딸, 두 사람의 무덤 앞에서 눈물을 흘리며 잘못했다고 용서를 빌었다. 하지만 후회한들 무얼 하나. 이미 그의 곁에는 아내도, 딸도 남지 않았다.

늙은 어부는 한동안 정처 없이 배를 탔다. 밥도 먹지 않고 잠도 자지 않은 채 노를 젓는 그를 보고 사람들은 이러다 물귀신이 나타나는 게 아니냐며 속닥거렸다.

'……나를 용서해 주오.'

어느 이른 새벽, 빌은 여느 때처럼 배를 타고 아우뉴 호수로 나갔다. 그리고 그는 아내가 그러했던 것처럼 올가미를 목에 건 채 딸아이처럼 시퍼런 호수로 뛰어들었다.

풍덩.

깊은 물은 늙은 어부를 한 번에 삼켰다. 하나 사내의 죄악과 후회는 너무도 깊어 호수가 품어 줄 수 없었다. 그리하여 빈 배는 홀로 끼익끼익 움직이며 간혹 호수를 떠돌았다.

* * *

한시가 급한 와중 왜 그러했는가. 이즈카엘은 늙은 어부의 죽음에 대해 왜 잠자코 듣고 있었는가 스스로에게 물었지만 답을 구할 수 없었다.

'쓸데없이…….'

시간 낭비였다 생각해도 마음 한구석은 이상하리만치 불편했다. 결국 참지 못한 그가 인상을 구긴 채 아우뉴 호수를 노려보다 씹어 짓이기듯 말을 뱉었다.

"헤레이스, 난 그처럼 멍청하지 않아. 그러니 당신은…… 날 떠날 수 없어."

섬뜩한 낯이 당장에라도 호수를 가르고 아내를 잡아 제 앞으로 끌어낼 것만 같았다.

바로 곁에서 주군을 바라보던 에드가가 흠칫 놀라 물러섰다. 흑마도 주인의 살기 어린 분위기를 눈치챘는지 부르르 거대한 몸을 떨었다. 그러나 원흉인 이즈카엘은 인상만을 구길 뿐, 주변의 시선은 신경 쓰지 않았다.

이즈카엘이 고삐를 당겨 말머리를 틀었다. 이쪽 마을은 샅샅이 둘러봤으니 다음 장소로 향할 차례였다. 그가 말의 옆구리를 가볍게 찼다.

"이랴!"

흑마가 달리기 시작하자 뒤이어 에드가를 포함한 기사들도 따라 움직였다. 말 무리가 움직이며 건조한 땅이 울리고 흙먼지가 일었다. 아내를 향한 사내의 집요한 추격이 다시금 시작됐다.

* * *

세르펜스 성안은 살얼음판과 다름없었다. 모두 물 밖으로 나온 조개처럼 입을 다물었지만 이게 숨긴다고 숨겨질 일인가.

안주인과 그 아들이 사라진 지 어언 두 달, 성안은 찬바람이 부는 바깥처럼 조금의 온기조차 허락하지 않았다.

"음…… 괜찮네."

하지만 단 한 사람에게만은 지금이 봄날이나 마찬가지였다. 샬럿은 창 너머 꽁꽁 얼어붙은 아우뉴 호수를 바라보며 곱게 웃었다. 금반지가 반짝이는 그녀의 손에는 금테를 두른 우아한 찻잔이 들려 있었다. 샬럿이 호록 소리와 함께 차를 들이켜며 물었다.

"그이는? 아직도 언제 온다 말이 없어?"

"예."

여유 만만한 샬럿과 달리 곁에 선 하녀는 어딘가 불안해 보였다. 방 여기저기를 훑어본 하녀가 차를 마시는 상전 몰래 한숨을 내쉬며 손가락을 꼼지락거렸다.

'이러다 나한테 불똥이라도 튀면…….'

하녀의 불안감은 현재 그녀가 서 있는 방에서 기인했다.

반짝일 정도로 청소된 방은 우아했지만 어딘가 부자연스러웠다. 커튼과 벽지는 조화를 이루지 못했고, 잔뜩 늘어져 있는 장식품들은 하나하나 화려하고 귀한 것이었지만 어딘가 너저분했다. 특히 방구석에 자리한 호화로운 화장대는 어찌나 휘황찬란한지, 방과 전혀 어우러지지 않았다.

하지만 어찌 보면 당연한 이치였다. 방 안에 있는 물건들은 얼마 전까지만 하더라도 다른 방에 있던 것이었으니.

'이제부터 여기서 지내야겠어.'

샬럿은 이즈카엘이 성을 비우기가 무섭게 헤레이스가 기거했던 방이자 공작 부인의 방으로 제 물건들을 옮기라 명했다. 너무도 당당한 그녀의 태도에 사용인들은 이즈카엘의 허락이 있었다고 착각할 정도였다.

'수준하고는. 이따위 물건으로 어떻게 치장을 해. 당장 치워 버리고 저 방에 있는 거로 가져와.'

샬럿이 주인 잃은 화장대를 아무렇게나 밀치며 방을 헤집는 모습에 사용인들은 당황한 얼굴을 했지만, 주인도 자리를 비운 시기인지라 그 누구도 먼저 나서서 무어라 말리지는 못했다. 출신 성분이 어떻든 그녀는 이제 주인의 유일한 여인이자 공작가의 고귀한 아이의 어미였다.

그나마 뒤늦게 사실을 안 노집사가 뛰어 올라왔지만 때는 이미 늦은 후였다. 헤레이스의 방은 엉망이었다. 두 시간도 안 되는 시간 동안 방 안 커튼은 모조리 내려졌으며, 주인의 정취가 담겨 있던 카우치와 화장대, 작은 탁자 그리고 장식품 등은 복도 구석에 아무렇게나 방치돼 있었다.

'이게 뭐 하는 짓들이야!'

경악한 노집사는 침착한 그답지 않게 붉어진 얼굴로 물건을 옮기는 하인들을 쫓아냈다. 그리고 방문을 막아선 채 샬럿에게 단호히 말했다.

'절대 안 됩니다. 주인님의 허락이 있기 전까지 이 방에 출입하시는 건 불가합니다.'

'비켜! 늙은이가 뭘 착각하는 모양인데, 이제 난 이 성 안주인

이야. 그러니 이 방도 당연히 내 것이지.'

샬럿은 얼굴을 팍 구기며 노집사에게 대거리를 했다. 하지만 규율을 엄격히 여기는 노집사는 만만찮았다. 그는 독기 서린 샬럿의 눈에도 꿈쩍 않은 채 문지기처럼 꼿꼿이 섰다. 그리고 샬럿을 향해 뼈 있는 말을 뱉었다.

'이 방은 대대로 공작 부인께서 쓰시던 방입니다. 하지만 아가씨께서는 안주인도, 공작 부인도 아니시지요.'

'뭐? 아가씨? 이 늙은이가!'

아가씨라는 단어에 샬럿의 눈에서 불이 튀었다. 화를 참지 못한 그녀는 바로 옆에 있는 작은 장식용 도자기를 집어 들더니 누가 말릴 틈도 없이 내던졌다.

쨍그랑!

무언가 깨지는 소리와 함께 노집사가 허리를 굽히며 쓰러졌다. 놀란 사용인들이 재빨리 달려가 그를 부축했지만 노집사는 피를 흘리며 몸을 축 늘어뜨렸다.

'뭣들 해! 빨리 옮기지 않고!'

'집, 집사님.'

'누가 그 늙은이 옮기래! 이 물건들 옮기라고!'

샬럿은 자신을 막는 유일한 이가 사라지자 사용인들을 닦달해 제 뜻대로 헤레이스의 방을 꾸몄다. 그리고 본래 제 것이었던 것처럼 헤레이스의 물건을 평가했다.

바로 지금처럼.

"쓸 만한 거라고는 없네. 하나같이 구질구질해서는. 그래도 공작 부인이 썼던 거라 써 주려 했더니…… 그이가 돌아오면 이런 것부터 바꿔야지."

샬럿은 차를 마신 뒤 찻잔 여기저기를 뜯어보다 손을 아무렇게나 놓았다. 우아한 곡선을 자랑하던 찻잔이 찰나 허공을 날더니 순식간에 바닥으로 추락했다.

쨍그랑!

찻잔이 날카로운 비명을 지르며 산산이 조각났다. 놀란 하녀가 저도 모르게 샬럿을 바라봤다. 하지만 샬럿은 무얼 보냐는 듯 날카로운 눈초리로 하녀를 노려보다 턱짓으로 바닥을 가리켰다.

"뭐 하고 서 있어. 치우지 않고."

샬럿의 말에 하녀가 몸을 움찔거리다 몸을 굽혀 깨진 사기 조각을 줍기 시작했다.

샬럿은 미소를 지은 채 제 앞에서 무릎을 꿇고 앉은 하녀를 내려다봤다. 다른 이들을 부리며 편안한 삶을 영위하는 것이 이렇게 기분 좋을 수 없었다. 과거 별것도 아닌 이들이 자신을 무시하고 모욕할 때마다 얼마나 분했던가.

샬럿이 제 심기처럼 꼬았던 다리를 풀고 하녀의 등을 툭 밀쳤다.

"앗!"

균형이 무너지며 하녀가 바닥에 손을 짚었다. 깨진 사기 조각 하나가 하녀의 손바닥을 스치며 피를 냈다. 샬럿은 울상 짓는 하녀의 옆얼굴을 보다 빙그레 웃으며 말했다.

"아프니?"

하녀가 말없이 고개를 떨궜다. 하지만 눈망울에 담긴 긍정을 읽지 못할 샬럿이 아니었다. 그녀가 턱을 괸 채 얄밉게 속삭였다.

"어쩔 수 없잖아. 넌 천한걸. 나하고는 달라."

깔깔, 웃음이 터져 나왔다. 하녀의 얼굴이 억울한 듯 굳어졌지만 알 게 뭐란 말인가. 샬럿은 빨리 치우라는 듯 손을 내젓고는 눈을 감았다. 조금 전처럼 큰 웃음은 아니었지만 간헐적으로 피식거리는 웃음이 새어 나왔다.

'이게 진짜 내 삶이야.'

밖의 날씨와 상관없는 따뜻한 온기, 편안한 카우치, 그리고 대신 일해 주는 이들.

샬럿은 손가락에 자리한 반지를 만지작거리며 카우치에 편히 몸을 기댔다. 하지만 몸이 편안해지자 잠깐 넣어 뒀던 걱정이 머릿속을 헤집었다.

'……도망치다 꽉 죽어 버리면 좋을 텐데.'

샬럿은 헤레이스의 방을 차지해 기분이 좋은 것과는 별개로, 상황이 제게 마냥 유리하지 않다는 것쯤은 알고 있었다.

사내는 도망친 아내를 쫓아 거의 두 달 가까이 성으로 돌아오지 않았다. 그리고 그건 이유가 어찌 되었건 사내가 아내에게 집요하리만치 집착하고 있음을 방증했다.

'이미 죽은 게 아닐까. 그게 아니면 지금까지 찾지 못한 것이 말이 안 되잖아.'

마지막으로 봤던 사내의 얼굴이 생각났다. 붉은 피를 뒤집어쓴 사내는 그 불길한 액체만큼이나 흉흉한 얼굴을 하고 있었다. 핏발 선 눈, 누구라도 당장 베어 넘길 듯한 살기……. 누가 보면 도망친 아내를 잡으러 가는 게 아니라 일평생의 원수를 죽이러 가는 줄 알았으리라.

'죽은 거야. 저를 닮은 그 애새끼랑 함께 죽어 버린 거라고. 호수에 빠졌든 어디 산에서 굴렀든 이미 시체일 게 분명해. 그러니까 걱정할 필요 없어.'

이마에 손가락을 올려 구겨지는 미간을 애써 편 샬럿은 희망찬 생각을 했다.

그래. 이미 죽은 게 분명했다. 그게 아니라면 여인 둘이서, 그것도 태어난 지 얼마 안 된 아이를 데리고 어떻게 숙련된 기사들의 추격을 따돌리겠나. 이즈카엘을 비롯한 기사들의 거대한 군마를 생각하며 샬럿은 고개를 끄덕였다.

'게다가 죽지 않았다 한들 나에게는 미겔이 있잖아. 내 아들이 후계자만 되면…….'

아비를 닮은 아들이 떠오름과 동시에 걱정이 싹 사라졌다. 귀한 아이는 생각하는 것만으로도 샬럿에게 자신감을 가져다줬다. 미겔만 있으면, 그 애만 있으면 모든 일이 잘 풀릴 것 같았다.

"……가서 미겔을 데려와."

여전히 눈을 감은 샬럿이 하녀에게 명했다. 하지만 하녀는 알았다는 말 대신 더듬거리는 목소리로 누군가를 불렀다.

"주, 주인님."

주인이라는 말에 샬럿의 눈이 번쩍 떠졌다. 언제 오나 기다리고 있었지만 시기가 이렇게 갑작스러울 줄이야. 혹, 그 여자가 돌아왔나?

애써 불안감을 감추며 샬럿이 고개를 돌렸다. 그러자 사내의 굳은 턱과 그 아래 단단한 몸이 보였다.

이상하게 사내의 얼굴을 보기가 두려웠다. 샬럿은 꼭 잘못을 저지른 죄인처럼 눈을 내리깔며 마른침을 삼켰다.

'내가 뭘 어찌했다고!'

그 여자가 돌아왔든 아니든 당당해야 했다. 그래, 내게는 미겔이 있잖아.

주먹을 꽉 쥔 샬럿은 사내의 눈을 마주 보려 했다. 하지만 사내의 얼굴을 마주하자 몸은 딱딱하게 굳어 버렸다.

"아……."

저절로 침음성이 나왔다. 그의 눈엔 당장이라도 그녀를 베어 버릴 듯한 날카로운 살기가 뚜렷했다. 샬럿이 창백한 얼굴로 부들부들 떨다 저도 모르게 고개를 떨구었다. 동시에 스산한 목소리가 형체 없는 검이 되어 그녀의 목에 닿았다.

"누가 너더러 여길 이따위로 만들라 했나."

* * *

헤레이스의 방은 반나절 만에 다시 이전처럼 원상 복귀됐다. 샬럿은 다시 변하는 방의 모습에 두려움에 질렸던 것도 잊고 나가지 않겠다며 길길이 날뛰었다. 그녀는 꼭 무언가 쓰인 것처럼 광기에 차 소리 질렀다.

'미겔의 어미가 나잖아. 그럼 당연히 이 방도 내 거야! 내 것이라고!'

하지만 이즈카엘은 가차 없었다. 그는 샬럿에게 이 방에 발을 디뎠다간 다리를 잘라 버리고, 이 방의 물건을 건드렸다간 목을 베어 버리겠다고 일갈한 뒤 하인들에게 그녀를 본래의 방으로 끌고 가라 명했다.

샬럿이 자신을 끌어내는 하인들에게 발길질하며 미겔이 크면 네놈들부터 죽여 없애 버리겠다 소리쳤지만 서슬 퍼런 이즈카엘의 명을 받은 하인들은 꿈쩍도 하지 않았다.

이즈카엘은 샬럿을 내보낸 뒤 원래의 모습을 되찾은 아내의 방 침대에 한참 동안 가만히 앉아 있었다. 몇 시간이 우습게 지나갔고 순식간에 밤을 넘어 새벽이 왔다. 사내는 푸르스름한 새벽빛이 창가에 스며들 때쯤에야 미동 않던 몸을 움직였다.

"헤레이스……."

아내의 이름을 읊조리는 목소리는 음울했으나 움직임은 더할 나위 없이 부드러웠다. 사내는 소중한 것을 만지는 것처럼 천천히 침대 시트를 쓸었다. 아내의 피부처럼 나긋한 감촉이 손에 착 감기자 절로 기대감이 생겼다.

이즈카엘은 계속해서 헤레이스의 이름을 외며 얼굴 가까이로 시트를 가져왔다. 하지만 시트에서는 깨끗이 빨래한 냄새만 날 뿐, 기대했던 아내의 체취는 남아 있지 않았다. 이즈카엘은 그것이 못내 분한 듯 왈칵 미간을 구겼다.

이렇게 사소한 일상에서 헤레이스가 지워질 때마다 그녀가 제게서 도망친 것이 상기돼 기분이 몹시 가라앉았다. 시트를 던지듯 놓은 이즈카엘이 고개를 돌려 화장대를 바라봤다. 아내가 아끼는 것 중 하나였던 화장대는 깨끗했지만 여기저기 반질거리는 것이 손때가 묻어 있었다.

그가 화장대 거울을 통해 자신을 보다 그 아래 놓인 보석함에 시선을 던졌다. 작지만 화려한 상자를 보던 그는 굳은 얼굴로 침대에서 일어나 화장대로 다가갔다. 곧 달칵하는 소리와 함께 작은 상자 안에서 찬란한 빛이 쏟아져 나왔다.

'왜······.'

이즈카엘은 아내의 장신구에 대해 완전히 꿰뚫고 있는 것은 아니있으나, 그가 선물한 것들만은 어느 것 하나 놓치지 않고 생생히 기억하고 있었다. 헤레이스는 이 보석함에 있는 것들은 물론이고, 그 어떤 장신구도, 보석도 가져가지 않았다.

봄날, 푸른 잎사귀가 예쁘다는 말에 선물했던 에메랄드 목걸이도, 바다에 가 보고 싶다는 말에 준비한 산호 팔찌도, 아내의 흰 피부만큼 새하얀 진주 귀걸이도 모두 제자리였다.

처음 헤레이스가 도망치고 나서 아내의 물건을 조사할 때 그가 선물한 것 중 이렇듯 사소한 것 하나 사라지지 않았다는 사실에 얼마나 분노했던가. 이즈카엘은 헤레이스가 도움이 될 법한 물건조차 챙기지 않고 자신을 떠났다는 사실을 도무지 믿을 수 없었다.

탁.

이즈카엘이 갖가지 색으로 빛나는 보석들을 바라보다 소리 나게 함을 닫았다. 계속 보고 있자니 심사가 뒤틀리고 머리가 쪼개질 듯 아팠다. 다시 침대로 돌아온 그가 몸을 아무렇게나 뉘고 던져 놓았던 시트를 말아 쥐었다.

두 달간 어떤 마음으로 헤레이스를 찾았던가.

그날 밤 바로 아내를 추적했지만 그녀는 어찌 된 영문인지 흔적 하나 남기지 않은 채 감쪽같이 사라졌다. 상식적으로 일어날 수 없는 일에 이즈카엘은 달리는 말 위에서도 몇 번이고 의심했다. 혹시 도와준 이가 있는 게 아닐까. 가령…….

'조용히 나갈게요. 아무것도 원하지 않아요.'

아이와 함께 성을 나가겠다며 울먹이던 아내의 얼굴이 떠오름과 동시에, 접어 뒀던 인물 하나가 그려졌다. 아내와 다정히 붙어 있던 제 이복동생. 샤를의 붉은 머리가 그려질 때면 저절로 그날 밤이 생각났다.

"……제기랄."

샤를 또한 언젠가부터 행방이 묘연했다. 쥐 잡듯 뒤져도 머리카락 하나 보이지 않는 두 사람.

이즈카엘은 헤레이스가 샤를과 함께 있는 상상을 하다 가슴 어귀의 옷을 쥐었다. 원래 연처럼 두 사람은 정말 함께하고 있는 걸까? 그의 눈을 피해 서로를 바라보며 행복하게 웃고 있을까?

"안 돼, 헤레이스. 당신은 내 부인이야. 내 아내라고."

배신감에 치를 떨었던 그 밤이 악몽처럼 다가왔다. 지난 두 달간 얼마나 많은 밤을 이렇게 보냈던가. 괜찮아졌다 싶다가도 문득 솟은 감정은 그의 이성을 마비시켰다.

이즈카엘은 다시금 치솟는 분노를 간신히 억누른 채 아내를 부르고 또 불렀다. 그것이 꼭 진정제라도 되는 것처럼.

뒤섞여 들끓었던 감정이 한차례 지나가고 나면 남는 것이라고는 차가운 분노와 미움, 그리고 약간의 자책뿐이었다. 더 옥죄었어야 했는데 어디서 마음이 약해졌던 걸까. 어디서 틈을 보였던 걸까. 눈물로 자신을 속이면서 속으로는 도망칠 궁리를 했을 아내의 말간 얼굴을 떠올리자 시린 이성이 돌아왔다.

그래. 이대로 놓아줄 수는 없지. 이즈카엘은 천장을 바라보며 입술을 말아 물었다. 어디로 갔던 꼭 찾아내리라. 그리하여 아내에게 누구 곁에 있어야 하는지 제대로 알려 주리라.

짹짹.

문득 그의 귓가에 새소리가 들렸다. 고개를 돌리자 탁자 위 새장에 갇힌 파란 새가 보였다. 작은 새는 갑갑한 모양인지 부리로 새장을 쪼고 있었다.

성으로 돌아오는 길, 아내의 눈동자를 닮은 푸른색이 눈에 띄어 단숨에 붙잡은 새였다. 알을 품고 있었는지 그가 손을 뻗었음에도 둥지에서 꼼짝하지 않던 새는 쉽게 그의 손에 잡혔다.

여린 생명체에 시선을 둔 그가 천천히 일어났다.

'수컷은 날개 끝 붉은 깃이 아름답지요. 하지만 암컷 또한 특유의 파란색이 아름다워 인기가 많습니다. 안타깝게도 야생성이 짙어 애완조로 길들일 수는 없지만 박제해 장식용으로 많이들 두시지요.'

이즈카엘은 지저귀는 새를 바라보다 새장에 손을 넣었다. 커다란 손이 불쑥 들어오자 새가 날개를 퍼덕이며 도망치려 했다. 하지만 새장은 날갯짓 두어 번에 막힐 정도로 좁았으며 이즈카엘의 손은 크고 빨랐다.

이즈카엘에게 잡힌 새가 빽빽 울었다. 지저귀는 것이 아닌 도움을 청하는 듯 날카로운 소리가 방 안을 갈랐다. 작은 부리로 제법 빠르게 쪼아 대는 몸짓이 사나웠으나 이즈카엘은 개의치 않았다. 그가 새의 날개를 지긋이 노려보다 말했다.

"다치게 하지 않아. 그저 곁에 있었으면 할 뿐이야."

* * *

"에르젠, 이제 그만 자야지."

헤레이스의 말에 에르젠이 고개를 저었다. 침대에 누워 어미를 빤히 보는 아이의 얼굴에는 아쉬움이 가득했다.

"시간이 늦었어요. 일찍 자야 내일도 일찍 일어나 놀지."

"싫어, 엄마랑 더 놀 거야."

아이는 평소와 달리 칭얼거렸다. 더듬더듬 느리지만 의사 표현을 하는 아들의 모습에 헤레이스는 왈칵 눈물이 나오려는 것을 참고 아들의 이마에 소리 나게 입을 맞췄다.

"세 밤 뒤에. 세 밤 자고 나면 하루 종일 에르젠하고 놀아 줄게. 우리 아들은 착하니까 이번 한 번 엄마 부탁 들어줄 수 있지?"

에르젠은 그제야 작게 고개를 끄덕였다. 하지만 실망 가득한

눈은 여전하여 헤레이스는 시큰거리는 눈가를 계속해서 눌러야
했다.

"엄마, 에르젠 옆에 있어."

에르젠은 몇 번이고 눈을 감았다 뜨며 헤레이스가 제 곁에 있
는 걸 확인하더니 한참 만에 잠들었다. 헤레이스는 에르젠이 고
른 숨을 내쉬는 걸 바라보다 안타까운 얼굴로 이불을 여며 주고
자리에서 일어났다.

"하아……."

무거운 발걸음으로 나선 헤레이스가 문을 닫고 등을 기댔다.
저절로 한숨이 나오며 참아 왔던 눈물이 쏟아졌다. 헤레이스는
새어 나온 눈물을 소매로 재빠르게 닦고 안나가 있을 부엌으로
몸을 움직였다.

"저 혼자 할 수 있는데……. 그냥 도련님하고 같이 계시지."

"아니야. 같이해야지. 혼자 하면 밤을 꼬박 새야 하잖니."

상황을 짐작한 안나가 헤레이스를 보며 말했다. 소매로 닦았다
지만 붉어진 눈가는 선명했다. 헤레이스는 애써 웃으며 의자를
빼고 자리에 앉았다. 낡은 나무 의자가 드르륵 소리를 내며 바닥
에 끌렸다.

"그래도 이번 일을 끝내면 당분간은 여유로울 거예요."

탁자 위에는 여러 종류의 실과 천이 늘어져 있었다. 헤레이스
는 바구니에 담긴 실패를 꺼내 들고는 안나의 말에 고개를 끄덕
이며 바늘을 집어 들었다. 자수틀에는 신전의 문양과 함께 아름
다운 백합이 정교히 수놓아져 있었다.

"그래. 율리나 사제님께서 넉넉하게 값을 쳐준다고 하셨으니까. 이번 일이 끝나면 좀 쉬자. 날씨도 추워지고 곧 겨울이 올 텐데 몸 건강히 지내야지."

"그러고 보니 벌써 겨울이네요. 쉬는 것도 잠깐이겠어요. 준비된 것도 없는데. 어휴……."

겨울이라는 단어에 안나는 저도 모르게 손을 놓았다. 나무 자수틀이 탁자 위에 툭 떨어지며 둔탁한 소리를 내자 헤레이스는 저도 모르게 손을 움찔 떨었다. 저야 자신의 선택으로 이리 살아가고 있지만 안나는 무슨 죄로 제 옆에서 고생한단 말인가. 안나의 앞길을 막았다는 사실이 떠오를 때면 헤레이스는 그녀에게 너무도 미안했다.

"……미안해. 내가 부족한 탓이야. 날 따라와 안나 네가 고생하는구나."

헤레이스가 눈을 내리깔고 안나에게 미안함을 전했다. 그제야 제가 눈치 없는 말을 했다는 것을 깨달은 안나가 고개를 빠르게 저었다. 그런 뜻으로 말한 게 아니었는데……. 그저 겨울을 생각하니 갑갑해서 그런 건데. 그녀가 헤레이스의 눈치를 살피다 기어들어 가는 목소리로 말했다.

"아가씨 탓이 아닌걸요. 세상에 못된 놈들이 많아 그런 거지. 용서하세요. 제가 말실수를 했어요."

하지만 죄책감의 무게는 이미 헤레이스의 등을 억누른 후였다. 헤레이스가 안나에게 어색하게 웃어 보이고는 지난 세월을 더듬기 시작했다.

'어느새 겨울이구나. 세르펜스 성은 이쯤이면 벌써 얼어붙었겠지. 그이는……'

헤레이스는 겨울을 맞이했을 북부를 생각하다 저도 모르게 에르젠의 아비를 떠올렸다. 애써 잊으려 했지만 사내는 이리 계절을 생각하다가도, 일렁이는 촛불을 볼 때도 불쑥불쑥 튀어나와 그녀의 정신을 흩트려 놓았다.

잠깐 바느질을 멈춘 헤레이스가 입매를 꾹 물고는 자세를 고쳐 앉았다.

'……빨리 해야 해. 아니면 안나가 힘들 거야.'

* * *

세르펜스 성에서 도망친 지 어언 3년, 이즈카엘에게서 벗어난 세 사람은 풍족하지 않은 삶을 살고 있었다. 헤레이스의 전 신분을 생각하면 우스운 일이었지만 어쩔 수 없었다. 그들의 수중에 있는 돈은 그리 넉넉하지 않았고, 할 수 있는 거라고는 자수밖에 없는 헤레이스와 안나는 그 재주로 겨우 연명하고 있었다.

귀부인이면서 왜 도망칠 때 귀한 보석 하나 챙기지 않았는지 의아할 수 있었지만, 헤레이스는 성을 떠나오며 보석이나 장신구 등은 처녀 시절의 것을 제외하면 일절 손대지 않았다. 하지만 처녀 때라고 해 봤자 디본이 멸문하며 대부분 사라졌기에 그마저 얼마 없었다.

'몇 개 챙기세요. 한두 개쯤은 모르실 거예요.'

떠나기 전 안나는 이즈카엘에게 받았던 것 중 두어 개쯤은 챙기라 말했다. 그러나 헤레이스는 고개를 저었다. 이즈카엘이 그녀에게 쥐여 줬던 것들은 가져오기에는 거부감이 심하게 들었을뿐더러, 그의 기억력이 비상하다는 것을 헤레이스는 기억하고 있었다.

'이 귀걸이 제법 좋아하나 봐. 당신에게 주기에 작고 초라해 미안했는데 해 줘서 고마워. 당신 귀에 있으니 값어치 이상을 하는 것 같아 기뻐.'

보석함에서 함부로 무언가를 꺼내 장물로 썼다가는 추격의 대상이 되기에 딱 좋았다. 그리고 원래의 계획대로라면 챙긴 것만으로도 몇 년은 걱정 없이 살았으리라. 그러나 헤레이스의 일행은 예상보다 훨씬 자주 주거지를 옮겨야 했고, 잦은 이동 때문에 돈은 손가락 사이로 모래가 빠져나가듯 순식간에 소진되었다.

'아기 엄마가 참으로 곱상하구먼. 품에 있는 갓난애만 아니어도 오늘 당장 사내 하나를 낚아채 결혼할 수 있겠어.'

돈을 아끼려면 어디 한곳에 정착해야 했지만 그건 쉽지 않았다. 헤레이스의 외관은 어디를 가나 눈에 확 들어왔다. 덕분에 그들이 정착하는 마을은 작으나 크나 언제나 아름다운 이방인에 대한 소문이 들끓었다.

마을에서 떨어져 살아도 마찬가지였다. 몇몇 이웃들과 교류하다 보면 어느새 헤레이스는 유명 인사가 돼 있었다. 예쁜 외모의 여인에게 주는 관심, 단지 그뿐이면 좋으련만…… 안타깝게도 세상은 그렇지 못했다.

'우리 주인 나리께서 아가씨를 집에 들이고 싶으시답니다. 아, 물론 안주인께서 계시지만 따로 지낼 거고 별문제는 없을 거요. 그러니……'

'내일 밤 이곳으로 오게. 듣지 않는다면 알지?'

'아이는 두고 몸만 와. 그러면 편히 살게 해 주지.'

달콤한 음식에 벌레가 꼬이듯, 아름다운 헤레이스에게는 추접스러운 이들이 많이 꼬였다. 여인 둘에 아기 하나. 만만한 먹잇감에 무뢰배들은 침을 흘리며 달려들었다.

마을의 유지, 자신의 평판이 뛰어나다며 스스로 밝히는 기사, 심지어 신전의 사제 등등 그럴싸한 껍데기를 쓴 이들은 호의를 베푸는 척, 아니 가끔은 대놓고 제 욕망을 드러냈다. 처음 그들의 욕망을 호의라 착각했던 헤레이스 일행은 몇 번이고 고비를 넘긴 후에야 세상이 호락호락하지 않음을 깨달았다.

그러나 덕분에 헤레이스의 도주가 성공한 것인지도 몰랐다. 짧은 기간 여러 곳으로 이동하다 보니 일행은 어느새 흔적을 남기지 않은 채 세르펜스 성에서 멀리 떠나와 있었다. 북부를 지나 동부의 산 몇 개를 넘은 그들은 한참 만에야 딱 맞는 안식처를 찾았다.

'평화로워 보이지만……. 이번에도 조심해야겠지요?'

깊은 산골짜기에 위치한 마을은 서른 가구도 되지 않을 만큼 작았다. 게다가 마을 근처 오래된 신전에는 여신을 모시는 여사제들이 있었다.

'여신의 가호가 함께하길.'

마을의 역사를 함께한 유서 깊은 신전 덕에 마을 사람들은 전반적으로 신앙심이 깊었다. 수도 사람들이 보기에는 산골 구석에 사는, 꼬장꼬장한 신앙을 가진 마을 사람들이 책에나 나오는 촌뜨기에 불과했지만, 헤레이스 일행에게 순박하고 신실한 이들은 천사나 다름없었다.

'여인들끼리 아이를 키우는 것은 어렵겠지. 소일거리를 줄 테니 집에서 아이 돌보며 일을 해 보오.'

텃세가 없다 할 수는 없었지만 마을 사람들은 금세 헤레이스 일행을 받아들였다. 나이가 지긋한 촌장은 남편을 잃었다고 말하는 헤레이스의 손을 잡고 여신의 가호가 아이에게 함께할 거라 그녀를 위로하며 소일거리를 내줬다. 또한 신전 여사제들도 아이를 홀로 키우는 그녀를 안타까워하며 여러 편의를 봐줬다.

지금 하는 일도 신전에서 받은 것이었다. 사제들은 헤레이스의 정교한 자수 솜씨를 보더니 작은 조각상이나 경전을 감싸는 천에 자수를 놓는 일을 부탁했다. 헤레이스보다는 못했지만 안나의 솜씨 또한 못 내놓을 정도는 아니어서 두 사람은 자수로 살림을 꾸려 나갔다.

"……겨울이 지나고 에르젠이 다섯 살이 되면 여길 떠나자."

"예?"

사죄 이후 한동안 말없이 자수에 집중하던 안나는 갑작스러운 헤레이스의 말에 눈을 동그랗게 떴다. 떠나자니. 이렇게 좋은 마을은 어디 가서 보기 힘들었다. 놀란 그녀가 손을 멈추고 헤레이스를 봤지만 헤레이스는 여전히 손을 재게 움직이며 말을 이었다.

"너도 이제 자리를 잡아야지. 결혼도 해야 하고……. 언제까지 내 곁에서 고생만 할 수는 없잖니."

"……"

"네게는 항상 미안했어, 안나. 나만 아니었으면 진작 더 좋은 삶을 살았을 텐데. 널 볼 때면 유모에게도 미안해."

입술을 깨문 채 눈물 가득한 얼굴로 헤레이스를 보던 안나가 낯빛을 바꿨다. 그녀가 약간 화가 난 목소리로 말했다.

"……아가씨께서 제 어미에게 미안해할 필요 없어요."

헤레이스는 무어라 말하려다 그만뒀다. 안나는 이상하리만치 제 어미에게 적대감을 가졌다. 헤레이스의 유모이기도 한 안나의 어미는 분명 딸인 안나와 사이가 좋은 어미였다. 하지만 디본의 몰락 이후 다시 만난 안나는 제 어미가 대화에 오를 때면 치를 떨었다.

"어머니는 아가씨를 죽이려 했어요. 그리고 그건 용서받을 수 없는 죄악이에요."

안나와 이 이야기를 할 때면 항상 이런 식이었다.

물론 유모가 헤레이스에게 독약을 준 것은 사실이었다. 하지만 그때는 반역죄로 목숨이 위태로울 때였고, 여인인 헤레이스는 노예로 떨어져 몸을 더럽힐 가능성이 컸다. 보수적인 가치를 중시하는 유모의 입장에선 자신이 키운 고귀한 아가씨가 그리되는 것보다는 명예로운 죽음을 택하는 것이 어쩌면 당연했으리라.

"안나, 그건……."

"디본과 함께 셜벗도 끝났어요. 가문에는 오롯이 저만 남았고 셜벗이라는 이름을 기억하는 이도 없죠. 그때 아가씨께서 저를 찾아내지 않았다면 전 진즉 죽거나 노예로 팔려 갔을 거예요. 그러니 다시는 그런 말 마세요. 저는 아가씨 곁에 있을 거예요."

안나가 어미를 미워하는 것이 안타까웠던 헤레이스는 유모를 두둔하려 입을 열었지만, 안나는 헤레이스의 말을 끊어 내더니 결연한 얼굴로 헤레이스를 떠나지 않겠다고 선언했다. 그리고 시선을 내려 자수에 집중하기 시작했다.

'다음에 천천히…… 시간이 많을 때 이야기해 보자.'

꽉 닫힌 듯한 모습에 결국 헤레이스는 입을 다물었다. 어미에 대한 안나의 앙금을 풀어 주고 싶었지만 당장 해야 할 일이 산더미였다. 헤레이스는 흰 손에 바늘을 쥐어 든 채 다시금 빠르게 움직였다.

* * *

"미겔! 미겔! 어디 있니!"

방문이 쾅 열렸다. 커다란 침대 위에 홀로 앉아 인형을 만지작거리던 은발의 아이가 고개를 들어 문가를 바라봤다. 금발의 여인이 당장에라도 무너질 듯 억울한 표정으로 아이를 쳐다보고 있었다. 미겔이 빙그레 미소를 지으며 물었다.

"어머니, 저를 찾으셨어요?"

네 살인 아이가 내뱉는 문장은 너무도 명확했다. 하지만 샬럿을 비롯한 세르펜스 성 사람들에게 그건 이미 일상이었다. 미겔은 말문을 연 지 몇 달 되지 않아 완벽히 의사소통을 했다.

사람들은 그런 미겔을 천재라 치켜세웠다. 샬럿 또한 여러모로 뛰어난 아들 덕에 으스대며 다녔다. 하지만 그녀에게 미겔은 자랑거리라기보다 다른 이유로 꼭 필요한 존재였다.

"아…… 미겔. 내 아들."

샬럿은 자신을 바라보는 미겔을 향해 비틀거리며 걷다가 무너져 내렸다. 탐스러운 금발 위, 황금과 보석으로 만들어진 치렁치렁한 장신구가 소리를 내며 앞으로 쏟아졌다. 미겔은 제 앞에서 무릎을 꿇은 어미의 머리를 쓰다듬다 앳된 목소리로 상냥히 물었다.

"이러는 거 오랜만이네. 그래 이번에는 또 무슨 일이에요?"

"……네 아버지가 그 반지를 앗아 갔어. 내 것이 아니라며…… 나한테 황금을 주겠다 말해 놓고 그것마저 앗아 갔어!"

샬럿의 목소리에는 온통 분기가 가득했다. 엉엉, 그녀는 아이처럼 울며 아들에게 제 억울함을 토로했다. 그게 어떤 물건인데. 비어 버린 약지에 세 개의 반지를 꼈지만 마음속 공허함을 감출수는 없었다.

'본래 네 것이 아니었으니 억울하게 생각 마라.'

이즈카엘은 성을 떠나기 전, 그를 배웅하겠다고 나선 샬럿에게서 금반지를 앗아 갔다. 세르펜스 문양이 선명한 그 아름다운 반지를…… 샬럿은 과거 헤레이스가 그러했듯 안 된다 말했지만 결과는 같았다. 분명 손에 들어온 것인데도 이즈카엘의 눈짓 한 번이면 그녀는 모든 것을 박탈당했다.

"내가 가져야 할 건 하나도 주지 않으면서…… 죽은 게 분명한 그 여자를 챙기느라 줬던 것도 빼앗아 갔단 말이야!"

"어머니."

미겔이 어미를 부드러이 부르며 작은 손으로 떼쓰는 어미의 어깨를 건드렸다. 샬럿이 고개를 살짝 들자 아이가 커다란 금안을 예쁘게 휘며 말했다.

"그걸 억울해하시면 안 돼요. 저도 그렇고, 아버지도 그렇고 항상 말하잖아요. 착각도, 과한 욕심도 곤란해요. 그리고 공작 부인은 죽지 않았어요. 멀쩡히 살아 있답니다."

"너, 너어!"

샬럿이 거칠게 고개를 들고 고함을 질렀다. 그녀는 모든 것을 아는 양 구는 자신의 아들을 기이하게 느끼지 않았다. 대신 그녀는 벌떡 일어나 눌러 왔던 모든 감정을 분출하며 발광하기 시작했다.

"그것은 죽었어! 죽었다고! 그러니까 아직도 찾지 못한 것이지!"

"……."

"네 어미는 나야! 그러니 그 반지도! 공작 부인 자리도 내 거야! 다 내 것이라고!"

흡사 광인에 가까운 어미를 보며 미겔이 눈을 가늘게 떴다. 혀를 내밀어 제 입술을 살짝 핥은 아이는 꼭 맛있는 사탕을 먹는 것처럼 달뜬 표정이었다. 아이가 천천히 숨을 들이마시다가 눈을 감았다.

"그런데 왜! 나한테 왜 이러는 거야! 왜 계속 내 걸 빼앗아 가느냐고!"

샬럿은 계속해서 혼자 소리를 지르며 물건을 집어 던졌다. 하지만 그녀의 고함은 밖으로 새어 나가지 않았으며 바닥을 향했던 물건들은 어쩐 일인지 모두 멀쩡했다.

누가 보더라도 기괴한 광경이었다. 하지만 침대에 앉아 신선한 공기를 마시듯 크게 숨을 들이켜는 아이도, 자리에서 날뛰는 여인도 모두 그 비이상적인 현상에는 아무 반응도 않았다.

한참 난리를 치던 샬럿은 어느 순간 행동을 멈췄다. 그녀가 후다닥 뛰어가 다시 아들의 손을 붙잡았다.

"너…… 미겔, 네가 커서 후계자가 되면…… 그러면……."

"……."

"모두 날 우러러보겠지? 공작 부인으로 볼 거야. 그렇지?"

미겔은 애처로운 어미의 말에 고민하듯 고개를 갸웃거리기만 했다. 샬럿이 애원하듯 아들의 손을 꼭 잡았다. 그제야 아이가 예쁜 웃음을 보이며 고개를 끄덕였다.

"아아……."

"괜한 걱정 말고 한숨 푹 자세요. 이런 모습 아랫것들에게 보이기 부끄럽잖아요."

작은 손이 샬럿의 눈가를 배회했다. 그녀가 아이의 손길을 따르다 그대로 무너졌다.

"맞아. 이런 모습을 천것들에게 보일 수는 없어. 난 공작 부인이 될 여자니까."

멍하니 중얼거린 샬럿은 미겔이 앉은 자리의 옆에 머리를 기댄 채 눈을 감았다. 미겔은 잠든 어미의 머리카락 위 장신구를 가만히 보다 그중 커다란 루비 하나를 집어 들었다. 그리고 그 붉디붉은 단단한 보석을 와각와각 씹어 삼키며 말했다.

"……물론 그때까지 어머니 당신이 살아 있다면 하는 말이지만."

* * *

신전의 문양을 따라 그려진 하얀 백합 다발이 당장에라도 향을 뿜을 듯 정교했다. 장인의 작품이라 불러도 손색이 없는 솜씨에 율리나 사제는 저도 모르게 감탄하며 말했다.

"이번에도 감사드립니다. 여신님께서도 신도님의 정성을 살펴 주실 겁니다."

칭찬에 얼굴을 붉힌 헤레이스가 두 손을 모으고 허리를 숙였다. 말은 없었으나 수줍음 가득한 미소와 조금 붉어진 얼굴이 그녀가 얼마나 기뻐하는지 여실히 보여 줬다.

'언제 보아도 참 아름다운 신도야.'

율리나는 기쁨에 반짝이는 헤레이스의 얼굴을 보며 새삼 저도 모르게 감탄했다. 익숙해질 법도 했건만 눈앞의 여인은 같은 또래의 여인인 자신이 보아도 언제나 놀랄 만큼 아름다웠다.

'이런 아내를 두고 먼저 여신의 곁으로 떠난 남편은 눈이나 제대로 감았……. 아이고, 이 무슨 불경한 생각이야. 여신이여, 용서하소서.'

제 불순한 말에 놀란 율리나 사제가 하얀 정복 소매 안으로 급히 손을 넣었다. 작은 주머니가 짤랑이는 소리와 함께 헤레이스의 흰 손에 살포시 내려앉았다.

"항상 솜씨에 비해 값이 적은 것 같아 죄송스럽습니다."

"아니에요. 저야말로 항상 감사드립니다, 사제님."

주머니를 받아 든 헤레이스가 환한 미소를 보였다. 그리 무겁지는 않았으나 이 정도면 올겨울을 준비하는 데 큰 보탬이 될 뿐 아니라, 오늘 저녁 에르젠에게 고기 스튜를 먹일 수 있으리라. 헤레이스가 주머니를 품 안에 넣고 제 손을 잡은 작은 아이를 바라봤다.

헤레이스가 에르젠을 바라보자 율리나 또한 자연스레 아이에게 시선을 두었다. 그녀가 헤레이스의 손을 꼭 붙잡고 있는 에르젠을 향해 인자한 얼굴로 인사했다.

"그러고 보니 우리 어린 신도님을 잊고 있었구나, 그래. 에르젠, 그동안 잘 지냈니?"

율리나의 목소리에는 아이를 향한 호감이 가득했다. 하지만 에르젠은 뭐가 그리 부끄러운지 헤레이스의 치맛자락에 얼굴을 푹 파묻더니 한쪽만 빼꼼 내밀어 율리나를 관찰하듯 살폈다. 어미를 꼭 빼닮은 푸른 눈이 아이 특유의 순수함으로 반짝였다.

"에르젠, 사제님께 인사해야지."

"괜찮습니다. 오랜만에 봐 낯을 가리는 게지요."

헤레이스가 짐짓 엄한 목소리로 아이를 부르자 율리나 사제가 손사래를 쳤다. 2년이 넘는 시간 동안 아이를 보며 알았다. 어미를 닮아 곱고 예쁜 아이는 여려 보이는 생김새만큼이나 수줍음이 많았다.

"에르젠, 어서."

헤레이스는 율리나 사제의 만류에도 불구하고 단호한 눈을 했다. 에르젠이 엄한 얼굴의 어미를 올려다보고는 입술을 삐쭉거리다 주춤거리며 앞으로 나왔다. 아이의 작은 발에 꼭 맞는 앙증맞은 신발이 앞쪽으로 모이며 퍽 귀여운 모양새를 만들었다.

"……안녕하세요, 사제님."

집중해 듣지 않으면 들리지 않을 만큼 작은 소리였으나 헤레이스는 잘했다는 듯 부드럽게 아이의 머리를 쓰다듬어 줬다. 어미의 칭찬에 에르젠이 배시시 웃으며 다시 헤레이스의 다리에 착 달라붙었다. 어미의 치맛자락에 얼굴을 비비는 모습이 어찌나 귀여운지 율리나 사제는 흐뭇한 얼굴로 모자를 바라보다 허리춤에 걸려 있던 천 주머니를 풀어 내밀었다.

"그럼 이번 것도 잘 부탁드립니다. 저번에 말씀드렸지만 꽤 중요한 물건에 쓰일 거라서요."

"걱정 마세요. 믿어 주셔서 감사합니다. 최대한 이른 시일 내로 가져다 드릴게요."

헤레이스가 주머니 속 값비싼 금실과 천을 곁눈질하며 고개를 끄덕였다. 이번에 신전에서 맡긴 일은 재료가 값비싼 만큼 보수도 두둑했다.

'예상보다 빨리 일을 쉴 수 있겠어.'

이 일을 끝내고 겨울 준비마저 끝내면 에르젠과 온종일 놀아

줘야지. 눈이 오는 날에는 같이 눈싸움도 하고, 아이에게 이야기도 잔뜩 들려 주리라.

평탄한 앞날을 생각하며 헤레이스가 제게 붙어 있는 에르젠의 뺨을 살살 쓸었다. 그러자 아이가 어미의 손에 얼굴을 비비적거리며 어리광을 피웠다.

"그럼 이만 돌아가 보겠습니다."

헤레이스가 꾸벅 허리를 숙이자 에르젠 또한 율리나에게 인사하고는 어미의 손을 꼭 붙잡았다. 율리나가 기도하듯 손을 모으며 고개를 천천히 끄덕거렸다.

"예, 조심히 살펴 가세요. 여신의 가호가……."

하지만 여사제의 인사는 끝을 맺지 못했다. 율리나가 막 헤레이스 모자에게 인사하려던 차, 언덕에 있는 신전 바로 아래 마을 공터 쪽에서 소란이 인 듯 사람들이 웅성거리는 소리가 들렸다. 중간에 꽤 큰 고함도 있었기에 세 사람의 시선은 자연히 언덕 아래로 향했다.

"저분은……."

율리나 사제가 소란의 중심에 있는 말, 정확히는 말 위 젊은 사내의 형체를 보며 말끝을 흐렸다. 여사제의 시선을 따라 사내를 보던 헤레이스가 말 뒤에 있는 마차를 경계 어린 눈으로 바라봤다. 이런 산골짜기와 어울리지 않는 고급 마차와, 마차 지붕 위 사슴뿔…….

'……이런 마을에 귀족이 왜.'

저 마차의 주인은 분명 귀족이었다. 아무리 부유하다고 해도 함부로 달 수 없는 사슴뿔 장식이 그것을 증명했다. 왕관 모양은 황족들만, 부엉이 모양은 고위 관료들만, 백합 모양은 사제들만 사용하는 것처럼 사슴뿔 장식은 일정 신분 이상의 귀족들에게만 주어지는 특권으로 허락되지 않은 이가 사용하면 중죄였다.

헤레이스가 어두운 목소리로 물었다.

"누구신가요?"

* * *

"엄마, 배고파."

지체된 점심시간에 아이가 보채기 시작했다. 헤레이스는 그런 에르젠을 살살 달래며 걷다가 길가에서 들꽃 하나를 꺾어 쥐여 주고는 등을 내밀었다. 제법 묵직한 무게에 힘들 법도 했지만 헤레이스는 나날이 자라나는 아이를 이렇게라도 느낄 수 있어 기뻤다.

"그래, 에르젠. 빨리 집에 가자. 가서 엄마가 맛있는 거 해 줄게."

원래라면 이미 집에 도착해 식사를 마쳐야 했다. 하지만 헤레이스는 핑계를 대며 신전에 몇 시간 더 머물렀다. 당장 내려갈 수도 있었지만 말 위 사내를 비롯해 그 일행과 마주치고 싶지 않았다.

'이쯤이면 아예 마을을 떠났겠지.'

사내는 제법 떨어진 거리에서 봤음에도 외모가 준수했다. 타고 있는 말의 털 오라기만큼이나 윤기 나는 갈색 머리카락에 말쑥한 모습이 이런 작은 마을과 어울리지 않았다.

'이 근방 영주님의 막내 아드님이십니다. 수도에서 돌아오셨다 듣긴 했지만…… 이런 마을은 아예 발걸음 하지 않으실 분인데. 저도 기도회에 참석해 몇 번 본 것이 다라 얼굴만 알고 있습니다.'

하지만 그러했기에 더욱 경계심이 들었다. 헤레이스의 얼굴은 커녕 그녀의 존재조차 몰랐던 마을 사람들과 달리, 수도에 머물렀던 귀족이라면 혹 그녀의 얼굴을 알지도 몰랐다. 게다가 그녀를 모른다 해도 지역 유지와는 마주하고 싶지 않았다. 여러 번 좋지 못했던 경험들이 떠오른 탓이었다.

'……괜한 걱정이야.'

헤레이스가 여러 상황을 가정하다가 고개를 저었다. 그녀가 수도를 떠난 지 몇 년이었다. 그리고 성을 떠나고 나서 겪었던 일들은 그저 몇몇 나쁜 사람들 때문에 일어난 일이었다. 일어나지도 않은 일에 괜히 불안해하고 의심하는 짓은 좋지 못했다.

헤레이스는 에르젠을 고쳐 업고 다시 걸음을 옮겼다. 가파르지는 않았으나 내리막길이었기에 헤레이스의 발걸음은 조심스러웠다.

"내릴래."

한참을 어미의 등에서 꽃을 가지고 장난치던 에르젠이 뜬금없이 내리겠다며 칭얼거렸다. 툭 튀어나온 나무뿌리를 피해 걸음을 재게 옮기던 헤레이스가 어린 아들의 말에 자리에서 멈췄다.

"응?"

"내리고 싶어. 에르젠 혼자 걸어갈 거야."

아이들의 변덕이란. 몇 걸음 걷고 힘들다며 다시 안길 아들임을 알았음에도 헤레이스는 픽 웃으며 아들을 내려 줬다. 에르젠은 그녀의 등에서 내려오자마자 작은 손으로 제 옷을 펴고 제자리에서 두어 번 폴짝폴짝 뛰었다. 눈에 넣어도 아프지 않을 모습에 헤레이스가 무릎을 꿇고 아들과 시선을 마주하며 물었다.

"우리 에르젠, 걷고 싶었어?"

"응. 엄마가 힘들잖아."

생각지도 못한 답에 헤레이스의 눈이 순간 커졌다. 그녀가 잠깐 고개를 숙였다가 들곤 아들을 꼭 안아 줬다. 작은 떨림에 의아해진 에르젠이 어미의 얼굴을 보려다 익숙한 품에 가만히 안겨 있었다.

"……우리 에르젠, 착하네."

아이 특유의 냄새가 헤레이스에게 닿았다. 그녀는 아들의 머리를 쓸어 주고는 일어섰다. 에르젠이 자신보다 큰 어미의 손을 꼭 잡고 방긋 웃다가 빨리 가자는 듯 손을 흔들었다.

"천천히. 천천히 걸어도 괜찮아, 에르젠."

함께 걷는 모자의 발걸음은 경쾌했다. 헤레이스는 귀가가 늦을지언정 에르젠의 속도에 맞춰 느긋하게 길을 걸었다. 잡초와 여러 들꽃, 작은 산짐승 등을 가리키며 아들에게 자신이 아는 모든 것을 알려 주는 그녀의 얼굴은 어느 순간보다 빛났다.

"이제 거의 다 왔다. 집에 가면 밥부터 먹자."

"응!"

그렇게 얼마를 걸었을까. 모자는 언덕길을 거의 다 내려왔다.

하나 그들이 언덕길 마지막 모퉁이를 돌기 전 웬 사내들이 왁자지껄 떠드는 소리가 들리더니 여러 발걸음이 가까워졌다. 사내들의 목소리에 헤레이스가 급히 걸음을 멈췄지만 그 무리는 자신들을 제외하고는 다른 사람이 있는 줄 몰랐는지 눈썹을 치켜뜨고 날카롭게 외쳤다. 심지어 한 사내는 많이 놀랐는지 허리춤에 있는 검집에 손까지 가져갔다.

"뭐야!"

사내 무리는 총 다섯으로 이루어져 있었다. 헤레이스는 그들의 차림새가 범상치 않음을 깨닫는 동시에, 무리의 맨 앞에 있는 사내가 마주치고 싶지 않았던 이임을 알아차렸다. 그녀가 티 나지 않게 입술을 문 채 길 가장자리에 바짝 붙어 고개를 푹 숙였다. 먼저 지나가라는 뜻이었다.

헤레이스가 비켜섰음에도 무리는 움직이지 않았다. 사내들의 얼굴에는 모두 놀라움이 새겨져 있었다. 그들은 헤레이스의 얼굴을 은근히 훔쳐보다 그녀의 차림새가 허름한 것을 깨닫고 노골적인 눈을 했다. 얼굴과 몸을 더듬는 여러 쌍의 눈에 헤레이스가 고개를 더욱 수그린 채 모로 얼굴을 틀었다.

"……먼저 지나가 보겠습니다."

가느다란 목소리와 함께 모자가 반걸음 움직였으나 사내들은 비켜 줄 낌새가 없어 보였다. 헤레이스가 고개를 들어 눈빛으로 비켜 달라며 다시 한번 청했다. 그러자 가장 앞에 선 사내가 기다렸다는 듯 눈을 가늘게 뜬 채 헤레이스와 시선을 마주했다.

그가 헤레이스의 차림새를 몇 번 더 훑다 턱을 치켜들고 거만히 물었다.

"뭐 하는 계집이지?"

* * *

윌리엄은 포드 백작가의 차남이자 막내였다. 포드 백작은 장남과 달리 늘그막에 얻은 나이 어린 둘째 아들을 제법 귀여워했다. 그는 장남을 비롯하여 딸들에게도 엄격했던 모습을 윌리엄에게만은 벗어던졌다.

하지만 그게 문제였다. 지나치게 자유로이 자란 윌리엄은 신앙에 목을 매며 청빈과 도덕을 중시하는 아비나 형과 달리, 지나치게 쾌락을 추구하며 제멋대로 삶을 살았다.

영지에서 왕이나 다름없는 아비의 권력, 제 사고를 모두 수습해 주는 형. 무서울 거 하나 없이 자란 윌리엄은 아비가 돈을 꽤나 들여 보내 준 수도에서도 공부나 제대로 된 사교 활동들은커녕, 제 욕망을 채우고 사고를 치며 방종하게 지냈다.

그리고 그렇게 지내길 몇 년, 그는 질 나쁜 친구들과 함께 약혼자가 있는 여인을 강제로 취하는 극악무도한 죄까지 저질렀다.

'포드 백작께서는 여자의 약혼자 쪽에 적당한 보상을 해 주시면 됩니다. 여자 쪽은 저희가 보상을 하지요.'

본래라면 이리 무도한 죄를 저지른 가해자들은 모조리 처벌받아야 했다. 그러나 여인의 출신이 한미한 자작가 사생아인 데다, 같이 사고를 친 가해자 중 몇이 제법 대단한 가문의 자제였기에 윌리엄은 벌을 피해 갔다.

가문끼리 정한 보상이라는 이름에 피해자인 여인은 수도를 떠나 외진 곳에 있는 신전에 억지로 끌려갔다. 몸도, 마음도 되돌릴 수 없을 만큼 다친 그녀는 영영 수도로 올라오지도, 사랑하는 이와 혼인할 수도 없게 됐다. 참담한 결말이었다.

일은 그렇게 끝났지만 신실했던 백작은 아들이 친 사고에 제법 큰 충격을 받았다. 백작은 즉시 아들을 영지로 불러들였고 영지에서 가장 오래된 신전에서 두 달간 기도를 올리며 죄를 씻으라고 고래고래 고함질렀다.

'당장 나가거라! 나가서 네 죄를 기도로 씻고 와! 당장!'

어찌 보면 벌이라 하기 민망할 정도의 처분이었건만 윌리엄은 아비의 명에 입을 내밀고 억울한 얼굴을 했다. 그런 사생아 계집애 하나 건드린 것이 무에 죄란 말인가. 게다가 그 계집애가 먼저 살살 웃으며 자신과 친우들을 꼬드기지 않았나.

처음 보는 아비의 화난 얼굴과 형의 차가운 눈초리에 윌리엄은 말없이 산골짜기 신전으로 향했으나 그의 속내에는 불만이 가득했다.

'아버지께 감사해야겠군.'

하지만 그것도 조금 전까지였다. 윌리엄은 눈앞의 여인을 보는 순간 여신께서 억울한 저를 보살핀 것이 분명하다 여겼다.

"뭐 하는 계집이지?"

윌리엄이 혀로 입술을 적셨다. 온몸이 바짝바짝 마르는 기분은 참기가 어려웠다.

눈앞의 여인은 여느 평민들처럼 거적때기 같은 차림새였으나 그가 본 어떤 여인보다 아름다웠다. 보고만 있어도 동하는 얼굴에, 부드러워 보이는 몸, 게다가 설명할 수 없는 특유의 분위기까지.

그는 길고 풍성한 검은 속눈썹 아래 우물처럼 깊은 여인의 눈을 바라보며 감탄했다. 그러다가 여인에게 바짝 붙어 바르작거리는 물체를 보고 인상을 찌푸렸다.

'아이?'

여인을 살피느라 미처 보지 못한 아이가 눈에 잡혔다. 윌리엄이 아이를 쳐다보다 못마땅한 듯 혀를 찼다. 조막만 한 아이는 척 봐도 여인의 핏줄이었다. 굳어 있는 어미와 마찬가지로 겁에 질린 채 자신을 올려다보는 눈이 여인의 푸른 눈과 같은 색을 뿜냈다.

'남편이 있나?'

하기야 저 정도 미모라면 열 번을 결혼하고도 또 할 수도 있으리라.

윌리엄은 저 혼자 결론을 내리고는 고개를 주억거렸다. 남편 있는 여인을 차지하는 일은 피곤하긴 했지만 상대는 벌레 같은 평민이 아닌가. 수도의 부유한 평민도 아닌 이런 산골짜기 촌부 하나 눌러 버리는 것쯤은 그에게 어려운 일이 아니었다.

"뭐 상관없겠지."

윌리엄은 저를 경계하며 살피는 모자에게 성큼 다가갔다. 그가 가까워지자 헤레이스가 에르젠을 뒤로 보내고 입술을 꾹 물었다. 그 모습이 꼭 맹수에게서 새끼를 지키는 어미 짐승 같아 비소가 새어 나왔다. 윌리엄이 입꼬리를 올린 채 물었다.

"이 근방에 사는 계집인가?"

헤레이스는 윌리엄의 물음에 답하지 않았다. 대신 그녀는 고개를 내려 사내의 눈을 피하고는 단호한 목소리로 말했다.

"⋯⋯지나가지 않으실 거라면 비켜 주세요."

"남편은 있나?"

윌리엄은 헤레이스의 말을 무시한 채 그녀에게 더욱 가까이 다가갔다. 그가 장갑 낀 손으로 헤레이스의 턱을 잡아 들고는 물건을 품평하듯 이리저리 비틀었다.

사냥 장갑 특유의 가죽 내와 축축함이 소름 끼쳤다. 불쾌해진 헤레이스가 거칠게 고개를 틀어 윌리엄의 손에서 빠져나왔다.

"제법 앙칼진 계집이로군."

윌리엄이 킬킬대며 웃었다. 그러자 그의 뒤에 서 있던 사내들도 따라 웃기 시작했다. 거대한 성인 남성들의 비웃음 소리와 압도적인 그들의 분위기에 에르젠이 긴장한 듯 딸꾹질을 하며 헤레이스에게 더욱 가까이 붙었다.

"괜찮아, 에르젠. 엄마가 있잖아."

헤레이스가 겁먹은 아들을 달래려 할 때였다. 팔짱을 낀 채 소리 높여 웃고 있던 윌리엄이 웃음을 멈추고 손을 높이 들어 올렸다.

"하지만 평민 주제에 지나치게 건방져."

짝!

익숙한 듯 내리치는 손길에 머뭇거림은 없었다. 헤레이스는 혹여나 에르젠이 놀랄까 싶어 입술을 문 채 비명을 삼켰지만 옆으로 내쳐지는 몸을 막지는 못했다. 에르젠이 어미와 함께 옆으로 쓰러졌다.

"엄, 엄마…… 흐읍."

헤레이스는 에르젠이 넘어진 것을 확인하자마자 품 안으로 아들을 끌어당겼다. 많이 놀란 아이는 큰 소리로 울지도 못하고 헤레이스의 품에서 끅끅 울음을 토했다. 그녀는 부어오르는 자신의 뺨은 신경조차 쓰지 않은 채 에르젠을 어르고 달랬다.

"에르젠, 울지 마. 울지 마, 우리 아가."

"흐윽…… 흡…… 엄, 엄마."

마음이 있는 자라면 누구나 측은함을 느낄 만했다.

하지만 윌리엄은 저보다 신분이 낮은 이들을 가축이나 다름없이 보는 자였다. 노예가 아닌 국민으로서 권리를 가진 평민에게도 그는 가차 없었다. 짐승의 마음을 가진 사내는 몸을 옹송그려 모아 아이를 감싸는 여인을 보며 제 욕심이 더 커짐을 느꼈다.

'보면 볼수록 괜찮은 계집이란 말이지.'

수도에서 지낼 적 금화 수백 개를 쏟아부어 겨우 하룻밤을 샀던 이름 높은 계집도, 한 번 춤추는 데 값비싼 선물이 필요했던 사교계의 꽃도 눈앞의 여인만 못했다. 이런 계집을 옆에 끼고 있으면 즐거울 뿐 아니라 다른 사내들의 앞에서 제법 면목도

서겠지. 그뿐인가? 저 정도 외관은 여러 방면으로 도움이 될 법했다.

윌리엄은 제 친우들이 정부들을 어떻게 써먹는지를 기억하며 입맛을 다셨다. 충분히 취한 다음 수도로 데리고 가 장사를 한다면 돈이든 지위든 크게 이윤이 남을 것이다.

"끌어내."

윌리엄이 헤레이스 모자를 내려다보다 뒤에 있는 수하들에게 턱짓했다. 애 딸린 여인을 다루는 거야, 아이에게 사탕 뺏기보다 쉬웠다. 저리 온몸으로 아이를 아낀다 알려 주는데 이를 이용하지 않으면 더 이상한 것 아닌가. 아이를 인질 삼으면 여인은 분명 고분고분해지리라. 그의 명에 뒤에 있던 수하들이 움직였다.

"내 아이에게 손대지 말아요!"

"엄마! 엄마!"

거칠고 배려 없는 사내들의 손길에 모자는 속수무책으로 당했다. 헤레이스는 어떻게든 에르젠을 빼앗기지 않으려 발버둥 쳤지만 성인 남성 여럿을 이길 순 없었다. 결국 헤레이스는 사내 둘에게, 에르젠은 사내 한 명에게 제압당했다.

윌리엄이 수하에게 붙들려 무릎을 꿇고 있는 헤레이스에게 다가갔다. 그녀는 윌리엄이 다가오든 말든 아들을 부르며 거세게 바르작거렸다. 에르젠 또한 엉엉 울며 어미를 불렀다.

"이 시골구석에서 어찌 지내나 걱정했는데 무료하지는 않겠어."

윌리엄은 재차 헤레이스의 턱을 쥐고서 자신을 보도록 했다. 강제로 꺾인 목이 아파 헤레이스가 벗어나려 애썼지만 윌리엄은 조금 전처럼 손에서 쉬이 힘을 빼지 않았다. 그가 엄지로 도톰한 헤레이스의 입술을 쓸며 물었다.

"얌전히 따르겠나?"

헤레이스가 이를 악물고 날카로운 눈을 했다. 여러 번 위험한 일이 있긴 했었으나 이리 갑작스럽게 막무가내로 구는 이는 보지 못했다. 어찌해야 하지. 그녀는 에르젠을 곁눈질하며 입술을 물었다.

"이 지경에 와서도 버르장머리가 없군."

헤레이스가 대답하지 않자 윌리엄이 비열한 웃음을 지으며 에르젠에게 다가갔다. 어미와 떨어져 울던 아이는 성인 남성이 자신에게 다가오자 두려움에 사로잡혀 더 큰 소리로 울었다.

"시끄럽기는…… 어때? 버르장머리 없는 너 대신 네 애새끼에게 벌을 줄까 하는데."

윌리엄이 에르젠의 멱살을 쉬이 틀어쥐었다. 그러자 경기하듯 울던 아이가 딸꾹질을 하더니 축 늘어졌다. 에르젠이 기절하자 놀란 헤레이스의 얼굴이 창백해졌다. 그녀가 당장에라도 튀어 나갈 듯 몸을 뒤틀었다.

"에르젠! 이거 놔요! 놔! 에르젠!"

"뭐야? 이거 왜 이래?"

윌리엄의 얼굴에도 순간 당황이 스쳤다. 그가 에르젠의 멱살을 놓고 수하를 봤다. 긴장한 표정의 수하가 아이 가까이에 귀를 가져다 대더니 다행이라는 듯 한숨을 쉬고는 윌리엄을 향해 말했다.

"다행히 기절한 것뿐입니다."

윌리엄의 얼굴이 일그러졌다. 그는 순간이었지만 이따위 평민 아이 때문에 제가 당황했다는 사실이 수치스러웠다. 그가 수하에게 신경질을 내며 소리를 질렀다.

"다행은 무슨! 이따위 애새끼가 어찌 되든 내가 알 바야?"

제 분에 못 이겨 씩씩대던 윌리엄이 다시 에르젠의 멱살을 그러쥐었다. 작은 아이의 몸이 아무렇게나 당겨지더니 수하의 품에서 벗어나 바닥으로 툭 떨어졌다. 헤레이스가 높은 비명을 지르며 몸을 비틀었다.

"아악! 에르젠! 하지 마! 하지 말란 말이야!"

창백하다 못해 파리해진 얼굴에는 그새 눈물이 가득했다. 헤레이스가 경련하듯 벌벌 떨며 아이를 향해 고함을 지르자 윌리엄을 제외한 사내들이 이제는 불편한 듯 얼굴을 굳혔다. 모시는 주인의 명에 따라 움직이기는 했으나 그들도 엄연히 어미를 비롯해 가족이 있는 몸. 죄책감을 지우기 어려웠다.

하지만 윌리엄은 그런 헤레이스를 보며 히죽 웃기만 할 뿐이었다. 그가 헤레이스와 마주 보며 쓰러진 에르젠을 신발 끝으로 살살 건드렸다. 그가 발로 아들을 툭툭 칠 때마다 헤레이스가 숨넘어가는 소리를 내며 울부짖었다.

"……도련님께 시키는 대로 하겠다 빌어. 그래야 끝이 날 거야."

헤레이스를 제압한 사내 중 하나가 그녀에게만 들리게 웅얼거렸다. 그 말을 들은 헤레이스가 윌리엄을 향해 더듬더듬, 그러나 절박하게 외쳤다.

"시, 시키는 대로 할게요. 그러니 이러지 마세요. 뭐든 시키는 대로 할 테니까⋯⋯."

만족스러운 듯 윌리엄이 고개를 끄덕이며 헤레이스에게 다가갔다. 헤레이스는 사내가 다가오든 말든 에르젠만을 봤다. 윌리엄의 수하 하나가 땅에 있는 에르젠을 안아 들더니 헤레이스를 향해 측은한 얼굴로 고개를 끄덕였다. 아이는 괜찮다는 뜻이었다.

"처음부터 이랬으면 좋았잖아. 어미가 돼 아이를 저 꼴로 만들고 말이야. 자격이 없군."

헤레이스의 어깨에 손을 올린 윌리엄이 사방을 살폈다. 언덕길이었으나 나무들이 빽빽한 길은 산길이라 해도 무색함이 없었다. 그가 조금 떨어진 곳에 있는 커다란 바위를 바라보며 징그럽게 입꼬리를 올렸다.

"시키는 대로 하겠다니 우선⋯⋯."

어깨를 더듬던 손이 드러난 흰 목을 지분거리기 시작했다. 하지만 윌리엄이 헤레이스의 팔을 낚아채 일으키려던 차, 급박한 발걸음 소리와 함께 나이 많은 이의 노성이 쩌렁쩌렁 울렸다.

"이 무슨 짓입니까!"

모두의 시선이 향한 곳에는 지팡이를 짚은 채 나지막한 비탈길을 내려오는 나이 많은 여사제가 있었다. 하얀 백발을 꼼꼼히 땋아 말아 올린 노인은 평상시 평온했던 얼굴을 버린 채 분기를 그대로 드러내고 있었다. 노사제의 소매 넓은 신복이 거칠게 펄럭였다.

"신성해야 할 이곳에서 무슨 짓입니까!"

노사제의 뒤쪽에는 그녀를 따라 나온 율리나도 있었다. 율리나 또한 노사제와 마찬가지로 평소 온화했던 표정이 아닌 단단히 화가 난 얼굴이었다. 그녀가 사내들을 경멸스럽게 훑어보자 윌리엄을 제외한 이들이 몸을 굳혔다.

"신도님, 일어나세요."

"에르젠!"

율리나는 노사제의 눈치를 보다 냉큼 헤레이스에게 달려가 그녀를 부축하려 했다. 하지만 헤레이스는 사내들의 결박에서 벗어나자마자 에르젠을 안고 있는 사내에게 달려들었다. 사내가 주춤거리며 물러서려다 헤레이스의 얼굴을 보고 얌전히 아이를 내줬다.

"에르젠······."

헤레이스가 에르젠을 꼭 안더니 다리가 풀린 듯 바닥에 꿇어앉았다. 흙바닥도 개의치 않고 아이를 품은 그녀는 눈뜨지 않는 아들이 걱정스러운지 덜덜 떨며 연신 에르젠의 얼굴을 쓰다듬었다.

"에르젠······ 에르젠. 내 아가. 에르젠······."

그 모습에 율리나가 헤레이스에게 다가가 허리를 굽혀 에르젠을 살폈다. 그녀가 헤레이스의 어깨를 도닥이며 안심하라는 듯 천천히 일러 줬다.

"잠든 것뿐이니 걱정 말아요. 그보다 일어나야지요. 계속 이리 있다가는 옷이 상할 거예요."

율리나의 말에 그제야 정신을 차린 듯 헤레이스가 주춤거리며 일어섰다. 율리나는 부들부들 떠는 헤레이스를 제 뒤로 보낸 뒤 그녀를 보호하듯 그 앞을 막아섰다. 평소의 부드러운 표정을 지운 그녀는 윌리엄을 위시한 사내들을 향해 멸시하는 눈을 숨기지 않았다.

"뭐 하는 짓이지? 그 계집은 이미 나를 따르기로 했다고! 뭐 하나, 계집. 당장 이리로 와!"

뜻대로 되어 가던 상황이 한순간에 뒤바뀌자 윌리엄이 이를 갈다가 일갈했다. 하지만 나이 많은 사제는 눈썹 하나 까딱하지 않은 채 앞으로 나서더니 지팡이로 땅을 세게 찍었다.

"여기는 여신의 가호를 받는 신전의 땅입니다. 이런 곳에서 이런 무도한 죄악을 저지르려 한 주제에 고함이라니!"

늙은 사제의 기세가 얼마나 위엄이 넘치는지 윌리엄은 저도 모르게 뒤로 물러섰다가 바로 뒤에 있는 수하와 부딪치고는 얼굴을 붉혔다.

"노인네가 누구한테 감히…… 내가 누구인지 잊었나? 나는 포드 백작가의……."

"백작님께서 윌리엄 님을 왜 여기로 보냈는지 잊으셨습니까?"

볼썽사나운 자신의 모습에 윌리엄이 인상을 구기며 신분을 들먹였다. 하지만 노사제는 그의 말을 싹둑 잘라 버린 채 도리어 먼저 백작을 입에 담았다. 그리고 한술 더 떠 대놓고 윌리엄을 비난했다.

"죄를 씻게 도와 달라 간절히 부탁하셔서 받아들였더니 어디 돼먹지 못한 행태를…… 쯧."

"뭐? 돼먹지 못해? 그거 나한테 하는 말인가?"

"그럼 누구에게 한 말이겠습니까. 저 가여운 여인에게 한 말일 까요?"

아비의 영지 내에서는 거의 왕이나 다름없이 지낸 윌리엄이었다. 그는 제 아비의 땅에서 감히 제게 저런 언사를 하는 이가 있을 거라고는 생각지도 못했다. 붉어졌던 얼굴이 이제 거의 터질 듯했다.

"미친 늙은이가! 뭣들 하는 거야! 당장 저것을 잡아! 잡아서 내 앞에 꿇려!"

윌리엄이 발발 뛰며 사제에게 손가락질했다. 하지만 수하들은 헤레이스 모자를 결박했을 때처럼 빠르게 움직이지 않았다.

윌리엄 밑에 있는 그들은 모시는 도련님과 비슷한 성향을 어느 정도 가졌지만 모두 출신은 신앙 깊은 동부요, 신실한 포드 백작 가에서 오래 지낸 사용인들이었다. 그들은 그들과 같은 평민 여인쯤이야 쉽사리 건드렸지만 나이가 지긋한 사제에게 손대는 것은 성격 나쁜 도련님의 명이라 해도 꺼렸다.

"이 늙은이의 말이 틀렸다 싶으십니까? 그럼 당장 백작님께 사람을 보낼까요?"

사제가 율리나에게 눈짓하며 윌리엄을 압박했다. 그러자 율리나가 헤레이스 모자를 부축해 신전으로 올라가는 길로 인도했다. 윌리엄은 제 눈앞에서 사라지려는 헤레이스를 보며 핏발 선 눈을 했지만 이 이상 어쩌지는 못했다. 사제가 정말 아비에게 사람을 보낼까 두려웠고, 주춤거리는 수하들 또한 제 편이 아님을 짐작했기 때문이다.

"도련님, 혹여나 백작님께서 이 일을 아시면⋯⋯."

결국 윌리엄은 수하의 만류에 못 이기는 척 몸을 돌렸다. 뒤에서 노사제가 한심하다는 눈빛으로 그를 보는 것이 느껴졌다. 그가 음침한 얼굴로 이를 갈며 낮은 목소리로 말했다.

"망할 것들. 두고 보라지. 내가 이대로 물러날 줄 알고."

* * *

"지낼 곳이 누추합니다. 오랫동안 쓰지 않다 보니. 내일 청소하실 때 도와 드리지요."

율리나 사제가 탁자를 쓸다 손에 묻어나는 먼지에 인상을 찌푸리며 말했다. 여기저기 구석에 껴 있는 거미줄과 먼지, 그리고 그 아래 아무렇게나 쌓여 있는 짐과 나무 상자. 잠시 머무르라며 내주긴 했지만 오래된 신전의 별채는 민망할 정도로 처참한 꼴을 하고 있었다.

"아니에요, 사제님. 여기서 지낼 수 있게 해 주신 것만으로도 감사하죠. 부인께서도 분명 고마워할 거예요."

율리나 사제의 미안한 말투에 안나가 손사래 쳤다. 당분간 신전에서 지내라 방을 내준 것이 어디인가. 사제들은 헤레이스 일행에게 은인이나 다름없었다.

"사제에게 신도를 돕는 일은 당연한 것이니 부담 가지지 않으셔도 됩니다. 그리고 일도 해 주시는걸요. 여신을 위해 일하시는데 이 정도쯤은 당연히 해 드려야지요."

낮의 일이 있고 난 뒤 헤레이스는 바로 마을을 떠나려 했다. 하지만 지도 사제인 디안나는 헤레이스를 만류하며 현실적인 문제를 꼬집었다.

'이제 곧 겨울이오. 아이를 데리고 어디로 가시려고. 게다가 지금 떠나다 그 무도한 자를 마주친다면? 그때는 어쩔 셈이요.'

하얀 백발을 가진 디안나의 말에서는 연륜이 묻어났다. 헤레이스는 그 말을 듣다가 지난겨울을 떠올렸다.

첫 번째 겨울은 성을 나온 지 얼마 지나지 않아 닥쳤으나, 그쯤에는 수중에 돈이 적당히 있어 별 어려움 없이 넘겼다. 하지만 두 번째, 세 번째 겨울은……, 지금의 마을 사람들이 헤레이스 일행을 측은히 여겨 다행이지, 아니었다면 그들은 이미 추위와 배고픔에 굶어 죽었으리라.

'그, 그럼 올겨울만 신세를 지겠습니다, 사제님.'

'신세라 생각할 것도 없소. 그대는 신전의 일을 맡은 신도님이 아니오? 다행히 신전에 남는 별채가 있으니 올겨울 그곳에서 지내도록 하세요. 오래전 일이긴 하지만 집 없는 여신도들께서 지내던 곳이니 못 지낼 정도는 아닐 거요.'

헤레이스가 신전에서 지내겠다고 말하자 디안나는 율리나를 시켜 안나를 데려오도록 했다. 덕분에 헤레이스와 에르젠을 기다리던 안나는 놀랄 겨를도 없이 짐을 챙겨야 했다.

율리나는 안나와 함께 신전으로 향하며 헤레이스와 에르젠이 당한 일을 전해 줬다. 언제까지 저리 고생하셔야 하는지. 평안했던 헤레이스의 처녀 적 삶을 기억하는 안나에게는 현재 상전의 삶이 너무도 기구하게 다가왔다.

초췌한 얼굴로 방 안에 있을 헤레이스를 생각하며 안나가 깊은 한숨을 쉬었다. 그러자 율리나 또한 걱정스러운 얼굴로 말했다.

"디안나 사제님께서 계시겠지만 그래도 당분간은 조심하셔야 합니다."

"설마 신전에 있는데요. 그리고 이곳 영주님께서는 제법 신실하다 들었는데……."

"신실하신 백작님을 생각한다면야 그자가 감히 신전에 쳐들어와 난동을 부리지는 않겠지요. 하지만 혹시라는 게 있으니까요. 알아보니 윌리엄 님은, 아니 그치는 제법 유명하더군요. 수도에서 사고를 치고도 멀쩡히 영지로 돌아왔다기에 그리 큰 사고는 아닌 줄 알았는데 알고 보니 그런 무도한 짓을…… 여신이시여."

율리나는 조금 전 들은 윌리엄의 죄를 떠올리며 치를 떨었다. 여신께서 살피시는 세상에 인간으로 태어나 짐승만도 못한 짓을 하다니. 그녀로서는 상상도 못 할 죄였다.

"헤레이스 신도님의 작고하신 부군께서 이 상황을 알면 어찌 생각할지. 살아 계셨다면 보고만 있지는 않았을 텐데요."

작고한 부군이라는 말에 안나가 아주 잠깐 얼굴을 굳혔다. 이곳 사람들은 헤레이스가 기사였던 남편을 전쟁 통에 잃고 홀로 아들을 키운다고 알고 있었다. 하지만 실제로는……. 안나는 시린 은발에 서늘한 금안을 가진 수려한 사내를 떠올렸다.

'만일 공작님께서 이 일을 아시면 어떻게 하실까.'

혀가 잘린 채 쫓겨날 뻔했던 그날 후로 안나에게 이즈카엘은 이겨 낼 수 없는 공포와도 같았다. 그랬기에 그녀는 성을 떠나온 뒤 전 주인에 대해 생각도, 말도 하지 않았다.

헤레이스 또한 자신이 도망쳐 온 남편에 대해 말하는 것을 극도로 꺼렸기에 3년이 넘는 긴 시간 동안 그들은 간혹 북부만을 입에 담았을 뿐, 그곳의 주인인 이즈카엘에 대해서는 입을 닫았다.

"……그렇죠. 주인님께서는 용맹한 기사였으니까. 아마 가만두지 않았을 거예요."

떨떠름한 안나의 말투를 눈치채지 못한 율리나가 안타까운 얼굴을 하다가 문득 무언가 떠올리고는 안나의 손을 꼭 잡았다. 갑작스러운 그녀의 행동에 안나가 멀뚱멀뚱하게 율리나를 바라봤다.

"그러고 보면 안나 신도님도 대단하세요. 사실 충정만으로 헤레이스 신도님을 따르는 게 쉽지는 않을 텐데."

"당연한 일이에요. 전 어릴 적부터 부인을 모셨는걸요. 게다가 부인께서는 제 목숨을 구해 준 은인이기도 하시거든요."

"아…… 그러고 보니 헤레이스 신도님께서는 고귀한 출신이라 하셨죠. 그럼 가문으로 돌아가는 건 어떤가요? 부군을 잃으셨다면 친정으로 돌아가셔도 좋을 텐데요. 그편이 안전하기도 하고……."

힘든 지금 왜 이리 날카로운 질문이 많이 들어오는지. 안나는 혹여나 실수라도 할까 봐 정신을 바짝 차린 채 억지로 태연한 표정을 지어 내며 답했다.

"귀족이라 해도 이름만 이어지던 가문인걸요. 게다가 부인의 양친께서는 모두 일찍 돌아가셔서……. 또 부인께는 형제도 없고요."

"그런 사정이 있었군요."

율리나가 안타까운 얼굴로 고개를 끄덕이다 창밖을 보고는 허둥거리며 일어섰다. 이야기를 하다 보니 시간이 이리 지난 줄도 몰랐다. 그녀가 자신을 따라 일어서려는 안나를 손짓으로 저지한 채 의자에 걸쳐 놓았던 겉옷을 집어 들었다.

"이런. 시간이 벌써 이렇게 됐군요. 이만 가 보겠습니다. 오늘 밤 기도 당번이 저라서."

"얼른 가 보세요. 여기는 걱정 마시고."

"밤이 깊었으니 푹 쉬도록 하세요. 헤레이스 신도님도 잘 보살펴 드리고요. 내일 일찍 찾아와 짐 푸는 걸 도와 드릴게요."

"네. 감사합니다, 사제님."

안나는 웃는 얼굴로 율리나를 배웅하다가 그녀가 밖으로 사라지기 무섭게 한숨을 쉬며 일어섰다. 그리고 굳건히 닫혀 있는 방문을 똑똑 두드리고는 조용히 들어갔다.

좁고 어두운 방 안 침대에는 에르젠이 누워 있었다. 쌕쌕 숨을 내쉬며 자는 모습에 별다른 이상은 없어 보였다. 하지만 아이 옆 침대 머리맡에 앉아 있는 상전의 얼굴은 매우 파리하여 당장에라도 쓰러질 듯 위태로워 보였다.

안나가 촛불 아래 창백한 헤레이스의 손을 바라보다 입을 열었다.

"아가씨."

"……."

"율리나 사제님께서 막 가셨어요."

헤레이스는 말없이 고개를 끄덕였다. 안나는 헤레이스에게 다가가 괜찮으냐고 물으려다 그녀의 안색을 살피고는 그만뒀다.

"아가씨도 이만 주무세요. 내일은 청소도 하고 짐도 정리해야 하니까 늦게 일어나시면 안 돼요."

대신 안나는 일부러 활기차게 내일 일정을 말했다. 하지만 헤레이스는 여전히 고개만 끄덕일 뿐 입을 열지 않았다. 안나는 촛불에 비친 상전의 음울한 표정을 바라보다 조용히 그 곁에 앉았다.

"……안나, 내가 한 선택이 과연 옳았을까?"

초가 빠르게 녹아내리며 규칙적으로 일렁이는 그림자를 그렸다. 헤레이스는 초가 반쯤 사라지고서야 입을 열었다. 에르젠에게서 손을 뗀 그녀는 아들을 그저 물끄러미 바라만 보았다. 얼굴만큼이나 창백한 그녀의 손은 떨리다 못해 거의 경련하고 있었다.

"내가 견디기 힘들다고 에르젠에게 이런 일을 겪게 한 건 아닐까."

오늘 일을 겪으며 헤레이스는 자신이 얼마나 나약한 인간인지 새삼 깨달았다. 지난 몇 년 여러 고비를 넘기며 나름대로 강해졌다 생각했건만 그건 자신만의 착각이었다. 아이가 그렇게 함부로 대해지는데 어미라는 자신은 아무것도 못 했다. 그저 울부짖으며 빌기만 할 뿐. 사내의 흙 묻은 신발이 아이를 툭툭 칠 때도 그녀는 무력했다.

'난 여전히······.'

잘 헤쳐 나왔다 생각했던 것이 실은 모두 운이었다. 오늘만 해도 어떠했나. 사제들이 구해 주지 않았으면 혼절한 아이를 품어 주기는커녕 사내에게 끌려가 어떤 짓을 당했을지 몰랐다.

"내가 견뎠으면······ 조금 더 좋은 방법을 찾았으면 에르젠은 지금쯤 공작저에서 풍족하고 안전하게 잘 지냈을지도 몰라. 이렇게 함부로 다루어질 일도 없었겠지."

한 줌이나마 모였던 자신감이 허상처럼 사라지자 막막했다. 앞으로 아이를 어떻게 지켜 나갈 것이며 스스로는 어떻게 보호해야하나. 헤레이스는 한 치 앞도 보이지 않는 어둠 속을 헤매는 기분에 절망감을 느꼈다.

"이, 이즈카엘······."

지난 세월 애써 입에 담지 않았던 이름이 튀어나왔다. 동시에 왈칵 울음이 터졌다. 말하고 나니 사내의 얼굴이 선명히 눈앞에 그려졌다.

'사랑해, 헤레이스.'

그동안 충분히 지웠다 스스로에게 되뇌었지만 사실은 그의 품이 그리울 때가 있었다. 오늘처럼 견디기 힘들 때면 과거에 든든하고 따스했던 그가 떠올랐다. 고작 3년 남짓한 세월이었는데도 그날들이 뚜렷하게 떠올라 잠을 설친 날도 제법 됐다.

하지만 그런 것들을 기억하면 무엇 할까. 다시는 돌아오지 않을 나날인데.

서글픈 낯을 한 채 헤레이스가 다시 에르젠의 뺨을 쓰다듬었다. 느릿한 손길에는 애정이 듬뿍 묻어나 있었지만 손끝에서 뚝뚝 떨어지는 것은 분명한 슬픔이었다. 그 모습을 지켜보는 안나의 눈은 젖어 갔다.

"그 사람을 떠나겠다 결심했을 때 한편으로는 에르젠을 위하는 일이라 생각했어. 내가 견디기 힘든 것도 있지만 무엇보다 이런 상황이 아이에게 좋지 않겠다, 그렇게 핑계를 댔어. 하지만 그건……."

잘게 떨리는 목소리에는 숨길 수 없는 죄책감이 심겨 있었다. 헤레이스의 손이 에르젠의 뺨에서 떨어져 둥근 이마로 향하다 힘없이 거둬졌다.

"……말 그대로 핑계일 뿐이야. 그저 내가 힘들어 도망친 주제에."

"아가씨……."

보다 못한 안나가 헤레이스를 불렀다. 하지만 자괴감에 빠진 헤레이스는 말을 계속 이어 갔다.

"……적어도 내 이기심에 에르젠의 이름을 올려서는 안 됐어."

헤레이스는 유약한 자신이 싫었다. 아이 하나 건사하지 못해 이날까지 함께해 준 안나 앞에서 울음을 터뜨리는 자신이 한심스러웠다.

그녀가 양손에 얼굴을 묻은 채 조용히 울음을 삼켰다. 아이를 깨울까 봐 억누른 소리가 목 너머로 넘어가며 온몸에 떨림을 가져왔다. 안나는 헤레이스의 등에 가만히 손을 올렸다.

"마음껏 우세요, 아가씨."

지금껏 얼마나 힘드셨을까. 세르펜스 성을 떠난 이후 헤레이스는 힘든 내색을 않으려 했지만 안나는 그녀가 힘겨워하고 있음을 진즉 알았다.

온실 속 화초처럼 자란 시간이 더 많은 아가씨였다. 디본의 멸문 당시 고초를 겪긴 했지만 그것도 잠깐이었다. 성을 떠나기 전 지독한 일이 있었으나 공작 부인이라는 지위가 있었으므로 끼니나 잠자리를 걱정하는 일은 없었다.

하지만 성을 나온 뒤로 헤레이스는 모든 것을 걱정해야 했다. 불편한 잠자리를 감수해야 했고, 끼니를 위해 여린 손이 부르트도록 자수 일을 해야 했다. 게다가 그뿐인가. 약자로 떨어지자 칭송받았던 외모는 독이 돼 헤레이스를 괴롭히고 있었다.

분명 성을 나서기 전에는 어느 정도 살 만할 줄 알았는데……. 세상은 상상 이상으로 녹록지 않았다. 특히 여인과 아이에게는 더. 안나는 자신이 세상에 대해 얼마나 무지했는지 지난 3년을 통해 알았다.

"그래야 내일을, 그리고 그다음 날을 견딜 수 있어요. 그러니 마음껏 우세요."

안나의 다정한 배려에 헤레이스의 등이 크게 올라갔다 내려가길 반복했다. 아이에게 들릴까 여전히 소리를 죽이긴 했으나 조금 전과 달리 억눌린 울음은 아니었다.

"고마워, 안나."

눈물은 한참 만에야 잦아들었다. 헤레이스가 붉게 짓무른 눈가를 한 채 안나를 돌아봤다.

"네게는 항상 미안할 행동만 하는 거 같아."

"아니에요."

그새 안나의 얼굴도 젖어 있었다. 헤레이스는 손을 들어 엄지로 안나의 눈물을 닦아 줬다. 울고 나니 마음이 좀 가라앉는 기분이었다.

'그래. 내게는 에르젠도 있지만 안나도 있잖아. 걱정시키면 안 돼.'

헤레이스가 눈을 접으며 예쁘게 웃어 보이려 애썼다. 한층 단단해진 목소리가 안나에게 닿았다.

"오늘만 봐주렴. 내일부터는 이러지 않을 거야. 네 말대로 청소도 해야 하고 짐도 풀어야 하니까. 그리고 일도 마저 마쳐야지."

* * *

산 중턱에 있는 신전은 기사단이 타고 온 말을 모두 수용할 수 있을 정도로 컸다.

에드가는 이즈카엘의 바로 뒤에 서 익숙지 않은 건물 양식을 구경했다. 직선으로 뻗어 높고 뾰족한 데다 폐쇄적이기까지 한 북부의 여느 신전들과 달리, 이곳 신전은 곡선으로 이루어져 부드러운 데다 여러 기둥으로 공간이 시원스레 트여 있었다.

'……확실히 동부에 가깝군.'

신전은 엄연히 북부의 관할이었다. 하지만 건물뿐 아니라 사람들의 말씨를 포함한 이곳의 문화는 북부보다 동부의 것에 훨씬 가까웠다. 심지어 날씨조차 확연히 달라 호수가 완전히 얼어 버린 북부의 세르펜스 성에 비해 이곳은 아직 눈도 내리지 않았다.

'제법 멀리 나오긴 했어.'

본래라면 세르펜스 성에서 멀리 떨어진 이 지역까지 올 일은 몇 년에 한 번 있을까 말까였다. 북쪽이 야만인들과 경계를 맞대고 사는 것과 달리 이 지역은 평화롭고 풍족한 편이었으니까. 하지만 지금 그들은 영지 사찰이 아닌 다른 이유로 동부와의 경계에 가까운 이곳까지 먼 길을 달려왔다.

'동부와 가까운 마을에서 2년 전 소란이 있었답니다. 워낙 외진 곳인데다 마차도 가지 않는 곳이라 신경 쓰지 않았는데 혹여나 싶어 그 내용을 들어 보니……'

'……'

'여인네 둘이 아기 하나를 데려왔다는데 개중 하나가 무척 아름다워 이 지역 유지 둘이 서로 차지하려 싸운 모양입니다. 그런데 마을 사람들이 말하는 여인의 모습이 검은 머리카락에 푸른 눈을 지녔고…… 무엇보다 부인의 초상화를 보여 줬더니 같은 이라 고개를 끄덕이더랍니다.'

은밀히 풀어놓은 이가 알려 온 내용은 꽤 신빙성이 있었다. 하여 이즈카엘은 단번에 이곳으로 왔다. 그리고 여인을 두고 싸웠다는 이들을 한데 모아 결박해 놓고 목에 검을 들이댔다. 자다가

봉변을 당한 이들은 이 무도한 자가 누구냐며 소리를 치다가 이즈카엘의 정체를 알고 곧바로 고개를 숙였다.

'공, 공작님께서 왜……'

그들은 이즈카엘의 살기 어린 추궁에 거의 잊어 가고 있던 기억을 털어놨다. 하지만 이즈카엘이 알아낼 수 있는 거라고는 헤레이스가 이들을 피해 한밤중에 도망을 쳤으며 동쪽으로 향했다는 것뿐이었다.

'……그녀에게 손을 댔나?'

'예에? 어? 가, 각하! 어…… 으아아악!'

이즈카엘은 헤레이스와 관련된 것을 모조리 조사한 뒤 헤레이스에게 손대려 한 이들의 목을 서슴없이 베어 버렸다. 단번에 목이 잘리고 피가 튀는 모습이 끔찍할 법도 했지만 기사들은 익숙한 듯 뒷정리를 할 뿐이었다.

'언제쯤이면 그만두실지. 게다가 더 나아갔다가는……'

에드가는 이즈카엘의 뒷모습을 바라보며 입술을 물었다. 달아나 버린 공작 부인을 찾는 것이 벌써 3년 이상 지났다.

은밀했던 추적은 더는 비밀이 아니었다. 아직 많은 이들에게 알려지지는 않았으나 고위 귀족들을 비롯해 정보에 빠른 이들은 이즈카엘이 헤레이스를 찾아 돌아다니고 있다는 사실을 알았다.

'……과연 동부에서 사전 협의 없이 찾아온 북부 기사단의 출입을 허가할까.'

지금까지 했던 것처럼 헤레이스를 찾는 여정이 북부 땅에 한정된다면 별문제 없었다. 하지만 찾아낸 실마리는 이제 북부의 영역을 넘어 동부를 가리키고 있었다. 동부로 은밀히 사람을 풀어놓은 지는 이미 오래. 주군은 그곳이 어디든 공작 부인의 드레스 끝자락이라도 보이면 득달같이 달려갈 게 분명했다.

"먼 길 오시느라 고생 많으셨습니다, 공작 각하."

에드가가 앞으로 일어날 일들을 예상하며 한숨을 쉴 때였다. 소식을 들은 모양인지 사제 여럿이 헉헉거리며 그들 앞에 서 있었다.

에드가는 사제들의 가장 앞에서 머리가 땅에 닿을 듯 허리를 굽히는 고위 사제을 바라보다 그가 입고 있는 의복에 눈을 두었다. 흰색 바탕에 금실과 은실이 어우러진 사제복은 보는 것만으로 위엄이 넘쳤다.

반면 주군인 이즈카엘의 복장은 단출했다. 말을 타기 편안한 복장 위에 가벼운 무장이 전부인 그는 허리춤에 검과 망토를 고정한 휘장이 아니라면 일개 기사라 해도 믿을 만한 차림새였다. 하지만 비굴한 표정으로 굽신거리는 사제와 달리 서늘한 얼굴로 서 있는 그는 눈빛만으로도 상대에게 위압감을 선사했다.

"서신은 받았겠지. 그건 어디 있나."

무감한 눈으로 사제들을 훑어본 이즈카엘이 입을 열었다. 한 치의 거짓이라도 말했다간 당장 목을 벨 기세인지라 사제들이 왜가리에게 쪼이는 거북이처럼 목을 움츠렸다.

"저를 따, 따라오십시오."

한참 만에 고위 사제가 답했다. 미간을 구긴 채 사제를 내려다본 이즈카엘이 에드가에게 눈짓했다. 에드가가 각 조장에게 휴식을 취하라 이르고는 재빨리 이즈카엘의 뒤를 따랐다. 그러자 뒤에서 의문 가득한 시선이 박혀 들었다.

북부 각지 신전에 들른 횟수만 벌써 스물두 번. 에드가는 수하들의 의문을 이해했지만 말을 아꼈다. 주군인 이즈카엘이 침묵했을뿐더러, 그가 짐작하고 있는 바는 감히 입 밖에 낼 수 없는 것이었기에.

에드가가 이즈카엘의 등을 보다 회랑의 벽에 섬세히 음각되어 있는 여신에게로 시선을 돌렸다. 자애로운 여신의 곁에는 날개를 활짝 편 천사들이 무장을 한 채 지옥의 악마를 향해 창을 들이밀고 있었다.

"이쪽입니다. 들어오시지요."

긴 회랑을 지나 사제가 안내한 곳은 육중한 문 앞이었다. 오크나무로 만들어진 문 또한 회랑의 벽처럼 여신과 천사, 그리고 악마가 새겨져 있었다.

철컥.

사제가 허리춤에 있던 커다란 열쇠로 자물쇠를 열더니 힘겹게 문을 밀었다. 곧 오래된 나무 냄새와 함께 고아한 기도실이 모습을 드러냈다.

"조심하십시오."

경고를 하며 문턱을 넘은 사제의 걸음이 한층 더 조심스러워졌다. 그가 고개를 숙인 채 기도문을 읊으며 기도실을 걷다가 제단 앞에서 멈췄다. 제단 위에는 하얀 백합과 함께 목제 상자 하나가 놓여 있었다.

곁눈질로 이즈카엘을 살핀 사제가 상자 문을 열자 나무에 현신한 여신이 나타났다. 사제가 성인 팔뚝만 한 여신상을 소중히 들어 올리며 경건히 말했다.

"이것이 생바라탐의 여신상입니다."

* * *

헤레이스가 사라진 지 6개월이 지나가던 무렵이었다. 사라진 아내를 찾아 미친 듯이 말을 몰던 이즈카엘은 뭐가 생각났는지 갑자기 말머리를 돌려 성으로 돌아갔다.

몇 개월 만의 방문이었지만 몇 달 전 정부가 공작 부인의 방을 어지럽혔던 일로 한바탕 소란이 일었기에 성의 위계는 잘 잡혀 있었다.

"······내가 올 것을 어찌 알고 이렇게 준비했지?"

"예? 그것이······어? 그리고 보니 어떻게······."

하지만 이즈카엘은 예의 바르게 마중 나와 있는 노집사와 사용인들을 못마땅하게 바라보다 단번에 층계를 뛰어올랐다. 그리고 그날 에드가는 열린 문틈 사이로 주군이 그 자신의 핏줄에게 미친 듯이 화내는 것을 목격했다.

"어디 있나! 헤레이스를 어디로 빼돌렸지?"

아이가 앉아 있는 침대를 내려다보며 핏대를 세우는 주군의 모습은 생경했다. 그러나 주군보다 더 이상한 것이 있었으니. 에드가는 아비의 고함에도 재미있다는 듯 꺄르르 웃으며 눈을 접어 보이는 미겔과, 인형처럼 멍하니 앉아 있는 샬럿을 보며 기괴함을 느꼈다.

"흔적을 쫓아도 어느 순간 끊겨 있다. 실마리를 찾아도 어느새 안개처럼 사라졌어. 그러니 똑바로 말해! 모든 게 네 짓이 아닌가?"

평소 같았으면 누군가가 훔쳐보고 있음을 못 알아챌 이즈카엘이 아니었다. 그러나 반쯤 이성을 잃은 그는 문이 열려 있든 누가 안을 보고 있든 신경 쓸 겨를이 없었다.

에드가 또한 여느 때라면 절대 이런 짓을 하지 않았을 터였다. 감히 주군의 사생활을 몰래 보다니, 기사로서도 신하로서도 절대 해서는 안 되는, 용납되지 않는 행위였다. 하지만 그는 방 안 광경에 눈을 뗄 수 없었다. 그날부터 그를 괴롭혔던 불안감의 정체를 이제는 확신할 수 있을 것 같았기에.

화살에 맞은 채 엉망진창이 되어 온 주군이 사경을 헤매다 하룻밤 새 멀쩡해졌던 그때. 그리고 그로부터 두 달이라는 시간이 가기도 전 급속도로 배가 부풀더니 만삭이 된 여인. 에드가의 눈이 절로 초점 없는 샬럿에게 향했다.

'……아니야. 내 우스운 망상일 뿐이다.'

에드가는 계속해서 제 생각을 부정했지만 그의 머릿속을 차지했던 초조함은 점차 커졌다. 그리고 순간 침대에 앉아 있던 아이가 문틈 사이의 에드가와 눈을 똑바로 마주 봤다.

이즈카엘과 꼭 똑같은 샛노란 눈이, 황금을 부어다 박은 것 같은 그 묘묘한 빛이 정확히 에드가를 향했다. 아이가 제 아비에게 그러했듯 에드가에게도 곱게 눈을 접어 보였다.

'저것은……'

순수해 보이는 아이의 환한 웃음이 천진했다. 하지만 그 표정에서 공포밖에 느낄 수 없었던 에드가는 감히 생각만 하고 있던 바를 입 밖으로 꺼냈다.

"……인간이 아니질 않나."

누구에게도 들리지 않을 것 같았던 작은 소리였건만 이즈카엘은 에드가를 발견하고는 치부를 들킨 듯 인상을 구기더니 방문을 소리 나게 닫아 버렸다. 그리고 그날 이후 이즈카엘은 달라졌다.

아무것도 하지 않은 채 헤레이스를 찾아 미친 듯이 내내 밖으로 돌아다녔던 전과 달리 이즈카엘은 한층 체계적으로 움직였다. 그는 전국 각지로 전의 세 배가 넘는 사람을 풀고, 그들이 가져온 정보를 바탕으로 추격을 보다 빠르고 정확히 했다. 또한 미뤄 뒀던 일을 하며 짧게나마 토벌을 가기도 했다. 그리고 그쯤 이즈카엘은 성물이 있는 신전들을 방문하기 시작했다.

겉보기에는 잠잠해졌기에 세르펜스 성 사람들은 이즈카엘이 돌아왔다고, 이제 곧 그가 아내 또한 잊지 않겠느냐고 말했다. 그러나 그것이 착각임을 깨닫는 데는 많은 시간이 걸리지 않았다.

이성 속에 감춰진 것은 전보다 더한 집요함이었다. 몇 달간 타올랐던 분노가 가라앉은 자리에 남은 것은 차갑게 벼려진 울분이었다. 이즈카엘에게서 자비가 아예 사라졌다.

그리고 에드가는 토벌했던 한 야만인 마을에서 장님 주술사의 말을 들으며 깨달았다. 그의 주군께서 왜 신전 성물들을 찾는지.

'더러운 제국의 개야. 우리한테 화풀이해도 소용없단다. 네가 찾는 건 잘 숨어 버렸거든.'

'……'

'그따위 것과 함께하니 네 파랑새가 도망가지. 그때도 그것을 달고 있더니 이제 완전히 그것에 먹혀 버렸구나. 그것과 하나라 봐도 이상하지 않아.'

'……'

'그것이 붙어 있는 한 네게 기쁨 따위 없을 것이다. 네 파랑새 는 다시 네게…… 커헉!'

'앞도 보지 못하는 것이 말이 많군.'

'……속, 속삭여 주지 않아.'

죽은 생선처럼 탁해진 눈은 무엇도 볼 수 없었건만 주술사는 자신의 눈앞에 이즈카엘이 생생히 보이는 것처럼 죽어 가면서도 고개를 위로 쳐들었다. 마지막까지 자신을 비웃는 주술사를 내려 다보며 이즈카엘은 흉흉한 낯을 했다. 그리고 그는 숨통이 끊어 져 식어 가는 시체에게 살기 어린 목소리로 말했다.

'닥쳐.'

* * *

"제국에서 가장 오래된 목각 여신상이자 네 번째로 확인받은 성물이지요."

사제는 자긍심 가득한 목소리로 말하며 여신상을 이즈카엘의 앞에 내보였다. 그의 눈이 나무 조각에 닿았다. 한 손에도 들 수 있을 것 같은 크기의 여신상은 사람만 한 크기의 대리석 조각 여신상에 비하면 초라했지만 그래서 더 경건해 보였다.

나무 사이 스며든 여신의 미소는 자애로웠으며, 뒤에 달린 날개와 흐르듯 주름진 옷, 그리고 얼굴 가까이에 올린 손끝은 섬세하기 그지없었다. 이즈카엘과 에드가가 여신상에서 눈을 떼지 못하자 사제의 어깨가 더욱 올라갔다.

그러나 사제가 으쓱거리며 다시 무언가 설명하려던 차 큰 손이 사제에게서 여신상을 낚아채 갔다.

"어? 각하?"

"아무 것도 느껴지지 않는다만…… 혹 모르는 일이니까, 에드가."

"이, 이게 무슨 짓…… 억!"

에드가가 사제의 팔을 잡고 단번에 제압한다 싶더니 그의 목 뒤를 가볍게 쳤다. 강한 힘은 아니었지만 숙련된 기사의 기술에 사제의 몸이 한순간에 무너졌다. 에드가는 사제를 기도실 벽에 기대어 앉혀 놓고 다시 이즈카엘의 곁으로 돌아갔다.

이즈카엘은 사제가 쓰러지든 말든 여신상만 바라보고 있었다. 그가 여신상의 자애로운 미소에서 누군가를 떠올리며 미간을 구기다가 작은 단검을 빼 들고 제 손가락을 찔렀다. 곧 사내의 손끝에서 붉은 핏방울이 솟더니 주륵 흘렀다.

이즈카엘이 손가락을 여신상의 이마에 가져다 대자 에드가의 표정이 긴장으로 굳어졌다. 그가 마른침을 삼키고는 여신상에 묻은 핏자국을 바라봤다. 적은 양의 피가 나무 재질의 여신상에 일부 스며들고 길게 선을 그리며 내려왔다.

"……."

"……."

그러나 그것이 끝이었다. 제법 오래 기다렸건만 여신상에는 아무 일도 일어나지 않았다. 이즈카엘이 굳은 얼굴로 여신상을 뚫어져라 보다 짜증스레 손을 떨궜다.

"……그 검과 비슷한 건 도통 찾을 수가 없군."

이즈카엘은 에드가에게 여신상을 넘기며 말했다.

그가 찾고 있는 물건은 성물의 일종이었지만 보통의 성물과 어딘가 달랐다. 쥐기만 해도 얼음을 만진 듯 시린 느낌이 들었으며, 그의 피를 뿌렸을 때 연기를 내며 반응하는 물건. 이즈카엘은 그런 종류의 성물을 찾고 있었다. 하지만 기대와 달리 오늘 방문도 허탕인 듯싶었다.

"그럼 이제 어디로 가시겠습니까."

에드가가 깨끗한 천으로 여신상의 핏자국을 닦으며 물었다. 이즈카엘이 무언가 생각하는 듯 인상을 찌푸리다 말했다.

"동부로 넘어간다."

"지금처럼 기사단을 움직였다가는 말이 나올 겁니다. 르페즈 공작도 가만있지 않겠지요. 아시겠지만 그는 각하를 제법 경계하는 편입니다."

귀족들은 이즈카엘의 행보에 지나치게 민감히 반응했다. 그러나 그런 반응은 어찌 보면 당연했다. 황제의 명을 받은 그가 반역을 소탕하며 흘린 피가 얼마였던가. 사람들은 도살자라 불렸던 그를 잊지 못했다.

게다가 동부는 지난 반역에 세력을 가장 많이 잃은 지역이기도 했다. 반역의 주모자였던 페가토 후작의 외가가 동부에 있었으며, 그의 세력 또한 동부가 중심이었기 때문이다.

그 반역으로 얼마나 많은 동부의 지역 가문이 사라졌는지. 반역에 참여하지 않은 이들 또한 주변 지인이나 친인척 몇 정도는 형장의 이슬로 잃었기에 그들은 언제고 자신들이 그 일에 연관될 수 있다며 벌벌 떨고는 했다.

"상관없다. 르페즈 공작에게는 내가 직접 서신을 보내지."

서신을 보낸다 한들 동부에서 이즈카엘과 그의 기사들을 기쁘게 맞이할 리는 없었다.

하지만 이즈카엘에게 있어 그런 동부의 민감한 감정 따위 중요하지 않았다. 그에게는 오직 한 가지만이 중요했다. 그의 아내. 도망친 자신의 반려. 헤레이스가 동부에 있다면, 아니 그녀가 어디에 있든 그는 아내를 쫓아 제 곁으로 잡아 올 생각이었다.

깨어나려는 사제의 신음과 함께 이즈카엘이 마지막으로 여신상에 눈길을 줬다. 에드가가 몸을 돌려 나가려는 이즈카엘을 눈치채고는 여신상을 본래의 자리에 놓으려 손을 뻗었다.

"……잠깐."

그러나 뒤돌아 바로 신전에서 벗어날 줄 알았던 이즈카엘이 무언가 발견한 듯 급히 입을 열었다. 여신상을 막 상자에 넣은 에드가가 의아한 눈으로 고개를 돌렸다.

"왜 그러십……!"

에드가가 말을 끝맺기도 전, 이즈카엘이 단번에 제단 앞으로 왔다. 그가 제단에 두 손을 짚더니 떨리는 눈을 했다.

심상찮은 주군의 반응에 에드가도 제단 위를 보는 이즈카엘의 시선을 좇았다. 제단 위에는 신전의 상징인 흰 백합 다발과, 에드가가 나무 상자에 넣은 여신상뿐이었다.

이즈카엘의 손이 여신상을 향했다. 커진 눈과 파들파들 떨리는 손. 에드가가 불안한 눈으로 아까 못다 한 말을 했다.

"각하, 왜 그러십니까!"

이즈카엘은 답하지 않았다. 그가 여신상에 손을 댄다 싶더니 그 아래로 손가락을 넣었다. 곧 누이어져 있던 여신상이 나무 상자 안에서 덜그럭거리며 아무렇게나 구름과 동시에, 이즈카엘의 손에 흰 천이 딸려 올라왔다.

"아……."

사내의 광기 어린 눈이 고정된 곳은 천 중앙에 자리한 자수였다. 사내가 백합 무늬와 함께 새겨진 신전 문양을 천천히 쓰다듬다 천을 꽉 틀어쥐고는 아내의 이름을 불렀다.

"헤레이스."

* * *

"아…… 이런."

미겔은 카우치에 앉아 쿠키를 먹다 한숨을 푹 쉬었다. 그 소리에 화장대 앞에 앉아 새로 들어온 목걸이를 살피던 샬럿이 고개를 돌렸다.

"왜 그러니, 미겔."

"공작 부인께서 돌아오실 수도 있겠어요."

"……뭐?"

샬럿이 목걸이를 팽개치고 벌떡 일어났다. 그녀가 카우치로 달려가 아들의 어깨를 세게 잡았다. 떨리는 동공이 그녀가 얼마나 기겁했는지를 잘 보여 줬다.

"당분간은 걱정하지 마세요, 어머니. 제가 지켜 드릴게요."

미겔이 제 어깨에 올라온 어미의 손을 툭 쳐 내며 경쾌하게 말했다. 하지만 샬럿은 충격받은 듯 이마를 짚으며 신음을 흘렸다.

"아아……."

"어머니가 없으면 제가 배고픈걸요. 그러니 당분간은 여기 계실 수 있을 거예요."

샬럿은 쿠키 부스러기를 털며 태연히 말하는 아들을 보다 눈초리를 세웠다. 발작을 일으키듯 날카로운 목소리가 갑작스레 튀어나왔다.

"닥쳐, 이 괴물아!"

"이런. 아들한테 닥치라니요. 그런 말씀 하시면 안 돼요. 그건 어머니 같은 밑바닥 출신들이나 쓰는 천박한 말이잖아요."

"나를 언제까지 가지고 놀 생각이야! 이즈카엘도 그렇고 너…… 너도!"

어미의 절규에 미겔이 픽 웃더니 자신의 작은 손으로 제게 손가락질하고 있는 어미의 손가락을 붙잡고 세게 당겼다. 그러자 서 있던 샬럿의 몸이 기우뚱하더니 그녀의 무릎이 한순간에 확 꺾였다. 미켈이 제 아래 꿇어앉은 어미를 내려다보다 그녀의 귀에 속살거렸다.

"그럼 지금이라도 떠나시든가요."

"뭐, 뭐야?"

"말리지 않아요. 가실 거면 가세요. 약속대로 아버지께서 황금 정도야 잔뜩 챙겨 주실 거예요."

한층 낮아진 아이의 목소리는 여전히 밝고 그 나이 특유의 천진함으로 반짝였다. 하지만 샬럿은 무서운 이야기를 들은 듯 새파란 얼굴을 하다 발발 떨며 아들의 손을 뿌리쳤다.

"싫어!"

두 손으로 제 얼굴을 감싼 그녀가 거칠게 고개를 내저었다. 안 돼. 그건 싫어. 그것만으로 부족해. 왜 내가 내 것을 빼앗겨야 해?

"그럼 어쩌라는 건지 원. 어머니는 변덕이 너무 지나치세요. 이것도 그 천한 출신 때문인가?"

"아니야! 나는 고귀한 공작 부인이야! 네 어미라고!"

"……"

"난 후계인 너를 낳았어. 그러니 황금뿐 아니라 이 성의 모든 걸 가져야 해!"

억울함은 몰려오는데 이상하리만치 정신은 편안했다. 그래. 내 것은 내가 챙겨야지.

덜덜 떨리는 몸이 잦아들며 샬럿이 아들의 무릎에 얼굴을 묻었다. 그러자 미겔이 조금 전과 같은 종류의 쿠키를 집어 들었다가 놓으며 성가시다는 듯 말했다.

"하…… 똑같은 것만 먹으려니 영 지겨운데. 슬슬 바꿀 때가 됐나?"

* * *

겨울이 닥쳤다. 낙엽이 떨어진 지 얼마 되지도 않았건만 눈 내리는 날들이 잦아졌다.

"이것 좀 드셔 보세요. 마을 신도님께서 가져오셨는데 속에 든 잼이 달콤한 것이 제법 괜찮아요."

"항상 챙겨 주셔서 감사드려요."

"뭘요. 많이 남아 그런 것을요. 에르젠, 너도 많이 먹으렴."

추운 날씨에도 불구하고 헤레이스와 에르젠, 안나의 신전 생활은 평탄했다. 율리나는 대놓고 이들을 챙겨 줬으며, 신전을 대표하는 디안나도 종종 찾아와 장작이나 먹을 것 등을 내주며 여신의 가호를 빌어 줬다. 다른 사제들 또한 어린 에르젠을 귀여워하며 이것저것 군것질거리를 쥐여 주었기에 일행은 어느 때보다 따뜻한 겨울을 나고 있었다.

물론 신전의 모든 이들이 헤레이스 일행에게 친절한 것은 아니었다. 어디를 가나 이유 모를 시기는 있었다. 견습 사제 리즈벨이 대표적인 예였다. 그녀는 헤레이스 일행을 항상 탐탁찮은 눈으로 봤다.

"우리 먹을 것도 부족한데 군식구한테 이 무슨…… 염치도 없지."

"리즈벨!"

지금도 마찬가지였다. 리즈벨은 율리나의 곁에 서 빵 바구니를 보다 짜증스레 중얼거렸다. 율리나가 그녀에게 재빨리 핀잔을 줬지만 이미 흘러나온 말에 방긋거리며 웃고 있던 에르젠이 헤레이스의 뒤로 숨었다.

"죄송해요. 저희가 괜히……."

"아닙니다, 헤레이스 신도님. 리즈벨 따라오렴."

"싫어요! 흥! 재수 없어."

"저, 저! 죄송합니다. 어릴 적부터 이곳에서 오냐오냐 키웠더니 예의가 없어요."

율리나가 성큼성큼 사라지는 리즈벨을 어이없다는 듯 바라보다 급히 사죄했다. 먼저 챙겨 주고 살펴 주는 이는 율리나인데 그녀에게 사죄를 받다니. 괜스레 미안해진 헤레이스가 급히 고개를 저었다.

"아니에요, 사제님. 저희는 괜찮아요."

"한창 예민할 시기라 그런 모양입니다. 나중에 따끔하게 혼낼 테니 마음에 담아 두지 마세요."

"물론이죠."

"그럼 가 보겠습니다. 날씨가 추우니 장작 너무 아끼지 마시고……. 에르젠도 밖에서 적당히 놀렴. 바람이 거세게 불어 네가 날아갈까 봐 걱정이 이만저만이 아니에요."

겁먹은 채 있던 에르젠이 율리나의 다정한 말에 고개를 끄덕이다 헤레이스에게 안아 달라는 듯 두 팔을 뻗었다. 그리고 어미의 품에 안기자마자 율리나의 뺨에 작은 입술을 가져다 댔다.

"감사합니다, 율리나 사제님."

쪽 하는 소리와 함께 감사 인사를 전한 에르젠은 부끄러운 듯 어미의 품으로 얼굴을 숨겼다. 아이의 귀여운 애교에 율리나와 헤레이스가 웃음을 터뜨리며 기분 좋게 작별 인사를 했다.

"에르젠은 율리나 사제님이 좋아?"

율리나를 배웅한 헤레이스가 에르젠을 식탁에 앉히며 물었다. 적당히 식은 스프에 율리나가 가져다준 빵으로 점심은 더할 나위 없이 풍족했다. 에르젠이 낑낑거리며 나무 숟가락으로 스프를 떠먹으려다 고개를 끄덕였다.

"응. 엄마랑 안나 다음으로 좋아."

"그래?"

에르젠의 답에 헤레이스가 조금 씁쓸한 낯으로 아이의 목에 천을 둘러 줬다. 율리나는 또래보다 한참 낮가리는 성정의 에르젠이 좋아하게 된, 몇 안 되는 어른이었다. 하지만 이 겨울이 지나고 봄이 오면 에르젠은 더 이상 율리나를 볼 수 없으리라.

헤레이스가 미숙한 손짓으로 스프를 먹는 에르젠에게 다시 한번 물었다.

"그럼 에르젠은 율리나 사제님하고 헤어지면 슬퍼할 거야?"

에르젠이 숟가락질을 멈추고 헤레이스를 빤히 쳐다봤다. 작은 머리가 천천히 올라갔다 내려가길 반복했다.

"응. 그렇지만 에르젠은 엄마만 있으면 다 괜찮아. 그러면 안 슬퍼."

핑, 눈물이 돌았다. 헤레이스는 참지 못하고 에르젠을 꼭 안았다. 아이는 언제나처럼 어미의 품에 가만히 안겨 있었다. 헤레이스가 에르젠의 머리를 쓰다듬으며 말했다.

"엄마도. 엄마도 에르젠만 있으면 안 슬퍼."

* * *

신전 내 응접실에서 고성이 오갔다. 디안나의 옆에 선 율리나는 경악 어린 눈으로 눈앞의 포드 백작을 바라봤다.

"신성한 장소에서 여인을 희롱하다 못해 몹쓸 짓을 하려 했습니다. 내쫓는 것이 당연하지요."

"뭐요? 그럼 고작 평민 계집 때문에 내 아들의 기도를 막았다는 거요? 사제께서 제정신인가!"

백작의 말에 율리나는 헛웃음을 흘렸다. 세상에 이따위 말이라니. 믿을 수 없었다.

'율리나 사제님이라 했던가. 여신을 향한 사제님의 봉사에 항상 감사드리오.'

이전까지 율리나가 본 포드 백작은 보기 드문 신실한 신자였다.

그는 매년 자신의 성에 사제들을 초대해 밤을 새워 가며 여신께 용서를 빌었다. 백발이 성성한 그가 지난 1년간 자신이 저지른 죄를 조목조목 반성하며 눈 한번 뜨지 않은 채 기도를 올리는 모습은 사제들로 하여금 감탄을 자아내게 했다.

'기부금이오. 나를 대신해 마을 고아들에게 신경 써 주시오.'

게다가 귀족임에도 그는 얼마나 초연한 인간이던가. 영지에서 거둬들이는 세금이 적잖을 텐데도 그는 항상 검소하게 지냈으며, 영지민들에게 자비를 베푸는 것을 게을리하지 않았다.

특히 그가 구빈원이나 영지 내 신전에 보내는 기부금은 무시하지 못할 만큼 컸으므로 신앙 깊은 영지민들은 자신들의 영주를 마음 깊숙이 아꼈다. 그리고 그 모습을 몇 년 동안 본 율리나는 그가 진정으로 바른 사람이라 믿었다.

"윌리엄 그 아이가 기도할 때를 놓쳐 여신께 용서받지 못하면! 그렇게 되면 사제께서 책임지실 거요!"

하지만 그것도 옛말이었다. 핏대를 세우며 핏줄 일에 노기를 표하는 그에게 바른 모습이란 없었다. 백작은 윌리엄이 여신께 용서받지 못할까 그것만을 걱정할 뿐, 아들에게 큰일을 당할 뻔했던 헤레이스 모자에 대해서는 일말의 생각도 하지 않았다.

"백작님, 계속 말씀드리지만 이 일의 모든 책임은 윌리엄 님께……."

"계속 윌리엄을 탓하지 마시오! 평민 계집이 몸을 가벼이 여긴 거겠지. 말을 들어 보니 남편도 없이 떠돌던 여인이 아니오. 그런 여자들은 뻔하지 않나. 그것이 윌리엄 그 아이를 몸으로 유혹했겠지."

"그 무슨 망발입니까!"

결국 디안나의 입에서도 고함이 터져 나왔다. 백작은 노사제가 노기 어린 표정으로 자신을 노려보자 입술을 꽉 물고 당황한 얼굴을 했다. 그러나 그는 이내 다시 헤레이스에게 책임을 전가하며 아들을 감싸 안았다. 귀족 여인도 아닌 평민 계집 때문에 아들이 여신의 자비를 잃도록 둘 수는 없었다.

"흥! 그 여인이 괜히 과부인 것은 아니오. 그리 일찍 남편을 잃은 데는 여신의 분노가 있었던 거지. 그러니 억울한 내 아이를 쫓아낼 생각 말고 부정한 그 여인이나 쫓으시오. 아니면 내가 영주의 자격으로 영지 밖으로 내쫓겠소."

협박도 불사 않는 백작의 모습에 참지 못한 율리나가 앞으로 나서려 했지만 디안나는 손을 들어 그녀를 막으셨다. 노사제가 꼿꼿이 허리를 펴고는 차가운 목소리로 일갈했다.

"신전은 세속의 권력이 닿지 않는 곳입니다. 그리하시겠다면 저는 주교께 영주님께서 핏줄의 죄를 감싸 안으려 여신의 종들을 내쫓았다 말씀을 올릴 수밖에요."

"이……!"

주교라는 말에 백작이 대꾸 없이 인상을 구겼다. 스스로 신실한 신자라 믿는 그에게 그런 일은 크나큰 모욕이었다. 결국 백작은 한발 물러섰다.

"좋아. 그 여인에 대해서는 다시 말하지 않겠소. 하지만 이른 시일 내 윌리엄이 이곳에서 기도할 수 있게 준비하시오. 아니면 신전에 내는 기부금을 당장 끊어 버릴 것이오!"

쾅, 거세게 닫히는 문소리가 백작의 심기를 대변했다. 율리나는 백작이 사라지기 무섭게 휘청이는 디안나를 부축한 뒤 가까운 의자에 앉혔다.

"디안나 사제님……."

"걱정 마라. 윌리엄 그자가 이 신전에 들어오게 내버려 두지 않을 테다. 기도는 무슨."

율리나 또한 디안나의 결정이 옳다 여겼다. 하지만 백작이 내는 기부금은 무시하기 힘든 액수였다. 그녀가 말끝을 흐리며 걱정스러운 얼굴을 했다.

"하지만 그러면 기부금이……."

"기부금이 없을 때도 이 신전은 견뎌 왔다. 그보다 헤레이스 신도 일행이 걱정이구나. 영주께서 저리 나오는 이상 그 무도한 자는 더 날뛸 텐데."

머리가 아픈 듯 이마를 짚은 디안나가 긴 한숨을 내쉬며 밖을 봤다. 또 한바탕 눈이 내릴 모양인지 어두워진 구름이 온 하늘을 메우고 있었다.

* * *

간밤에는 눈이 잔뜩 내린다 싶더니 오늘은 오전부터 날이 화창했다. 밝은 태양에 안나도 볼일이 있다며 밖으로 나갔다. 헤레이스는 전부터 눈사람을 만들고 싶다고 노래를 부르던 에르젠을 데리고 오랜만에 모자의 시간을 가질 참이었다.

"눈사람 이만하게 만들 거야!"

"그래, 에르젠. 나가서 눈사람 만들자."

기뻐하는 에르젠을 보니 눈 오는 날 내내 잠을 줄여 일을 끝마친 보람이 있었다. 헤레이스는 날이 좋은 오늘만큼은 에르젠과 실컷 놀아 주마 생각하며 아들의 옷을 두껍게 입혔다.

"불편해, 엄마."

"밖이 추워. 이렇게 입지 않으면 나갈 수가 없어요."

두 겹 이상의 옷에 목도리까지 두른 에르젠이 불편하다 칭얼거리면서도 눈사람을 만들 생각에 방 안에서 폴짝폴짝 잘도 뛰었다. 헤레이스는 에르젠의 옷을 한 번 더 정돈해 준 뒤 그녀 자신도 추위를 막을 숄 하나를 걸치기 위해 서랍을 뒤졌다.

"엄마! 나 먼저 나가 있을래."

"안 돼, 에르젠. 엄마랑 같이 가야지. 에르젠!"

헤레이스가 에르젠을 잡으려 했지만 에르젠은 잽싸게 방 밖으로 나갔다. 곧이어 낑낑거리는 소리가 나더니 외부와 이어진 문이 열리는 소리가 들렸다. 헤레이스가 급히 숄을 찾아 두르고 그를 따라 나갔다. 살짝 열린 문틈 사이로 쌓인 눈이 빛에 반사돼 반짝이는 것이 보였다.

"에르젠, 엄마가 같이 가야 한다…… 어?"

헤레이스는 짐짓 화난 목소리를 꾸미며 문을 열었다. 그러나 문밖에 있어야 할 아이가 보이지 않았다. 헤레이스가 창백히 질린 얼굴로 에르젠을 불렀다.

"에르젠!"

단 몇 분이었다. 아니, 몇 분이 채 되지도 않을 시간이었다. 그런데 어째서…… 에르젠은 작은 아이였다. 분명 멀리 가지 못했을 텐데. 헤레이스가 불안한 마음을 애서 누르고 사방을 살폈다. 그리고 곧 그녀의 눈에 작은 아이의 발자국이 들어왔다.

'아…….'

종종걸음 친 것을 증명이라도 하듯 남은 발자국은 건물 모서리를 돌아 이어졌다. 한시름 놓은 헤레이스가 아이의 흔적을 따라 빠르게 모퉁이를 돌았다.

"에르젠!"

그러자 에르젠이 보였다. 작은 걸음으로 언제 저기까지 갔는지. 아이는 벽 끝 관목 바로 앞에 주저앉아 눈을 뭉치고 있었다. 목도리 위 말간 얼굴이 발갛게 언 것을 보자 헤레이스는 불안과 초조함도 잊은 채 아들에게 웃으며 다가갔다. 당장에라도 내려앉을 듯 떨렸던 심장은 아이의 얼굴을 보고 그새 안정을 되찾아 있었다.

"에르젠, 엄마가 같이 가야 한다 했잖아."

헤레이스를 발견한 에르젠의 표정도 밝아졌다. 그러나 찰나의 시간, 에르젠의 눈이 순식간에 커졌다. 아이가 입을 벌린 채 겁먹은 표정으로 들고 있던 눈뭉치를 떨궜다. 그리고 떨리는 목소리로 헤레이스를 불렀다.

"엄, 엄마……."

"에르젠, 왜 그러…… 흐읍!"

헤레이스는 아이를 보느라 자신이 지나쳐 온 관목이 흔들리는 것도, 커다란 그림자가 제 그림자를 가리는 것도 보지 못했다. 그녀가 아이를 안아 주려 손을 뻗으려는 때, 커다란 몸이 그녀를 덮치고 입을 막았다.

"읍! 으읍! 읍!"

헤레이스가 발버둥을 치며 벗어나기 위해 몸부림쳤다. 꼼짝달싹 못 하는 새 웬 사내가 겁에 질린 에르젠에게 다가가 흰 천으로 아이의 입을 막는 것이 보였다. 에르젠이 가는 팔다리를 버둥거리다 곧 축 늘어졌다. 헤레이스의 눈이 커지며 그녀의 반항이 거세졌다.

"으으읍! 읍!"

그러나 헤레이스의 시야도 점차 가물가물해졌다. 불쾌하고 기이한 향이 천에서 코로 들이치며 정신을 갉아먹었다. 결국 헤레이스는 감기는 눈을 이겨 내지 못한 채 속으로 아들의 이름을 불렀다.

'에르젠……'

* * *

"흐아아앙. 전 정말 아무것도 몰라요. 모른다고요!"

리즈벨은 울음을 터뜨리며 세차게 고개를 저었다. 하지만 그녀를 불러온 디안나와 율리나의 얼굴은 엄격하기만 했다. 디안나가 꿇어앉아 있는 리즈벨을 매섭게 살피며 차가운 목소리로 말했다.

"리즈벨, 네가 며칠 동안 별채에 서성이는 걸 본 사제가 한둘이 아니다. 그러니 바른대로 말하렴. 헤레이스 신도와 에르젠이 사라진 것에 대해 아는 바가 있니?"

"사제님, 어떻게 저를 의심하세요. 그 여자가 아이를 데리고 도망친 거겠죠. 애초에 떠돌이였잖아요. 그러니까……."

리즈벨은 거짓말에 소질이 없었다. 디안나의 눈을 피해 흔들리는 동공과 말아 쥔 손. 누가 보더라도 불안정한 모습에 지금껏 가만히 입술만 물고 있던 안나가 튀어나왔다.

철썩!

"아악!"

"말해! 말하지 않으면 네 입부터 찢어 버릴 거야!"

"신도님!"

갑작스러운 안나의 행동에 율리나가 그녀를 말렸다. 이유가 어찌 되었건 신전 안에서 저런 말과 폭력이라니 용납할 수 없었다. 그러나 안나는 어디서 그런 힘이 났는지 율리나를 뿌리친 채 다시 리즈벨에게 달려들었다.

"우리 아가씨를 어찌했어! 도련님을 어찌했냐고!"

"안나 신도님, 이러시면 안 됩니다."

"사제님들이 말린다고 네가 무사할 거라 생각하지 마. 아가씨나 도련님께 무슨 일이 생기면 내가 너부터 죽여 없애 버릴 거야!"

안나의 악다구니에는 진심이 묻어나 있었다. 붉어진 뺨을 붙잡은 채 쓰러진 리즈벨이 안나의 독기 서린 눈에 하얗게 질려 갔다. 결국 그녀는 소매로 제 눈물을 닦으며 기어들어 가는 목소리로 말했다.

"목숨에는 문제없을 거라 했어요. 그리고 전, 전 그냥…… 그냥 두 사람이 혼자 있을 때만 알려 주면 된다고 했어요. 그것뿐이에요."

리즈벨에게 헤레이스 일행은 민폐 덩어리이자 제 몫을 빼앗아 가는 도둑이었다. 그들이 온 뒤 자신에게 자주 떨어지던 간식도, 사제들의 관심도 줄었다. 고아로 이곳에서 아주 어릴 적부터 자랐던 그녀는 지금껏 제가 독점했던 것들을 떠돌이 일행과 나누고 싶지 않았다.

"어, 어차피 그 여자 때문에 힘들어졌잖아요. 저도 알아요. 영주님께서 기부금도 끊겠다 하시고…… 그러니 그런 여자는 사라지는 게 신전을 위하는 길이라 생각했어요."

그러나 그녀는 그런 제 마음을 숨기고 다른 이유를 가져다 댔다. 자신은 신전을 위해 그리한 것이다. 어차피 도움도 되지 않은 여자가 아닌가. 사라지면 오히려 좋지.

"이게!"

리즈벨의 말이 이어질수록 안나의 눈초리가 사나워졌다. 율리나에게 붙잡힌 그녀가 리즈벨을 향해 발길질하자 디안나가 의자에서 일어섰다. 그리고 안나에게도 엄격한 눈으로 경고를 한 뒤리즈벨에게 가까이 다가갔다.

"정말 그것뿐이냐, 리즈벨. 나를 속일 수는 없단다."

무언가 알고 있는 듯해 보이는 디안나의 시선에 리즈벨이 파들파들 떨다 양손으로 얼굴을 감쌌다. 사실은…….

"사실 여, 여기 있는 거 너무 힘들고 흑…… 그런데 존이 함께 할 수 있다고 하니까…… 그래서 그랬어요. 흐아앙."

그녀는 윌리엄의 수하 중 하나인 존과 몰래 사귀고 있었다. 견습 사제로서 해서는 안 될 짓이었지만 존이 주는 관심을 이기기 어려웠다.

'이번 일만 도와주면 도련님께서 돈을 잔뜩 주실 거야. 그러면 그걸로 함께 살자. 너 이따위 구질구질한 사제 생활 지겹다며.'

'하, 하지만……'

'빨리 정해. 도와주고 나랑 결혼할 거야, 아니면 이대로 나랑 끝낼래. 결정은 네 몫이야.'

리즈벨은 검소한 신전 생활을 계속하고 싶지도 않았고, 존과 헤어지고 싶지도 않았다. 그리하여 그녀는 아주 짧은 시간 고민하다 고개를 끄덕였다.

"어디로 간다고 했느냐."

차분함을 잃지 않은 채 디안나가 물었다. 호통을 들을 것을 각오한 리즈벨이 덤덤한 디안나의 물음에 손에 파묻었던 고개를 들었다. 하지만 마주친 디안나의 눈은 너무도 매서워 야단만큼이나 그녀에게 겁을 줬다. 어깨를 잔뜩 움츠린 리즈벨이 더듬거리며 말했다.

"몰, 몰라요. 아까도 말했지만 전 그저 존이 알려 달라는 것만 알려 줬어요. 그 이후는 알아서들 한다 해서…… 문제없을 거라고 그랬는데. 흐윽."

그 말을 끝으로 방 안에는 리즈벨의 울음소리와 안나의 씩씩거림만이 남았다. 잠시 리즈벨을 바라보던 디안나가 다시 의자로 돌아가 앉더니 리즈벨을 향해 실망감을 숨기지 않았다.

"……리즈벨, 실망이구나."

어딘가 힘 빠진 목소리에 리즈벨이 더 크게 울었다. 하지만 디안나는 리즈벨 쪽으로 더는 고개를 돌리지 않은 채 율리나에게 손짓했다.

"율리나, 사제들과 함께 마을로 내려가. 가서 빨리 윌리엄 그자의 흔적을 찾아라."

율리나가 고개를 끄덕이고 나가려 하다 자신이 붙잡고 있는 안나 때문에 주춤거렸다. 안나는 여전히 리즈벨을 쥐어뜯을 듯이 노려보고 있었다. 디안나가 한 번 더 한숨을 쉰 채 이번에는 안나를 바라봤다.

"안나 신도님께서도 함께 내려가시오. 가서 사제들과……."

"사제님! 사제님!"

디안나의 말은 이어지지 못했다. 어린 소년의 목소리가 들린다 싶더니 문이 열리며 소년이 들이닥쳤다. 디안나가 헉헉거리며 가쁜 숨을 내쉬는 소년을 보다가 입을 열려 했지만 소년이 더 빨랐다.

"큰, 큰일 났어요. 기, 기사들이 마을로 쳐들어와서는…… 게, 게다가 이리로도 오고 있어요!"

"기사?"

한 사람을 제외한 방 안 모두의 얼굴에 의아함이 떠올랐다. 크게 숨을 들이쉰 소년이 답답한 듯 제 가슴을 치며 빠르게 설명했다.

"영주님의 기사는 아니에요. 처음 보는 기사들인데 막 번쩍거리는 갑옷도 입고 이만한 말도 타고 있고. 여튼 기사들이……. 빌리 할아범이 사제님께 빨리 알리라 해서 샛길로 뛰어왔어요."

소년의 말에 홀로 창백해져 있던 안나의 얼굴이 더 하얗게 질렸다. 율리나가 달달 떨리기 시작한 안나의 몸을 느끼고는 그녀를 걱정스레 불렀다.

"……신도님?"

안나는 제 몸을 감싸고 올라오는 불길함의 정체를 부정하고 싶었지만 직감은 소리치고 있었다. 그가 왔다고.

'아냐. 기사가 한둘도 아니고…….'

입술을 문 채 간신히 정신을 차린 안나가 머리를 흔들었다. 그럴 리 없었다. 어떻게 떠나왔는데. 그들은 북부를 넘어 동부까지 왔다. 게다가 이곳은 마차 하나도 잘 다니지 않는 시골 중 시골이었다. 그러나 안나의 바람은 바로 깨져 버렸으니…….

"누구십니까! 이곳은 여신을 모시는 곳입니다. 이리 함부로 들어와서는 안 됩니다!"

디안나의 고함과 함께 북부의 얼음을 그대로 옮긴 듯한 시린 은빛이 시야에 들어왔다. 동시에 공포로 각인된 금안이 안나와 시선을 똑바로 마주했다. 거대한 짐승 앞에 선 듯 안나가 휘청거리며 떨다가 그 자리에 털썩 주저앉았다.

"아…… 아……."

사내가 걸음을 옮기자 뒤이어 들어온 기사들이 안나를 제외한 다른 사람들을 몸으로 막아섰다. 곧이어 가엾게 떠는 안나의 앞에 선 사내가 살기를 감추지 않은 채 서늘한 목소리로 물었다.

"……헤레이스, 내 아내는 어디 있나?"

6장. 새장

헤레이스는 무거운 눈꺼풀을 가까스로 들어 올렸다. 쪼개질 것 같은 머리, 흐리멍덩한 시야. 정신이 육체에서 분리된 채 붕 뜬 기분이었다.

'여기는……'

한정된 시야에 어떤 장소인지는 정확히 알 수 없었으나 그녀는 제가 누워 있는 곳이 어느 방 나무 바닥임을 인지했다. 제법 괜찮은 재질의 나무는 잘 관리됐는지 파인 곳이나 긁힌 자국 없이 반질반질했다. 그러나 바닥 특유의 냉기만은 지독하게 선연해 헤레이스는 몸을 떨었다.

"일어났어? 머리가 좀 아프지? 하지만 어쩔 수 없었어. 시끄러워지면 그 건방진 신전 계집들이 알아챌 수도 있었으니까."

헤레이스가 아무렇게나 흐트러진 제 머리카락을 보며 눈을 두어 번 끔뻑일 때였다. 웬 구두 하나가 보이기가 무섭게 사내의 목소리가 들렸다. 목소리의 주인을 알아챈 헤레이스가 급히 몸을 일으키며 아들을 불렀다.

"읍……."

힘껏 소리쳤다고 생각했건만 입을 막고 있는 천 뒤로 나온 것은 억눌린 신음뿐이었다. 게다가 몸조차 자유롭지 못했다. 어질한 가운데서도 헤레이스는 제 팔이 뒤로 묶여 있고, 양 발목 또한 한데 모여 결박돼 있음을 눈치챘다.

"흐읍!"

헤레이스가 저를 구속한 끈에서 벗어나려 손과 발을 거칠게 움직였지만 소용없는 일이었다. 여러 번의 시도 끝에 결국 포기한 그녀가 그나마 자유로운 고개만을 들어 아들을 찾기 시작했다.

'에르젠!'

멀리 갈 필요도 없었다. 에르젠은 얼마 떨어져 있지 않은 곳에 있었다. 하지만 아들을 발견한 헤레이스의 눈은 안도에 잠기기는커녕 거의 한계까지 벌어졌다.

정신을 잃은 듯해 보이는 에르젠은 탁자 위 작은 짐승을 가두는 철제 우리에 갇혀 있었다. 양전히 누워 있는 아들의 모습에 헤레이스의 눈동자가 불안정하게 떨렸다.

"네 아이는 양전히 자고 있으니 걱정 말라고. 그보다 나랑 대화 좀 하지?"

사라졌던 구둣발이 다시금 헤레이스의 시야를 막았다. 고개를 높게 빼 든 헤레이스가 구두의 주인을 보고는 날카로운 눈초리를 했다. 하지만 구두의 주인, 윌리엄은 그런 헤레이스의 눈빛이 기분 나쁜 듯 키득거리다가 에르젠을 가두고 있는 우리 가까이에 다가갔다.

"네 아들이 내 손에 있는데 그런 얼굴은 건방지지 않나?"

윌리엄이 화려한 단검을 뽑아 우리 창살을 아무렇게나 긁었다. 그러자 끼이익 하는 소름 끼치는 소리가 났다. 힘없이 단검을 들고 있는 윌리엄의 불안한 모습에 헤레이스의 얼굴이 핼쑥해졌다.

"보기만 해도 좋아 보이지? 당연해. 너 같은 평민은 평생 구경도 못 할 돈으로 산 거니까."

헤레이스가 두려움 가득한 얼굴로 단검을 보자 윌리엄이 신난 목소리로 설명을 늘어놓기 시작했다. 비열한 웃음을 머금고 있는 그는 에르젠을 향한 헤레이스의 걱정 어린 시선에 저열한 희열을 느끼고 있었다.

"사냥을 갈 때면 이걸로 짐승 여럿의 숨통을 끊었지. 손잡이 보석에 피가 튀는 건 짜증 났지만, 뭐 그거야 아랫것들한테 닦으라 시키면 되니까."

윌리엄은 몇 년 전부터 사냥을 즐겨했다. 귀족 청년이 사냥을 즐기는 것이 무에 문제겠느냐만은, 그가 취미로 사냥을 시작하게 된 계기는 다른 이들과 조금 달랐다. 그는 노예에게 목숨을 건 검투를 시키거나 노예를 짐승의 먹이로 던져 주는 것이 법으로 엄격히 금지되자, 그나마 합법적인 사냥으로 자신의 가학 욕구를 채웠다.

"보통 가죽 벗기는 건 아랫것들에게 맡기는데 가끔은 직접 했어. 그걸로 장갑도 만들라 지시하기도 하고…… 이 구두도 내가 사냥한 짐승의 가죽으로 만든 거야."

가학 욕구로 시작된 그의 사냥은 다른 귀족들의 사냥과 목적부터 달랐다. 윌리엄은 다른 이들을 이기겠다는 호승지심이나 큰 짐승을 잡아 제 실력을 증명하기 위한 수단으로 사냥을 하지 않았다.

"다른 사람들은 사냥하는 게 재미있다는데 나는 사냥 자체에는 그다지 재미를 못 느끼겠더라고. 빠른 발을 가진 것들은 쫓느라 땀이 나고, 커다란 것들은 자칫 위험할 수 있잖아. 멍청하게 힘을 왜 빼는지 원……."

윌리엄은 잡기 힘든 큰 짐승이나 맹수는 애초 노리지도 않았다. 그가 사냥한 짐승들은 토끼나 다람쥐, 암사슴 등 작고 약한 짐승들이었다. 당연했다. 그는 처음부터 이기기 위해 사냥을 하는 것이 아니었으니. 추악한 그는 오롯이 짐승의 목숨을 거두는 순간이 좋아 사냥을 했다.

"대신 마지막으로 자비를 베풀 때는 좋아. 사냥의 묘미는 거기에 있지. 여기 오기 전에는 다이어 후작이 여는 사냥에 참가했는데…… 그 재수 없는 돼지 놈, 살이 뒤룩뒤룩 쪄 말에도 제대로 못 오르는 주제에 제법 괜찮은 사냥터를 가지고 있더군."

"흐읍! 읍! 으읍!"

그가 날이 번뜩이는 단검을 쥐고 창살을 한 번 더 긁자 헤레이스가 몸을 꿈틀대며 소리 없는 비명을 지르기 시작했다. 하지만 추억에 잠긴 윌리엄은 헤레이스를 무시한 채 계속해서 말을 이었다. 그나마 다행인 것은 제 이야기에 도취한 그가 단검을 그 자신의 쪽으로 거둬들였다는 것이었다.

"짐승들이 많아서 사냥은 성공적이었어. 덕분에 마음껏 자비를 베풀 수 있었지."

그날을 상기하며 윌리엄이 낄낄거렸지만 헤레이스는 그가 어떤 얼굴을 하든 어떤 목소리를 내든 신경 쓰지 않았다. 그녀의 눈동자는 오로지 단검과 에르젠을 번갈아 담을 뿐이었다.

몸을 움직여 앞으로 기는 방법을 터득한 그녀가 조금씩 아들 쪽으로 나아갔다.

"제일 흥분될 때는 그때였어. 사슴 두 마리를 잡았는데 어미와 새끼였거든. 새끼는 사냥 중에 죽었는데 그 모습을 본 어미 사슴이……."

헤레이스가 제 이야기에 관심을 두지 않자 윌리엄이 단검을 다시 우리 쪽으로 가져갔다. 이번에는 단검이 창살 안으로 들어갔다. 그러자 헤레이스가 거의 발작하듯 몸을 버둥댔다. 그녀는 나무 바닥 아귀에 살갗이 쓸리는 것도 개의치 않았다.

"흐으…… 읍! 읍!"

"……지금 너처럼 굴더라고."

헤레이스의 눈에서 눈물이 줄줄 흐르는 걸 본 윌리엄이 탁자 위에 단검을 박아 넣고는 그녀에게 다가왔다. 뚜벅거리며 걷는 모양새가 바닥을 기는 헤레이스와는 정반대로 경쾌했다. 몇 발짝 만에 헤레이스에게 닿은 윌리엄이 한쪽 무릎을 바닥에 댄 뒤 헤레이스의 입을 막고 있는 천에 손을 가져다 댔다.

"그 눈과 소리는 영영 못 잊을 거야. 사실 묻고 싶기도 했어. 새끼가 먼저 죽는 걸 목격한 심정이 얼마나 참담한지 말이야. 하지만 짐승은 말을 못 하니까. 이걸로 단숨에 자비를 베풀었지."

가까이서 윌리엄을 본 헤레이스는 그의 눈 흰자가 불그스름한 데다 손이 잘게 떨리고 있음을 알아챘다. 천을 제대로 끌러 내지 못해 욕을 몇 번씩 뱉은 그에게서는 진한 술 냄새와 함께 불쾌한 분위기가 풍겼다. 헤레이스는 사내가 술에 잔뜩 취했음을 깨닫고 아랫입술을 꾹 물었다.

'이 사람 술에 취했어.'

윌리엄은 한참 만에 매듭을 풀었다. 헤레이스는 입이 자유로워지자 그를 마주 보며 침착한 어조로 천천히 말했다.

"원하는 대로 해 드릴게요."

"뭐?"

말끝이 조금 떨리기는 했으나 윌리엄은 눈치채지 못했다. 그는 담담해 보이는 헤레이스를 황당한 눈으로 바라봤다. 그때처럼 울면서 싹싹 빌 줄 알았는데 저 눈은 뭐란 말인가. 여인의 푸른 눈은 그의 짐작과 반대로 너무도 평온해 보였다.

"나리께서 원하시는 대로 뭐든 하겠다 말씀드리는 거예요. 전 짐승이 아닌 사람이에요. 말을 알아들을 수 있어요. 그러니 아이를 잃고 짐승처럼 미쳐 버린 여자를 안고 싶으신 게 아니라면 그만 자비를 베푸세요."

그러나 실상 헤레이스는 침착해지기 위해 온 정신을 다 쏟고
있었다. 여기서 울어 봤자 에르젠을 구할 방도는 없었다. 그리고
짧게나마 겪은 일을 비추건대 사내는 나름대로 준비를 했으리라.
그때처럼 사제들의 도움을 기대하기 힘든 이상 에르젠을 구하는
것은 오로지 자신의 몫임을 헤레이스는 인지했다.

"하! 생각보다 발랑 까진 계집이로군. 하기야 애까지 낳은 계
집인데 사내 맛을 모를 리 없지."

뺨을 툭툭 아무렇게나 치는 손에도 헤레이스는 인상 하나 찌푸
리지 않았다. 그녀는 대신 눈을 내리깐 채 최대한 순종적인 자세
를 취했다. 꺾어서라도 가지고픈 계집이 먼저 나서 꺾여 주자 윌
리엄이 기세등등하게 말했다.

"혹 기다리고 있던 게 아닌가? 사실 평민 계집이 나 같은 귀족
꼬드기기가 어디 쉽나. 응?"

"……."

"자, 그럼…… 네 아이를 구하고 싶으면 예쁘게 굴어 봐. 너
같은 계집은 울며 비명을 지르는 것도 나름 재미라. 재미없게 굴
면 알지? 어미 사슴의 심정을 네 입으로 말하게 될 거야."

헤레이스가 고개를 주억이자 윌리엄이 그녀의 손을 묶은 밧줄
을 풀기 위해 고개를 더 깊숙이 숙였다. 사내의 거친 숨이 얼굴
가까이 닿자 역겨움에 토기가 밀려왔다.

'에르젠.'

올라오는 신물을 간신히 삼킨 채 헤레이스가 속으로 아들의 이

름을 불렀다. 제발 일이 끝날 때까지만 잠들어 주기를……. 꾹 감은 눈에서 눈물 한 방울이 구슬프게 흘렀다.

"……기다린 보람이 있는데."

밧줄을 풀어 낸 윌리엄이 휘파람을 불며 헤레이스를 똑바로 누였다. 번들거리는 그의 눈에는 주체 못 할 더러운 욕구가 있었다. 그가 헤레이스의 턱을 쥔 채 이리저리 비틀며 구경하다 혀로 제 입술을 핥았다.

우지직.

하지만 그가 몸을 막 움직이려던 차, 나무 문이 부서지며 먼지가 일었다. 놀란 윌리엄이 고개 돌려 문가를 봤다.

"뭐…… 뭐야!"

* * *

희뿌연 먼지 사이로 웬 사람 인영이 보인다 싶더니 뼈가 으스러지는 소리와 함께 윌리엄의 몸이 튕겨져 나갔다. 눈 한번 깜빡할 시간에 일어난 일이었다.

"으…… 으아아아악!"

벽에 부딪쳤는지 신음을 흘리던 윌리엄은 제 어깨를 보며 눈을 뒤집어 깠다. 작살난 듯 으그러진 채 피를 쏟는 그의 어깨에는 큼지막한 검이 장창처럼 꽂혀 있었다.

"어으…… 아, 아버지. 아흑…… 살, 살려……."

본래라면 충격으로 즉사해도 이상할 것 없는 부상이었지만 술에 취해 있는 윌리엄은 기절조차 못 한 채 괴로움에 몸부림쳤다. 그나마 멀쩡한 팔로 바닥을 짚고 꿈틀거리는 그의 모습은 흡사 흙을 파먹고 사는 벌레 같았다.

"아……."

뒤늦게 윌리엄의 모습을 본 헤레이스가 창백한 얼굴로 신음을 흘렸다. 그녀를 강제로 취하려던 자였지만 사람이 저런 모습이라니……. 머릿속이 하얗게 변했다.

그러나 그녀의 충격은 오래가지 못했다. 온몸을 달달 떨며 눈조차 깜빡이지 못하는 그녀의 앞에 긴 다리가 나타난다 싶더니, 커다란 등 뒤에 늘어진 검은 망토가 벽으로 변해 윌리엄을 가렸다.

"……사지를 절단해야 다시 살아나지 않을 벌레로군."

잊을 수 없는 목소리에 헤레이스의 고개가 서서히 올라갔다.

그리고 그녀는 보고 말았다. 커튼 사이 가늘게 들어오는 빛에 반사된 은발을, 그녀를 똑바로 마주 보고 있는 형형한 금안을, 3년 넘게 잊으려 했건만 결코 잊지 못했던 수려한 얼굴을.

헤레이스는 저도 모르게 울먹이며 뒤로 물러났다. 사내의 유려한 턱선이 그런 헤레이스를 쫓았다가 다시 앞으로 돌아갔다. 저벅거리는 발소리와 함께 누군가 울부짖는 소리가 들리더니 이내 사라졌다. 꾸르륵, 피가 역류하는 소리가 방 안에 소름 끼치게 울렸다. 곧 붉은 피가 벽면에 사선으로 흩어졌다.

"남편 아닌 다른 사내 아래에 있는 아내라……."

나지막이 읊조리는 말과 함께 사내가 걸음을 떼자 핏자국이 바닥을 선명히 장식했다. 헤레이스는 빠르게 식어 끈적거리는 검은 피를 바라보다가 눈을 감고 고개를 돌렸다. 하나 시야를 차단하기 무섭게 커다란 두 손이 그녀의 얼굴을 감싸 쥐었다. 그는 오른손 엄지로 헤레이스의 눈 밑 눈물을 훔쳤다.

반사적으로 눈을 뜬 헤레이스를 향해 이즈카엘이 무표정한 얼굴로 말했다.

"오랜만에 보는 남편에게 보일 꼴은 아니군. 안 그래, 헤레이스?"

헤레이스는 아주 찰나, 그 짧은 시간 이즈카엘과 눈을 맞췄다. 서로 다른 색의 눈동자에 상대의 색채가 담긴 순간, 시간은 기다란 실처럼 늘어져 의미를 잃었다.

그녀는 이즈카엘의 말에 아무런 대꾸도 하지 않았다. 이즈카엘도 답을 재촉하지 않았다. 다만 한쪽은 허망한 표정을 지은 채 당장에라도 울 듯이 축축한 눈을 했고, 다른 한쪽은 집요한 눈을 형형히 빛낼 뿐이었다.

그러나 찰나는 찰나였다. 멈춰 버린 시간이 다시 빠르게 돌았다. 헤레이스는 눈을 깜빡이는 동시에 정신을 차린 듯 사색이 되어 외쳤다.

"에르젠!"

그 이름이 마법이라도 되는 것처럼 그녀는 이즈카엘을 잊었다. 이즈카엘은 저를 밀치고 일어서려다 묶인 발목에 휘청거리며 주저앉는 헤레이스를 서늘한 표정으로 붙잡았다.

"……여전하군, 당신은."

"놔! 놓으라고!"

눈앞의 사내는 더 이상 헤레이스의 이목을 끌지 못했다. 헤레이스는 저를 붙잡은 사내를 다시금 쳐 내고 허겁지겁 제 발목을 묶은 밧줄을 풀어냈다. 어찌나 세게 묶었는지 발목은 그새 피가 통하지 않아 파랗게 질려 있었다.

"에, 에르젠."

비틀거리면서도 헤레이스는 단걸음에 에르젠이 갇힌 우리로 갔다. 아이는 죽은 듯 미동이 없었다. 헤레이스가 우리 문을 쥐고 흔들었다. 가는 창살은 보기보다 튼튼한지 우리는 삐걱거리며 움직이기만 할 뿐 꿈쩍도 하지 않았다.

"아……."

문에 걸린 자물쇠를 확인한 헤레이스가 두리번거리다 윌리엄의 시체를 멍한 눈으로 봤다. 어깨가 으그러진 채 목 가운데를 관통당한 시체는 보는 것만으로도 오금을 저리게 했으나, 그녀는 빠른 걸음으로 죽은 자에게 다가갔다. 거리가 가까워질수록 비릿한 죽음의 향이 코끝에 지독하리만치 달라붙었다.

헤레이스는 드레스 자락에 피가 묻는 것도 개의치 않은 채 윌리엄의 시체 앞에 양 무릎을 꿇었다. 하지만 그녀가 열쇠를 찾으려 시체의 허리춤에 손을 가져다 댈 때, 커다란 손이 그대로 헤레이스의 어깨를 잡아채더니 그녀를 뒤로 내동댕이쳤다.

"아악!"

"헤레이스, 당신은 내 아내야. 그러니 다른 사내에게 함부로 닿지 마."

무덤덤한 어조와 다르게 사내의 몸에서는 뾰족한 살기가 넘쳤다. 그는 이미 죽어 버린 윌리엄을 다시 죽일 기세로 노려보다 헤레이스를 밀치고 시체의 허리춤과 주머니 등을 뒤지기 시작했다. 곧 피 묻은 열쇠 뭉치가 사내의 큰 손에 잡혀 쩔그럭 소리를 냈다.

"이, 이리 줘요. 당장……."

"……."

이즈카엘은 열쇠를 낚아채려 하는 헤레이스를 손쉽게 막은 뒤 아무 말 없이 큰 보폭으로 걸어갔다. 헤레이스가 급히 그를 뒤따르며 애타는 얼굴을 했다.

우리 앞에 도착한 이즈카엘이 자물쇠에 열쇠를 맞춰 넣었으나 첫 시도는 실패로 돌아갔다. 이즈카엘이 차분히 그다음 열쇠를 집어 들었다.

그러나 두 번째도 실패였다. 헤레이스의 얼굴이 창백히 질려 갔다. 결국 세 번째 열쇠조차 자물쇠를 열지 못하자 애가 탄 헤레이스가 덜덜 떨며 이즈카엘에게 손을 뻗었다.

"내, 내가 할게요."

그녀가 보기에 이즈카엘은 너무 느렸다. 한시가 급한데. 하지만 이즈카엘은 헤레이스를 단호히 물린 뒤 네 번째 열쇠를 자물쇠에 밀어 넣으며 한층 가라앉은 목소리로 말했다.

"그 꼴로 무슨. 잠자코 있어."

"하지만 에르젠을…… 아이를 빨리 꺼내야 해요. 어떤 상태인지도 모르는데……."

헤레이스가 우리 안에 갇혀 있는 아들과 자물쇠를 번갈아 보며 울음 섞인 목소리를 내자, 이즈카엘이 미간을 구기며 그녀를 노려봤다.

"그렇게 애타는 얼굴 마. 당신이 그러면 당장에라도 이 열쇠를 밖으로 집어 던지고 싶어지니까."

"그, 그게 무슨……."

"말 그대로야. 이대로 내가 열쇠 버리는 걸 보고 싶지 않으면 거기 서서 지켜보기나 해."

헤레이스가 그 자리에서 얼어붙었다. 어떻게 그런 말을……. 그러나 방구석에 처박혀 있는 시체의 꼴을 보면 이즈카엘은 그러고도 남을 사내였다. 지난 세월 그가 얼마나 에르젠에게 무심하고 또 잔인했는지 상기한 헤레이스는 입술을 꾹 내리 물었다.

철컥.

자물쇠는 여섯 번째 시도 끝에 열렸다. 우리가 열리자마자 헤레이스가 에르젠을 꺼내 품에 꼭 안아 들었다. 축 처진 아이는 숨을 쉬고 있었지만 어딘가 창백했다. 심장이 멎을 것 같은 기분을 느끼며 헤레이스가 몸을 돌렸다.

"……어딜 가려고."

하지만 우악스레 그녀를 잡아끄는 손길에 헤레이스는 단 한 발도 움직이지 못했다. 아이 걱정에 미칠 것 같아진 헤레이스가 발작하듯 소리쳤다.

"비켜!"

"헤레이스 당신은 어디도 못 가."

"에르젠이 보이지 않아요? 의원한테 보여야 해요! 가야 한다고!"

이즈카엘은 제게 잡혀 버둥거리는 헤레이스를 보다 무심한 눈으로 에르젠을 살폈다. 그러더니 한순간에 헤레이스에게서 아이를 빼앗아 안았다.

"무슨 짓이에요!"

"이런 산골짜기 시골에 있는 의원보다야 나를 따라온 자가 낫겠지."

이즈카엘이 에르젠을 안아 들고는 부서진 문 쪽으로 향했다. 이 방과 얼마 떨어지지 않은 곳에는 헤레이스에게도 익숙한 몇몇 기사들이 있었다. 이즈카엘은 에드가에게 에르젠을 넘겨주며 의원에게 보이라 일렀다.

"에르젠! 놔요! 놔 달라고! 나도 갈 거야! 놔!"

"……걱정 마십시오, 부인."

에르젠을 안아 든 에드가가 급히 걸음을 옮기려다 이즈카엘에게 잡힌 채 울부짖고 있는 헤레이스를 향해 안심하라는 듯 말했다. 이즈카엘은 멋대로 헤레이스에게 말을 거는 에드가가 못마땅한 듯 눈썹을 치켜세웠으나 무어라 말하지는 않았다. 헤레이스는 에르젠이 사라질 때까지 몸부림치다 아들이 시야에 보이지 않자 그대로 주저앉았다.

"흐윽…… 에르젠……."

"……몇 년 만의 만남인데 당신은 변함없이 아이만 찾는군."

이즈카엘이 바닥에 아무렇게나 앉은 헤레이스를 내려다보며 불쾌한 목소리로 말했다. 그의 말에 헤레이스가 눈물을 닦지도 않은 채 위를 노려봤다.

"그럼 아이 대신 당신 따위를 찾을까 봐?"

"……."

"나를 어떻게 찾았어! 또 나한테! 에르젠한테 무슨 짓을 하려고!"

고함치며 씨근덕거리는 헤레이스는 미친 여자 같았다. 조금 전 아이를 걱정하며 창백히 질려 있던 여자는 없었다.

눌러 왔던 무언가 터져 나온 듯 그녀는 주저앉은 채 발을 앞으로 뻗고 얼굴을 양손에 묻었다. 거친 몸짓에 마른 몸을 감싸고 있던 허름한 드레스 어깨 부근이 찢어지며 하얀 살결을 그대로 내보였다.

"나가."

묵묵히 헤레이스를 보고 있던 이즈카엘의 표정이 대번에 험악해졌다. 그가 제 뒤에 있는 기사들에게 흉흉히 말하자 기사들이 재빨리 물러났다.

아내의 드러난 어깨를 따라 시선을 내린 이즈카엘이 헤레이스의 손을 보고는 헛웃음을 뱉었다. 하얗고 곱기만 하던 헤레이스의 손은 어느새 조금 변해 있었다. 매끄러운 피부는 조금 까슬까슬해졌고, 길고 잘 관리돼 있던 손톱은 짧게 잘려 있었으며, 손가락 마디 끝은 무언가에 찔린 듯 발갛게 상처가 나 있었다.

'저렇게 살면서도…….'

아내도 분명 알았을 것이다. 귀족가 영애로, 또 부인으로 온실 속 화초처럼 살아온 자신이 그의 곁을 떠나는 순간 고생할 것을.

그러나 아내는 거적때기를 두르고 평민처럼 살며, 전이었다면 그녀의 발끝도 보지 못했을 사내놈에게 강제로 취해질 뻔하면서도 그를 찾지 않았다. 만일 그가 적절한 때 이곳에 들이닥치지 못했다면 저 방 안 시체가 된 놈에게 몸을 내줬겠지.

이즈카엘은 그것을 견딜 수가 없었다. '왜?'라는 의문이 머릿속을 떠나지 않았다. 세르펜스 성에서 제 행위에는 그리 치를 떨었으면서 왜……

'당신한테 난 뭐지?'

지난 세월 아내를 찾으며 내내 머릿속을 맴돌았던 말이 또 떠올랐다. 하지만 그 물음을 아내에게 할 수는 없었으므로 이즈카엘은 헤레이스를 억지로 일으켜 세운 뒤 밀쳐 벽에 기대게끔 했다.

강한 힘은 아니었으나 단단한 벽은 헤레이스에게 충분히 고통을 줬다. 헤레이스가 등을 타고 올라오는 통증에 신음을 뱉었다.

"아흑!"

"헤레이스, 뭔가 착각하는 모양인데…… 당신은 지금 이리 울며불며 불평할 때가 아니야. 오히려 나한테 감사해야 하지."

"놔! 이거 놓으라고!"

"난 쥐새끼처럼 달아난 당신을 벌하지 않고 있어. 게다가 보기 싫은 당신 아들 목숨까지 살려 주려 하고 있잖나."

이즈카엘의 입에서 에르젠에 대한 이야기가 나오자 헤레이스가 눈을 크게 떴다. 덕분에 맺혀 있던 눈물이 주르륵 뺨을 가로질렀다. 이즈카엘은 아이 이야기만 나오면 애끓는 표정을 하는 아내가 마음에 들지 않았다. 그가 삐뚜름한 미소를 문 채 지독한 말을 지껄였다.

"지난 세월 당신을 찾느라 허비한 시간을 생각하면 당장에라도 당신 아이를 길바닥에 내버리고 싶어. 그래야 당신도 나만큼 괴로울 테니까."

에르젠을 내버린다는 말에 헤레이스의 눈에서 불똥이 튀었다. 누구 멋대로 저런 말을 내뱉는단 말인가. 에르젠에게 아비란 존재는 사라진 지 오래였다. 헤레이스가 다시 비명을 지르며 그에게 달려들었다.

"난 찾으라 한 적 없어! 왜 멋대로 굴고는 내 탓을 해! 왜 에르젠을 끌어들여!"

"……."

"당신은 내 아이를 입에 담을 자격도 없는 사람이야. 그러니 우리 앞에서 사라져! 내게 에르젠을 돌려주고 꺼지라고!"

이즈카엘에게 지금 헤레이스의 모습은 참으로 생소했다. 이 여자가 이리 험한 말도 할 줄 알았던가. 자신에게서 벗어나 너무도 달라진 아내가 그는 낯설면서도 못마땅했다.

'모두 다…….'

의원에게 보이라 내보냈던 아이에 대한 살기가 끓었다. 다 그 아이 때문이었다. 작고 여린 아내가 품은 그 부정의 산물. 다른 사내의 씨.

하지만 그는 그토록 증오하고 미워하는 아이를 당장 죽일 수도, 해를 끼칠 수도 없었다. 그리한다면 눈앞의 아내는……. 입술을 말아 문 그가 사라질 것 같은 이성을 가까스로 움켜쥔 채 헤레이스의 귀에 속삭였다.

"……그건 안 되지, 헤레이스. 당신은 내 것이잖아. 난 절대 당신을 빼앗기지 않아. 누구라도 내게서 당신을 앗아 간다면 저 방안 시체처럼…… 아니, 저것보다 더 잔인하게 도륙을 낼 거야. 죽어서도 찾지 못하게. 몸뿐 아니라 영혼까지 검으로 갈기갈기 찢어 버릴 거라고. 물론……."

축축한 혀가 귀에 닿을 듯 말 듯 하다가 원래의 자리로 돌아갔다. 이즈카엘은 제게 독기 어린 시선을 보내면서도 두려움에 부들부들 떠는 아내의 양쪽 어깨를 꾹 쥐었다. 그리고 금빛 눈을 휘어 보이며 부드러이 말했다.

"……당신 애새끼도 예외는 아니지."

진심이었다. 말을 한 이즈카엘도, 이걸 들은 헤레이스도 말속에 담긴 진심을 알아챘다.

헤레이스는 방 안에 있는 윌리엄의 시체를 기억했다. 에르젠이 그 꼴이 된다면, 그렇게 된다면 저는 분명 견딜 수 없을 것이다. 결국 아이를 향한 검 끝에 헤레이스가 피식자로서 이즈카엘에게 목을 내밀었다.

"그, 그러지 말아요. 제발…… 하지 말아요. 네?"

"……."

"내, 내가 잘못했어요. 헛소리가 나온 거예요. 난 그냥…… 지, 지금 상황이 당황스러워서……."

"……."

"당신의 기분을 상하게 하려던 건 아니었어요! 그러니 에르젠에게 그러지 말아요. 에, 에르젠은…… 흐윽."

전처럼 돌아온 아내가 흡족했다. 이즈카엘은 제 손에 말랑하게 잡히는 아내의 몸을 안고 그리웠던 체취를 마음껏 맡았다. 침대 위에서 천 쪼가리를 끌어안은 채 구질구질하게 굴었던 날들을 모조리 보상받는 기분이었다.

"다행이야. 당신이 여전히 영리해서."

한껏 자비로워진 폭군이 기분 좋은 한숨을 내쉬더니 아내를 소중히 안아 들었다. 헤레이스는 얌전히 그의 가슴에 머리를 기댔다. 하지만 순종적인 자세와 달리 그녀의 표정은 어딘가 허망했고 눈은 멍하니 허공만을 향해 있었다. 또다시 눈물이 뺨을 가로질러 턱 끝에 맺혔다가 이즈카엘의 팔에 떨어졌다.

아내의 얼굴을 잠시 물끄러미 본 이즈카엘이 고개를 숙여 흰 이마에 입을 맞췄다. 그래. 이대로면 괜찮다. 아내만 제 곁에 있어 준다면. 이 삶을 그녀와 함께하고 무덤에 같이 묻힐 수만 있다면 그것으로 족했다. 그가 발걸음을 옮기며 말했다.

"그만 가자. 돌아갈 시간이야, 헤레이스."

* * *

"엄마……."

"우리 에르젠, 왜? 아직도 머리가 아파?"

에르젠이 고개를 도리도리 저었으나 헤레이스는 혹여나 싶어 아이의 이마에 손을 가져다 댔다.

아이의 이마는 미적지근한 것이 정상이었으나 헤레이스는 에르젠의 얼굴 이곳저곳을 꼼꼼히 살폈다. 짧은 시일 동안 험한 일을 여러 번 당한 아이였다. 이맘때쯤 아이에게 가장 위험한 것 중 하나가 혼절이었으므로 헤레이스는 아들이 멀쩡하다가도 갑자기 잘못될까 내내 긴장하고 있었다.

"계속 엄마랑 있으면 안 돼? 왜 에르젠이랑 같이 못 있어?"

아이가 우물거리다 헤레이스의 품에 얼굴을 푹 묻으며 칭얼거렸다. 투정을 부리는 목소리에는 어미와 떨어지기 싫은 기색이 역력했다. 헤레이스는 눈가가 시큰거리는 것을 꾹 참고 아들의 머리를 쓰다듬었다.

"……엄마는 일을 해야 해서 그래. 전에도 봤지? 일하고 있을 때는 바빠서 에르젠을 못 보는 거야."

아들과 함께할 수 있는 시간은 하루 단 세 시간. 게다가 그것조차 두 다리의 자유를 대가로 간신히 얻어 낸 것이었다. 드레스 아래, 보이지는 않았지만 헤레이스의 양 발목에는 서로 연결된 족쇄가 채워져 있었다. 그녀는 혹여나 족쇄를 연결한 사슬이 부딪치며 소리를 내 에르젠이 이것을 알아챌까 조심했다.

족쇄를 건 이는 다름 아닌 헤레이스 자신이었다. 물론 그녀에게 그런 선택을 하게끔 만든 이는 따로 있었지만. 헤레이스가 일행의 가장 앞에서 말을 타고 있을 사내를 생각하다 서글픈 한숨을 내쉬었다.

월리엄이 그녀를 가둬 놨던 저택에서 나온 뒤, 이즈카엘은 헤레이스를 제법 편안한 마차에 태웠다. 아들이 걱정된 헤레이스는 달리는 마차 안에서 에르젠이 괜찮으냐 수백 번 물었지만 이즈카엘은 고개만 까딱일 뿐, 아들을 보게 해 달라는 애원에는 눈썹 하나 움직이지 않았다.

결국 헤레이스가 에르젠과 함께 있겠다며 달리는 마차 문을 열고 한바탕 소란을 피웠다. 그러나 목숨을 건 헤레이스의 난동에 이즈카엘은 어디서 구했는지 모를 족쇄를 던지더니 서늘한 목소리로 말했다.

'당신 스스로 그걸 차면 하루에 세 시간 아이를 볼 수 있게 해 주지.'

'난 짐승이 아니에요. 이런 건…….'

'선택은 당신이 해. 아이를 볼 텐가, 아니면 지금 이대로 갈 텐가. 또 한차례 난리 칠 생각은 마. 한 번만 더 그리하면 당신 아들에게 붙인 의원을 물리겠어.'

그는 에르젠을 오롯이 쥐고 있는 사내였다. 헤레이스가 할 수 있는 거라고는 고개를 끄덕이는 것밖에 없었다. 헤레이스는 차가운 금속의 감촉을 느끼며 아이와 함께하는 것조차 제대로 할 수 없는 저 자신을 원망했다.

"치! 엄마 미워! 맨날 바쁘잖아. 이번 겨울에 일 끝나면 에르젠하고 실컷 놀아 준다고 해 놓고. 맨날 거짓말이야. 흐아아앙."

어미의 심경을 모르는 에르젠이 울음을 터뜨리며 심하게 몸부림쳤다. 한 번도 본 적 없는 아이의 과격한 몸짓에 헤레이스가 당황한 채 허둥지둥 아이를 꼭 껴안았다.

"에르젠? 에르젠, 울지 마. 엄마가 잘못했어. 울지 마. 응?"

"엄마 싫어! 미워!"

에르젠의 입장에서 이 정도야 당연했다. 아이의 약한 인내심은 여러 요인으로 바닥이 난 지 오래였다. 어리고 여린 신체는 여러 일과 익숙지 않는 마차 생활로 내내 긴장된 상태였으며, 심리는 익숙한 곳을 갑자기 떠난 것과 어미와 떨어져 있게 된 일로 불안이 가득 찬 상태였다.

어미의 필사적인 달램에도 아이가 팔다리를 버둥거리며 큰 소리로 울어 재꼈다.

"에르젠, 울지 마. 뚝. 엄마가 미안해. 그러니까 울지 마. 제발……."

헤레이스의 말끝이 흐릿하게 이어졌다. 그녀는 에르젠을 구슬리며 몰래 제 눈가를 쓸었다.

"엄마…… 흐윽."

에르젠은 한참 만에 울음을 멈췄다. 힘을 잔뜩 뺀 모양인지 금세 잠이 든 모습에 헤레이스가 참았던 눈물을 두어 방울 떨궜다. 아이는 그 와중에도 떨어지기 싫다는 듯 헤레이스의 옷깃을 꾹 쥔 채 놓지 않았다. 잠결에 어미를 부르는 목소리가 어찌나 가슴 아픈지. 헤레이스는 숨을 턱 막히게 하는 고통에 제 가슴을 몇 번이고 쳤다.

잠든 에르젠을 안고 얼마를 얼렀을까. 마차 창밖으로 해가 저물어 가기 시작했다. 아직 해가 완전히 떨어지려면 조금 남은 시간이었지만, 헤레이스는 아들을 꼭 껴안고 부드러운 뺨에 몇 번이고 입맞춤했다. 그림자 방향만 봐도 알았다. 이제 곧 에르젠과 헤어질 시간이었다.

아니나 다를까 워워 소리와 함께 말들이 걸음을 느리게 했다. 마차가 서서히 속도를 늦추는가 싶더니 곧이어 멈췄다.

"여기서 잠깐 쉬고 간다!"

휴식을 외치는 기사의 고함 뒤로 익숙한 발걸음 소리가 들리더니 마차 문 앞에서 끊겼다. 헤레이스는 마차 문손잡이가 돌아가는 것을 보고 고개를 수그린 채 빼앗기기 싫다는 듯 에르젠을 품에 꼭 안았다.

달칵.

마차 문이 열리자 이즈카엘이 모습을 드러냈다. 그는 헤레이스에게 안겨 잠든 아이를 차가운 눈으로 훑어보다 손을 앞으로 내밀었다. 헤레이스는 주저하며 에르젠을 더욱 세게 안았다가 곧 힘을 빼고 이즈카엘에게 아들을 넘겼다.

이즈카엘은 헤레이스보다 훨씬 손쉽게 아이를 안아 들었다. 하지만 덜렁거리는 아이의 다리를 보건대 그의 행동에는 핏줄에게 줄 법한 배려 따위는 없는 듯했다. 감자 포대 옮기듯 아이를 다룬 그가 몸을 돌려 안나에게 에르젠을 넘겼다. 안나가 에르젠을 안아 들며 입 모양으로 헤레이스를 불렀다.

아-가-씨.

헤레이스는 이즈카엘에게 이끌려 마차에 탄 다음 날이 돼서야 안나가 붙잡혀 있다는 걸 알게 되었다. 그녀는 이즈카엘에게 안나만은 놓아 달라 부탁했지만 돌아오는 것은 위협뿐이었다.

'당신과 함께 도망친 계집에 대해 말하는 거라면 입 닫아. 그

러잖아도 당장 목을 베고 싶은 걸 당신 아이 때문에 살려 두는 거니까.'

마차에 갇혀 있는 헤레이스가 안나를 볼 수 있는 건 에르젠이 오고 가는 시간뿐이었다. 헤레이스가 안나를 향해 미미하게나마 웃어 보였다. 하지만 커다란 사내의 몸에 가려진 안나가 순식간에 사라진다 싶더니 이즈카엘이 마차 안으로 들어왔다.

탁.

헤레이스는 굳게 닫히는 마차 문소리에 마른침을 삼켰다. 하루 중 가장 힘든 시간이 막 시작될 참이었다.

이즈카엘은 헤레이스가 에르젠과 헤어지는 시간부터 아침까지 그녀와 함께했다. 잠잘 때조차 그는 헤레이스의 곁을 떠나지 않았기에 그녀는 내내 불면증에 시달리고 있었다. 하지만 무어라 하겠는가. 그녀가 할 수 있는 일이라고는 입을 다문 채 가만히 있는 것뿐이었다.

"⋯⋯."

"⋯⋯."

함께 있다 해서 이즈카엘이 무언가를 요구하는 것은 아니었다. 그가 하는 일이라고는 그저 헤레이스를 지그시 보거나 눈을 감고 있는 게 다였다. 물론 헤레이스도 입을 열지 않았다.

같은 침묵 속이었지만 두 사람의 태도는 확연히 차이가 났다. 이즈카엘이 편히 있는 것과 다르게 헤레이스는 숨 막히는 분위기에 심한 압박감을 느끼며 잔뜩 긴장해 있었다.

특히 이즈카엘이 그녀를 또렷이 노려볼 때면 헤레이스는 폐가 막히고 숨이 멈추는 기분이었다. 그리하여 그녀는 이즈카엘과 함께일 때면 항상 고개를 수그리거나 모로 틀었다. 덕분에 나중에는 꺾인 목이 아파 헤레이스는 저도 모르게 신음을 흘리고는 했다.

오늘도 마찬가지였다. 헤레이스의 맞은편에 앉은 이즈카엘은 겉에 두르고 있던 망토를 벗어 옆에 내려놓더니 팔짱을 낀 채 아무 말 없이 헤레이스를 봤다. 무감한 듯싶으면서도 집요하고, 또 화가 난 것처럼 일렁이는 금안. 헤레이스가 차마 그 눈을 마주보지 못한 채 시선을 떨구며 배에 손을 올렸다. 먹은 것도 별로 없건만 속이 매슥거렸다.

"출발한다!"

그렇게 몇 시간 같은 수 분이 흘렀다. 짧은 휴식이 끝나고 기사의 고함에 따라 마차가 움직일 때였다. 어떠한 말도 꺼내지 않고 있던 이즈카엘이 푹신한 마차 벽에 몸을 깊숙이 묻은 채 한쪽 다리를 다른 쪽 무릎에 올리고 비웃음을 흘리며 말했다.

"······누가 보면 내가 당신을 겁박하는 줄 알겠군."

"······."

"일주일 동안 한마디 먼저 말 거는 법도 없고. 내가 언제까지 기다려 줘야 하지? 당신, 내게 용서를 빌 마음이 있긴 한가?"

생각지도 못한 말에 헤레이스가 고개를 번쩍 들었다. 용서? 내가 무얼 그리 잘못했는데. 두려움과 이성이 머릿속을 차지했음에도 억울함과 분기가 가슴 깊은 곳에서 끓어올랐다. 헤레이스가 이즈카엘의 말을 차갑게 받아쳤다.

"……난 잘못한 게 없어요."

그 말에 심기가 불편해진 듯 이즈카엘의 미간이 구겨지며 은발과 같은 색의 눈썹이 올라갔다. 이즈카엘이 기대 있던 등을 펴고 상체를 앞으로 내밀었다.

"잘못한 게 없다? 정말 그렇게 생각해? 감히 제멋대로 성을 떠나 몇 년을 돌아다닌 주제에?"

"……."

"헤레이스, 당신 때문에 얼마나 많은 인력과 자원이 낭비됐는지는 아나? 게다가 그따위 반성도 없는 자세라…… 당신은 당장에라도 치죄받아 마땅해."

"그렇게 생각하면서 왜 지금 당장 날 벌하지 않아요? 그때처럼 멋대로 뺨이라도 때려요. 잔말 없이 맞아 줄 테니."

찌를 듯 저를 쏘아보는 푸른 눈에 이즈카엘은 노여움이 차오르는 것 대신 희열감을 느꼈다. 아내의 눈이 오롯이 저를 향할 때면 손끝이 설로 찌릿찌릿하며 살아 있음을 확인받는 듯했다.

그가 나른한 숨을 내쉬며 잔잔한 웃음을 터뜨렸다. 하지만 격앙된 헤레이스는 이즈카엘의 웃음은 신경조차 쓰지 않은 채 일주일 넘게 눌러 왔던 감정을 터뜨렸다.

"말이 나와서 하는 거지만…… 난 이해가 가지 않아요. 날 싫어하잖아요. 에르젠을 당신 핏줄로 여기지 않잖아요. 그럼 우리를 그냥 두면 되는데…… 왜 찾아와 이러는 거예요. 당신 말대로 왜 인력과 돈을 낭비하며 날 찾는 거예요!"

"……몇 번이고 말했을 텐데. 머리가 그렇게 안 돌아가나? 당신은 내 거야. 내 옆에 있어야 하는 내 것이라고."

몇 번이고 들었지만 이해되지도 않을뿐더러 불쾌하기만 한 답이었다.

헤레이스는 속이 갑갑해져 목소리를 높이려다 꾹 참고 숨을 골랐다. 그녀가 마음속으로 아들의 이름을 외다 의자에서 내려와 이즈카엘의 앞에 무릎을 꿇었다. 덜컹거리는 마차 바닥이 그대로 느껴져 어지러웠지만 지금이 아니면 용기 낼 기회가 없으리라.

"……그럼 나랑 에르젠을 어떻게 할 생각이에요. 다시 돌아가 뭘 하려는 거예요?"

"……."

"지금이라도 우리를 놓아줘요. 이렇게 부탁할게요."

이즈카엘은 어쩐지 손이 허전하다 생각했다. 예전의 아내는 그의 앞에 무릎을 꿇을 때마다 그의 손 혹은 옷깃을 붙잡고 매달렸다. 하지만 지금의 그녀는 어떤가. 아내는 손을 모아 쥘지언정 그를 붙잡지 않았다. 게다가 그뿐인가. 아내는 그와 재회한 뒤 단 한 순간도 그의 이름을 외치지 않았다.

아이의 이름은 그렇게 부르면서. 나는 당신을 그렇게 부르고 또 불렀는데. 분명 되찾았는데 왜 더 멀어지는 기분일까?

이즈카엘의 인내심이 급속도로 얇아지기 시작함과 동시에 기이한 광기가 그에게서 스멀스멀 기어 나왔다.

"그건 당신이 결정할 일이 아니야. 당신이나 당신 아들이나 처우가 어찌 될지는 내 손에 달렸어. 그러니 주제넘게 굴지 마."

"당신 아들……."

냉랭한 답에 헤레이스가 얼굴을 구기다 참기 힘들다는 것처럼 특정 단어를 늘어뜨렸다. 곧 그녀가 결심한 듯 비장한 표정을 지으며 이즈카엘을 마주 봤다.

"에르젠은 분명 내 아이예요. 하지만 당신의 피도 이어받은 아이예요. 왜 계속 그걸 부정해요?"

"……."

"떠나기 전에도 몇 번이고 묻고 싶었어요. 왜 나를 의심했어요? 부정을 저지른 건 당신인데 왜 계속 나를 부정한 아내로 만들었어요?"

푸른 눈이 공포를 이겨 낸 채 결판을 내겠다는 듯 빛났다. 오히려 눈동자가 요동치는 것은 이즈카엘이었다. 무언가 떠올린 그가 멈칫거리다 주먹을 세게 말아 쥐었다. 그날의 기억과 함께 손이 절로 잘게 떨렸다.

"……참 뻔뻔하군."

이즈카엘의 얼굴이 스산해졌다. 그가 손을 뻗어 제 앞에 꿇어앉아 있는 아내의 턱을 세게 쥔 채 한 음절 한 음절 힘을 줘 말했다.

"아까 왜 당신을 벌주지 않냐 물었지? 당신이 당신 아들의 아비와 함께 있지 않아서야. 여사제들만 있는 신전에 머문 것이 내자비를 한껏 키웠지. 하지만 내가 이대로 당신을 용서했다 착각하면 곤란해. 난 그저 성에 도착할 때까지 참고 있을 뿐이야. 알아들어?"

"아윽…… 아, 아파요!"

"헤레이스, 내 어여쁜 아내. 당신은 내가 아직도 아무것도 모르는 머저리라 생각하는 모양인데 나 알고 있어. 당신 아들의 아비가 누구인지."

고통에 허우적거리면서도 헤레이스가 눈을 치켜떴다. 말을 할수 있다면 그게 무슨 말이냐 따지기라도 하겠건만 턱을 세게 그러쥔 이즈카엘 때문에 그조차 여의치 않았다. 그녀가 이즈카엘의 손을 떼려 손톱을 세웠다.

"그, 그게 무…… 으!"

이즈카엘은 꼭 상처 입은 맹수 같았다. 그가 헤레이스를 거칠게 일으켜 세우더니 마차 시트에 그대로 밀어 눕혔다. 헤레이스가 반사적으로 일어나려 했지만 이즈카엘이 조금 더 빨랐다. 족쇄의 사슬이 쩔그럭거리는 소리와 함께, 그가 배신감에 치를 떨며 아내와 간통했다 믿어 의심치 않는 간부의 이름을 담았다.

"……샤를. 꿈속에서도 그리운 듯 불렀던 당신 전 약혼자, 내 동생 말이야. 여러 번 성에 들락거렸더군."

여기서 튀어나올 거라 생각지도 못한 이름에 헤레이스가 눈을 크게 떴다. 샤를이라니 그게 무슨……. 그러나 어느 찰나의 순간이 머릿속에 떠올랐다.

'설마…….'

이즈카엘 모르게 샤를과 만난 적이 있긴 했다. 마지막이라며 그녀를 찾아온 전 약혼자. 좋지 못한 일로 끊어진 연이니 본래라면 만나지 말았어야 했다.

그러나 샤를과 그녀는 정략으로만 이어진 사이가 아니었다.

그들은 어릴 적 소꿉친구요, 10년 이상 인연을 이어 온 사이였다. 헤레이스는 어미의 죄로 모든 것을 잃고 쫓겨난 뒤 아예 다른 나라로 건너갈 거라 말하는 소꿉친구와의 만남을 거절할 수 없었다.

하나 그렇다 해서 부정을 저지른 것은 아니었다. 헤레이스는 하늘에 맹세할 수 있었다.

'……미안. 헤레이스 너한테 너무 미안한데…… 말 안 하고는 못 배기겠어. 이게 마지막일 테니까.'

'샤를…….'

'헤레이스, 내가 널 많이 사랑해. 항상 좋아하고 있었어.'

'샤를, 나는…… 미안해. 너한테 정말 미안한데 난 네 마음을 받을 수 없어. 나는…….'

그 만남은 작별 인사나 마찬가지였다. 헤레이스도, 샤를도 그걸 인지하고 있었다. 헤레이스는 서럽게 울지언정 단호히 샤를을 거절했고 샤를 또한 그녀의 거절에 아무 말도 하지 않았다. 그는 알고 있었으리라. 헤레이스가 제 고백을 거부할 것을.

'……이즈카엘, 내 남편을 사랑해.'

'…….'

'이제 와 하는 말이지만 샤를 너도 알고 있을 거야. 나 사실 오래 전부터…….'

'그만.'

'…….'

'……무슨 말인지 알아. 그러니 그만해, 헤레이스.'

'미, 미안해. 샤를. 미안해…….'

어차피 떠나겠다 말한 사람이니 거절만 하고 말았어도 될 일이었다. 그러나 샤를에게 또다시 상처 주는 길을 택하면서도 헤레이스는 불편한 과거를 끄집어냈다. 그녀는 그만큼 제 사랑에 자신이 있었다. 눈앞의 사내를 사랑했었다.

"샤를의 피를 이었으니 당신 아들도 세르펜스의 성을 쓸 자격이 있지. 하지만 난 내 피를 잇지 않은 아이의 아비 노릇을 할 생각은 없어. 그러니 더는 날 머저리 취급 하려 하지 마. 속았다는 사실보다 아무것도 모르는 바보 취급이 더 불쾌하니까."

그런데 이 사람은 왜 이러는가. 어떤 오해를 하고 내게 이런 말을 내뱉는 거지? 눌린 몸의 고통을 잊을 만큼 따가운 통증이 심장을 찔렀다. 헤레이스가 젖은 눈을 한 채 사내를 올려다봤다.

'이 사람은 왜 나를 믿어 주지…… 않아?'

헤레이스는 제가 느끼는 가장 큰 감정이 배신감인 것을 깨닫고 놀랐다. 3년이 넘는 시간, 이즈카엘을 모조리 지워 냈다 생각했건만 그가 한 오해의 실체를 안 순간 저를 믿어 주지 않았다는 슬픔이 몸을 지배했다.

그러나 동시에 헤레이스는 바위틈에서 샘물이 솟아나듯 제 심장 부근에서 무언가 흐르는 것을 느꼈다.

'설명하면 괜찮아. 그때 상황만 말해 주면…….'

오해임이 확실해졌으니 풀면 그만이었다. 잘 설명하면 그도 분명……. 헤레이스가 울컥하는 감정을 가라앉히고 산들바람을 타고 살포시 내려앉은 희망의 씨앗을 꼭 쥐었다.

"아니야. 내 말 좀 들어 봐요, 이즈카엘. 당신이 뭔가 오해하고 있는 거예요. 샤를과 난…… 아악!"

재회 후 헤레이스가 처음으로 이즈카엘의 이름을 입에 담았다. 하지만 그녀의 입에서 샤를이 나오는 순간 이즈카엘은 유령처럼 기기하고 섬뜩한 표정을 짓더니 헤레이스의 입을 커다란 손으로 틀어막았다.

"닥쳐."

"읍!"

"제발 닥쳐, 헤레이스. 그 이름을 내 앞에서 부르지 마. 당신 입으로, 당신 목소리로 그 이름을 외지 마."

발작에 가까운 반응이었다. 그가 헤레이스의 입을 막은 채 헤레이스의 목덜미에 얼굴을 묻었다. 거친 숨소리와 함께 날카로운 이가 하얀 목덜미에 닿는가 싶더니 죄악이 헤레이스의 귀에 닿았다.

"……당신이 말할 이름은 내 이름뿐이야."

* * *

"이게 다 뭐야!"

탁자를 들고 나르던 하인이 여인의 날카로운 고함에 깜짝 놀라 멈춰 섰다. 그가 소리가 들리는 방향으로 고개를 틀자 금발의 여인이 아이의 손을 잡은 채 씩씩거리는 것이 보였다. 상대를 알아본 하인이 허둥지둥 탁자를 내려놓고 고개를 숙였다.

"뭐 하는 거냐 묻잖아!"

"저 그게……."

샬럿의 재촉에 하인이 우물거렸다. 그러자 샬럿의 뒤에 있던 하녀가 툭 튀어나오더니 일갈했다.

"부인께서 물어보시잖아요. 빨리 답 못 해요?"

'부인은 무슨…… 릴리 저것은 무에 좋다 저 여자 앞잡이 노릇이야.'

고개를 푹 수그린 하인이 속으로 샬럿과 하녀를 욕하며 비굴하게 손바닥을 비볐다. 기분이 나쁜 것과 별개로 샬럿은 두려운 존재였다.

"저쪽 별채에 갈 물건을 옮기고 있습니다, 부인."

하인의 입에서 부인이라는 말이 나오자 샬럿의 눈썹이 일순 내려앉았다. 그녀가 자신의 목을 감싼 흰여우 목도리를 쓸며 재차 물었다.

"그 구석에 있는 별채? 거기에 이걸 왜 가져가?"

"저도 이유는 잘 모릅니다. 다만 주인님의 명이라는 말밖에……."

"뭐?"

이즈카엘의 명이라는 말이 나오자 샬럿의 음성이 다시금 높아졌다. 그녀가 목도리를 쓸던 손을 입으로 가져가 손톱을 잘근잘근 씹었다.

'그러고 보니 그 계집을 찾았다는 말이 돌던데……. 정말인가? 그 계집이 돌아와 날 본채 뒤 별채도 아닌 저 구석 별채로 내치려는 거야?'

그동안 가까스로 눌러 왔던 불안감이 한순간에 차올랐다.

부인이라는 소리를 들으며 성을 마음대로 휘젓고 다니는 샬럿이었지만 그녀에게 주어진 권한은 얼마간의 황금과 아랫것들의 거짓된 예의뿐. 헤레이스가 떠나고 몇 년이 넘는 시간 동안 샬럿은 세르펜스 성의 실질적인 권한은 물론, 그 어떤 것도 쥐지 못했다.

'내 아들이 누군지 알아? 미겔의 어미가 누군지 아냐고! 나야! 내가 다음 공작의 어미라고! 그런데 뭐? 나한테는 아무것도 알려 줄 게 없어? 너! 당장 죽고 싶어?'

'돌아가십시오. 아가씨께서는 이곳에 출입할 수 없으십니다.'

샬럿이 아무리 난동을 부리고 패악질을 해도 이즈카엘이 성에 두고 간 수하들은 꼼짝하지 않았다. 몇 번은 넘치는 황금으로 그들을 회유해 보려 했지만 그들은 그 사실조차 이즈카엘에게 고하며 샬럿을 옥죌 뿐, 무표정한 얼굴을 바꾸지 않았다. 덕분에 샬럿은 아랫것들과 비슷한 시기가 돼서야 이즈카엘이 성에 돌아온다는 소식을 알 수 있었다.

"그, 그럼 전 이만 가 보겠습니다."

부들부들 떠는 샬럿에게서 위험을 감지한 하인이 탁자를 들고 재빠르게 도망쳤다. 샬럿 옆에 있던 하녀도 상전의 상태가 심각해짐을 깨닫고 뒤로 몇 발짝 물러났다.

"……아니야. 아닐 거야. 3년 동안 코빼기도 보이지 않았던 계집이 돌아올 리 없잖아? 별채는…… 이제 봄이니까. 손님을 맞이해야 하니까 꾸미는 거야. 그러니 걱정할 필요 없어. 암……

이제 와 날 별채로 내칠 리 없지. 난 후계자의 어미인걸."

잘게 떨리는 혼잣말과 함께 잘 다듬어진 손톱 끝이 뭉개지고 일그러졌다. 어미의 손톱을 지그시 바라본 미겔이 픽 웃으며 샬럿에게 잡힌 손을 살랑 흔들었다. 경쾌한 박자에 샬럿의 시선이 아들을 향했다.

"어머니, 그 말은 틀렸어요."

"뭐?"

미겔의 말은 샬럿에게만 들릴 정도로 작았다. 아이가 비밀을 말해 주는 것처럼 작은 목소리로 속닥거리며 손가락으로 동쪽을 가리켰다.

"공작 부인께서 돌아오고 계세요. 아버지랑 함께."

* * *

헤레이스가 머물던 신전에서 세르펜스 성까지는 말에 익숙한 기사들이 말을 타고 전속력으로 달려도 한 달쯤 걸리는 거리였다. 하지만 혹독한 겨울 날씨 때문에 세르펜스 성으로의 귀환은 훨씬 지체됐다.

기사들은 몇 달 만의 귀환과 물씬 불어오는 봄 향기에 한껏 들떠 저들끼리 떠들었지만, 헤레이스는 마차 창을 가리고 있는 커튼을 들어 밖을 보다가 힘없이 손을 내렸다.

'……결국 돌아왔구나.'

성의 모습이 보이기 시작하자 헤레이스가 한숨을 쉬었다. 다른 이들에게는 이 정경이 반가운 모양이었지만 헤레이스 모자에게 저 거대한 성은 유배지나 진배없었다.

"아⋯⋯."

창밖으로 성벽을 바라보던 헤레이스가 일순 제 목 부근을 감싸쥐며 신음을 뱉었다. 그녀의 목에는 울긋불긋한 열꽃이 옅게 남아 있었다. 헤레이스가 옷깃을 젖히고 목에 남은 자국을 보다 옷을 최대한 끄집어 올렸다. 수치스러운 지난밤이 기억났다.

'이대로 있으면 안 돼.'

에르젠을 위해서라도 무엇이든 생각해야 했건만 날이 갈수록 힘들어지는 몸처럼 정신도 무기력해졌다.

'말할 기회도 주지 않고⋯⋯ 도대체 어떻게 해야 하지?'

이즈카엘을 생각하면 막막하기만 했다.

헤레이스는 지난 두 달간 그에게 수없이 말했다. 당신이 오해하고 있노라고. 하지만 그녀가 그 주제를 입에 담을 때마다 이즈카엘은 비소를 흘리거나 조용히 서늘한 분기를 드러낼 뿐이었다.

'매번 그리 거짓을 말하면 부끄럽지 않나?'

게다가 그는 헤레이스의 입에서 샤를의 이름이 거론될 때면 반미치광이처럼 굴었다. 헤레이스는 그가 큰 손으로 자신의 입을 틀어막을 때마다 두려움에 질려 아무것도 하지 못했다. 그러다가 그의 손에 이끌려 신음해야 했다. 그리고 그런 일이 반복될 때마다 헤레이스는 제 마음속 무언가 부서지는 기분을 느꼈다.

목이 답답해지는 기분에 숨을 헐떡이자 어느새 마차가 천천히 속도를 줄였다. 가만히 있으려던 헤레이스는 머뭇거리다가 떨리는 손을 부여잡고 다시 마차 밖을 봤다. 몇 년 전까지만 해도 익숙했던 건물의 외곽과 함께 계단 아래 정렬해 있는 사용인들이 보였다.

'……아직 있었구나.'

헤레이스가 사용인들 앞에 선 금발 여인을 보다가 시선을 뗐다. 몇 년이 흘렀음에도 여전히 아름다운 여인을 보자 마음 한편이 따끔거렸다. 그러나 여인을 처음 봤을 때처럼 힘들거나 아프지는 않았다. 그저 그렇구나 싶을 뿐.

멍하니 있던 헤레이스가 피식 웃음을 흘리다 말았다. 몇 년 전이 떠오른 탓이었다. 그때 마차에 있었던 것은 저 여인이요, 저기서 있던 것은 자신이었건만 이제는 상황이 반대였다.

'서 있는 모습이 자연스러웠어. 하긴 나보다 오래 이 성에 살았으니 당연한가.'

사용인들 앞에 자리한 샬럿은 당당한 성의 여주인이었다. 허한 웃음을 내려놓은 헤레이스가 발을 까딱거렸다. 자신이 싫다 거부한 것이긴 했으나 허망한 기분을 감출 수 없었다.

족쇄를 맨 채 발을 움직이자 발목이 시큰거리기 시작했다. 헤레이스가 툭 아무렇게나 움직임을 멈췄다. 그리고 때마침 덜컥하는 소리와 함께 마차 문이 열리며 폭군과도 같은 사내가 모습을 보였다.

이즈카엘이 가만히 앉아 있는 헤레이스를 보다 차갑게 명령했다.

"내려."

"아……."

알겠다 고개를 끄덕일 새도 없었다. 헤레이스는 이즈카엘의 단단한 손아귀에 잡혀 끌려 나오듯 마차에서 내렸다.

족쇄의 사슬이 쩔그럭거리는 소리가 요란했다. 헤레이스는 죄인이 된 것 같은 기분에 얼굴을 붉히며 자유롭지 못한 제 다리를 내려다봤다.

이즈카엘 또한 사슬 소리를 들은 모양이었다. 그가 미간을 찌푸린 채 헤레이스를 바라보다 입가를 비틀고는 걸음을 옮기기 시작했다.

"조, 조금만 천천히 가요."

한 발 한 발 뗄 때마다 수치심이 묻어났다. 헤레이스가 주위 도열에 있는 이들을 보며 이즈카엘에게 애원했지만, 그는 걸음을 재촉하는 것으로 헤레이스의 부탁을 묵살했다. 헤레이스는 눈물이 핑 도는 걸 간신히 참은 채 이즈카엘에게 끌려가다시피 해 걸었다.

이즈카엘이 걸음을 멈춘 건 샬럿의 얼굴이 뚜렷해진 후였다. 샬럿은 표독스러운 표정으로 이즈카엘과 헤레이스를 번갈아 노려봤다. 아무 말도 하지 않았으나 힘이 잔뜩 들어간 턱만 봐도 그녀가 얼마나 분노했는지 알 수 있었다. 헤레이스는 미움으로 일그러진 샬럿의 녹안을 차마 마주하지 못한 채 시선을 피했다.

"아버지!"

그때, 아이의 밝은 목소리가 끔찍하리만치 냉랭한 분위기를 깼다. 모두의 시선이 샬럿의 옆에 있던 아이에게 닿는 순간, 작은 몸이 폴짝 뛰어올라 이즈카엘의 품을 파고들었다.

"귀환을 축하드려요. 많이 기다리고 있었어요."

미겔은 아이 특유의 천진함을 간직하면서도 또래보다 어른스러웠다. 헤레이스는 에르젠보다 한 뼘은 더 커 보이는 아이를 보다 저도 모르게 입술을 내리 물었다.

이즈카엘을 꼭 닮은 아이는 에르젠과 동갑이며 형제라는 게 믿기지 않을 정도였다. 키는 물론, 혈색 좋은 뺨, 결 좋은 머리카락, 또랑또랑한 눈 등 아이는 모든 것이 제 동생을 앞섰다.

게다가 아이의 옷은 어떤가. 깨끗하긴 했으나 여기저기 닳은 티가 역력했던 에르젠의 옷과 달리, 미겔은 잘 다림질된 근사한 옷을 입고 있었다. 산골 마을에서는 티 나지 않았건만 이리 보니 새삼 에르젠이 얼마나 못 먹고 못 입었는지가 다가와 헤레이스는 가슴이 미어졌다.

"날씨가 아직 추운데 마중을 다 나오고. 대견하구나, 미겔."

곁눈질로 헤레이스를 살핀 이즈카엘이 그답지 않게 웃으며 품 안 아이의 머리를 쓰다듬었다. 부드러운 말씨에는 아이를 향한 배려가 가득했다. 아이가 기쁜 듯 웃으며 아비에게 고개를 끄덕이는 모습에 헤이레스는 시선을 아래에 두었다.

푸른 눈에 반짝이는 무언가가 언뜻 스치자 그를 목격한 이즈카엘이 만족스러운 듯 입술 끝을 비틀었다. 그가 아내의 팔을 아무렇게나 잡고 샬럿과 미겔의 앞으로 끌었다.

"인사하지."

담백한 그 말에 샬럿의 눈이 한층 더 사나워졌다. 양 주먹을 꾹 쥔 채 부들부들 떠는 모습이 어찌나 확연한지, 대신 민망해진 사용인들이 허리를 더 깊게 수그렸다. 하지만 어찌 됐건 성의 주인인 이즈카엘의 명이었다. 샬럿이 이즈카엘의 서늘한 낯에 몸을 움찔거리다 마지못해 고개를 숙였다.

"오랜만에 뵙……."

"누가 너더러 인사하라 했나."

샬럿의 고개가 완전히 내려가기 전이었다. 이즈카엘이 손을 뻗어 샬럿을 막았다. 그가 헤레이스의 등을 쿡 찌르며 조금 전보다 더 진한 비소를 물었다.

"……비슷한 처지라 한들 순서라는 게 있지."

도통 알아듣지 못할 말이었다. 헤레이스와 샬럿은 물론이고, 근처에 있던 사용인들도 순간 어리둥절한 눈을 했다. 하지만 샬럿을 비롯해 눈치 빠른 이들은 곧 이즈카엘의 의중을 헤아렸다.

사용인 몇이 경악에 가까운 얼굴을 함과 동시에 샬럿이 입꼬리를 올리면서도 설마 하는 얼굴로 이즈카엘을 봤다. 그와 눈을 마주친 그녀가 들뜬 목소리로 물었다.

"무슨 말이에요, 이즈카엘?"

질문이었으되 이미 답을 확신한 목소리였다. 악의로 번들거리는 샬럿의 눈웃음은 헤레이스에게 향했고, 헤레이스는 등을 찌르는 사내의 손가락이 저를 찌르는 화살이 되어 박히는 것을 느꼈다.

푸른 눈동자가 떨리기 시작한 것을 확인한 이즈카엘이 긴 손가락으로 헤레이스의 척추뼈를 따라 올라가며 선을 그렸다. 소름 끼치는 감각과 함께 손가락 끝이 곧 목에 닿았다.

"순서를 따져야 한다는 말이야. 위아래를 정해 놓지 않으면 집 안이 어그러지기 마련이거든."

그가 훤히 드러난 헤레이스의 목덜미를 아무렇게나 지분거렸다. 고귀한 공작 부인에게는 절대 하지 않을 천박한 희롱이었다.

여러 사람 앞에서 당한 모욕에 헤레이스가 천천히 고개를 들어 이즈카엘을 바라봤다. 그녀의 푸른 눈이 간절함을 담은 채 소리 없이 말했다.

'이러지 말아요.'

보이지 않는 상처가 방금 당한 화상처럼 뚜렷했지만 이즈카엘은 그 상처를 지워 주기는커녕 더 선명히, 그리하여 각인처럼 새기길 원했다. 이즈카엘이 그녀를 희롱하는 것을 멈추지 않은 채 샬럿을 향해 입을 열었다.

"샬럿, 먼저 정부가 된 것도 너고 내게 첫아이를 안겨 준 것도 너다. 그러니 네가 우선인 게 당연하지. 물론 이쪽이 전에 공작 부인 노릇을 했다고는 하지만……."

이즈카엘은 잠시 말을 멈췄다. 그의 눈이 간담이 서늘해질 정도로 잔인한 빛을 띠었다. 그가 헤레이스를 위아래로 훑으며 다시 말을 이었다.

"……제 발로 박차고 갔으니 앗아 간다 한들 할 말이 없지."

이토록 노골적인 말을 못 알아들을 이는 이제 없었다. 이즈카엘은 말하고 있었다. 헤레이스는 더는 공작 부인이 아니라고. 그녀는 샬럿과 똑같이, 아니 그녀보다 아래인 정부일 뿐이라고.

누구도 예상 못 한 징벌이었다. 이즈카엘은 제 곁에서 도망간 아내를 3년 만에 잡아 와 상상도 못할 모욕과 수치를 주고 있었다.

말로 표현할 수 없는 처참함에 헤레이스의 입술이 그녀의 눈처럼 파랗게 변해 갔다. 조금이라도 건드리면 쓰러질 듯 위태롭게 휘청이는 모습이 차마 보고 있기가 어려웠다. 하지만 아내를 정부로 끌어내린 사내는 스스럼없이 명할 뿐이었다.

"뭐 하나, 헤레이스. 먼저 인사하지 않고."

헤레이스는 답하지 않았다. 아니, 할 수 없었다.

숨이 가쁘고 머리가 당장 쪼개질 듯 아팠다. 누군가 눈앞을 흩트려 놓은 듯 모든 사물이 휘어져 보이며 당장에라도 녹아내릴 듯 일렁였다. 헤레이스가 손을 올려 제 이마를 짚었다.

"뭐 하세…… 아니, 뭐 해? 공작님 말씀 안 들려? 우리 오랜만에 보는 거잖아. 인사는 나눠야지."

샬럿이 의기양양한 얼굴로 팔짱을 끼더니 카랑카랑한 목소리로 말했다. 그러나 그녀의 말은 헤레이스의 귀에 들어오지 않았다. 귓가에 맴도는 소리는 높고 끔찍한 이명뿐이었다.

감각이 한 박자씩 느려졌다. 헤레이스는 제 몸이 균형을 잃고 허물어지고 있다는 사실조차 다른 이들의 표정을 본 뒤 알아챘다.

'아…….'

단단한 손이 헤레이스를 붙잡더니 곧이어 안아 올렸다. 몸 전체를 세게 쥔 손아귀 힘이 흐릿한 가운데서도 집요하다고 느껴졌다.

헤레이스가 가물거리는 정신을 놓아 버리려 눈을 천천히 감았다. 하지만 시야가 완전히 닫히기 직전, 기이한 빛이 그녀를 향해 반짝였다.

축 늘어진 채 눈을 깜빡이니 빨려 들어갈 듯 아름다운 금안이 반달 모양으로 휘어지는 것이 보였다. 작고 도톰한 입술 사이 붉디붉은 혀가 스르르 기어 나왔다.

똬리를 튼 뱀이 그녀에게 유혹적인 목소리로 속삭였다.

「내가 도와줄까?」

* * *

헤레이스는 세르펜스 성 구석진 곳에 위치한 별채의 어느 방에 누워 있었다. 눈을 꼭 감은 그녀는 얼굴이 창백한 것이 꼭 시체 같았다.

단장이 끝난 별채는, 그중에서도 헤레이스가 현재 누워 있는 내실은 최소한의 사용인들만 출입이 허가된 별채에서도 가장 안쪽 깊은 곳에 자리했다. 그렇기에 지금 방 안에는 헤레이스를 포함한 세 사람의 인기척만이 적막을 갈랐다.

"여긴 여전하네. 예쁜 새장이야."

미겔은 익숙한 듯 방 안을 돌아다니다 한쪽 벽의 반을 차지하고 있는 유리창으로 다가갔다.

보통 투명한 창은 건물 밖이 보여야 정상이었건만 이곳의 유리창 너머에는 갖가지 식물이 자라고 있는 예쁜 실내 유리온실이,

또 그 너머에는 높다란 담장과 실외 정원이 자리하고 있었다. 푸릇한 넝쿨과 함께 여러 조각으로 꾸며진 담은 제법 아름다웠지만 성인 남성 두 명의 키보다 높은 것이 위압감을 먼저 선사했다.

미겔은 창 너머로 유리온실 한가운데 위치한 분수를 바라보다 분수 가장 꼭대기 여인상을 뚫어져라 응시했다. 구불거리는 머리카락을 발끝까지 내린 여인상은 물동이를 비스듬히 인 채 투명한 물을 아래로 흘려보내고 있었다.

여인상이 쏟아 내는 물을 잡으려는 듯 손을 뻗던 미겔이 유리창에 비친 이즈카엘의 모습을 보고 비웃음을 흘리며 몸을 돌렸다. 그는 쓰러진 헤레이스의 이마에 조심스레 입을 맞추는 중이었다.

"가짜 정부라…… 너무 악취미 아냐? 실제로는 그 여자가 네 아내라는 지칭을 혹여나 버릴까 안절부절못하면서."

이즈카엘은 성내 사람들에게 기이한 명을 내렸다. 헤레이스에게서 공직 부인의 권한을 앗아 가니 제가 명을 거둘 때까지 그녀에게 공작 부인의 호칭을 쓰지 말고.

하나 동시에 그는 다른 명도 내렸다. 권한과 호칭을 빼앗겼을 뿐 그녀는 여전히 세르펜스 성의 하나뿐인 공작 부인이니 상전을 모시는 데 조금이라도 소홀함이 있으면 목을 베어 버리겠다고.

"정신 나간 주인 하나 때문에 온 성에 있는 사람들이 팔자에도 없는 연기를 하게 생겼네. 공작 부인이되 공작 부인으로 부르지도, 대우하지도 말라니 그게 무슨 개소리야. 그럴 거면 차라리 진짜 정부로 만들어. 다른 사람 헷갈리지 않게."

비꼼 가득한 말에도 이즈카엘은 별 반응을 보이지 않았다. 그가 헤레이스의 이마에서 입을 뗀 후 당연하다는 듯 말했다.

"헤레이스는 내 아내고, 우리는 신 앞에 맹세한 적법한 부부야. 내가 세르펜스 공작인 이상 그녀는 무덤에서도 세르펜스 공작 부인이야."

미겔이 손가락을 들어 머리 옆으로 동그라미를 그리며 침대로 다가왔다. 조막만 한 아이가 침대에 누워 있는 헤레이스를 보더니 이불 밖으로 나온 손을 쓸며 늙은이처럼 혀를 찼다.

"그러면 제대로 된 공작 부인 대우를 해 줘야지. 네 말에 충격받아 쓰러진 꼴이 안 보여? 가여워라……. 하기야 그 시절 디본의 요정은 미래의 자신이 이런 일을 겪을 거라고는 상상도 못 했겠지. 어쩌다 저런 놈한테 인생을 저당 잡혀서는. 쯧!"

작은 손이 헤레이스의 살결에 닿자 가만있던 이즈카엘의 눈이 차갑게 식었다. 그가 조금의 망설임도 없이 미겔의 손을 쳐 내며 중얼거렸다.

"……그녀는 벌을 받아야 해. 스스로 박차고 나간 게 어떤 건지 깨달아야 한다고."

이즈카엘은 이참에 헤레이스에게 똑똑히 알려 줄 참이었다. 그가 그녀에게 냉혹해지면 어떤 일이 벌어지는지. 영리한 아내이니 분명 빠른 시일 내에 깨닫게 되겠지. 그의 곁을 벗어나면, 그의 자비가 사라지면 안 된다는 것을.

미겔이 저와 똑같은 금안이 잔혹하게 빛나는 것을 보고 고개를 절레절레 흔들었다. 그가 헤레이스를 측은한 눈으로 보다 확신에

찬 목소리로 말했다.

"이즈카엘, 네게 진심으로 하는 충고인데 사랑하는 여자를 이기려 들지 마."

"……."

"네 아내는 전장에 있는 무시무시한 적장도, 집요하게 널 괴롭히는 정치적 경쟁자도 아니야. 억지로 꺾어 봤자 결국 땅을 치고 후회하는 건 너일 텐데 왜 고생을 자초하지?"

"……."

"영리한 사내들은 경험으로 알지. 지금 네가 하는 짓은 세상에서 가장 멍청한 짓이야."

"충고라…… 인간도 아닌 것이 꼭 인간처럼 말하는군. 누가 보면 네놈이 그런 일을 겪은 줄 알겠어."

묵묵히 듣던 이즈카엘이 우습다는 듯 대꾸했다. 그러자 웃음을 잃지 않았던 미겔의 얼굴에 아주 잠깐이지만 미소가 사라졌다.

"……그게 말이야. 인간들 속에 너무 오래 있었나. 아니면 네 피를 먹고 인간 여자의 배를 가르고 태어나 그런가. 내게도 그새 사람 냄새가 배긴 했어. 하기야 이 몸뚱이가 인간 형상을 하고 있으니 당연한가?"

미겔이 눈썹을 내리깔고 손톱으로 제 손등을 죽 그었다. 둥글게 다듬어 별로 날카롭지도 않은 손톱이었건만 지나간 자리가 칼로 깊게 베어 낸 듯 쩍 갈라지고 피가 맺혔다.

하지만 그뿐이었다. 퐁퐁 솟다 못해 바닥으로 떨어지던 붉은 액체는 살아 움직이는 생명체처럼 다시 살 속을 파고들었으며 피부는 언제 그랬냐는 듯 맞붙어 매끄러운 도자기처럼 말끔해졌다.

"아가씨! 헤레이스 아가…… 이거 놔! 아악!"

도저히 사람처럼 보일 수 없는 광경에 이즈카엘이 눈살을 찌푸릴 때였다. 밖에서 들리는 여자의 높은 비명이 집중을 앗아 갔다.

폐쇄된 방인 데다 거리가 멀어 일반 청력을 지닌 이들은 비명의 존재조차 알 수 없었다. 하지만 사내와 아이는 당장에라도 무언가를 찢어발길 듯 날카로운 비명 가운데 간간이 아가씨라는 단어가 섞여 있는 것도 알아챘다. 목소리의 주인을 알아본 미겔이 눈을 가늘게 뜨며 빈정거렸다.

"오, 세상에. 기껏 해 준 충고가 소용없네. 너 지금보다 더한 일을 벌일 생각이지?"

울부짖으며 헤레이스를 찾는 목소리는 안나의 것이었다. 이즈카엘이 입매를 일자로 굳히며 무언으로 긍정을 표했다.

이즈카엘이 보기에 안나라는 여자는 헤레이스와 저 사이 가장 큰 걸림돌 중 하나였다. 진즉 치워 버렸어야 했는데.

저 여자가 없었다면 아내는 과연 도망칠 수 있었을까? 아니, 도망쳤다 한들 이리 오래 잡히지 않을 수 있었을까? 헤레이스는 세상 물정에 어두운 여자였다. 조력자가 없었다면 도망칠 용기조차 훨씬 늦게 냈으리라.

끝까지 아가씨라는 혼전 호칭으로 아내를 지칭하는 것도 거슬렸다. 누구더러 아가씨란 말인가. 헤레이스는 부인이었다. 세르펜스 공작 부인. 이즈카엘의 아내. 그의 여자. 그녀는 누구에게든 마땅히 그렇게 불려야 했다.

이제야 헤레이스와 자신의 사이에 있던 큰 장애물 하나를 치워 냈다 생각하니 마음이 한결 가벼워졌다.

하지만 곧 떠오른 훨씬 큰 장애물에 이즈카엘의 눈이 급격히 어두워졌다. 저 여자처럼 바로 치워 버릴 수 없는 존재. 헤레이스를 닮아 상냥한 눈을 한 아이가 떠올랐다.

어린아이에게 품기에는 잔인한 마음이 불쑥 솟았다. 아내의 아들을 볼 때마다 이즈카엘은 억제하기 힘든 광기에 휩싸였다. 특히 그 아이 몸에 난……

'……없애 버리고 싶어.'

"쯧!"

이즈카엘을 상념에서 꺼내 준 것은 미겔이었다.

그는 혀를 차다 안나의 목소리가 완전히 잦아들자 다시 한번 헤레이스에게 손을 가져다 댔다. 아이의 작은 손가락이 이번에는 헤레이스의 눈가에 살짝 닿았다가 떨어졌다. 헤레이스는 그새 무슨 꿈을 꾸는지 눈물을 흘리고 있었다.

"저 여자까지 곁을 떠나면 더 힘들어할 텐데. 아, 불쌍한 공작 부인……. 가여운 어머니. 어쩜 좋아."

미겔의 말에 이즈카엘의 낯이 살기로 가득 찼다. 어머니라니. 당장에라도 미겔의 목을 물어뜯어 죽일 듯이 응시하는 이즈카엘의 금안은 사냥감을 앞둔 이리의 것과 같았다. 그러나 미겔은 눈하나 깜빡하지 않은 채 웃으며 이즈카엘을 마주 봤다.

"왜 그렇게 봐? 내가 네 아들인 이상 네 아내가 내 어미인 것은 당연하잖아?"

"닥쳐. 한 번 더 그따위 소리를 지껄이면……."

"지껄이면? 날 없애 버리기라도 하려고? 지금껏 찾았던 그 잡동사니로? 효과 있는 게 있긴 하고?"

이즈카엘의 눈동자가 순간이지만 커졌다. 그가 미겔을 경계하듯 눈을 가늘게 떴다. 저것은 자신이 그를 없애 버릴 성물을 찾아 돌아다닌 것을 알고 있었다. 딱히 숨기려던 것은 아니었지만 막상 발각되었다 생각하니 몸이 긴장으로 굳어졌다.

"그런 얼굴 마. 어차피 너 숨길 생각도 안 했잖아. 아들을 죽이려는 아비라니. 너무 잔혹한 일이야. 인간들은 보통 이런 걸 비극적인 삶이라 한다지?"

이즈카엘이 무언가를 가늠하듯 어린 아들의 얼굴을 훑었다. 비극이라 말하면서도 히죽거리는 꼴이 미겔은 이 상황을 즐기고 있음이 분명했다.

처단해야 할 적을 확인한 눈이 서늘하게 식어 갔다. 머리를 식힌 이즈카엘이 느릿하게 말했다.

"그래. 난 네놈을 다시 지옥 바닥에 처넣을 생각이야."

"그거 정말 무섭네."

"그러니 조금만 더 기다려. 곧 네놈을 본래 있었던 구덩이로 밀어 넣어 줄 테니. 목마저 따 버리면 그따위 낯짝으로 기어오르지 못하겠지."

제 피를 이은 핏줄에게는 절대 못 할 말이요, 일평생의 원수에게도 하기 힘든 지독한 말이었지만 말을 뱉은 이나 듣는 이나 아무렇지 않은 표정이었다. 어린 아들은 오히려 함박웃음을 지으며 진심으로 고대한다는 듯 아비에게 깊숙이 허리를 숙여 보였다.

"뜻대로 하세요, 아버지. 이 불손한 아들, 기대하고 있겠습니다."

* * *

헤레이스는 바닥에 꿇어앉아 저를 내려다보는 사내의 바지를 붙들었다. 일어나자마자 움직인 터라 온몸이 고통에 부르짖었지만 부서진다 해도 매달려야 했다. 그리하여 사내의 마음을 돌려야 했다.

"더는 안나를 곁에 두겠다며 고집부리지 않을게요. 그러니 벌을 멈추고 안나를 치료해 줘요. 저대로 매질을 당하고 쫓겨났다간 목, 목숨을…… 흐윽…… 목숨을 장담할 수 없어요."

별채에서 깨어난 헤레이스는 낯선 환경을 눈에 담기도 전에 신음을 흘리는 안니와 마주해야 했다. 깨끗했던 안나의 등은 온통 피투성이로, 찢어진 옷 사이로 상처가 그대로 보였다.

헤레이스는 안나의 처참한 모습에 비명을 지르며 침대에서 일어났지만 아끼는 시녀의 몸에 손가락 하나 댈 수 없었다. 이즈카엘이 그녀를 붙잡은 뒤 안나를 방에서 내보냈기 때문이다. 그는 안나에게 가기 위해 버둥거리는 헤레이스를 붙잡고 속삭였다.

'헤레이스, 당신 시녀가 어찌 될지 알아?'

이즈카엘은 안나의 충정을 높게 사 죽이지는 않겠다 했으나, 헤레이스를 부추겨 도주한 죄는 용서받지 못할 것이라며 채찍으로 100대 친 직후 치료 없이 쫓아낼 예정이라 했다. 헤레이스는 절대 안 된다며 눈물을 흘리고 용서해 달라 손을 모아 싹싹 빌었다. 그러자 이즈카엘은 가련히 우는 헤레이스에게 이런 말을 덧붙였다.

'……아직 반밖에 맞지 못했다 하더군. 50대가 더 남았다지.'

헤레이스는 그 말을 듣는 순간 알았다. 이즈카엘이 안나를 살려 둘 생각이 없음을. 그의 눈빛만 봐도, 숨소리만 들어도 알 수 있었다. 안나의 목숨이 경각에 달렸음을.

그녀는 안나가 이대로 죽게끔 두고 볼 수 없었기에 할 수 있는 단 한 가지의 일을 했다.

"대단한 게 아니잖아요. 주인 잘못 만난 아이를 가엾게 여겨 줄 수도 있잖아요. 내 잘못인데 왜…… 왜 이렇게 잔인하게 구는 거예요."

비굴하고 또 비천하게, 헤레이스는 노예가 주인에게 하듯 이즈카엘의 발치에 고개를 조아렸다. 그에게 굴종하며 자비를 구걸했다.

"다, 다시는 안나와 만나지 않겠어요. 그저 살려만 줘요. 제발…… 내가 이렇게 빌게요. 제발…….'

지난 3년 조금이나마 강인해졌던 정신은 단 몇 시간 만에 박살 났다. 헤레이스는 전보다 더한 약자로 자리했다.

한없이 약해진 아내를 보는 이즈카엘의 눈이 한껏 다정해졌다. 그가 울며 제게 매달리는 헤레이스를 일으켜 세우는가 싶더니 그녀를 안아 들고 푹신한 침대로 데려가 앉혔다. 그리고 그녀의 앞에 선 채 허리를 숙여 흰 이마에 입을 맞춘 뒤 머리에 손을 올리고 입을 열었다.

"헤레이스, 당신 목소리는 제법 괜찮지."

바라는 것과는 동떨어진 답에 헤레이스가 당혹스러운 낯을 했다. 이즈카엘이 방 너머 실내정원에 있는 새장을 손가락으로 가리켰다. 아름답게 곡선이 그려진 새장 안에는 파란 무언가가 앉아 있었다.

"저기 있는 새와 비견될 만해. 하지만 저것은 그저 날짐승에 불과해 사람 소리는 내지 못해. 그러니 당신이 저 파랑새 대신 내 이름을 천천히 읊어 봐. 한 번 부를 때마다 당신 시녀가 맞아야 하는 매를 한 대씩 줄여 주지."

새장 속 새 취급이었지만 안나를 구할 방도에 헤레이스는 그저 감사했다. 그녀가 훌쩍이며 숨을 고르다 이즈카엘을 불렀다.

"……이즈카엘."

"마음에 들지 않아. 울음이 섞여 듣기 서북해. 제대로 값을 쳐 주지 못하겠는걸."

안나의 목숨을 구할 대가치고는 어쩐지 지나치게 쉽다 싶었다. 헤레이스는 제 턱을 잡아 올리는 이즈카엘의 엄한 눈빛에 목적을 이루는 과정이 험난할 것을 직감했다.

"이, 이즈카엘."

"다시. 더듬지 말고 제대로 해."

예상대로 그는 지나치게 까다로웠다. 헤레이스는 울먹이지도, 더듬지도, 하다못해 그의 눈을 피하지도 말아야 했다. 결국 매 한

대를 감면하는 데 열일곱 번의 시도가 필요했다.

"이즈카엘."

"마흔여덟."

"이즈카엘."

"마흔아홉."

"이즈카엘."

"쉿……. 수고했어."

"흐으…… 그, 그럼 흡…… 안나는……."

50대의 매를 깎는 데는 장장 세 시간이 걸렸다. 헤레이스는 제가 실제로 이즈카엘의 이름을 수백 번은 불렀으리라 확신했다. 따끔한 목을 쥔 채 그녀가 밭은기침을 내뱉자 이즈카엘이 그녀에게 물잔을 주며 말했다.

"좋아. 약속은 약속이니까. 당신 시녀에게 내려진 벌을 거두고 치료도 해 주지. 하지만 추방 명령은 거둘 수 없어. 잘못된 충심이 당신을 또다시 어긋난 방향으로 인도할 수 있으니까. 그 여자는 일주일 내로 성을 떠나야 할 거야."

헤레이스가 물을 단번에 비웠다. 적당한 온도의 물에 목의 쓰라림이 조금이나마 가셨지만 까슬까슬한 감각은 계속해서 헤레이스를 괴롭혔다.

"이즈카엘, 고, 고마워요. 정말 고마워요, 이즈카엘."

수백 번 말한 탓일까. 헤레이스는 짧은 감사 인사에도 습관적으로 이즈카엘의 이름을 말했다. 이즈카엘이 그런 헤레이스를 보며 기분이 좋은 듯 낮게 웃다가 그녀의 곁에 앉았다. 곧 단단한 사내의 팔이 헤레이스의 어깨와 등에 감겼다.

"의원의 말에 의하면, 당신 몸이 약해졌다더군. 밖에서 고생을 많이 한 탓이겠지."

"……."

"앞으로 지켜야 할 규칙만 듣고 함께 식사하러 가. 헤레이스 당신을 위해 푸른 꿩과 은어 요리를 준비하라 일렀어."

아이를 어르듯 부드러운 목소리와 식사 메뉴는 아주 오래전 에르젠을 임신하기 전에 먹었던 것과 같았지만 헤레이스는 긴장을 늦출 수 없었다.

지켜야 할 규칙이라니……. 헤레이스는 그제야 눈동자를 굴려 주변을 살폈다. 고급 가구와 좋은 물건들로만 꾸며진 방은 아름다웠지만 답답했다. 제대로 밖을 볼 수조차 없는 구조. 게다가 이곳은……. 자신이 위치한 곳이 어딘지를 깨달은 헤레이스의 얼굴에 불안감이 엄습했다.

"간단해. 나와 함께가 아니라면 헤레이스 당신은 여기서 나갈 수 없어. 그게 당신이 지켜야 할 가장 중요한 규칙이야."

"뭐, 뭐라고요? 날 가두겠다 그 말이에요?"

"아니, 난 당신을 가두지 않아. 원한다면 자유롭게 나다녀도 좋아. 하지만 당신이 규칙을 어긴다면 내가 무슨 일을 벌일지 장담하지는 못하겠군."

다정한 말씨 너머 말이 주는 의미가 소름이 끼쳤다. 무슨 일을 벌어질지 모른다니. 주변인들의 안위를 위해서라도 헤레이스는 스스로 움직이지 못하리라.

꽁꽁 묶인 기분에 제 발을 내려다본 그녀가 문득 아들을 떠올렸다.

"그, 그럼 에르젠은요? 에르젠은 여기서 나랑 함께하는 거죠? 그렇죠?"

이즈카엘의 옷을 붙잡은 손에 힘이 들어갔다. 설마 에르젠과 떨어진다니. 헤레이스로서는 상상도 해 보지 못한 일이었지만 사내에게 잡히고 난 뒤 그녀 모자에게 일어난 일을 생각하면 충분히 내릴 수 있는 결론이었다.

"왜 답을 주지 않아요. 내 아들…… 에르젠을 데려다주세요. 아직 어린 데다 오래 떨어져 있어서 나를 찾을 거예요."

이즈카엘이 하얗게 질려 가는 작은 손을 바라보다 그 위에 제 손을 올렸다. 긴장과 공포에 질린 헤레이스의 손은 서늘한 그의 체온보다도 낮았다. 그러나 조금의 동정심도 느끼지 못한 이즈카엘은 단호히 말했다.

"헤레이스, 당신 아들은 당신과 함께하지 못해. 이곳에 머무는 건 당신뿐이야."

"말도 안 돼요! 에르젠을 데려다줘요, 이즈카엘. 아, 아들과 함께 있고 싶어요. 에르젠을 보고 싶어요."

헤레이스가 거친 숨을 내쉬며 헐떡이기 시작했다. 움츠린 몸을 편 그녀는 이즈카엘에게 당장에라도 달려들 듯 상체를 앞으로 내밀며 거칠게 고개를 저었다.

이즈카엘이 포개고만 있던 손에 힘을 줬다. 강한 사내의 악력에 그의 옷깃을 쥐고 있던 손이 강제로 떨어졌다.

"쓰러지기 전에 못 들었나? 헤레이스 당신은 이제 내 정부에 불과해. 천한 정부한테 세르펜스 공작가의 귀한 핏줄을 맡길 수는 없잖아. 아니면 혹 아직도 당신이 공작 부인이라 착각이라도 하고 있나? 그래?"

정부. 그녀를 혼절로 밀어 넣었던 단어가 다시금 이즈카엘의 입에서 나왔지만 헤레이스는 그 말에 신경을 쓸 새가 없었다. 에르젠. 아들을 볼 수 없다는 공포감이 시시각각 그녀를 벼랑 끝으로 내몰고 있었다.

"싫어! 정부건 뭐건 마음대로 해! 그저…… 그저 에르젠만 내게 돌려줘요. 어차피 당신 핏줄로 여기지도 않잖아요! 에르젠은 세르펜스의 아이가 아니야. 그 애는 내, 내 아들일 뿐이야! 그러니 당신은 내 아들에게 아무런 권리도 없어!"

"……그거에 대해서도 난 분명히 말했는데. 그 아이를 내 아들로 인정할 생각은 없지만 세르펜스의 핏줄로는 인정한다고. 당신 아들은 샤를의 아이니 어찌 보면 내 조카이기도 해. 충분히 귀하게 키울 테니 걱정 마. 당신 아들한테는 여러 명의 유모와 최고의 가정 교사들이 붙을 거야."

풀지 못한 오해가 끊임없이 헤레이스의 숨통을 조였다. 헤레이스는 아니라고 소리치려다 그만뒀다. 지난 두 달간 오해라 수십 번 말했다. 애원도 해 보고 화도 내 봤다. 하나 결과는 항상 최악으로만 달렸다.

억울함을 간신히 삼킨 채 헤레이스가 다른 방안을 찾았다.

"그 여자에게는 그러지 않았잖아요! 정부라고 해도 그 여자는 제 아이를 제 손으로 키웠잖아요!"

"그 경우는 지금과 다르지. 당시 미겔은 갓난아이였지. 아무것
도 구분 못 할 나이이니 정부인 어미 손에서 크더라도 상관없었
어. 억울해 마. 교육이 필요한 지금 미겔도 제 어미와 다른 방에
서 지내고 있으니까."

"거짓말! 그 여자는 아까도 자기 아들과 있었어! 나도 에르젠
과 같이 있을 거야! 에르젠을 불러줘! 내 아들을 보게 해 달라
고!"

헤레이스는 이성을 잃어 악을 쓰면서도 틀린 말은 하지 않았다.

이즈카엘의 말을 빌리면 비슷한 처지의 정부라지만 샬럿은 헤
레이스처럼 갇혀 있지도, 아들과의 만남이 불가하지도 않았다.
하지만 일말의 관심도 없이 곁에 두고 있는 여자가 인간 껍데기
를 쓰고 있는 그것과 지낸다 한들 무슨 상관이란 말인가. 이즈카
엘에게 정부여서 아이를 볼 수 없다는 말은 핑계에 불과했다.

그는 그저 헤레이스와 에르젠이 애틋하게 붙어 있는 꼴을 보기
싫었고, 동시에 헤레이스를 벌주고 싶을 뿐이었다. 그가 눈물을
흘리며 아들을 찾는 헤레이스를 보다가 제 욕망이 얽힌 엉터리
논리를 강제로 밀어붙였다.

"당신이 자초한 일이야. 당신이 여전히 공작 부인이었다면……
아니, 정부였다 한들 감히 도망쳐 여기에 갇히는 벌을 받지 않았
으면 아들의 얼굴 정도야 봤을 거야. 하지만 아까 말했지. 당신은
여기서 나갈 수 없어. 당신 아들은 여기 올 수 없고. 당신은 나랑
만 있을 거야. 여기에."

이즈카엘을 노려보던 헤레이스가 얼굴을 일그러뜨렸다. 잠시 멎었던 울음기가 다시금 목소리에 섞여 들었다. 그녀가 이즈카엘의 품에 얼굴을 파묻고 고개를 저었다.

"안 돼. 안 된다고. 에르젠을 돌려줘요. 난 내 아들만 있으면 돼요. 이즈카엘, 부탁이에요. 제발요. 제발……."

사내의 단단한 가슴팍이 젖어 들어갔다. 울음을 쏟느라 들썩거리는 몸을 보던 이즈카엘이 헤레이스의 등에 손을 올리고는 잠시 눈을 감았다 떴다.

"……정 그렇게 아들을 보고 싶다면 당신한테 두 가지 방안을 알려 주지."

실낱같은 희망에 헤레이스가 고개를 번쩍 들었다. 이즈카엘은 안나의 일과 마찬가지로 그녀에게 무언가를 요구하고 그녀의 애원을 들어줄 속셈인 듯싶었다. 헤레이스가 고개를 빠르게 끄덕이며 말해 보라는 듯 이즈카엘을 바라봤다.

"하나는 당신이 성을 떠난 기간만큼 여기서 얌전히 지내는 거야. 3년…… 그 기간이 지나면 규칙을 지킬 필요가 없어. 그럼 아들을 볼 수 있을 거야. 마음 같아서는 10년 동안 처박아 두고 싶지만 당신이 우는 모습을 보니 마음이 약해지는군."

밝아졌던 얼굴에 다시 그늘이 졌다. 3년…… 그 기간을 어떻게 견디란 말인가. 단 하루라도, 아니 몇 시간만 보지 않아도 미칠 것 같은 아들이었다. 그런데 3년이라니. 헤레이스의 얼굴에 절망이 드리웠다. 그리고 그 순간 이즈카엘이 뒤틀린 미소를 지었다.

"다른 하나는…… 잘만 하면 1년이 안 걸릴지 몰라."

순진한 이 여자는 모를 터였다. 그가 진정 원하는 것은 따로 있음을. 이즈카엘이 헤레이스의 귀에 진정으로 그가 원하는 것을 속살거렸다.

"이번에는 적법한 아이를 가져."

"무, 무슨……."

예상치 못한 말에 헤레이스의 눈이 동그랗게 변했다. 그러나 헤레이스를 붙잡은 두 달 전부터 이를 생각했던 이즈카엘은 담담한 눈을 했다.

"다른 사내가 아닌 내 아이를 잉태하란 말이야. 여기. 이 배 속에."

이즈카엘은 헤레이스를 용서하기 힘들었다. 감히 간통을 저지른 것도 모자라 제게서 도망을 치다니. 일련의 일들만 생각하면 당장에라도 이성을 놓을 것 같았다.

하지만 헤레이스를 한계까지 몰아붙이면서도 그는 걱정했다. 이대로 계속 제 화를 받아 내다간 아내가 견디지 못하면 어쩌나 하고.

"성별은 상관없어. 우리 사이 첫아이가 태어나면 여기서 내보내 주지. 그뿐인가. 공작 부인 자리도 당신에게 돌려주겠어."

이즈카엘은 섬세한 유리 인형 같은 아내가 깨지는 걸 원하지도, 그녀와 영영 이 상태로 지내기도 싫었다. 그리하여 그는 아내에게서 아이라는 대가를 받아 낸 뒤 모든 것을 묻을 참이었다.

지금 마음 상태를 생각하면 그게 가능할까 싶었지만 진짜 제 아이를 안고 웃어 주는 헤레이스를 상상하니 가능도 할 듯싶었다. 그가 헤레이스의 얼굴에 흐르는 눈물을 보다가 그녀를 품 안에 꼭 끌어안았다.

"어떤 방법을 택할지는 당신 하기에 달렸지만 난 후자가 더 괜찮은 방법 같군. 혹 몰라. 당신이 내 아이를 가지면 내 마음이 약해질지도."

"……."

"……임신이 확인되면 당신 아들을 일주일에 한 번 이리 데려오지. 그럼 열 달을 기다릴 필요도 없잖아. 그러니 아이를 가져. 당신이 적법한 아이만 가지면 우리는 전으로 돌아갈 수 있을 거야."

"……성을 떠난 만큼 여기 있겠어요."

헤레이스가 사내의 품을 빠져나오며 예상 밖의 말을 했다. 아내가 후자를 택할 거라 조금의 의심도 않았던 이즈카엘의 눈이 커졌다. 그가 아내의 어깨를 쥐었다.

"뭐?"

"두 가지 방안 중에 선택을 해야 한다면 전자를 택하겠다는 말이에요."

이즈카엘은 헤레이스의 얼굴에서 조금의 갈등하는 기색도 찾지 못했다. 그가 자신도 모르게 인상을 구기며 빠르게 말을 이었다.

"당신 아들을 보고 싶지 않나? 미리 말해 두지만 난 이 이상

자비를 베풀 생각이 없어. 전자를 택한다면 당신은 당신 아들을 보지 못한 채 3년에 가까운 시간을 견뎌야 할 거야."

눈앞에 3년이라는 세월을 그린 듯 헤레이스의 푸른 눈동자에 막막함과 함께 눈물이 다시 차올랐다. 그러나 젖은 얼굴을 할지 언정 그녀는 단호했다.

"그렇다 해도 당신 같은 사람의 아이를 가질 수는 없어요. 그 건 에르젠에게도, 태어날 아이에게도 못할 짓이에요."

이즈카엘은 숨을 들이켜며 이를 악물었다. 아내의 답이 주는 의미는 명확했다.

헤레이스는 그의 아이를 가지는 것은 싫다며 거부하고 있었다. 제 목숨보다 소중히 여기는 아이를 보여 주겠다고 거부 못 할 보 상을 내밀었음에도 그걸 단숨에 내쳤다.

멍한 얼굴로 서럽게 울고 있는 건 헤레이스였건만 이즈카엘은 제 처지가 더 불쌍하게 느껴졌다. 이토록 단칼에 거절당할 줄이 야. 지난 몇 년 왜라고 수없이 물어 왔던 질문에 대한 답을 얻은 기분이었다. 아내는 간부와의 아이는 그토록 아끼면서 그의 자식 을 보는 것은 거부하고 있었다.

전처럼 돌아가고자 했던 계획이 어그러졌음을 인지한 이즈카 엘은 아내에 대한 미움을 주체하기 어려웠다. 그가 아내의 어깨 에서 손을 떼고 몸을 일으켰다. 더 있다간 이성을 잃을 것 같았 다. 이즈카엘은 당장에라도 발악하며 샤를은 되고 나는 안 되냐 아내를 흔들고 싶은 것을 간신히 누른 채 등을 돌렸다.

"……마음대로 해."

짓씹듯 나온 목소리에는 눌린 감정이 한가득이었다. 이즈카엘은 무거운 발걸음을 떼며 끓는 속을 다스렸다.

"이즈카엘!"

그가 거친 걸음으로 문에 다다랐을 때였다. 헤레이스가 뒤에서 비명을 지르듯 그를 불렀다. 이즈카엘이 고개를 돌리지 않은 채 멈춰 섰다.

발걸음 소리가 들린다 싶더니 아내의 숨소리가 바로 뒤에서 들렸다. 시선을 아래로 내리자 아내의 맨발과 인영이 조금이나마 보였다.

"마지막으로 한 번만…… 믿지 않겠지만 한 번만 더 말할게요."

소금기 가득한 목소리였다. 헤레이스는 울먹이며 이즈카엘의 등에 손을 살짝 올렸다. 굳건했던 사내가 갑작스러운 접촉에 몸을 움찔거렸다. 하지만 그는 끝내 뒤돌아보지는 않았다.

헤레이스는 영원토록 무너지지 않을 것 같은 남편의 등을 보다 눈을 깜빡였다. 바닥에 점점 찍히는 눈물 자국이 서러웠다. 그녀는 울음기로 막힌 숨을 어떻게든 내쉬려 애쓰며 매정한 등에 대고 간절하게 애원했다.

"에르젠, 그 아이는 당신과 나 사이의 아이예요."

"……."

"그러니까 제발 잘해 줘요. 내가 없어도 울지 않게……."

"……."

"……부탁해요."

미젤의 유모는 걱정스러운 얼굴로 자신이 모시는 상전을 바라 봤다. 아이는 동화책을 읽고 있었다. 제법 큰 책의 크기에 아이의 호박색 눈이 좌우로 움직이는 것이 보였다.

"도련님, 아까는 어디 가셨어요? 갑자기 그리 사라지시면⋯⋯ 제가 얼마나 찾았는지 아십니까."

집중하는 듯하여 방해하지 않으려 했지만 결국 중년의 여인은 아이에게 걱정을 늘어놓고 말았다. 원래도 나이에 맞게 종종 숨바꼭질 놀이를 하는 상전이긴 했으나 지금은 성안이 어수선하지 않는가.

도망쳤던 공작 부인이 다시 돌아온 일로 성 전체가 난리였다. 직접 보지는 못했으나 공작 부인과 함께 달아난 시녀가 채찍질을 당하는 소리는 건물 안까지 들렸으므로 그녀는 혹여나 미젤이 그런 광경을 보지 않을까 걱정했다.

"아버지랑 있었어. 아버지랑 난 한 몸이니까."

"예? 하지만 주인님은⋯⋯."

미젤의 답에 여인이 고개를 갸우뚱했다. 돌아온 주인은 별채에서 나오지 않았다 들었는데 언제 함께하셨지? 하나 유모의 의문은 아이의 손뼉 소리와 함께 안개처럼 흩어졌다.

"아, 그러고 보니 아까 주인님과 함께 산책하셨지요. 제가 잠깐 잊고 있었나 봅니다."

"요즘 너무 무리하는 거 아냐? 힘들면 기억력에 좋지 않대."

"도련님도 참. 그런 말은 어디서……."

중년의 여인은 나이에 맞지 않는 아이의 말에 웃음을 터뜨렸다. 미젤이 여인과 눈을 마주하고 따라 웃다가 눈을 반짝 빛냈다.

"유모."

"예, 도련님."

"……나 가지고 싶은 게 생겼어."

아이가 꼭 좋아하는 음식을 눈앞에 둔 것처럼 입맛을 다셨다. 한 번도 들어 보지 못한 아이의 욕심에 여인이 놀란 눈을 했다.

"젤리처럼 말캉말캉해서 한 번에 짓뭉개질 줄 알았는데…… 생각보다 단단하더라고. 오래 동안 빨아먹을 수 있을 것 같아 마음에 들어."

"예? 그게 대체 무슨……. 사탕 말씀하시는 건가요? 그렇다면 제가……."

"사탕은 아니야. 비교할 수도 없지."

"그럼……."

"유모가 줄 수 없는 거니 신경 쓰지 마. 어차피 곧 손에 들어올 텐데, 뭐."

아리송한 말이었다. 유모는 그게 도대체 무어냐 물으려다 자리를 박차고 일어나는 아이 때문에 시기를 놓쳤다. 미젤은 동화책을 카우치 끝에 아무렇게나 놓고 발랄한 걸음걸이로 문을 향해 뛰었다.

"도련님, 또 어디를 가시려고요!"

"동생이 생겼잖아. 보러 갈래."

"아이고, 도련님! 안 됩니다!"

여인이 문을 열고 달아나는 아이를 재빨리 쫓아감과 동시에 문이 쾅 닫혔다. 그 반동에 카우치에 아슬아슬하게 놓여 있던 동화책이 바닥으로 툭 떨어지더니 바람을 타고 팔랑팔랑 책장이 넘어갔다.

아이가 보는 동화책답게 책은 글보다 그림이 많았다. 커다란 짐승이 입을 벌리는 그림이 보인다 싶더니 약해진 바람 탓에 그 부분에서 책장이 아슬아슬하게 멈췄다.

〈나쁜 괴물이 불쌍한 모자를 한입에 삼키려 들었어요. 하지만 모자를 구해 줄 용사님은 어디에도 없었답니다.〉

활짝 벌어진 책은 그림 전체를 보여 주고 있었다. 왼편에 자리한 검은 짐승은 오른편에 위치한 모자를 한입에 삼키려 이빨을 드러내고 있었다. 커다란 입과 무시무시한 이빨이 어찌나 무서운지 아이가 보는 동화책치고는 소름이 끼치는 장면이었다.

* * *

에르젠은 잠들어 있었다. 어미를 찾으며 온종일 울었다더니 아이의 얼굴은 눈물로 짓물러 있어 보기만 해도 가여웠다.

이즈카엘은 아이의 검은 머리카락을 뚫어져라 보다가 붉은 눈가를 지그시 바라봤다. 저 감긴 눈꺼풀 뒤에는 아내와 똑같은 색의 푸른 눈이 자리해 있겠지.

"엄마……."

아이가 잠결에 손가락을 빨며 어미를 찾았다. 너른 침대와 이불은 아이가 추위를 느낄 새도 없이 푹신하고 두툼했으나 아이는 무에 그리 추운지 몸을 꼭 말고 있었다. 이즈카엘은 아내를 찾는 아이의 목소리에 미간을 찌푸리다 그 옆에 조심스레 앉았다.

'……부탁해요.'

아내가 그리 말하지 않아도 부족함 없이 키울 참이었다. 비록 제 자식은 아니라지만 아내에게 말한 것과 다르게 저를 아비로 부르게 하며 세르펜스의 일원으로 키워 낼 생각이었다. 미웠으나 아내의 아이였고, 이 아이가 그를 아비로 생각하고 따른다면 아내를 영영 묶어 둘 족쇄가 하나 더 생기는 셈이었으니까.

하지만 그리하겠다 마음먹었어도 막상 아이를 보니 아내가 간통했다는 사실이 떠올랐다. 그리고 그럴 때마다 심장은 꽉 옥죄여 왔으며 산 채로 몸을 벌레에게 갉아먹히는 것처럼 이성을 유지하기 어려웠다. 아이에 대한 끝없는 살심이 솟구치며 아내의 소중한 존재가 그리 미울 수 없었다.

'에르젠, 그 아이는 당신과 나 사이의 아이예요.'

아내는 끝내 그에게 거짓을 말했다. 이 아이가 그의 아이라고.

이즈카엘은 아내의 물기 어린 목소리를 기억해 내고는 눈을 감았다. 몸을 돌려 얼굴을 봤으면, 그랬다면 아내를 믿었을지도 몰랐다. 거짓임을 알고 있음에도 아내의 푸른 눈을 보면 그는 뭐에 홀린 양 아무런 생각도, 행동도 할 수 없었으니.

차라리 아내와 쫓겨난 동생의 밀회. 그 장면이 끝이라면. 그랬다면 정부를 데려와 아내를 모욕 주는 일에서 끝날 수도 있었으리라. 아내에게 같은 아픔을 주다 종국에는 자신이 틀렸다고 스스로를 세뇌하며 멈췄을 수도 있었다. 하나 이즈카엘은 아내의 부정에 대한 증거를 똑똑히 보고 말았다.

에르젠. 이 아이가 태어남과 동시에.

아이가 태어나지 않았다면, 그를 닮은 구석을 하나라도 타고났다면, 아니 밀회 장면을 보지 않았다면 이 아이를 제 아이라 눈 감고 억지로 믿었을까.

이즈카엘이 에르젠의 위에 있던 이불을 젖혔다. 아이가 갑작스러운 추위에 몸을 더 둥글게 말았다. 그가 떨리는 손을 주체 못한 채 아이가 입고 있는 상의를 천천히 들추었다.

"하……."

이즈카엘이 인상을 구겼다. 절로 숨이 턱 막혔다. 아이가 태어나던 날이 떠올랐다.

'네 첫 아들로 태어나 영광이라 해야 할까?'

그것은 태어나자마자 역겨운 숨을 쉬며 입술을 오물거렸다. 그와 똑같은 머리색과 눈. 이즈카엘이 징그러운 벌레를 보듯 갓 태어난 그것을 보다 등을 돌렸더랬다. 그러자 등 뒤에서 그것이 말했다.

'그보다 빨리 네 아내를 보러 가 봐. 나 말고 다른 세르펜스의 아이가 태어나고 있잖아. 이 모습처럼 널 꼭 닮은 아이일지 몰라. 그럼 의심이 사라지고 네 마음이 한결 편하지 않겠어?'

그것에게 놀아나는 기분이라 이즈카엘은 헤레이스의 방 앞에 서지도 못하고 바로 옆방에서 아내의 비명만 듣고 있었다. 그리고 모든 일이 끝난 새벽, 그는 아무도 모르게 작은 핏덩이를 싼 강보를 붉은 눈을 한 채 헤쳤다.

아이는 어느 한 구석도 저를 닮지 않았다. 모든 색과 모양이 아내만을 꼭 빼닮았다. 거기까지는 괜찮았다. 차라리 다행이라 기쁘다고 생각하기도 했다. 만일 아내나 제가 아닌 조금이라도 다른 이의 흔적이 보였다면 의심은 가라앉지 않았을 터이니.

하지만 그날 다행이라 생각하며 아이를 다시 강보에 싸던 이즈카엘은 무언가를 발견하고 몸을 굳힐 수밖에 없었다.

"왜……."

다시 봐도 참담했다. 그날의 자신을 겹쳐 보던 이즈카엘이 두려운 눈으로 아이의 가장 아래 늑골 부근 등을 봤다.

아이의 보드라운 피부 위에는 딱 하나의 결점이 자리하고 있었다. 별 모양의 붉은 점. 아이의 새끼손톱만 한 그것은 흰 피부와 대조되어 숨길 수 없는 존재감을 발하고 있었다.

이즈카엘이 숨을 내쉬며 얼어붙은 손끝을 거뒀다. 저 특이한, 어디 가서 쉽게 보지 못할 점은 이 아이만 가진 것이 아니었다.

'형님!'

빛나는 샤를. 저와 다르게 모든 것을 가진, 그리하여 그가 가장 가지고 싶었던 것도 쉽게 차지한 이복동생. 동생도 똑같은 위치에 똑같은 모양의 점을 가지고 있었다. 아비도, 자신도 가지지 못한 샤를만의 특징이기도 했다.

이즈카엘이 에르젠의 상의를 내렸다. 아이가 샤를의 핏줄인 이상 그는 평생을 열패감에 시달리리라. 아내는 그의 옆에 섰지만 원래의 순리대로 동생을 사랑했다. 동생의 아이는 가지되 그의 아이는 가지지 않겠다 말했다. 동생의 아이를 데리고 그에게서 도망쳤다. 그가 그들의 관계를 망치지 않았다면 이 아이와 동생, 그리고 헤레이스 세 사람은 행복했겠지.

이즈카엘은 제가 헤레이스 인생을 망쳤노라 확인받을 때마다 괴로웠다. 하지만 그럼에도 그는 아내만을 놓아줄 수 없었다. 헤레이스는 이제 제 것이었다. 제 옆자리에서 평생을 함께하고 죽어서도 함께 관에서 썩어 갈 제 반려. 이즈카엘은 죽는다 해도 아내만은 제 곁에서 놓아줄 생각이 없었다.

피식거리는 웃음이 새어 나왔다. 아내에게 하는 행동거지도, 별채의 그 방에 가둔 것도 자신은 아비와 같았다. 그렇다면 제 최후도 아비와 같을까?

"아니. 같지 않아."

아비의 마지막을 그리던 이즈카엘이 고개를 저었다. 아비는 어미를 먼저 보냈으나 자신은 헤레이스와 쭉 함께할 것이다. 사는 것도, 죽는 것도.

이즈카엘이 아이에게 다시 이불을 덮어 준 뒤 걸음을 옮겼다. 그러나 문밖으로 나오기가 무섭게 그는 얼굴을 구기고 말았다. 방 안 침대에 누워 있는 아이보다 조금 더 큰, 그를 꼭 닮은 아이가 어쩔 줄 몰라 하는 중년의 여인에게 붙잡힌 채 빙글거리며 웃고 있었다. 그것이 이즈카엘의 뒤에 있는, 살짝 열린 문 틈새를 훔쳐보며 말했다.

"동생을 보러 왔어요, 아버지."

이즈카엘은 미겔의 말에 저도 모르게 방문을 닫고 그 앞을 지키듯 섰다. 제법 결연해 보이는 얼굴에 미겔이 웃더니 이즈카엘에게 한 발 더 다가갔다. 이즈카엘이 망설임 없이 미겔을 밀쳤다. 아이는 비틀거리더니 간신히 균형을 잡은 채 섰다.

"헉!"

주인의 거친 행동에 미겔의 유모가 놀란 듯 숨을 크게 들이쉬었다. 하지만 미겔을 내려다본 이즈카엘은 냉랭한 목소리로 살기를 숨기지 않은 채 말했다.

"경고하지. 이곳으로는 발도 들이지 마."

* * *

견디겠다 했지만 쉽지는 않았다. 헤레이스는 나날이 말라 가고 있었다. 아들에 대한 그리움과 폐쇄적인 공간, 그리고 눈앞의 사내 때문에.

"예전에는 내가 이리 해 줬지. 꼭 당신의 노예처럼 말이야."

헤레이스는 카우치에 기대앉아 있는 이즈카엘의 발치에 무릎을 꿇고 그의 다리를 주무르고 있었다. 이즈카엘은 근래 들어 그녀를 정부로 취급하다 못해 몸종처럼 부리려 했다.

"제대로 해."

원체 단단한 사내의 몸이라 작고 여린 그녀의 손으로는 있는 힘을 다해야 했지만 그가 핀잔에도 헤레이스는 한마디 불평조차 하지 않았다. 그녀가 묵묵히 손만 움직이자 카우치에 파묻혀 있던 이즈카엘이 상체를 일으켜 헤레이스의 얼굴 바로 앞까지 숙였다.

"그래도 나붓한 계집의 몸이 좋아. 손도 그렇고 어디든 말이야."

느릿한 말과 함께 그가 헤레이스의 젖은 머리카락을 집어 들고 숨을 들이켰다. 씻고 난 뒤 얇은 드레스만을 걸쳤기 때문일까, 향유 냄새 사이로 아내의 체취가 은은하게 났다. 노골적인 그의 행동에 헤레이스가 잠시나마 몸을 굳혔으나 곧 모른 척 고개를 숙인 채 손을 움직였다.

그런 헤레이스를 가만히 내려다보던 이즈카엘이 신경질적으로 일어서 방 한편에 자리한 식탁으로 갔다. 하루의 마지막 식사는 종류가 많지는 않았지만 먹음직스러웠고 적당히 따뜻했다.

"……당신도 앉아."

깨끗한 천으로 손을 닦은 헤레이스가 기다렸다는 듯 이즈카엘의 맞은편에 착석했다. 속은 불편했으나 헤레이스는 이즈카엘과 함께하는 저녁 식사 시간만은 손꼽아 기다렸다. 어쩐 영문인지는 몰랐지만 그가 이 시간에 에르젠에 관한 이야기를 해 줬기 때문이다.

"당신 아들은 여전해."

헤레이스가 포크를 들자 이즈카엘이 인상을 찌푸리며 말했다. 헤레이스는 어떻게 여전한지 답을 재촉하고 싶은 것을 꾹 참은 채 잘 구워진 채소를 잘게 잘라 입으로 가져갔다. 그녀가 음식을 씹고 삼키는 것을 확인한 이즈카엘이 말을 이었다.

"크게 투정을 부리지도 않고, 밖에서 자라 그런지 가리는 것도 없어. 다만 당신을 보고 싶다며 하루에도 몇 번이고 울어 성안이 시끄럽지."

에르젠이 운다는 말에 헤레이스의 손이 떨리기 시작했다. 자신을 찾으며 울고 있을 아이가 눈에 선했다. 이즈카엘은 아내의 떨림을 보다 입꼬리를 올렸다.

"그래도 걱정 마. 예절 선생을 붙였으니까. 시끄럽게 울어 재끼는 걸 도무지 들어 줄 수가 없었거든. 찬찬히 가르치다 보면 나아지겠지."

덜그럭.

식기가 요란하게 부딪히는 소리가 남과 동시에 원망스러운 눈빛이 이즈카엘에게 향했다. 이즈카엘이 아내의 눈을 마주 보다 칼로 고기를 썰어 헤레이스의 얼굴 앞에 내밀었다. 적당히 묻은 소스가 육즙과 뒤섞여 꽤나 먹음직스러웠으나 헤레이스에게는 역겹게 느껴질 뿐이었다.

"먹어. 먹지 않으면 이다음은 말하지 않겠어."

헤레이스가 입가를 씰룩이다 입을 열었다. 하지만 입에 넣자마자 녹을 것같이 부드러운 고기를 그녀는 제대로 씹을 수도, 삼킬 수도 없었다. 울지 않으려 했건만 저를 찾고 있을 에르젠의 얼굴을 그리자 저절로 눈물이 떨어졌다.

"울어도 마찬가지야. 울지 마. 난 정부 따위가 내 앞에서 질질 짜는 걸 보고 싶지 않아. 당신은 내 즐거움을 위해 있어. 그러니 식사 자리에서 그런 얼굴은 불쾌해."

"흐읍…… 흑."

"두 번 말해야 하나? 아니면 이만 식사를 치우라 할까?"

헤레이스가 거칠게 고개를 젓다 손등으로 눈가를 문질렀다. 이즈카엘은 그녀가 끅끅거리다 힘겹게 고기를 씹는 것을 눈 한번 깜빡이지 않고 지켜봤다. 그리고 마침내 헤레이스가 고기를 삼키자 그는 다시 입을 열었다.

"……다른 공부도 시작해야겠지만 의사 말이 아이 몸이 그리 건강하지 못하다 하더군. 체력도 그렇지만 몸에 영양이 많이 부족하다 들었어."

당신처럼. 하지 못한 말이 입 안을 맴돌다 사라졌다. 이즈카엘이 고깃덩이를 조금 더 작게 잘라 다시 헤레이스 앞에 내밀었다. 헤레이스는 입술을 달달 떨면서도 순종적으로 고기를 받아먹었다.

"손 부르트도록 일해도 아이 하나 먹여 살리는 게 쉽지는 않았던 모양이지?"

어미 새가 아기 새에게 먹이를 먹이듯 부지런한 손길과 달리, 이즈카엘의 입은 여전히 악랄했다. 그가 헤레이스의 몸을 살피다 짜증스레 내뱉었다.

"하긴 당신은 이제껏 아무것도 해 본 적 없는 여자니까. 아무것도 챙겨 나가지도 않은 것치고는 오히려 오래 견딘 편이지."

방에 그대로 남아 있던 보석과 패물들을 생각하자 다시 부아가 치밀었다. 그렇게 구질구질하게 살면서도 내 곁을 떠나고 싶었나.

아내의 가느다란 목을 보던 이즈카엘이 둥근 어깨를 따라 얇은 팔을, 또 둥글게 튀어나온 손목뼈로 시선을 두다가, 종국에는 그녀의 손을 바라보았다. 헤레이스의 손은 귀한 향유로 그새 부드러워져 있었지만 전과 같아지려면 한참의 시간이 필요할 것 같았다.

탁.

이즈카엘이 들고 있던 나이프와 포크를 탁자에 소리 나게 놓더니 자리에서 일어났다. 의자 끌리는 소리가 나고 그가 헤레이스의 뒤로 가 허리를 숙였다. 사내의 단단한 팔과 함께 핏줄 솟은 손이 헤레이스의 어깨를 지나 곧 그녀의 손을 옭아매듯 잡아채 깍지를 꼈다.

"……내가 헤레이스 당신을 어떻게 찾았는지 알아?"

가까이 들리는 사내의 숨소리에 헤레이스가 눈을 내리깔았다. 어떻게 찾았건 그게 이제 와 무슨 소용인가. 헤레이스가 잡힌 손을 풀려 미약하게 반항했다. 이즈카엘이 더욱 세게 깍지를 끼며 속삭였다.

"당신 솜씨는 여전하더군. 백합을 수놓은 끝자락만 봐도 알 수 있었어. 누가 솜씨인지."

* * *

눈이 번쩍 떠짐과 동시에 이른 시간 특유의 냉기가 돌았다. 헤레이스는 제 옆자리 온기가 사라졌음을 깨닫고 사방을 살폈다.

'……갔구나.'

이즈카엘이 떠났음을 확인한 그녀가 조심스레 일어나 창가로 다가갔다. 천장부터 바닥까지 길게 늘어진 커튼은 제법 두꺼워 빛을 거의 다 가리고 있었다.

헤레이스가 있는 힘껏 커튼을 쳤다. 그러자 푸르스름한 새벽빛과 함께 온갖 식물로 무성한 유리온실이 보였다.

'……아직 시간이 있어.'

유리창에 손을 올린 채 멍하니 온실을 보던 헤레이스가 굳은 얼굴을 했다. 그녀가 침대로 돌아가 푹신한 침실용 신에 발을 밀어 넣고 유리온실과 연결된 문 앞에 섰다. 바깥의 색을 가늠하건대 하녀가 아침을 들고 올 시간까지 아직 한 시간 이상 남았음이 분명했다.

'방법이 생각나지 않는다면 움직여야 해. 뭐든 해서 에르젠을 위한 방법을 찾아야 해.'

이즈카엘에게는 도망친 기간만큼 이곳에 얌전히 있겠다 했지만 헤레이스는 이대로 가만히 갇혀 울고만 있을 생각 따위 없었다. 며칠 동안 눈물은 흘릴 만큼 흘렸다. 이제 무엇이든 할 차례였다.

'에르젠을 세르펜스의 일원으로 받아들이겠다 했지만…… 자식으로 생각지 않는다 했잖아. 그렇다면 보호도…….'

관심도, 보호도 받지 못할 아이에게 무슨 일이 생길지 몰랐다. 헤레이스는 저를 죽일 듯 노려봤던 샬럿의 눈을 기억하고 몸을 떨었다.

설마 어린아이에게 그러지는 않겠지만 혹여나 그 살기 어린 눈이 에르젠에게 닿는다면⋯⋯. 귀족가의 후계 다툼에 어린 핏줄이 희생되는 일은 지금도 빈번하게 일어났다. 최악을 상상한 헤레이스의 등 뒤가 서늘해졌다.

'만일을 대비해 이곳을 빠져나갈 방법을 미리 찾아야 해. 성이 에르젠에게 위험해지면 몰래 데리고 나가야 해.'

경험으로 비춰 보건대 성 밖 또한 성 못지않게 위험했다. 하나 적어도 제 품 안이라면 이 목숨을 바쳐 에르젠을 살릴 기회가 있지 않은가. 어미를 잃고 겁에 질려 있을 에르젠을 생각하며 헤레이스가 문을 힘껏 밀었다.

끼익.

유리온실로 가는 문은 쉽사리 열렸다. 헤레이스는 낮은 문턱을 넘으며 낯선 장소를 긴장된 눈으로 살폈다.

아름다운 유리온실은 아주 간혹 사람의 손을 탔는지 화초도, 이끼도, 넝쿨도 우거져 있었다. 길을 막을 정도는 아니었지만 질서를 중시 여기는 사람이라면 관리를 못했다 질색했으리라.

헤레이스의 시선이 정원의 높은 천장에 닿았다. 담쟁이 넝쿨이 높게 뻗어 유리 천장의 일부를 가린 탓에 새벽빛은 어느 정도 막혔다. 하지만 그렇다 해도 조금 전 헤레이스가 누워 있던 방보다는 밝았으므로 사물을 식별하는 데 어려움은 없었다.

'사람이 머물지 않았던 것치고는 관리가 잘됐어.'

헤레이스는 공작 부인으로서 세르펜스 성에 살면서도 현재 갇혀 있는 방과 이곳 유리온실은 방문하지 않았다.

원체 외진 곳에 있기도 했지만 이곳은 전대 공작의 정부인 이즈카엘의 어미가 머물렀던 곳으로, 마녀라 불렸던 그녀가 죽은 불길한 장소였다. 다정했던 시절에도 이즈카엘은 어미 이야기라면 입을 다문 채 불쾌한 낯을 숨기지 않았기에 헤레이스는 일부러 이곳을 잊고 살았다.

'이즈카엘의 어머니……'

본 적도 없었건만 죽은 이를 생각하자 오싹 소름이 돋았다. 이곳에 끌려온 뒤 여러 일에 생각조차 못하고 있었지만 망자가 머물렀던 장소라는 게 썩 좋은 기분은 아니었다.

"어릴 때는 무섭지 않았는데. 오히려 오고 싶어 했지."

헤레이스가 소름 돋은 어깨를 더듬다 씁쓸한 얼굴을 했다. 그녀에게 친절했던 샤를의 어미, 즉 전대 공작 부인이었던 율리스 황녀는 샤를과 헤레이스가 이 별채 쪽으로 고개만 돌려도 대단히 예민하게 반응했다. 그 신경질이 얼마나 대단했는지 샤를과 헤레이스는 본채에서 나가기도 쉽지 않았다.

물론 쉽지 않았을 뿐이지 가지 않았던 것은 아니었다. 헤레이스와 샤를은 율리스 황녀 몰래 샤를과 별채를 방문하고는 했다. 이유는 하나. 이즈카엘을 보기 위해.

하지만 그때도 별채에 숨어든 게 몇 번일 뿐 유리온실은 한 번 들어와 봤던 것이 다였다. 당시 공작이었던 이즈카엘의 아비가 자신을 제외한 누구의 발걸음도 허락하지 않았기 때문이다.

"세상에."

어릴 적 희미한 기억을 더듬으며 걷던 헤레이스가 분수대 앞에 서 저도 모르게 탄식을 뱉었다. 아무것도 모르던 어린 시절에는 눈치채지 못했지만 성인의 눈으로 본 이곳의 쓰임새는 명확했다.

감금.

유리온실의 입구는 문이 잠긴 방과 연결되었고, 입구 반대편 출구는 나가 봤자 높디높은 담장에 둘러싸인 작은 야외 정원이었다. 유리온실 너머 문은 고사하고 틈새 하나 없는 담장에 헤레이스의 얼굴이 창백히 질렸다.

7장. 에르젠 (1)

침대에 앉은 에르젠의 옷은 몇 달 전과는 비교할 수 없을 만큼 고급스러워졌다. 은실이 수놓아져 있는 셔츠와, 넓게 접어 단추를 채운 벨벳 외투, 부드러운 가죽 신 등 지금의 에르젠은 완전한 귀족 아이의 태를 가지고 있었다.

하지만 아이의 눈가는 오늘도 어김없이 빨갛게 부어 있었다. 바로 옆에 앉은 미겔은 그런 에르젠의 눈을 살피다 주머니에서 반듯하게 접힌 종이봉투 하나를 꺼냈다.

"울지 말고 이거 먹어 봐. 너 주려고 몰래 가져온 거야, 에르젠."

부스럭거리는 소리와 함께 붉은 열매가 박힌 쿠키가 나왔다.

에르젠은 따끔거리는 눈을 손등으로 문지르다 미겔이 내민 쿠키를 입으로 가져갔다. 솜씨 좋은 요리사가 좋은 재료를 듬뿍 넣어 그런지 달콤한 것이 기분이 조금 나아졌다.

"맛있어?"

부드러이 묻는 목소리에 에르젠이 고개를 끄덕였다. 온통 무서운 어른들로 가득 찬 이곳에서 또래 아이는 그나마 긴장이 풀리는 존재 중 하나였다.

"다행이네. 다음번에도 가져다줄게."

미겔의 호의 가득한 얼굴은 에르젠에게 안정감을 가져다주었다. 에르젠이 잠시 고민하다 미겔을 불렀다.

"……형."

그 짧은 호칭에 미겔의 얼굴에 더욱 진한 웃음이 걸렸다. 미겔이 착한 아이를 칭찬하듯 에르젠의 머리를 쓰다듬었다.

"이제 그렇게 불러 주는구나."

"으응…… 형이라 했으니까."

정말 내 형이니까 이렇게 친절한 거야. 마르셀네도 그랬잖아. 에르젠이 산골짜기 마을에 살 적 몇 번 본 이웃 형제들을 기억하며 고개를 끄덕이다 남은 쿠키를 입 안에 넣었다. 아까보다도 달콤한 맛에 절로 웃음이 지어졌다.

"깨끗하게 먹어야지."

미겔이 에르젠의 입가에 묻은 쿠키 부스러기를 손수건으로 훔쳤다. 어미처럼 친절한 동작에 에르젠의 눈동자에 담겨 있던 마지막 의심이 사라졌다. 아이가 자신에게 무해하다고 판단한 상대에게 칭얼거리기 시작했다.

"미겔 형, 계속 나랑 같이 있으면 안 돼? 난 형이 좋아."

어미를 못 본 밤은 이제 열 손가락으로 셀 수도 없었다. 외로
움과 두려움에 지친 아이는 자신을 둘러싼 모든 어른들이 두려웠
다. 그들은 매번 딱딱한 표정으로 에르젠을 깨우고 예의라는 명
목 하에 강제로 식탁에 앉혔으며 강압적으로 무언가를 가르쳤다.
유모라고 붙은 이들은 그나마 친절했지만 어미의 따뜻한 품을 기
억하는 에르젠에겐 낯선 여인들의 작위적인 품은 안식처가 될 수
없었다.

"미안, 에르젠. 그건 힘들겠는걸. 아버지께서 너랑 만나는 걸
허락하지 않으셨거든. 사실 비밀인데…… 이것도 몰래 온 거야."

에르젠의 물음에 미겔이 난처한 얼굴을 했으나 그건 겉으로 보
이는 표정을 꾸며 낸 것에 지나지 않았다. 미겔은 일전에 에르젠
을 구경하러 왔다가 이즈카엘에게 쫓겨난 일을 기억하며 속으로
피식 웃었다. 제 자식이라 생각하지도 않으면서 보호하려는 꼴이
라니. 우스웠다.

'엄마도, 안나도, 형도 내 곁에 없어. 에르젠 옆에는 아무
도…….'

미겔의 답에 에르젠의 푸른 눈에 다시금 눈물이 맺혔다. 그렁
그렁한 눈물에 미겔이 에르젠의 머리를 쓰다듬으며 아이의 슬픔
을 살살 끄집어냈다.

"에르젠은 엄마가 보고 싶은 거야?"

"응, 보고 싶어."

"왜?"

"우리 엄마니까. 난 엄마가 제일 좋아. 엄마는 착하고 예쁘고 또…….."

아직 표현력이 부족한 아이는 제 마음을 온전히 말할 수 없었다. 답답해진 에르젠이 팔을 이용해 커다란 원을 그려 보이다 미겔에게 되물었다.

"여하튼 난 엄마가 이만큼! 아니, 이것보다 훨씬 더 좋아! 형은? 형도 엄마가 좋아?"

에르젠의 물음에 호박색 눈이 가느다랗게 휘어졌다. 답을 어찌 해야 할까. 에르젠이 말하는 어미는 분명 샬럿을 지칭하는 것이겠지만 미겔은 에르젠의 어미인 헤레이스에 대한 답을 하고 싶었다.

"난…….."

"미겔! 미겔! 어디 있니! 미겔!"

미겔이 답을 고민하던 때, 밖에서 날카로운 여인의 목소리가 울렸다. 높은 비명이 샬럿의 것임을 알아챈 미겔이 한숨을 쉬더니 침대에서 일어났다.

"이런 에르젠, 난 이만 가 봐야겠어. 내 어머니께서 날 찾으시는 모양이야."

"어? 혀, 형 안 가면…….."

"다음에 또 올게, 에르젠."

침대 옆 창문이 드르륵 소리를 내며 열리더니 미겔이 아이답지 않게 날렵한 몸짓으로 창틀에 올라가 밖으로 뛰어내렸다. 에르젠이 무어라 더 말할 틈도 없이 벌어진 일이었다.

"나, 나도 우리 엄마 찾으러……."

에르젠은 미겔처럼 창틀에 올라가기 위해 낑낑거렸다. 그러나 머리 위에 있는 창틀에 에르젠이 오를 수 있을 리 없었다. 아이가 울상을 짓다 울음을 터뜨렸다.

"흐아아아앙."

"에구머니. 내가 언제 잠이 들었지. 이상하다."

방 안 카우치에 앉은 채 잠들었던 유모가 아이의 울음소리에 퍼뜩 정신을 차리고 일어나 에르젠을 안아 들었다. 넉넉한 여인의 품에서 에르젠이 창밖을 바라보며 계속해서 헤레이스를 불렀다.

"엄마…… 흑."

* * *

샬럿은 손톱을 잘근잘근 씹으며 방 안을 돌아다녔다. 작금의 상황이 너무도 불안했다. 그 여자는 돌아오고 그 여자의 아이는…….

"그럴 리 없어. 없다고. 하지만 갑자기 왜 그따위 아이에게 선생을 붙이는 거지? 그것도 미겔, 너와 같은 선생들을 말이야."

"……."

"괜찮아. 선생이야 그럴 수 있지. 맞아! 얼굴도 제대로 보지 않는다잖아. 관심은 없는 거야. 그저 세르펜스 성을 가진 아이니까……."

미겔은 어쩔 줄 몰라 하며 방을 서성거리는 어미를 보다가 지겨운 티를 숨기지 않았다. 어쩜 항상 저런 반응일까. 아이가 권태로운 표정으로 어미의 혼잣말에 시큰둥하게 답했다.

"글쎄. 과연 그럴까요?"

샬럿이 아들의 앞으로 한달음에 달려갔다. 작은 아이를 붙잡은 그녀가 미겔을 흔들며 핏발 선 눈을 부라렸다.

"무슨 말이야!"

"어머니, 동생 얼굴 못 보셨어요? 공작 부인을 쏙 빼닮았잖아요. 그 눈도, 머리색도, 또 얼굴도."

어미의 거친 행동에도 미겔은 균형을 잘 잡고 서 있었다. 오히려 흥분해 비틀거리는 것은 샬럿이었다.

"공작 부인이라니! 그것은 정부야! 이즈카엘이 그렇게 말했어!"

공작 부인. 그 여자를 그리 지칭할 때면 속에서 불이 일었다. 화가 끓어오르고 온몸의 피가 머리끝까지 솟구쳤다.

샬럿의 얼굴이 무시무시한 악귀처럼 변했다. 하나 어미의 얼굴을 본 미겔은 겁에 질리기는커녕 더욱 느릿하게 말했다.

"알면서 일부러 모르는 척하시는 거예요? 화를 내도 어머니는 공작 부인이 될 수 없어요. 아버지께서 똑똑히 말씀하셨잖아요. 공작 부인은 여전히 공작 부인이라고."

"아악! 아니야! 아니라고! 내, 내가 이즈카엘의 유일한 여자이자 세르펜스의 후계를 낳은 사람이야. 그러니 공작 부인은 나야. 나란 말이야!"

"어머니, 아버지께는 공작 부인만이 여자예요. 어머니는…… 그래. 적당히 필요했던 물건이었을 뿐이죠. 황금으로 산 물건. 그러니 이만 인정하시고 욕심을 좀 버리세요. 아버지의 마음이 공작 부인에게 가 있는데 동생에게 기회가 어찌 안 갈까요? 제가 아무리 아버지를 닮았다 한들 아버지는 결국 동생에게 눈을 돌리실걸요. 왜냐. 사랑하는 여자를 닮은 아이니까."

"아니라니까! 잠깐일 뿐이야. 그런 감정이 오래갈 일 없어. 그냥 그 얼굴이 좀 반반하니까. 그러니까 그 여자만 없어지면!"

"공작 부인이 될 수 있을 거라고요?"

미겔이 샬럿을 똑바로 바라보며 비웃음을 흘렸다. 그러자 샬럿의 머릿속에 그때의 일이 그려졌다. 미겔은 어미의 머릿속을 짐작이라도 한 듯 눈을 가늘게 떴다.

"어머니, 공작 부인께서 없었던 기간 동안 어머니 위치에 변화가 있었던가요? 아니, 관심이라도 받아 보셨어요? 길다면 긴 그 시간 동안 어머니는 공작 부인의 방조차, 아니 작은 권리 하나 차지하지 못하셨지요."

공작 부인의 방을 차지하려다 천한 하인들에게 끌려 나갔던 일. 샬럿은 그 치욕을 똑똑히 기억했다. 아니, 그 일뿐일까.

샬럿에게 세르펜스 성에서의 모든 순간은 치욕이었다. 진정한 공작 부인은 그녀인데 누구도 그녀를 공작 부인으로 예우해 주지 않았다. 그녀는 언제나 손가락질받는 정부일 뿐이었다. 사용인들의 비웃음과 수군거림이 샬럿의 귓가에 윙윙거렸다.

"어머니는 제가 아버지의 후계자가 되길 누구보다 바라고 계세요. 그 이유가 뭘까요? 날 아껴서? 아니. 아버지의 사랑을 통해서는 공작 부인이 될 자신이 없어 그런 거잖아요. 안 그래요?"

달래듯 차분한 목소리였지만 내용은 그렇지 않았다. 미겔이 내뱉는 단어 하나하나가 샬럿의 가장 밑바닥을 긁었다. 그렇잖아도 격분된 감정이 실려 있던 차에, 꾹꾹 눌러 왔던 열등감과 불안감이 자극까지 받자 샬럿은 이성을 잃고 아이에게 손을 휘둘렀다.

"너!"

그러나 미겔은 어미를 뿌리치더니 자신을 향한 손을 단숨에 피했다. 균형을 잃고 샬럿이 바닥으로 엎어졌다.

"아악!"

"어머니, 당신은……."

"흐으……."

미겔이 바닥에서 헐떡이는 샬럿의 앞에 쪼그리고 앉았다. 아이가 앳된 목소리로 읊조렸다.

"……이미 졌어. 아니, 애초 이길 수 없는 싸움을 혼자 하고 있잖아. 그만해."

"너…… 내가 공작 부인이 될 수 있다 했잖아. 네가 후계자가 되면……."

"후계자가 되면 그렇다 했지요. 하지만 난 후계자 자리에는 관심이 없는걸. 게다가 그때 분명……."

그때까지 당신이 살아 있으면 그리된다 말했지.

미겔이 손을 뻗어 쓰러진 샬럿의 이마에 가져다 댔다. 이마에 닿는 서늘한 손가락에 샬럿이 움찔거리다 딱딱하게 몸을 굳혔다.

"이, 이 괴물!"

까맣게 잊고 있었던 순간이 선명해졌다. 동침하지도 않았건만 단숨에 부풀었던 배, 한참 늦어졌던 출산, 배를 가르고 태어나자마자 고맙다 말하던 저것.

눈앞의 아이는 사람이 아니었다. 그저 인간의 탈을 쓴 괴물일 뿐.

"아, 아니야! 기억나지 않아! 미겔, 넌 내가 배 아파 낳은 아이야. 내게 공작 부인 자리를 줄…… 모든 것을 줄 내 아이! 네, 네가 후계가 되면 난……."

그러나 진실을 마주했음에도 샬럿은 고개를 흔들며 부정했다. 미겔이 자신의 아이가 아니라면 제게 공작 부인 자리 역시 줄 수 없지 않은가. 미겔은 분명 제 아이였다. 세르펜스의 씨와 제 피를 타고난 아이.

"역시 기대를 저버리시지 않네요. 하기야 어머니의 이런 모습은 지루하지만 한편으로는 제 오랜 식사였으니까요. 대다수의 인간들도 그렇잖아요. 지겹더라도 일상에서는 항상 비슷한 걸 먹지요."

어미의 반응에 미겔이 웃음을 터뜨렸다. 아이가 작은 손으로 어미의 손을 꼭 잡은 채 그녀가 일어나는 것을 도왔다.

"이거 봐!"

샬럿은 미겔의 부축을 받아 자리에 서자 황금으로 장식된 화려한 화장대로 뛰어갔다. 덜덜 떨리는 손으로 그녀가 화장대 서랍과 보석함을 뒤지자 황금으로 만들어진 장신구와 온갖 보석들이 튀어나와 바닥을 굴렀다. 헤레이스가 미겔의 백일을 맞이하여 선물로 줬던 목걸이도 그중 하나였다.

미겔이 제 발치에 떨어진 목걸이를 주워 주머니에 쑤셔 넣고는 샬럿을 향해 말했다.

"그래도 지금껏 저를 키워 준 정이 있으니 충고 하나 드릴게요. 꼭 들으시면 좋겠어요. 마지막 기회거든요."

"어디 갔지. 챙겨 났는데…… 여기 뒀는데…… 어디 있어!"

샬럿은 미겔의 말을 듣지 못한 듯 여전히 화장대를 뒤엎는 중이었다.

그녀가 한참 만에 화장대 가장 아래 서랍 깊숙한 곳에서 작은 나무 상자 하나를 찾았다. 상자가 부서질 듯 열리고 샬럿의 손에서 손가락 두 마디 길이의 보라색 병이 반짝이며 존재를 드러냈다. 병 안에 찰랑이는 액체에 미겔이 한숨을 쉰 뒤 말을 이었다.

"그거 내려놓고 그날의 약조대로 황금을 챙겨 떠나세요. 그게 어머니의 인생이 가장 행복해지는 길이랍니다. 제가 장담해요."

* * *

에르젠을 안은 중년의 여인이 안절부절못한 채 떨었다. 본래라면 아이도, 자신도 이 시각 이곳에 있어서는 안 됐다. 아이는 지금 선생과 마주 앉아 공부를 하고 있을 시간이지, 복도를 뛰어다닐 때가 아니었다.

'쪼그만 게 왜 가만있지를 못 해서…….'

여인의 마음속에 에르젠에 대한 불만이 쌓였다. 에르젠은 작고 여리게 생긴 것과 다르게 제법 고집이 있었다. 시간이 어느 정도 지났건만 아이는 아직도 어미를 찾으며 이렇게 종종 밖으로 도망치고는 했다.

'이번에 들어가면 버릇을 단단히 고쳐 놓겠어.'

여인은 유모인 만큼 아이들의 예상 못 할 행동에 인내심이 강한 편이었다. 하지만 자신의 목숨을 걸 만큼 에르젠을 아끼지는 않았다.

어차피 아비가 신경을 쓰지도 않았고, 그렇다고 어미와 붙어 있는 아이도 아니었다. 그러니 가장 가까이에 있는 그녀가 윽박을 지른다 한들 아무도 모르리라. 아이를 직접적으로 보호할 사람이 없음을 안 유모는 어린 상전을 약자로 낮잡아 봤다.

"주, 주인님, 그게 도, 도련님께서 멋대로…….”

하나 목이 붙어 있어야 버릇을 고치든 뭐든 할 게 아닌가. 유모는 아이를 감싸 안은 손에 힘을 주다가 이즈카엘과 눈이 마주치고는 아이를 팽개친 채 납작 엎드렸다. 아이는 두렵지 않았으나 눈앞의 공작은 두려웠다.

이즈카엘은 유모에게 별 관심이 없었다. 그가 에르젠 쪽으로 돌아가는 고개를 일부러 틀었다. 보고 싶지 않았다. 아니, 사실 아이의 푸른 눈을 보기가 꺼려졌다.

"……됐으니 그만 가 보도록."

이즈카엘은 답지 않게 회피를 택했다. 헤레이스를 붙잡아 성으로 올 적에는 아이를 보는 것이 화가 날지언정 어렵지는 않았는데, 날이 갈수록 이상하리만치 아이 얼굴 보기가 힘들었다. 복도바닥에 붙어 머리를 조아리던 유모가 그의 명이 떨어지기 무섭게 몸을 일으켜 아이를 잡아당겼다.

"도련님, 이리 오세요. 빨리……."

작은 몸이 쉽사리 끌려갔다. 이즈카엘은 그녀의 거친 동작에 눈살을 찌푸렸으나 곧 몸을 돌렸다.

"도련님!"

이즈카엘이 등을 돌리자마자 여인이 목소리를 높였다. 동시에 가벼운 몸이 탁탁 뛰는 소리가 났고, 등 뒤에서 인기척이 느껴졌다. 이즈카엘은 작은 손이 제 팔 옷자락을 꾹 쥐고 있는 것을 발견하고 저도 모르게 몸을 굳혔다.

"아버지?"

들릴 듯 말 듯 작은 물음이었지만 이즈카엘의 귀에 아이의 목소리는 또렷하게 박혔다. 이즈카엘이 이를 꽉 악물어 아득해지는 정신을 간신히 붙잡았다.

"아저씨가 내 아빠예요?"

아이는 재차 물어 왔다. 겁에 질린 듯 떨리는 목소리였지만 답을 꼭 듣겠다는 듯한 고집이 고사리 같은 손에 그대로 드러났다.

"주인님, 죄송합니다. 도련님은 제가 데려가겠습니다. 도련님,

당장 이리 오세요!"

"싫어!"

겁에 질려 있던 유모가 아이를 뜯어냈다. 아이가 가지 않겠다며 그를 붙잡고 늘어지다가 와아앙 크게 울음을 터뜨렸다.

'그러니까 제발 잘해 줘요. 내가 없어도 울지 않게…….'

순간 아내의 목소리가 이즈카엘의 귓가를 때렸다. 이즈카엘이 뒤돌아 아이를 유모에게서 떼어 냈다.

"됐으니 물러나."

"예?"

"떨어져 있으라 했다."

주인의 갑작스러운 태도 변화에 유모가 눈을 끔뻑이다 흉흉한 시선을 마주하고 도망치듯 물러났다. 여인이 저 멀리 떨어지자 이즈카엘이 한쪽 무릎을 굽혀 아이와 시선을 맞추었다.

눈물이 가득한 푸른 눈이 아내와 비슷했으나 자세히 보면 조금 더 올라가 있었다. 이즈카엘은 아이의 젖은 눈가를 닦아 주다 지금 제가 느끼는 감정이 죄책감임을 깨닫고 충격을 받았다.

'왜…….'

잠든 아이를 볼 때면 분노가 치밀었는데 울고 있는 아이를 보니 마음이 쓰렸다.

갈팡질팡하는 감정에 당황한 그가 아이에게서 손을 떼고 몸을 일으키려 했다. 그러나 아이가 제 눈을 뚫어져라 보고 있음을 인지하자 온몸이 튼튼한 쇠사슬에 묶인 듯 꼼짝할 수가 없었다. 이즈카엘은 한참 고민하다 힘겹게 입을 열었다.

"······그래."

말간 얼굴이 환하게 변했다. 아이의 웃음에 이즈카엘은 마음 한쪽이 조금 가벼워진 느낌을 받았다. 그가 턱에 긴장을 풀고 아이를 마주 봤다. 하지만 예쁘게 웃던 아이는 짧은 찰나에 무언가를 떠올린 듯 얼굴을 찌푸리더니 순식간에 미움 가득한 얼굴로 그를 노려봤다.

"거짓말!"

거울 같은 에르젠의 눈이 감정을 그대로 비췄다. 한 손으로도 쉽사리 제압 가능한 아이였건만 이즈카엘은 에르젠의 눈동자를 보며 끝없는 무력감을 느꼈다. 이기지 못할 상대와 맞닥뜨린 기분이었다. 에르젠이 공황 상태에 빠진 그에게 소리쳤다.

"아빠가 왜 엄마를 괴롭혀요? 마르셀네는 그러지 않았어!"

"······."

"그러니까 아저씨는 우리 아빠가 아니야!"

* * *

"아······."

샬럿은 복도 끝 모서리에 몸을 숨긴 채 침음을 흘렸다. 손이 하얗게 될 정도로 꽉 쥔 그녀의 얼굴에는 숨길 수 없는 불안감이 자리했다.

'저 애새끼한테 관심 없는 거 아니었어?'

벽 너머 복도 끝에서 사내가 어떤 이유에서인지 아이를 꼭 안고 있었다. 전혀 닮지 않은 사내와 아이였다. 하지만 샬럿은 미겔과 사내보다 저 둘이 더 부자 사이 같다고 느꼈다.

'이, 이대로면 미겔이, 내, 내 아들이 자리를 빼앗길 거야. 그러면 난……'

이즈카엘은 미겔을 저렇게 안아 주지 않았다. 그 여자 앞에서 보란 듯이 몇 번 끌어안기는 했지만 저렇게 애틋한 모습은 아니었다. 거짓과 진실은 뚜렷이 구분됐다. 아무리 연기를 잘한다 해도 마음을 모조리 숨길 수는 없었다.

"이건 당연히 해야 할 일이야. 난 어, 어머니까. 그래. 난 미겔의 어머니까 미겔의 자리를 지켜 주려고 이러는 거야. 다들 그러잖아. 자식을 지키려……."

불안감에 손톱을 씹던 샬럿이 왼쪽 손가락의 네 번째 반지를 만지작거리기 시작했다. 커다란 보석이 각도에 따라 살아 움직이듯 일렁였다.

* * *

"이즈카엘은 왜 오지 않지?"

"……."

"……그럼 에르젠, 그 아이는 어때? 잘 지내고 있어?"

헤레이스가 식탁을 정리하는 하녀의 팔을 꼭 잡고 물었다. 접시를 들고 트레이로 옮기던 하녀는 갑작스러운 헤레이스의 접촉에 몸을 움찔거리며 곤혹스러운 낯을 했다. 하지만 단단히 명받은 것이 있는지 꾹 다물린 입술은 조금도 움직이지 않았다.

"……."

"나와 말해서는 안 된다 명받은 거 알아. 하지만……."

이즈카엘이 이곳에 오지 않은 지도 벌써 나흘. 헤레이스는 그가 이대로 영영 오지 않을까 걱정이었다. 함께 있으면 괴로운 사내였으나 에르젠의 소식을 전해 주는 유일한 창구였는데……. 아들에 대해 어떤 것도 듣지 못한 헤레이스는 초조함에 거의 미칠 지경이었다.

"짧은 답이라도 줘. 부탁이야. 제발…… 헬렌, 제발……."

헤레이스가 달달 떨며 이름까지 부르자 하녀 헬렌의 얼굴이 한층 어두워졌다. 그녀는 무언가 고민하는 듯 입술을 달싹이다 애타 보이는 헤레이스의 얼굴에 고개를 떨구고 작은 목소리로 속삭였다.

"저도 자세히는 몰라요. 다만 주인님께서는 요새 방 밖으로 잘 나오지 않으세요. 그리고 에르젠 도련님은……."

"에, 에르젠은?"

"……큰 문제 없이 잘 지내고 계신다 들었어요."

"아……."

긴장이 풀린 듯 헤레이스가 손에 힘을 놓았다. 헬렌은 자유로워진 팔을 부산스레 움직이며 헤레이스를 동정 어린 눈으로 힐끔거렸다. 잠시 멍하니 있던 헤레이스가 퍼뜩 정신을 차리고 다시 하녀의 손을 잡았다.

"울진 않니? 나를 찾지는 않고? 어디 아파 보이지는 않았어?"

조금 전보다 빨라진 말속에는 걱정이 한가득하였다. 헬렌은 제 손을 구원 줄인 것처럼 붙든 헤레이스를 보며 난처한 얼굴을 했다.

　"죄송해요. 전 에르젠 도련님을 뵐 기회가 많지 않아서 거기까지는……. 그보다 부인, 이만 나가 봐야 할 거 같아요. 더 지체했다가는 밖에서 의심할 거예요."

　식탁은 금세 말끔히 치워져 있었다. 헤레이스는 한 번 더 매달려 볼까 하다가 그만두고 헬렌의 손을 놓았다. 이 아이 처지에서는 이 정도 대답도 큰 모험을 한 것이리라. 자신이 더 붙잡고 늘어져 혹여나 대화한 것이 이즈카엘의 귀에 들어가면 분명 호되게 당할 뿐 아니라 목숨을 잃을지도 몰랐다.

　"그래. 미안하구나. 어서 가 보렴."

　헤레이스가 실망을 감추며 헬렌에게 억지 미소를 지어 보였다. 헬렌이 초조한 얼굴로 뒤돌아 트레이를 끌고 문으로 향했다. 달그락거리는 소리가 멀어지자 헤레이스가 눈물을 참지 못하고 고개를 떨궜다.

　"부인."

　툭툭 떨어지는 물방울이 식탁보를 적실 때였다. 헬렌이 못 견디겠다는 얼굴로 헤레이스를 부르더니 다시 그녀의 곁에 와 섰다. 불안한 듯 연신 문을 살피면서도 그녀는 헤레이스 귓가에 들릴 듯 말 듯 작은 목소리로 말했다.

　"에르젠 도련님을 자주 뵙지는 못하지만 보게 되면 부인께 말씀드릴게요."

헤레이스가 눈을 크게 뜨고 헬렌을 바라봤다. 왜 이런 위험을 감수하냐는 무언의 질문에 하녀가 결연한 얼굴을 했다.

"……안나 언니가 떠나기 전에 부인을 부탁한다고 말했어요."

"안나가?"

똑똑.

문 두드리는 소리가 무언가를 설명하려던 헬렌의 입을 막았다. 헬렌이 새파랗게 질린 얼굴로 문을 향해 빠르게 걸음을 옮겼다. 곧 문이 열리며 틈 사이로 나이가 지긋한 노집사가 언뜻 모습을 드러냈다. 그가 안쪽을 힐끗 살피다 굳은 얼굴로 헬렌을 내려다 봤다.

"뭐 하느라 늦어. 그리고 함부로 말을 꺼내서는 안 된다고 했을 텐데."

"죄송합니다. 식탁을 정리하다 물을 쏟는 바람에 정리를 한다고……."

집사의 노기 어린 음성과 함께 헬렌의 겁먹은 목소리가 들린다 싶더니, 문이 탁 하고 닫혔다. 헤레이스는 또다시 홀로 방에 남겨졌다.

"안나……."

에르젠 생각에 가득 차 걱정조차 제대로 못 해 준 안나였다. 채찍 50대는 견디는 것조차 어려웠을 텐데 그런 일을 당한 후에도 저를 미워하기는커녕 걱정했을 얼굴이 떠오르자 왈칵 눈물이 솟았다.

헤레이스는 아릴 정도로 얼굴을 문지르다 큰 동작으로 일어섰다.

아무렇게나 밀치고 일어난 덕에 의자가 뒤로 넘어가 큰 소리가 났지만 그녀는 신경도 쓰지 않고 유리온실로 향하는 문을 열었다.

그동안 아무것도 하지 못했고, 또 하지 못한 채 있었다는 생각을 하니 숨이 콱 막혔다. 뭐라도 해야 한다고 다짐한 지가 언제인데 자신은 늘 제자리였다.

이를 악물고 빠르게 걷자 곧 물 흐르는 소리와 함께 분수대가 모습을 드러냈다. 헤레이스는 그 앞에 털썩 주저앉아 흐르는 물을 보다가 그 속에 한쪽 손을 넣었다.

차가운 물이 손에 닿자 답답함이 조금 가셨다. 그러나 사방이 막힌 유리온실 또한 숨을 조여 오기는 마찬가지였기에 헤레이스는 저도 모르게 가슴에 손을 올린 채 헐떡였다.

똑똑.

평소라면 들릴 리 없는 인기척에 놀란 헤레이스가 앞을 살피며 일어섰다. 그러자 유리 벽 너머 그녀를 이곳에 가둬 둔 사내와 똑같은 색의 머리카락을 가진 작은 아이가 보였다.

'저 아이는…….'

미겔을 알아본 헤레이스가 경계 어린 시선으로 주춤거렸다. 하나 흙투성이 미겔은 세상 무해한 웃음을 보이며 입 모양으로 인사했다.

안녕하세요.

헤레이스는 한참 망설이다 아이가 있는 밖으로 갔다. 유리온실 밖의 높은 담은 여전하여 한낮임에도 그림자를 짙게 드리우고 있었다.

'이 높은 담을 넘었을 리는 없고…… 혹시?'

흙이 잔뜩 묻은 아이를 훑어본 헤레이스가 혹여나 담에 틈이라도 있나 살피다가 이내 주저하며 아이에게 물었다.

"……여긴 어떻게 들어왔니?"

"인사부터요. 전 미겔이라고 해요. 처음 뵙는 건 아니지만 인사드리는 건 처음이죠? 안녕하세요, 부인."

나이답지 않게 어른스럽고 당돌한 태도였다. 헤레이스는 아이의 언어 구사 능력에 놀라 눈을 동그랗게 떴다. 아무리 아이마다 편차가 있다지만 아직 다섯이 채 되지 않은 아이가 저리 말하는 것이 가능할까? 듣고도 믿을 수 없었다.

"스승님들께서는 제가 또래에 비해 배움이 빠르다며 자주 칭찬하세요."

헤레이스의 속마음을 짐작이라도 한 듯 아이가 웃으며 말했다. 헤레이스는 어쩐지 좀 께름칙한 기분이 들었다.

'에르젠 또래의 아이잖아. 내 감정이 나쁘다 해서 아이에게 이런 마음을 티 내서는 안 돼. 에르젠만큼 어린아이잖아.'

애초 아이와 그녀는 편할 수 없는 사이였다. 헤레이스는 제 감정 때문에 어른스러운 아이를 괜스레 나쁘게 보고 있다 판단하고 입술을 내리 물었다. 그녀가 서늘해지려는 표정을 애써 감춘 채 덤덤히 인사를 받았다.

"그래. 인사가 늦었구나. 난……."

"알고 있어요. 에르젠의 어머니시죠? 에르젠하고 닮으셔서 바로 알아봤어요."

겨우 억누른 마음은 아들의 이름을 듣는 순간 무너지고 말았
다. 헤레이스가 미겔에게 한 발자국 다가갔다.

"에르젠을 알아?"

"네! 아주 잘 알아요. 귀여운 동생인걸요."

미겔의 말에 분노와 서글픔, 그리고 동시에 안도감이 들었다.
헤레이스 그녀 자신조차 판단할 수 없는 복잡한 감정이 폐부를
휘젓다가 심장을 찔렀다. 그녀는 그 고통을 느끼고 굳은 얼굴로
아이를 내려다봤다. 이즈카엘과 닮아도 너무 닮은 얼굴이 그녀에
게 눈을 휘어 가며 예쁘게 웃고 있었다.

'에르젠은…… 나와 에르젠은……'

그와 꼭 빼닮은 얼굴을 보니 미움이 솟구쳤다. 에르젠은 그의
아이로 인정조차 못 받고 있는데 저 아이는 그와 똑 닮은 얼굴로
에르젠이 가졌을 모든 것을 누리고 있었다. 헤레이스는 저도 모
르게 속으로 아이를 향한 감정을 뱉어 냈다.

'미워.'

그러나 그녀는 아이를 향한 제 감정을 인지하자마자 얼굴을 붉
혔다.

자신의 마음이 어떻든 이 아이에게 무슨 죄가 있겠는가. 지금
그녀와 에르젠이 처한 상황의 원인은 이 아이가 아니었다. 가장
미워하고 원망해야 할 상대는…… 이 아이와 닮은 사내였다.

'나와 에르젠에게 고통을 준 건 그 사람이야. 이 아이가 태어
나 내게 고난을 주겠다 말한 것도 아닌데…… 이러면 못써.'

헤레이스가 아이에게서 다가갔던 한 발을 다시 물렸다. 그러자

미겔이 호박색 눈을 한결 더 반짝이며 그녀에게 한 발 다가섰다.

"처음 봤을 때도 느꼈지만 정말 아름다우세요. 저기 있는 조각 상만큼이나요. 아주 많이 닮으셨어요."

헤레이스가 미겔의 손가락을 따라 시선을 돌렸다. 아이가 가리 키고 있는 것은 유리온실 안 긴 머리의 분수대 조각상이었다. 헤 레이스가 조각상을 보고 저도 모르게 픽 웃었다. 누가 봐도 조각 상과 그녀는 별로 닮지 않았다.

"난 눈요정과 별로 닮지 않았는걸. 그래도 칭찬 고마워."

곡선이 조화를 이루어 전체적으로 유약하고 부드러운 인상의 헤레이스와 달리, 조각상은 조금 무서울 정도로 서늘하고 인간 같지 않은 인상을 풍겼다. 그도 그럴 것이 조각상은 북부의 전설 속에 나오는 인외의 존재를 조각한 것이었다.

눈요정. 북부에서는 눈마녀라 불리는 조각상은 그 이름이 알려 주듯 차갑고 오만해 뵈는, 함부로 다가가기 힘든 미인의 표상이 었다.

"눈요정이 아니라 눈마녀예요. 눈요정은 과거 중앙에서 북부의 전설인 눈마녀를 약하고 여리게 표현하기 위해 불렀던 멸칭에서 유래했다 들었어요. 북부의 진정한 역사를 알고 있는 자긍심 강 한 북부 사람이라면 눈마녀라 불러야 한다고 생각해요."

미겔이 헤레이스의 말에 인상을 살짝 찌푸리더니 또랑또랑한 목소리를 냈다. 고맙다며 작게 미소를 짓고 있던 헤레이스는 아 이의 깊은 지식에 또 한 번 놀라고 말았다.

신성 전쟁 이후 마녀라는 단어 자체가 매우 나쁘게 쓰이는 지금에야 북부에서도 눈요정이라는 단어를 더 많이 쓰지만, 자긍심 깊은 북부 가문 중 일부는 아직도 자손들에게 눈요정을 눈마녀라 불러야 한다고 가르치고는 했다.

"공부를 많이 했구나. 스승들에게 칭찬을 많이 받았겠어."

"이건 아버지께서 가르쳐 주셨어요. 눈요정이라 불러도 된다고 하셨지만 전 눈마녀라는 단어가 더 좋아요."

헤레이스는 칭찬이 기쁘다는 듯 얼굴을 붉히는 미겔의 머리를 쓰다듬어 주려다, 이즈카엘에게 배웠다는 말에 양손을 모아 잡았다. 그녀가 에르젠을 생각하며 씁쓸한 얼굴로 물었다.

"이즈카……, 아니 아버지가 그런 것도 알려 줬니?"

헤레이스의 말에 아이의 입꼬리가 살짝 올라갔다. 아이가 제 은발을 만지작거리며 수줍게, 그러나 확신하는 목소리로 답했다.

"네. 아버지는 누구보다 저와 가까운 사이니까요. 많은 가르침을 주세요."

"……널 많이 아끼는 모양이야."

아이의 답을 들으며 헤레이스는 깨달았다. 자신이 에르젠의 어미인 이상 자신은 영원히 진심으로 이 아이를 좋아할 수 없으리라. 지금처럼 미워하는 마음을 꾹 숨긴 채 대하는 것이 최선이겠지.

전대 공작의 사생아인 이즈카엘을 미워하던 율리스 황녀가 생각났다. 전에는 이즈카엘을 죽일 듯이 미워하며 구박하던 그녀가 심하다 생각했는데, 지금 보니 자신보다 그녀가 나았다. 그녀는 적어도 솔직했으니까.

'옹졸한 마음이야. 하지만 더는……'

이 이상 미겔을 보기 힘들다고 판단한 헤레이스가 아이를 돌려보내기 전 마지막 질문을 했다.

"그런데 미겔, 아까도 물어봤지만 여기는 어떻게 들어왔니? 입구가 없었을 텐데."

"여기는 아주아주 오래전부터 제가 있던 곳이에요. 덕분에 전 이곳에 대해서 모르는 게 없어요!"

아이가 양손을 허리에 올린 채 자신만만하게 말했다. 어떠한 의도도 없다는 듯 순수한 얼굴과 해맑은 목소리에 헤레이스가 차마 그게 어디냐고 더 물어보지 못하고 머뭇거렸다.

"혹시 제가 어디로 들어왔는지 알고 싶으신 거예요?"

크고 동그란 눈이 순식간에 가느스름해졌다. 목소리 또한 은근한 것이 조금 전과 달랐다. 헤레이스는 문득 세르펜스 성으로 다시 잡혀 들어오던 날, 혼절하기 직전에 들었던 목소리를 떠올렸다.

'내가 도와줄까?'

분명 착각이었을 텐데 기억은 왜 이리 선명한지.

헤레이스가 미겔을 유심히 살폈다. 하나 다시 본 아이의 얼굴은 순수함 그 자체였다. 미겔이 말 없는 헤레이스를 마주 보다 경쾌한 동작으로 몸을 돌리며 따라오라는 손짓을 했다.

유리온실 밖 야외 정원은 정원보다는 뜰에 가까웠다. 담과 온실 외벽의 거리는 열 걸음 안쪽이었으니까. 그리고 그마저 여러 화초와 관목으로 꾸며진 터라 실제 돌아다닐 수 있는 공간은 현저히 좁았다. 미겔은 그 좁은 공간에서도 가장 구석진 곳으로 가더니 동그란 어느 관목 옆에 바짝 붙었다.

미겔의 시선을 따라 관목의 뒤를 보자 아주 작은 구멍이 보였다. 작은 아이조차 몸을 구겨 넣어야 겨우 들어갈 구멍. 게다가 벽 바깥쪽에도 무성한 관목이 있는지 나뭇가지로 빽빽했다. 그러나 헤레이스는 그조차 기뻤다. 이 밖과 통하는 통로가 있는 셈이니.

미겔이 상기된 헤레이스의 얼굴을 살피다 비밀을 말해 주듯 작은 목소리로 속삭였다.

"어른들은 다닐 수 없는 비밀 통로예요. 하지만 저랑 루시는 가능해요."

"루시?"

"하얗고 자그마한 강아지예요. 에르젠에게도 보여 줬는데 엄청 좋아했어요."

에르젠의 이름이 다시 튀어나오자 헤레이스가 더욱 집요하게 구멍을 바라봤다. 구멍 아래 흙을 좀 더 파면……

"여긴 몸이 조금 더 크면 비밀 통로를 사용할 수 없을 거 같아요. 흙을 파 봤는데 이 아래 나무뿌리가 닿아 있거든요. 지금도 겨우 지나가는데……."

하나 소망은 금세 깨졌다. 미겔이 몸을 숙여 관목과 벽 사이를 비틀고 들어간다 싶더니, 헤레이스의 속마음을 듣기라도 한 듯 아쉬운 소리를 했다.

헤레이스는 마음을 들킨 것 같아 움찔거리다 다시 자신이 있는 쪽으로 나온 미겔의 앞에서 몸을 수그렸다. 그리고 흙과 나뭇잎으로 엉망이 된 아이와 눈을 맞추고 머리를 쓰다듬어 줬다. 진심으로 좋아할 수는 없었지만 갖가지 더러운 것을 묻혀 가며 노력한 아이에게 친절을 베풀어야 마땅했다.

"내게 네 비밀을 알려 줘서 고마워, 미겔."

"……."

"하지만 다시는 여기에 오지 마렴. 비밀 통로라지만 밖에 있는 나뭇가지들은 널 다치게 할 수 있단다. 그리고 예쁜 옷에 이렇게 흙이 묻으면……."

나뭇잎을 떼어 주고 흙을 털어 주는 모양새가 퍽 다정했다. 미겔은 제 머리와 옷차림을 정돈해 주는 헤레이스를 물끄러미 바라보다 그녀의 말을 잘랐다.

"기회가 되면 에르젠을 데리고 올게요."

"……."

에르젠. 아들의 이름에 헤레이스의 말이 멈췄다.

에르젠을 볼 수 있어? 그가 억지로 떼어 낸 아들과 만날 수 있다면……. 거대한 유혹이 아들을 갈망하는 헤레이스를 집어삼켰다. 그녀가 고개를 숙여 미겔의 눈동자를 피했다.

"제가 동생과 놀고 싶다고 부탁드리면 스승님들께서도 아주 가끔은 눈감아 주실 거예요. 잠이 많으신 분들이거든요. 그러면 여기로 같이 올 수 있을걸요."

"……."

"에르젠이 부인을 보고 싶다며 울어서 마음이 아파요. 저는 어머니랑 같이 사는데…… 혼자인 동생은 너무 가엾잖아요. 그리고 나뭇가지는 조심하면 되고 옷은 빨면 되니까 걱정 마세요."

갈등으로 잘게 흔들리던 눈동자가 가엾다는 말에 멈췄다. 자신은 혼자 있었다. 그리고 에르젠도 혼자였다.

'에르젠이 울어? 날 찾으면서?'

헤레이스가 고개를 천천히 들었다. 눈물 가득한 푸른 눈으로 애원하듯 미겔을 바라봤다. 그러나 그녀는 턱을 덜덜 떨면서도 미겔에게 에르젠을 데려와 달라 말하지 않았다.

침묵이 길어지자 미겔이 보일 듯 말 듯 입매를 비틀었다. 아이가 얄미운 웃음을 보이더니 헤레이스에게서 한 발 뒤로 물러나 관목과 벽 사이 틈에 몸을 넣었다.

"이만 가 봐야겠어요."

미겔은 헤레이스를 구멍으로 안내할 때처럼 끙끙거리며 힘겹게 틈을 파고들지 않았다. 아이의 몸이 유연한 뱀처럼 스르륵 부드러이 관목 사이로 들어갔다. 양 무릎을 꿇은 채 멍하니 있는 헤레이스의 귓가에 벽 너머로 도착한 아이의 목소리가 울렸다.

"다음에 또 올 테니 기다려 주세요."

* * *

쉬고 있으면 머리가 더 지끈거렸다. 때문에 이즈카엘은 쉴 새 없이 일했다. 평소 맡겨 뒀던 영지와 성내 일도 제 눈으로 한 번 더 꼼꼼하게 살폈고, 기사들의 훈련도 전보다 배는 자주 참관했다. 덕분에 그 아래서 일하는 이들의 피로도는 한층 커졌다.

지금도 마찬가지였다. 아우뉴 호수 인근 마을을 담당하는 관리자는 서류 뭉치 여기저기에 그어진 잉크 자국을 보며 퀭한 낯을 했다. 상전은 전에도 까다롭고 꼼꼼한 편이었지만, 최근에는 거의 결벽에 가까울 정도로 업무에 높은 완성도를 추구했다.

"나가 봐."

"예. 그럼 다시 정리해 올리겠습니다."

깍듯이 허리를 숙이는 관리의 목소리가 조금 떨렸으나 이즈카엘은 신경도 쓰지 않은 채 다시 펜을 들었다. 곧 잉크와 종이 특유의 건조한 내와 함께 서걱거리는 소리만이 집무실을 가득 채웠다.

완연해진 봄 햇살이 창 너머로 건너와 제법 긴 시간 동안 이즈카엘의 등을 데웠다. 하지만 그는 창밖에 펼쳐진 녹음에는 일말의 시선도 주지 않았다. 이즈카엘은 한참 서류를 읽고 서명을 하다 잉크가 다 떨어지고서야 고개를 돌려 거의 저물어 가는 해를 바라봤다.

아주 잠깐 긴장을 놓았을 뿐이건만 푸른 눈이 그 틈을 순식간에 파고들었다.

이즈카엘은 별채에 있는 헤레이스와 본채에 머무는 에르젠을 생각하며 눈을 질끈 감았다. 어떻게든 결정하고 해결할 수 있는 일과 다르게 헤레이스 모자와의 관계는 해결책이 보이지 않았다.

숨구멍이 틀어막아지다 못해 폐가 굳는 기분이었다. 이즈카엘은 거칠게 자리를 박차고 일어나 방 한편에 마련된 장식장에서

술병을 집어 들었다.

호박색 술이 후각을 마비시키는 향과 함께 목구멍으로 넘어갔다. 식도를 태워 버릴 듯 독한 술이 들어오자 숨통이 조금은 트였다.

술을 거의 반병 들이켠 이즈카엘이 책상으로 돌아와 서류를 물끄러미 바라봤다. 하지만 그의 머릿속을 차지한 모자는 술기운으로도 쫓아낼 수 없었다. 그가 양손으로 지끈거리는 이마를 괴고 눈을 감았다.

'그러니까 아저씨는 우리 아빠가 아니야!'

순간 에르젠에게 느낀 감정은 분명 미움이나 분노는 아니었다. 이즈카엘은 자신에게 소리치는 작은 아이가 측은했고 또 애틋했다. 그것도 많이.

'아내가 저지른 부정의 산물.'

아이에게 지니고 있던 감정들은 온통 부정적인 것들뿐이었다. 심지어 그는 자기 자신을 보호할 수도 없는 자그마한 아이에게 지독한 살심마저 가지고 있었다.

'그런데 왜 이제 와서…….'

그를 밀다고 말하는 아이를 안았던 것이 떠올랐다. 아이는 눈으로 봤던 것보다 더 작고 말랐었다. 이즈카엘은 제 한쪽 손에 겨우 들어차던 아이의 자그마한 머리와 서러운 울음소리를 기억하며 미간을 찌푸렸다.

아이를 처음 안아 본 것도 아니다. 도망친 헤레이스를 끌고 오며 아이를 아내의 품에서 몇 번이고 떼어 내 안았던 것이 그였다.

'……헤레이스와 닮아 그런가.'

이즈카엘은 풀지 못할 수수께끼에 매달린 사람처럼 굴다가, 결국 그나마 제가 납득할 수 있는 이유를 억지로 갖다 붙였다. 며칠째 같은 짓의 반복이었지만 어쩌겠나, 도무지 답을 모르겠는데.

아이에 대한 생각이 어느 정도 끝나자 당연하다는 듯 아내가 떠올랐다. 별채에 가지 않은 지 일주일이 넘은 탓일까. 아내를 그리는 것만으로도 목이 탔다.

반쯤 남아 있던 술이 목구멍을 타고 흘러갔다. 술병이 바닥을 보이고 시야가 어질한 가운데서도 헤레이스의 얼굴은 점점 더 뚜렷해졌다. 선명해지는 아내의 모습과 더불어 간신히 눌러뒀던 마음이 취기를 타고 고개를 들었다.

"헤레이스……."

에르젠과 달리 헤레이스에 대한 감정은 곧바로 말할 수 있었다.

이즈카엘은 헤레이스가 미웠다. 원망스러웠다. 자신을 배신한 것도, 자신의 아이가 아닌 다른 사내의 아이를 낳은 것도. 그것도 모자라 제 품에서 도망친 것도 모조리 용서할 수 없을 것 같았다.

하지만 동시에 그녀는 너무도 사랑스러웠다. 그녀는 어떤 짓을 하더라도 제게 사랑으로 각인될 이였다.

그 양면적인 감정이 그를 좀먹었다. 정반대의 감정들은 어느 한쪽도 사그라지지 않은 채 끝없이 충돌했다.

처음 아내의 부정을 마주했을 때는 그리 생각했다. 아내에게 똑같이 상처를 주면…… 정부를 데려오고 다른 여자에게 아이를 보는 척해 그 여린 마음에 생채기를 내면 원망과 미움이 조금은 가실 줄 알았다. 그러나 아내를 괴롭혀 얻은 저열한 희열은 그 부정적인 것들을 아주 잠깐 잊게 할 뿐이었다.

아내에게 행한 그만의 복수는 약을 한 듯 찰나의 쾌락만 주었다. 종국에 그를 기다리고 있는 것은 자책감과 두려움, 그리고 여전한 미움과 원망이었다.

'도망치지만 않았어도 지금쯤 다시 예전처럼 지냈을지도 몰라. 솔직히 죄를 고하고 용서를 빌었으면 내가 헤레이스 당신한테 이러지 않았어.'

견디기 힘들어진 이즈카엘은 3년이라는 세월 동안 도망친 헤레이스를 탓해 봤다. 하나 말하면서도 그는 알았다. 이 또한 세상에서 가장 못나고 비겁한 행동임을.

결국 그는 스스로에게 욕을 지껄이다 하루에도 수십 번씩 생각하는 말을 내뱉었다.

"……이대로는 안 되겠지."

그 말을 뱉은 후 이즈카엘은 자조하며 피식거렸다. 알면 뭐 하는가. 어찌해야 할지 대안이 서지 않는데.

처음 이대로는 안 되겠다고 생각했을 때 그는 아내에게 제 아이를 가지게 해 그 핑계로 관계를 되돌려 보려 했다. 샤를과 아내 사이에 아이가 있는 것처럼 저와 아내 사이에도 아이가 생긴다면 헤레이스에 대한 분노를 지울 수 있을 거라 생각했으므로.

하지만 헤레이스는 그의 제안을 단호히 거절했다. 게다가 에르젠에 대한 감정이 묘해진 지금에 와서는 그도 이 방법이 썩 내키지 않았다.

도통 떠오르지 않는 해결책에 이즈카엘이 시가를 꺼내 물고 창을 열었다. 해는 그새 사라지고 하늘은 이미 어두컴컴해져 있었다. 그가 숨을 깊게 내쉴 때마다 매캐한 연기가 어둠이 내린 하늘로 흩어졌다.

이즈카엘은 시가를 연거푸 피우며 생각에 잠겼다. 총 네 대의 시가가 불에 타 사그라들었다.

해가 진 뒤의 공기는 급격히 싸늘해졌다. 이즈카엘은 창을 닫고 다시 책상에 앉으려다 창틀에 쌓인 재를 발견하고는 물끄러미 바라봤다.

가벼운 재는 가느다란 바람에도 쉽사리 쓸려 갈 듯 약해 보였다. 홈이 깊은 창틀이 아니었다면 진즉 바람에 날려 사라졌으리라.

이즈카엘이 홀린 듯이 재를 툭 건드렸다. 손가락이 닿기 무섭게 잿빛의 가루는 흩어졌다.

작은 흔적조차 남지 않은 자리를 한참 응시하던 이즈카엘이 얼굴을 구겼다. 그가 몸을 돌려 밖에 있는 보좌관을 불렀다.

"······들어와."

* * *

"안 됩니다."

"놔! 놓으라고!"

"각하께서는 지금……."

"내가 할 말이 있다고! 미겔의 어미인 내가 공작님께 직접 할 말이 있단 말이야!"

짝!

이른 오전부터 집무실 앞이 소란스러웠다. 이즈카엘은 날카로운 여자의 비명에 인상을 찌푸리다 뺨을 때리는 파공음에 보좌관 중 하나를 불러 고함지르는 이를 데려오게끔 했다.

"이즈카엘!"

보좌관이 나가자마자 샬럿이 씩씩거리며 문을 열었다. 우아하게 말아 올렸을 금발은 여기저기 흘러내려 어수선해 보였으며, 드레스는 실랑이로 잔뜩 구겨졌지만 샬럿은 제 외관에 신경 쓰지 않았다.

그녀는 자신의 귀에 들어온 여러 소식으로 미치기 직전이라 다른 곳에 주의를 기울일 틈이 없었다. 샬럿은 이즈카엘이 집무를 보고 있는 책상에 바짝 다가가 독기 오른 목소리로 빠르게 말을 뱉었다.

"뭔가 착오가 있는 것 같아요. 지금 성내에서 준비하는 생일 연회의 주인공이 미겔이 아니라니요."

생일 연회를 준비하고 있다는 하녀의 말에 미겔의 생일을 기억해 낸 것이 시작이었다.

샬럿은 아들의 생일 연회 준비가 잘 진행되고 있는지 살필 겸 준비가 한창인 1층으로 갔다. 그리고 그녀는 거기서 연회의 주인공이 에르젠임을 알고 한바탕 난동을 부렸다.

하지만 진정으로 심각한 일은 그다음 일어났으니…….

"말도 안 되는 일이라 그 늙은이에게 따지러 갔더니 공작님 당신 부하가 와서 뭐라 했는지 알아요? 날 더러…… 감히 날 더러……."

"……."

"이 성에서 나가래요! 그것도 일주일 내로! 당신 명이라면서!"

생각만으로도 분이 치솟는지 샬럿이 드레스를 거의 찢을 듯이 거칠게 잡고 발을 굴렀다. 벌겋게 달아오른 얼굴이 당장에라도 터질 것처럼 그녀는 열을 냈다.

그러나 이즈카엘은 샬럿의 말에도 손에서 펜을 놓지 않았다. 그가 서류에서 눈을 떼지 않은 채 덤덤한 어투로 말했다.

"정확히 전해진 말인데 왜 그러지?"

"뭐, 뭐라고요?"

"들은 그대로야. 일주일 내로 성에서 나가. 약속한 황금과 여비, 마차를 준비하라 이르지. 어디로든 떠나. 그리고 다시는 이곳에 오지 않았으면 좋겠군."

날씨를 말하는 것과 다르지 않은 무감한 어투였다. 샬럿은 이즈카엘의 말에 믿을 수 없다는 듯 멍한 얼굴을 하다 참지 못하고 책상을 내리쳤다.

쾅!

"내 아들이 이즈카엘 당신의 후계자야! 그런데 나보고 나가라고? 그게 말이 돼?"

충격에 펜이 흔들렸고, 아무렇게나 선이 죽 그였다. 위치를 벗어난 잉크에 이즈카엘이 미간을 좁혔다.

그가 펜을 내려놓고 차가운 눈으로 샬럿을 봤다. 뼛속까지 전해지는 냉기에 샬럿이 침을 삼킨 뒤 조금 전보다 작아진 목소리로 더듬거리며 소리쳤다.

"날 여기 뒀잖아! 당신 옆에! 당신 아들의 어미로 날…… 나를……."

"……."

"내, 내가 필요 없었으면 진작 내쳤을 거잖아. 하지만 공작님, 당신은 날 여기 오래도록 뒀잖아요. 그건 날 당신 옆자리에 두려 그리한 거 아니에요?"

거칠게 숨을 내쉬며 손을 파들파들 떠는 샬럿은 꼭 평생 함께 한 반려자에게 배신을 당한 것처럼 굴고 있었다. 불안정하게 떨리는 녹색 눈동자가 아니라고 답하라는 듯 소리 없이 말했다. 하지만 이즈카엘은 아무 감정 없는 눈으로 샬럿을 훑어볼 뿐이었다.

"내가 널 이 성에 오래 둔 건 사실이지. 하지만 뭔가 착각하고 있는 것 같은데…… 우리 거래에서 황금 외 네게 주겠다고 약속한 게 있었나?"

이즈카엘의 말에 저 아래 깊숙이 묻어 뒀던 기억이 물방울 튀듯 퐁 하고 올라와 샬럿의 머릿속을 헤집었다.

'그때 그리 잔인하게 벌주시더니 왜 다시 부르셨나요?'

'충분한 황금을 주마. 대신 나와 한 가지 거래를 하지.'

'거래라면…….'

'내 정부이자 내 아들의 어미 노릇을 해 줬으면 해. 다만……
조건이 있다.'

'……조건?'

이렇게 선명한 기억을 자신은 어떻게 잊고 있었는지. 그녀로서
도 알 수가 없었다.

그날 밤의 대화와 상황을 기억한 샬럿의 얼굴이 이제는 새파랗
게 변했다. 그녀가 두려움 가득한 얼굴로 괴물 보듯 이즈카엘을
노려봤다. 샬럿의 일그러진 표정에 이즈카엘이 성가시다는 듯이
한숨을 쉬고는 다시 펜을 잡았다.

"……보아하니 기억이 없는 것도 아닌 것 같은데, 약속한 보상
을 받고 그만 성에서 나가."

사내의 시선이 다시 종이 위로 옮겨 갔다.

샬럿은 후들거리는 다리를 간신히 지탱한 채 양손을 입으로 가
져가 손톱을 뜯었다. 딱딱, 이 부딪치는 소리가 규칙적으로 난다
싶더니 피가 났다. 혀끝에 닿는 비릿한 맛에 샬럿이 몸을 떨다가
아니라는 듯 고개를 거칠게 내저었다. 그녀는 이내 고래고래 고
함치기 시작했다.

"아냐. 틀렸어! 아니야! 난 미겔의 어미야!"

"……."

"미겔은 내가 당신한테 씨를 받아 낳은 내 아들이란 말이야!"

"……."

"공작님! 이즈카엘! 나를 봐요! 난 당신 아들의 어미라고요!

날 이렇게 내치면 미젤은 어찌 살아! 미젤을 봐서라도 제발……
아이는 어미 없이 살 수 없는 거잖아!"

"……할 수 있으면 데리고 가. 그렇게만 된다면 더 바랄 게 없
겠군."

거의 절규하다시피 애원하는 샬럿에게 이즈카엘이 나지막이
읊조렸다. 말문이 막힌 샬럿이 턱을 파르르 떨며 말을 더듬었다.

"뭐, 뭐라고요? 지금 뭐라고……."

"그렇게 애타면 황금과 그것을 챙겨 나가라 이 말이다. 네가
그렇게 할 수만 있다면 이 방을 채울 만큼, 아니 그 열 배가 되는
황금도 기꺼이 주지."

"……."

"하지만 못 할 테지. 애초 할 생각도 없을 테고."

사실이었다. 이 성에 있지 못하면 아들이 무슨 소용일까. 돈이
많아 봤자 아비에게 내쳐져 후계자가 되지 못한 아들은 그녀를
공작 부인으로 만들어 주지 못했다.

"난 네가 무슨 망상을 하든 거기에 맞춰 줄 생각 따위 없어. 그
러니 이만 조용히 나가."

샬럿은 이즈카엘과의 거래에 응한 뒤 너무도 쉽게 그것의 속삭
임에 넘어갔다. 처음에는 진정으로 그의 아이를 임신했다 착각하
더니, 짧은 시일 사이에 망상이 커져 걷잡을 수 없었다.

이즈카엘 입장에서야 샬럿이 무슨 착각을 하든 크게 상관없었
다. 하지만 그는 마지막 순간 그녀에게 한 번 더 기회를 줬다. 샬
럿에게 무관심한 것과 별개로 그녀가 그것과 엮인 데에는 분명

그의 책임이 있었기 때문이다.

"아까도 말했지만 약속대로 그동안의 노고에 대한 값은 충분히 치러 주마. 그리고⋯⋯."

"어, 어떻게⋯⋯."

"⋯⋯이쯤에서 황금을 챙겨 멀리 떠나는 게 네게도 좋겠지."

"내게 어떻게 이럴 수 있어! 당신이 날 어떻게 버릴 수 있어!"

샬럿은 이즈카엘이 처음으로 그녀에게 내민 호의를 걷어찼다. 날카로운 목소리가 점점 더 커졌다. 하지만 그녀가 악다구니를 쓸수록 그날의 기억은 더더욱 선명해졌다.

'황금 외 어떤 것도 바라지 마. 그게 조건이야.'

'그게 무슨⋯⋯.'

'내가 널 귀애한다거나 아낀다거나 할 일은 없다는 말이다. 널 안을 일도, 만질 일도 없을 거다. 넌 단지 연기를 하는 거야. 공작 부인도 무시할 만큼 내게 총애를 받는 정부를.'

'그, 그럼 아이를 어떻게 가져요? 아까 분명 공작님 아들의 어미 노릇을⋯⋯.'

'⋯⋯네 아들 노릇을 할 그것에 관해서도 설명하지.'

'그것?'

'네 아들 노릇을 하는 건 사람이 아니야. 보통은⋯⋯ 악마나 괴물, 그런 것들로 불릴 만하지.'

묻어 뒀던 기억들이 머릿속에서 부유했지만 그녀가 생각하기에 그것들은 모조리 거짓이었다. 그녀는 눈앞에 있는 사내의 애정을 받아 이 자리까지 왔다. 사내의 후계자가 될 아이를 낳았고,

사내의 옆자리에 설 자격을 얻었다.

'……이상이다. 내 설명은 여기서 끝이야. 선택은 네가 하도록 해.'

'……'

'싫다 해도 상관없어. 네게도 하나뿐인 목숨일 테니까. 보통은 저런 것과 엮이고 싶지 않겠지.'

'……하겠어요.'

'……'

'한다고. 내가 할 거야. 황금을 준다며. 그리고 그게 뭐가 됐든 당신 아들의 어미 노릇을 하는 거잖아. 그럼 날 모시는 사람들도 생기겠지?'

계속해서 떠오르는 잔상에 샬럿이 이를 악물다 퍼뜩 한 사람을 떠올렸다. 그래. 지금 이 상황은 모조리 다…….

"그 여자 때문이지? 그 여자 때문에 나를! 죽여 버릴 거야! 당장 그 여자와 그 애새끼를 죽여 버릴 거라고! 두 것들 다 죽인 다음 씹어 삼켜 버릴 거야!"

샬럿이 말하는 이는 분명했다. 헤레이스가 언급되자마자 무료한 표정이었던 이즈카엘의 얼굴에 살기가 어렸다.

그가 의자를 밀고 일어났다. 거대한 사내가 주는 위압감이 분위기와 더해져 무시무시했다. 하지만 이성이 날아간 샬럿의 눈에 그런 것이 들어올 리 없었다. 그녀는 위험을 감지 못한 짐승처럼 이즈카엘에게 삿대질을 하며 고함을 질렀다.

"그게 얼마나 잘났어? 기껏 해 봤자 얼굴 좀 반반한 반역자의 여식이잖아! 그건 나보다도 천해! 지금쯤 감옥에서 죄수들에게 다리나 벌릴 계집이! 게다가 내 아들이 먼저 태어났고 당신을 훨씬 더 닮았어! 그러니 내가 그 여자보다 위야! 그런데 왜 그 여자는 공작 부인이고 난!"

제정신이었다면 샬럿은 진즉 멈췄을 것이다. 그러나 그녀는 지금 반쯤 미쳐 있었다. 그녀가 말을 쏟아 낼 때마다 이즈카엘의 표정이 한층 더 음울해지더니 종국에 그가 허리춤에 손을 가져갔다.

"……신경 쓰기 싫어 그냥 뒀더니 실수였군. 하긴 예전부터 몇 번이고 시키지도 않은 짓을 하기는 했지. 주제도 모르고."

날카로운 검이 예기를 뿌리며 모습을 드러냈다. 샬럿은 서늘한 검날을 마주한 후 그제야 정신을 차리고 입을 다물었다. 하지만 이즈카엘의 손속에는 머뭇거림이 없었다. 하얀 검날이 순식간에 샬럿에게 훅 다가왔다.

"오, 오지 마! 다가오지 말라…… 아악!"

검을 피해 뒷걸음질 치던 그녀가 균형을 잃고 주저앉았다. 파랗게 질린 채 어깨를 잔뜩 움츠린 모습이 가여울 법도 했다. 그러나 이즈카엘은 조금의 주저 없이 샬럿의 목에 검 끝을 들이댔다.

"지금까지는 필요하다 싶어 봐줬지만 이 이상 내 아내를 모욕하면 당장 목을 베겠다. 목이 잘린 채 황금관에 처박힐 테냐, 아니면 조용히 나갈 테냐."

목에 바짝 닿은 검이 피부를 얇게 가르고 붉은 선을 만들어 냈

다. 코앞에 닥친 죽음에 샬럿이 동전 뒤집듯 태도를 바꿨다. 그녀
는 제 거친 숨결에 혹여나 검이 닿을까 숨을 참으며 이즈카엘에
게 빌기 시작했다.

"나, 나가…… 흐읍. 나가겠어요. 나간다고요. 나갈게요."

"……."

"일, 일주일 안에 떠, 떠날 테니까 제발 그 검 좀 치, 치
워……."

샬럿을 내려다본 이즈카엘이 성마른 눈으로 검을 거둬들였다.
검이 길게 원을 그리며 다시 제자리로 돌아가자 샬럿이 참고 있
던 숨을 내쉬었다. 쉴 새 없이 떨리는 눈동자와 오르락내리락하
는 상체가 그녀의 두려움을 잘 보여 줬다.

"이야기가 끝났으면 나가지. 준비가 끝나는 대로 여기 제임스
에게 말하도록. 기왕이면 최대한 빨리 나갔으면 좋겠군."

다시 책상에 앉아 펜을 집어 든 이즈카엘이 축객령을 내리며
문가에 서 있던 보좌관 쪽으로 손짓을 했다.

"일어나십시오."

"……."

방에서 발생한 일련의 일에도 눈썹 한번 움직이지 않던 제임스
가 샬럿을 일으켜 세운 뒤 방문을 열고 내보냈다.

예의 없는 동작은 아니었으나 배려도 없는 사무적인 태도에 샬
럿이 주먹을 꽉 쥐었다. 하지만 그녀에게는 더는 난동을 부릴 힘
도, 의지도 남아있지 않았다.

샬럿이 쫓겨나자 이즈카엘이 제임스를 향해 다시 손짓했다. 그

는 가까이 다가온 보좌관을 쳐다보지도 않은 채 낮은 목소리로
말했다.

"……허튼짓 못 하게 철저히 감시해."

"예. 알겠습니다."

〈2권에서 계속〉